Le Diable et Daniel Silverman

DU MÊME AUTEUR

La Conspiration des ténèbres, roman, le cherche midi, 2004.

La Menace américaine, essai, le cherche midi, 2004.

Theodore Roszak

Le Diable et Daniel Silverman

Traduit de l'anglais (États-Unis)
par Édith Ochs

Collection
NÉO
dirigée par Hélène Oswald

le cherche midi

Avertissement

Le Diable et Daniel Silverman est une œuvre de fiction. North Fork, dans le Minnesota, Faith College et les Frères de l'Église évangélique libre dans le Christ sont censés être des créations purement imaginaires, ainsi que tous les personnages et événements en rapport avec ces lieux et groupes. De même, tous les personnages et lieux de San Francisco sont inventés. Toute ressemblance avec des personnes vivantes ou mortes, ou des lieux ou événements réels serait pure coïncidence.

Titre original : *The Devil and Daniel Silverman*

23, rue du Cherche-Midi, 75006 Paris.

Vous pouvez consulter le catalogue général du cherche midi et l'annonce de ses prochaines parutions sur son site internet :
cherche-midi.com

« La conviction qu'il y a une vérité seule et unique et qu'on la détient me paraît être la racine la plus profonde de tout le mal qui existe dans le monde. »

Max Born[1].

1. Physicien allemand (1882-1970), prix Nobel de physique en 1954, il s'intéressa aussi à la philosophie des sciences. Ami d'Einstein avec lequel il aimait interpréter des sonates, il se mettait au piano et Einstein jouait du violon. (*N.d.T.*)

1

Pour 12 000 dollars net

« Danny, quelle mouche te pique, tu délires ou quoi ? On ne peut pas refuser une somme pareille.

– Mais, bon sang, Hanna, regarde un peu où ça se trouve !

– Ça se trouve au diable. Au diable vauvert. Au diable vauvert, et c'est pour ça que ça rapporte 12 000 tickets quand des types comme toi se déplacent pour faire une conférence. À Harvard, c'est toi qui dois payer pour prendre la parole. Et Harvard ne t'a rien demandé.

– Trop aimable...

– Ne prends pas ton air vexé avec moi. Je ne suis pas ta mère et je ne suis pas ton psy. Moi, je fais du pognon. Tu pourrais avoir les pieds sur terre, tu veux ? Est-ce qu'on t'a déjà proposé la moitié de cette somme-là ailleurs ? Ou même le tiers ?

– Non.

– Tu vois ? Alors c'est quoi, ton problème, t'as plus besoin de fric tout à coup ? Tu as gagné au Loto ou quoi ?

– Bien sûr que j'ai besoin d'argent.

– Alors ?

– C'est quoi, cet endroit, déjà ? Une institution religieuse ? »

Il entendait l'exaspération de son agent croître de seconde en seconde. Quand elle s'énervait au téléphone, son asthme se réveillait et elle commençait à souffler bruyamment dans l'appareil comme un raton laveur pris au piège. Il comprenait son exaspération. C'était le troisième coup de fil qu'elle passait de New York à San Francisco ce week-end. Il s'était débarrassé d'elle deux fois, la première avec « je vais y réfléchir », la seconde avec « je vais vraiment y réfléchir ». Et maintenant quoi ? Allait-il lui dire qu'il allait « *sans faute* y réfléchir » ?

« Elle se définit comme une petite faculté de sciences humaines qui vise à transmettre un enseignement de la plus haute qualité. » Elle lisait une brochure. « Qu'est-ce qui cloche là-dedans, tu peux me dire ?

– Mais *Faith* College[1]... Pour moi, ça fait curé.

– Très bien, ils sont rattachés à une Église. Et alors ? Il y en a des tas comme eux.

– Quelle Église ?

– Réformée machin chose.

– Réformée quoi ? »

Le soufflet de forge se remit en action.

« Allons, Danny, qu'est-ce que tu connais aux Églises de toute façon ? Ça dit : Réformée libre. Les Frères de l'Église évangélique réformée libre dans le Christ.

– Doux Jésus !

– Non, pas Jésus. C'est juste écrit "Christ" sans "Jésus".

– C'est quoi, exactement ?

– Comment je saurais ça, bordel d'enfer ? La théologie n'est pas mon fort. Et le tien non plus, que je sache. On peut donc supposer que c'est un bidule à la sauce protestante, ce qui veut dire, pour une raison qui nous échappe, je te l'accorde – mais on s'en tape –, pas catholique. Donc certains de ces Frères du Christ, ils ont décidé qu'ils seraient aussi évangéliques. Super ! Alors là, deux ou trois Frères évangéliques ont voulu – va savoir pourquoi – devenir en plus "réformés". Et puis quelques-uns des Frères évangé-

1. Littéralement, la Faculté de la Foi.

liques réformés ont traversé la rue pour être “libres”. C’est comme ça que ça marche chez les culs-bénits, non ? Ils n’arrêtent pas de se bouffer le nez.

– Mais pourquoi veulent-ils m’entendre parler, moi ? Je veux dire pourquoi moi ? *Moi ?* Et pour une somme pareille ?

– Qu’est-ce que je dois faire, leur dire que tu ne les vaux pas ? Je dois leur dire que tu veux moins ?

– Non, mais un établissement religieux...

– Laisse tomber la religion, tu veux ? Le doyen, un dénommé Swenson, il dit que leur institut “met sur pied un programme expérimental d’humanisme religieux”. Ça fait classe, non ?

– Ça veut dire quoi, au juste ?

– Ce genre de questions, on les adresse au grand dieu Yaka.

– Yaka quoi ?

– Ya-qu’à-s’en-foutre, Danny. Tu arrives, tu donnes au peuple élu réformé libre quarante-cinq minutes de ce que tu peux récupérer dans un fond de tiroir, tu bouffes leur poulet bouilli, tu papotes sur l’humanisme religieux ou le religiosisme humaniste, à ta guise, et bordel d’enfer, tu gardes un grand sourire sur ton joli minois, tu jettes un œil à ta toquante et... ciel, les gars, je regrette, c’est l’heure, il faut que je me barre.

– Je peux parler de n’importe quoi ?

– N’importe quoi.

– Absolument n’importe quoi ?

– Absolument. Mais pas de gros mots.

– Tiens, tu vois ? Pas de gros mots. Ah ah !

– C’est un établissement religieux, nom de Dieu ! Depuis quand t’utilises des gros mots dans tes conférences ?

– Quand même...

– Alors, où est le problème ? Et pas de sexe non plus, j’imagine.

– Pas de sexe ?

– Allez, Danny. Ressers-leur l'éternel topo bien chiant sur les écrivains juifs américains, avec un tas de noms célèbres, le grand jeu. C'est religieux, ça.

– Tu crois que ça leur ira ?

– Et comment donc. Sauf que, tu sais...

– Sauf que quoi ? »

Elle inspira un bon coup, souffla bruyamment, toussa. « Fais-le peut-être pas trop juif quand même.

– Ah bon ? Parce qu'ils sont antisémites ?

– Mais non, pas du tout. Débrouille-toi juste pour que ça fasse tellement peu juif que ça pourrait passer pour, disons, presque chrétien.

– Ou peut-être pas juif du tout, c'est ça ?

– Non, non, non. Un tout petit peu juif, ça ira. Swenson dit que c'est pour ça qu'il veut que tu viennes, parce que t'es une "voix humaniste juive de premier plan". Ce que j'ignorais moi-même... alors toutes mes félicitations. Il croit que c'est ce qu'il leur faut là-bas dans le Minnesota en ces temps troublés.

– Un humaniste juif ? Moi ?

– Écoute, tu te pointes là-bas et tu leur racontes ce que tu veux. Juste un aller-retour.

– Un aller-retour ?

– Oui, un aller-retour.

– Tu es sûre ?

– Parole de scout.

– Pas plus ?

– Non, rien. Quarante-cinq minutes, 12 000 tickets. Emballez, c'est pesé ! Et tu dégages.

– 12 000 dollars net ? Pour moi ?

– 12 000 net pour toi.

– Plus les frais ?

– Plus les frais, bien sûr. Le billet d'avion. Tu logeras à l'école. Dans les appartements du Fondateur. Ça en jette, non ?

– Pourquoi pas un hôtel quatre étoiles ?

– À North Fork, Minnesota ? Tu rigoles. Il n'y a que des granges et des silos, là-bas.

– Et ça fait combien pour toi ?

– Les 20 % habituels. Dans ton cas, les 20 % exceptionnels.

– Autrement dit, au total, ça leur coûte... ?

– Si ça t'intéresse, je dirais dans les quinze-seize mille sacs juste pour t'entendre, toi, un auteur dont le dernier bouquin s'est vendu, si j'ai besoin de te le rappeler, à 3 216 exemplaires ? Est-ce que j'ai été assez claire ? Non, je m'excuse, c'est indiqué ici 3 217. »

Recourir aux chiffres de ventes, c'était frapper en dessous de la ceinture, mais il ne releva pas. « Et tu es sûre qu'ils ont de quoi payer ?

– Ce genre d'établissement est obligé d'avoir les ronds. Autrement, comment trouveraient-ils un pauvre *potz*[2] pour aller dans le nord du Minnesota un 1er janvier ? Ils versent 50 % en acompte.

– Tu penses que je suis un pauvre couillon ?

– Toi ? Non ! Tu es un couillon très important, de l'avis de ta très affectueuse cousine. Mais imagine comment tu vas te sentir quand je dirai au prochain qui va appeler : "Les derniers honoraires de Mr. Silverman ont été de 12 000 dollars" ? Ça nous donne un certain poids, hein, mon lapin ?

– Et il faut absolument que ce soit le 1er janvier ?

– Forcément, tiens ! C'est un truc millénariste pour le Nouvel An. C'est écrit : "Bienvenue au siècle nouveau. Nous avons l'honneur de présenter la première conférence annuelle du Nouvel An sur l'humanisme religieux en Amérique." C'est pas un truc qui peut se faire au mois d'avril.

– Je ne sais pas, Hanna. Je dois en parler à Marty. Ça ne va pas lui plaire. Est-ce que Marty peut m'accompagner ?

---

2. Yiddish : « couillon ».

– Voyons, Danny, c'est un établissement religieux, nom de Dieu.

– Ce qui veut dire ?

– Et si Marty décide de mettre sa chemise à paillettes pour le dîner ?

– Arrête ! Il ne ferait jamais ça.

– Il l'a fait à Rio.

– Rio, c'est Rio.

– Et depuis, on a pu mettre une croix sur la United States Information Agency, mon chou. Une rentrée régulière de 2 500 biffetons par an : terminé ! Si tu veux que je confirme, c'est sans Marty.

– Rio est un endroit pour faire la fête. Marty est un comédien. Il se comporte en comédien. C'était le carnaval, nom d'un chien.

– Et là, c'est le Minnesota et il n'y a pas de carnaval en vue. Peut-être que tu comprends la différence ?

– Alors, je peux emmener Marty si...

– On a déjà fait le tour de la question, Danny.

– Je peux emmener Marty...

– Non.

– Mais...

– Non, Danny.

– Marty ne va pas aimer ça du tout. Je serai absent pour le réveillon. Nous fêtons toujours le Nouvel An ensemble.

– Marty va aimer les 12 000 sacs. Ça compense beaucoup de moments d'absence. Il aura de quoi se payer une garde-robe complète la prochaine fois qu'il voudra jouer la reine de Saba.

– Pour le Nouvel An, on s'embrasse toujours à minuit.

– Pitié !

– Mais ça compte.

– Est-ce que d'embrasser Marty, ça vaut 12 000 balles ? Lâche-moi, tu veux. Embrasse-le deux fois avant de prendre l'avion.

– C'est ce qui fait qu'on reste ensemble l'année suivante.

– Les 12 000 balles feront plus pour vous garder ensemble. Marty devra fabriquer combien de madeleines pour en gagner autant ?

– Voyons...

– Et admettons qu'ils te paient le voyage en première classe ?

– Quoi ? Mais je croyais qu'ils payaient les premières !

– Oh, arrête, tu veux ! Depuis quand on ne t'a pas payé un billet en première ?

– Disons...

– Je t'aurai les premières.

– Bon, si tu obtiens les premières...

– Je les aurai. Danny, ce Swenson, il tient vraiment à t'avoir. Est ce que ça ne représente rien pour toi ? »

Il savait déjà qu'il ne pourrait pas se défiler, même s'il devait voyager en classe économique avec les pieds dans ses poches. Après tout, Hanna, c'était la famille, une vague, lointaine parente, mais ça continuait à l'intimider : la cousine de la belle-sœur de son père. À la façon dont les Silverman envisageaient la famille, c'était presque un lien du sang. Énergique divorcée laissée en rade par son chameau de mari, Hanna s'était établie sur le tard comme agent spécialisé dans les conférences. C'était peu avant que le premier roman de Silverman ait une critique dans le *New York Times.* « Je t'en prie, laisse-moi te représenter », avait supplié Hanna quand l'article était sorti et, pour faire plaisir à son père, Silverman avait accepté. Hanna s'était montrée étonnamment douée. Elle avait le genre d'entêtement que les femmes trouvent flatteur et que les hommes prennent pour du flirt. Bien sûr, en ces temps-là, le très lointain cousin de Hanna était quelqu'un d'extrêmement négociable. Ce n'était pas sa faute si la valeur de Daniel Silverman sur le marché s'était effondrée depuis. Six romans non commerciaux d'affilée avaient quelque peu ralenti la demande. Néanmoins, même si à présent elle gagnait bien sa vie avec d'autres clients, c'était une brave fille, dévouée, qui ne l'avait pas laissé tomber quand les vaches étaient devenues de plus en plus maigres, renonçant parfois à prélever sa commission quand les honoraires étaient carrément microscopiques. « Ce qu'on a sur l'assiette, dit-elle après sa dernière prestation pour 250 dollars, est une miette si petite qu'il n'y a rien à partager. Alors, garde tout, mon grand. Paie-toi un bon gueuleton. Un jour, tu recevras le prix Pulitzer et tu me revaudras ça. » Elle était pleine de bonnes intentions, mais cela le mettait dans une situation où elle pouvait très facilement le culpabiliser. C'était le premier contrat qu'elle lui décrochait en huit mois, le premier depuis plus de trois ans qui serait rémunéré correctement. Après tant de conférences payées des clous, avait-il le choix ?

Deux jours plus tard, Hanna rappela pour annoncer qu'elle lui avait obtenu une première classe. « Et par-dessus le marché, ajouta-t-elle avec une fierté professionnelle non dissimulée, tu peux dormir sur tes deux oreilles. Ils avancent les 12 000 sacs tout ronds. Je leur ai dit : "Mr. Silverman ne conclura pas l'affaire autrement." Alors ils ont rendu les armes. Ce qui prouve que c'est un vrai bled, non ? Ça va renflouer ton compte en banque, mon petit lapin. Tout ce que tu as à faire, c'est dire oui. »

Et il dit oui.

Hanna avait d'autres nouvelles. « Et tu sais quoi ? Tu n'es pas le premier.

– Le premier quoi ?

– Le premier à participer à ce grand cycle de conférences sur l'humanisme dans le Minnesota. Je me suis renseignée. Gore Vidal est passé par là.

– Gore Vidal est allé à Faith College ?

– Non, il était censé y prendre la parole l'an dernier au Nouvel An. Reconnais que tu n'es pas en mauvaise compagnie. Ça a de la gueule, avoue ?

– Mais Vidal n'a pas parlé ?

– Non.

– Pourquoi ?

– Aucune idée. Ça a été annulé.

– Il a annulé ? Pourquoi ?

– En fait, c'est pas lui, c'est eux qui ont annulé.

– Pourquoi ils ont annulé ?

– J'ai parlé avec son agent. Elle dit qu'on ne le leur a jamais expliqué. Mais écoute-moi ça. Ils lui ont versé les 20 000 dollars rubis sur l'ongle, sans pinailler.

– Quoi, 20 000 ? Il a touché 20 000 tickets ! Comment ça se fait que moi, je n'en reçois que 12 000 ?

– *Bubelè*[3], parce que ton nom ne s'écrit pas g-o-r-e-v-i-d-a-l. Pour toi, je ne devrais même pas toucher la moitié.

– Ça fait plaisir !

– Il faut regarder les réalités financières en face, Danny. Tu vas toucher les trois cinquièmes des honoraires de Gore Vidal. Est-ce que tu vends les trois cinquièmes de ce qu'il vend en librairie ?

– Mais tu ne sais pas pourquoi ils ont annulé ?

– Naan. Ils ont annulé et payé ses honoraires. Ça, c'est la classe.

– Dis donc, tu ne pourrais pas faire qu'ils annulent et qu'ils paient ?

– Je regrette, coco. Je crois que ça aussi, c'est le privilège des gros tirages. »

3. Yiddish : « petit garçon ».

2

Best-seller numéro un

Mais lui aussi, il avait été jadis un best-seller – de justesse, mais un best-seller quand même. Au début des années quatre-vingt, Daniel Silverman, vingt et un ans, sorti deuxième de sa promotion à Brandeis et pétant le feu, publia son premier roman qui fit autant trembler le paysage littéraire qu'une puce sur l'échelle de Richter : une semaine numéro dix sur la liste des best-sellers du *New York Times*. Il s'y inséra deux jours avant que Ronald Reagan n'entre à la Maison-Blanche, événement qui n'avait aucune importance à ses yeux puisque, en jeune esthète prétentieux, il se piquait de se situer au-dessus de la politique. Certains parlèrent d'une « vague de froid », mais pour Silverman, ce fut une époque chaleureuse et gaie. « Le matin se lève de nouveau pour l'Amérique », avait été le slogan de la campagne qui l'avait emporté cette année-là. Et justement, c'était un matin génial pour Daniel Silverman. Selon les règles obscures de l'édition, l'aberration commerciale qui l'avait hissé un instant au dernier rang de « la liste » permettait à son livre de porter, sur toutes ses éditions ultérieures, la mention « Best-seller numéro un ». Déjeunant un jour avec son éditeur et son agent, Silverman eut la naïveté de relever cette anomalie.

« Vous savez, dit-il, mon livre n'est pas vraiment, en fait, *le* best-seller numéro un. Il est le dixième. »

Il y eut un grand éclat de rire. Son éditeur lui expliqua alors :

« Dans l'édition, ça n'existe pas un best-seller numéro dix. Qui achèterait un bouquin pareil ?

– Mais moi, je pense que c'est déjà pas mal de figurer sur la liste », avoua Silverman.

Son agent doucha son enthousiasme.

« Le fait est qu'il y a une psychologie des listes, Danny. Être dixième sur une liste de dix, ça veut dire "dernier" pour le public.

– C'est juste. Comme "numéro deux" veut dire un pis-aller, précisa son éditeur. Quand il y a une liste, il faut être au top, sinon c'est pas la peine. Vaut mieux ne pas figurer sur la liste qu'être au deuxième rang. De cette façon, les gens peuvent se dire que tu es trop bon pour cette liste-là, peut-être que tu es sur une autre.

– Mais quand même, insista Silverman, ce n'est pas tout à fait vrai de dire que je suis le best-seller numéro un, n'est-ce pas ? »

Ce à quoi son agent, en soupirant comme s'il avait demandé qu'on lui explique pourquoi un vient avant deux, répondit : « Tu n'as pas bien lu. Tu vois le chiffre 1 en gros sur la couverture ? Ça veut dire que tu es un des livres sur la liste des best-sellers. Désormais, cette désignation sera indissociable de ton identité littéraire. »

Et c'était vrai. Même quand les ventes de ses romans avaient plongé au-dessous de mille, on continua de le présenter dans les colloques et les conférences comme Daniel Silverman, un romancier figurant sur la liste des best-sellers numéro un. Il apprit bientôt que ses hôtes aimaient voir les choses de cette façon. Ils aimaient parler par superlatifs, et les superlatifs ont une dynamique qui étouffe l'esprit critique. Après tout, qui veut présenter son invité comme « Daniel Silverman, un écrivain d'importance mineure dont vous n'avez sans doute jamais entendu parler » ? Ou : « L'auteur dont les livres sont mis au pilon avant d'être imprimés » ? Il y avait en fait un certain avantage psychologique à introduire un auteur comme « un écrivain d'une importance majeure dont il vaut mieux ne pas dire que vous n'en avez pas entendu parler ». Cela obligeait généralement les personnes présentes à se comporter comme si – mais c'est bien sûr ! – elles connaissaient les ouvrages de cet auteur de réputation mondiale. Au début, en réaction à ces préambules dithyrambiques, un Silverman encore confiant apportait un démenti souriant, genre : « Léger rectificatif : pas encore numéro un. » Et puis : « Bon, presque numéro un. » Et finalement, comme il l'avait fait quatre ans plus tôt, silence radio. Car, eh oui, combien il y tenait aujourd'hui à cette infime distinction ! En ces temps plus difficiles, il aurait voulu que ce soit gravé sur son front.

Le roman en question, son unique triomphe littéraire, s'intitulait : *Anna en analyse*. Le titre était volontairement ambigu, Anna étant et sujet et objet des épisodes analytiques qui composaient l'histoire. L'idée de l'œuvre était qu'Anna passait la plus grande partie du temps à analyser son analyste plutôt qu'à être analysée par lui. Le sous-titre éclairait cela : *L'Étrange cas de Sigmund F.* Le roman faisait le récit de la première psychanalyse au monde racontée du point de vue de la patiente, la dame brune que Freud désignait dans ses écrits sous le nom d'Anna O. Il y avait bien eu une Anna O. C'était une assistante sociale viennoise du nom de Bertha Pappenheim, qui fut victime de quelques crises d'hystérie, mais finit par mener une carrière fructueuse. Dans les annales de la psychiatrie, Anna O. est connue comme le cas de névrose originel du grand homme. Son cas lui permit d'élaborer la plupart de ses théories, surtout ses hypothèses sexuelles les plus audacieuses. En vérité, Anna n'a jamais été suivie par Freud. Il ne l'a pas même rencontrée. Il avait eu connaissance de son cas indirectement. Il l'avait analysée comme... tenez, comme il aurait pu analyser Emma Bovary. Comme un personnage de roman. Mais la fiction a le privilège de pouvoir arranger la réalité et embellir l'histoire. Dans le récit infiniment supérieur de Silverman, Freud a une relation clandestine avec Anna, un rapport privé, thérapeutique, un cinq à sept qui aurait pu aboutir à un échange intime (avec un petit côté William James très habile, Silverman avait laissé planer l'ambiguïté sur ce point). Et pourquoi ne pas sous-entendre l'existence d'une liaison sentimentale ? Sinon, où l'auteur trouverait-il dans le récit l'indispensable côté graveleux qui plaît tant aux lectrices ? Le Freud de Silverman trouve Anna pleine d'esprit, empressée, flirteuse, et plus que disposée à libérer des flots d'énergie refoulée. Il l'aime bien, il l'aime, mais quand elle met fin aux séances, elle est aussi timbrée qu'avant, cause en grande partie de son ressentiment dans le roman de Silverman.

Une critique quasi élogieuse en page trois du *New York Times* comparait le jeune auteur du roman à J. D. Salinger[1]. En fait, le journaliste parlait d'« un style qui rappelle de loin celui de Salinger ». C'était plutôt Evelyn Waugh que Silverman avait en tête, mais enfin, voir son nom cité en même temps que celui de Salinger, même de loin... Cela valut au livre une option pour un film. Il y eut des projets pour attribuer à Marlon Brando le rôle de Freud avec éventuellement Barbra Streisand dans celui d'Anna. Dès que le livre se trouva associé à des stars de cette envergure, les ventes – dans l'édition de poche – grimpèrent de façon vertigineuse. Cette année-là, il figura dans la sélection du Livre du mois, à vrai dire comme un second choix, ajouté seulement après qu'on eut annoncé l'accord pour le film, mais quand même. Au cours des cinq années suivantes, les négociations sur l'option tournèrent en rond et plongèrent pour finalement disparaître, comme c'est la coutume pour les transactions cinématographiques, dans le grand trou noir des espérances littéraires. Tout ce que lui rapporta l'option, en fin de compte, ce fut deux ou trois dîners

1. Auteur du roman culte *L'Attrape-cœur* (1951), dont le héros adolescent est Holden Caulfield. (*N.d.T.*)

coûteux à Hollywood où l'auteur rencontra en premier un scénariste soûlographe et, en second, un scénariste encore plus imbibé que le premier. Le premier scénariste, qui ne pondit pas une seule page, consacra tout le dîner à passer en revue ses malheurs professionnels et pour conclure, adressa cet avertissement à Silverman : « Tu peux parier que je vais baiser ton putain de bouquin, mon pote, exactement comme les réalisateurs baisent mes scénarios. »

Le second scénariste, qui rédigea effectivement soixante-six pages d'un scénario avant de succomber à une défaillance cardio-vasculaire, avait une façon très personnelle d'aborder *Anna en analyse*. « Je vais vous dire ce qui cloche dans votre bouquin, balança-t-il à Silverman au cours d'un appel téléphonique à 2 heures du matin. C'est le personnage d'Anna. Vous vous rendez compte que toute l'histoire est racontée de son point de vue, bordel ? Qui s'intéresse à son point de vue à elle, une cinglée, une pouffiasse, un vrai boudin ? Freud, voilà l'angle d'attaque : Freud. » Cette approche de l'histoire avait donné naissance à un script qui ne présentait plus aucune ressemblance avec le livre. Silverman ne fut pas mécontent de voir l'option partir en quenouille. Cependant, *Anna en analyse* demeura l'œuvre grâce à laquelle il avait frôlé la célébrité. Et c'était, depuis lors, ce qui lui assurait son pain quotidien.

Le livre avait également donné le style et le ton littéraires qui imprégnaient tous ses autres écrits : de bons exercices sans prétention dans le registre de la satire sociale avec une plume mordante mais joviale. Dans le cas présent, l'histoire se présentait sous la forme du journal intime d'Anna. Les pages du début recevaient encore un accueil chaleureux lors des séances de lecture. Silverman les connaissait par cœur. « D'accord, je le reconnais, déclare Anna. J'ai quelques problèmes. Qui n'en a pas ? Vous devriez voir certaines de mes amies. Elles n'arrivent même pas à se sortir du lit le matin. Moi, au moins, je me débrouille. Je gagne ma vie. Je suis invitée dans les soirées. Je vais au théâtre. On me fait la cour, je suis courtisée par des messieurs de bonne réputation, d'excellents partis. Si je ne suis pas mariée, c'est par choix car je le pourrais, absolument. En attendant, j'ai une vocation. Et n'est-ce pas là le vrai problème, cher docteur ? Le fait que je ne sois pas la petite souris hystérique et désarmée dont vous avez l'habitude ? Certes, de temps à autre, je perds mon self-control, je glousse, je rougis un peu. Est-ce si catastrophique ? Il y a des hommes qui trouvent ça charmant. Pas ce cher docteur Freud, bien sûr. Mais écoutez, si quelqu'un a un problème, c'est bien ce pauvre Sigmund. Tenez, ce cigare, par exemple ? Qui croit-il tromper avec ? Je suis là à avoir des haut-le-cœur à cause de la fumée, je me plains de mourir d'asphyxie, mais tout ce qu'il trouve à dire, c'est : "Et il vous fait penser à quoi, mon cigare ?" Je lui dis : "Il me fait penser à une crotte et il pue encore davantage." Il croit que je ne sais pas ce qu'il écrit. Pas crotte, mais pénis. Ce type, il ne voit pas plus loin que sa bite. Le cigare est un substitut de pénis, croit-il. Alors, cher docteur, que suis-je censée conclure du fait que vous êtes celui qui le fume ? »

Pause. Applaudissements. Et quand il avait fini, les femmes ne manquaient pas de se rassembler autour de lui pour dire : « C'est tellement vrai ! » et d'enchaîner sur leur psy.

Silverman repensait à présent avec nostalgie à la période qui avait suivi son premier roman. C'était « les Années Anna », une époque dorée et prometteuse où l'argent coulait à flots (toutes proportions gardées.) D'une ambition démesurée et se rendant volontiers à toutes les manifestations littéraires à travers le pays, il devenait sous la plume des critiques le digne successeur de grands noms de la littérature diversement associés et qui comprenaient Bellow, Malamud, Heller, Mailer, Gold, Salinger, Roth. Formidable. Mais pourquoi les noms de ces multiples listes étaient-ils presque toujours juifs, se demandait-il. C'était curieux. Il y avait après tout des romanciers non juifs – quelques seconds couteaux tout à fait corrects. Y avait-il là quelque chose de condescendant ? Le mettait-on dans un ghetto ? C'était absurde. En fait, il pensait rarement à lui en tant que juif. D'ailleurs, c'était une pomme de discorde. Certains critiques prétendaient détecter des allusions antisémites dans sa façon de railler Freud, qu'Anna appelait de façon narquoise son « rabbi ». Le roman, disaient-ils, s'attachait aux pires préjugés auxquels le pauvre Freud avait été en butte au cours de sa carrière et tournait en dérision les épreuves qu'il avait traversées. Et c'était vrai. Il avait écrit un livre comique. Il transformait les théories de Freud sur la sexualité en réflexions sur les complexes de l'éducation juive. (Silverman se piquait quand même d'avoir mieux su débusquer les tendances patriarcales de la psychanalyse que toutes les universitaires féministes dont il avait pu lire les écrits – mais passons.) Quoi qu'il en fût, Anna appelait vraiment Freud son « rabbi ». Silverman n'avait pas inventé cela. En outre, si Philip Roth pouvait se permettre de rigoler un peu aux dépens de ses ancêtres, pourquoi pas Daniel Silverman ?

Maintenant, les « Années Anna » semblaient à jamais enfuies, ensevelies sous des flots d'indifférence. Au cours de la dernière décennie, il avait vu sa carrière passer d'un léger tassement à un rapide déclin avant de connaître une descente en chute libre. Lors de sa dernière tournée de promotion, comme on dit – englobant huit villes du nord de la Californie, du sud de l'Oregon et de l'ouest du Nevada –, il se trouva engagé par les stations de radio du campus pour participer à des émissions de nuit ou des talk-shows aux heures de pointe où il risquait constamment de passer à l'as au profit des commentaires sur la circulation. Même s'il était loin d'attendre des animateurs blasés et brouillons que les auteurs croisent dans cette vallée de misère de la littérature qu'ils aient lu le livre ou même la jaquette, ils auraient pu au moins connaître son nom. À présent, on le présentait si souvent par diverses combinaisons de Stein, Silver, Berg, Man et Gold, que quand un interviewer s'excusa à l'antenne pour l'avoir appelé pour la troisième fois « David Silverstein », il rétorqua avec mordant : « Ça ne fait rien. Du moment que c'est juif, ça ira. » Malgré les rebuffades, dans ses moments de méditation, Silverman voyait à présent que ses années de succès lui avaient apporté plus qu'une célébrité éphémère et un semblant de fortune. Avec elles était venu un magnifique sentiment de confort existentiel, de *bien-être* à simplement vivre de sa plume. Quand *Anna en analyse* connaissait le succès et que des milliers de gens applaudissaient son œuvre, il savait qu'il était à la place où il voulait être dans la vie. Il se sentait chez lui à Livreville.

Livreville était un lieu secret, imaginaire, qui avait rempli son enfance d'une vraie aventure intellectuelle. Cela avait commencé sur une idée de sa mère. Un soir, comme elle avait fini de lui lire *Winnie l'Ourson*, elle lui avait demandé d'imaginer la maison dans laquelle habitaient Winnie et ses amis. Et du haut de ses quatre ans, Daniel s'exécuta. Il réfléchit et en fit un dessin. Sa mère trouva ce dernier très intelligent, plein d'imagination. Elle dit alors : « Et si nous inventions un village entier dans lequel tous les gens de toutes les histoires auraient une maison aussi jolie que celle-ci ? » Et quand il eut dessiné le village, elle dit : « J'ai une idée. Nous allons l'appeler Livreville. » Et cela devint l'endroit où tous les personnages littéraires qu'il rencontrait dans les livres continuaient de mener leur vie. Long John Silver[2] et Natty Bumppo[3], Jo March et ses sœurs[4], et plus tard, Holden Caulfied, Augie March[5], ainsi que Portnoy avec son complexe. En fin de compte, les personnages de Silverman s'établirent eux aussi dans la

---

2. Le pirate unijambiste de *L'Île au trésor*, de R. L. Stevenson. (*N.d.T.*)
3. Personnage central des cinq récits formant *Le Roman de Bas-de-Cuir*, par James Fenimore Cooper. (*N.d.T.*)
4. *Les Quatre Filles du docteur March*, par Louisa May Alcott. (*N.d.T.*)
5. Héros des *Aventures d'Augie March*, par Saul Bellow. (*N.d.T.*)

ville, emménageant dans les rues par ordre chronologique au fur et à mesure de leur entrée dans l'existence. Il n'avait confié à personne qu'il continuait de revisiter ainsi le monde imaginaire de son enfance, pas même à Marty. Mais Livre-ville et ses habitants étaient toujours là quand il descendait la rue, tous au grand complet jusqu'à Winnie et Bourriquet.

Le quasi-succès du premier livre lui permit de trouver un agent pour le suivant, en fait un agent commercial époustouflant : Tommy Sutton, qui aimait parler de lui comme du Willie Sutton du monde de l'édition. Ce jeune homme au charme espiègle, qui adorait vivre à deux cents à l'heure sous les projecteurs, ne faisait pas mystère du fait qu'il avait l'intention de devenir plus célèbre que tous ses écrivains. « Pourquoi pas ? expliquait-il. Après, tu fais rejaillir ta célébrité sur tes clients. C'est en partie pour ça qu'ils paient, non ? » Bien que Silverman eût un an de plus que son agent, Sutton le traitait en petit frère, auquel il devait apprendre les dures réalités de la vie. « Après tout, aimait-il rappeler à Silverman, tu es un provincial. » Sutton lui avait promis la lune et les étoiles, et il parvint à lui décrocher un deuxième contrat fabuleux, suivi de trois autres qui étaient au moins suffisamment corrects pour que Silverman puisse rester chez lui à écrire, ce qui était l'aune financière à laquelle il mesurait personnellement sa réussite. Et même quand les contrats se réduisirent comme peau de chagrin, il resta les cours, les colloques, les retraites d'écrivains pour lui regonfler le moral. Si seulement cela avait pu ne jamais s'arrêter.

Malheureusement ce ne fut pas le cas. Après trois bides d'affilée, Tommy Sutton ne lui cacha pas qu'il avait un problème. Mais pas de quoi s'inquiéter, se dit Silverman. Il était sûr que son prochain livre renverserait la vapeur. Ce livre était *L'Œil des profondeurs*, une idée géniale. *Moby Dick* raconté du point de vue de la baleine. Une histoire d'animal, un classique plein d'aventures, une poursuite endiablée, des hommes virils... Bon sang ! C'était même écologique. C'était génial, ça pétait le feu, ça bouillonnait au point de lui fondre la cervelle. Gonflé à bloc, avec l'assurance démente d'une tête brûlée fonçant pour franchir d'un bond le Mississippi sur sa moto, il prit l'avion pour New York afin de présenter son projet.

« Évitons ces espèces de bouis-bouis avec des plats qui baignent dans l'huile, déclara Sutton pour dire qu'il voulait autre chose qu'une gargote bon marché. J'ai trop forcé sur le cholestérol ces temps-ci. » Silverman aurait préféré carrément sauter le déjeuner. Dans son monde, le niveau du restaurant où vous invitait votre éditeur ou votre agent littéraire était un indicateur économique infaillible. Il n'oublierait jamais qu'un jour il avait eu droit – dans les « Années Anna » – à un dîner au Four Seasons. Hélas ! La dernière fois qu'il était venu à New York, son éditeur l'avait emmené au Starbuck's, au rez-de-chaussée de son immeuble. Sutton proposa qu'ils se retrouvent « quelque part où on peut manger léger ». En fin de compte, il lui donna rendez-vous dans un self qui n'était pas même un vrai restaurant, mais une « cafétéria Vegan quatre étoiles ». L'endroit, situé à deux portes du bureau de Sutton, n'était guère qu'un vulgaire bar à jus de fruit. Et alors ? Ils se voyaient pour bosser, non ? L'important, c'était d'en venir au fait. Juste. Aussi, avançant rapidement dans la file d'attente du self, Silverman finit par se retrouver à la caisse avec plusieurs personnes impatientes entre lui et Sutton, lequel se concoctait soigneusement une salade composée, avec tofu, riz complet et fruits. Que faire ? Il paya sa propre addition. « Désolé. Tu aurais dû me laisser régler, s'excusa Sutton comme ils se dirigeaient vers une table dans un coin pas trop tranquille. Et si j'allais nous chercher du vin ? Je crois qu'ils ont ce machin sans alcool. » D'un ton crispé qui signifiait *venons-en aux choses sérieuses*, Silverman lui dit de laisser tomber la boisson.

Mais il n'y avait pas trois minutes qu'il avait commencé son exposé minutieusement préparé qu'une sonnerie étouffée se fit entendre. En un clin d'œil, Sutton fit apparaître un téléphone cellulaire. C'était un geste impressionnant : dégainé plus vite que son ombre, le téléphone le plus rapide de l'Est. « Excuse-moi une seconde, Danny, dit-il en se détournant de la table. C'est sans doute un emmerdeur qui me réclame du fric. Tu sais ce que c'est... » Silverman ne saisit pas un mot de la conversation, mais il était clair qu'il s'agissait bien d'argent, de beaucoup d'argent. Il y avait une lueur féroce, vorace dans les yeux de Sutton quand un gros paquet était en jeu. C'était même beau à voir : un homme animé d'une telle rage, se concentrant avec autant d'ardeur sur les réalités ultimes. Il faisait penser à la sainte Thérèse en extase du Bernin, le cœur transpercé par l'amour divin. Silverman n'avait pas revu ne serait-ce qu'une once de cette exaltation pour parler de ses livres depuis... depuis combien de temps ? Il ne s'en souvenait pas.

Quand il eut terminé, Sutton coupa ostensiblement la sonnerie de son portable. « Là, tu vois ? C'est éteint... jusqu'à ce qu'on ait fini, d'accord ? Je suis tout ouïe, maintenant. » Mais même avec le téléphone en sommeil dans sa poche, Sutton ne pouvait cacher son ennui presque mortel. Silverman persista. *L'Œil des profondeurs*. L'histoire parfaite. Silverman repassa mentalement la liste en revue. *Une histoire d'animal, un classique, des aventures à la pelle, le frisson de la poursuite, des hommes virils...* Bon sang !

« La baleine, l'interrompit Sutton. Cette Moby Dick-là... c'est elle la narratrice ?

– Oui, mais on ne l'appelle pas Moby Dick. On l'appelle Shirook Han Omura. C'est son nom dans la langue des cétacés, tu comprends ?

– La langue des cétacés, hein ?

– Oui, la langue que parlent naturellement les baleines. Elle parle dans la langue des baleines.

– La baleine parle dans la langue des baleines ? Ça veut dire quoi, au juste ? Que le livre n'est pas écrit en anglais ?

– Bien sûr que si, il est en anglais », le rembarra Silverman en laissant percer son impatience. *Bon Dieu ! Est-ce que ce type allait consentir à l'écouter ? Parce que je suis un client mineur, il ne peut pas m'accorder dix minutes d'attention ?* « Comme je te le disais, il y a une note de l'auteur pour expliquer que le livre est traduit de la langue des baleines.

– Pas bon, ça, déclara Sutton, l'air affligé.

– Quoi ? Qu'est-ce qui n'est pas bon ?

– Un avertissement de l'auteur. Ça te coule. Ça dit tout de suite que c'est un bouquin difficile à lire. Je n'achète jamais un livre avec un avertissement de l'auteur.

– Bon, on peut peut-être s'en passer. Les lecteurs comprendront. Ce qui est important, c'est les notes sur la sémiologie de l'esprit de l'animal, tu comprends ?

– Oh. » Sutton vous assénait ce *oh* comme le coup du lapin. Ça vous cassait en deux.

« Quoi "oh" ? demanda Silverman que le dépit faisait réagir au quart de tour.

– Des notes ?

– Oui, des notes.

– Un roman avec des notes ? C'est pire qu'un avertissement de l'auteur. »

Silverman s'était attendu à des ennuis à propos des notes, mais sa réplique était prête, une manœuvre pédante et intelligente destinée à circonvenir son agent quasi analphabète. « Salinger mettait des notes dans ses romans. Des tas. Il y en a même une au sujet de Kierkegaard. »

Sutton resta de marbre. « Oh, tu sais, moi, Salinger... C'était dans le temps.

– On m'a comparé à Salinger. Autrefois. Autrefois on me comparait à Salinger.

– À cause des notes ?

– Enfin, non.

– Écoute, je vais te dire la vérité, Danny. J'ai jamais lu une ligne de Kierke-machin-bidule. J'ai jamais lu Salinger, en tout cas pas plus loin que le dos de couverture, lequel fait vendre le bouquin. Maintenant que tu me dis qu'il met des notes, tu peux être sûr que je ne le lirai jamais. Vu ? Des notes de bas de page... ça te coule.

– Dans le cas présent, c'est un procédé littéraire extrêmement original pour explorer un état de conscience autre, qui est... »

Silverman s'interrompit au milieu d'une phrase pour laisser une pause s'installer entre Sutton et lui. La pause s'étala telle l'eau sous les ponts d'un bateau qui sombre. Dans cette pause flotta un moment de suspense qui semblait être une scène sortie tout droit d'un roman sentimental. La fidèle épouse – dans le cas présent, Silverman – attendant qu'on lui annonce l'existence de l'autre femme. « Danny, je vais te parler franchement, dit enfin Sutton. Je ne vais plus m'occuper de toi. Je ne peux plus t'être de quelque utilité. Le meilleur avis que je puisse te donner c'est : vire-moi, je t'en supplie, vire-moi. Trouve-toi quelqu'un de mieux. Tu as besoin de quelqu'un de plus littéraire. Tu me connais, je suis un plouc et, qui plus est, un plouc vénal. Incontestablement, il te faut un autre agent qui soit digne de tes notes de bas de page. »

Silverman tenta d'articuler une, deux, trois phrases commençant par « mais », écartant chacune à tour de rôle car trop blessé, trop furieux, trop révolté. Puis il se tut. Il ne savait pas comment continuer. Il se rendit compte qu'on lui avait coupé une veine ; il saignait à mort. Sutton ne se laissa pas démonter : « Je t'en prie, crois-moi quand je te dis que ce n'est rien qu'une question de pognon, cette saleté de pognon. Je t'aime bien, mon vieux. J'aime ce que tu fais. Eh, on a quand même fait quelques superbouquins tous les deux. Je suis sûr que tu vas rebondir. Écoute, ce n'est pas ta faute, c'est la mienne. Je suis sur un truc supergénial. Je suis comme ça, tu le sais. Je n'ai pas une goutte d'idéalisme dans le corps. Tu as le droit de me détester. »

Silverman n'avait pas envie de le détester, il voulait bondir par-dessus la table pour l'empêcher de s'en aller. À la place, aussi calmement qu'il le put, il demanda posément l'équivalent du *est-ce qu'elle est jolie ?* Autrement dit : quel était ce truc supergénial à cause duquel il allait rester seul et abandonné ?

Sutton s'enflamma soudain tel un homme affamé qui attend la fin des discours lors d'un banquet assommant. Ça y est ! On sert le dîner. Il se lécha vraiment les babines. « C'est le superpied ! dit-il avec un rire faussement gêné. Tu sais que je travaille avec Bobby Wilcox ? »

Non, Silverman n'en savait rien.

« C'est qui, Bobby Wilcox ?

– D'où tu sors, mon vieux, d'une grotte ? Tu ne te connectes jamais ?

– Enfin, non, pas trop. J'utilise quelques catalogues de bibliothèques universitaires. »

Sutton souffla bruyamment. « Allez, Danny, passe le pont, entre dans le XXIe siècle. Wilcox est le génie littéraire de notre temps. C'est le type qui a inventé le tableau des données quand il n'avait que 14 ans – un de ces petits pirates de génie. Ne me demande pas ce que c'est. On ne fait pas plus ignare que moi question informatique. Tout ce que je sais, c'est qu'Intel a acquis le brevet pour quelques millions de dollars. Ça fonctionne un peu comme un tableur, mais avec des données personnelles. C'est là que la littérature entre en jeu, tu y es ? Ces programmes, ce sont en fait des tas de scénarios standard, établis à partir de sondages opérés chez Danielle Steele, Tom Clancy, John Grisham, des grosses pointures du genre. Si tu voyais comment Bobby a décortiqué leur style, tu serais soufflé. Ils sont chacun sous licence de P-DG-A.

– P-DG-A ?

– Président-Directeur général-Auteur. Tu sais, des titres comme *Le Maître des passions,* de Danielle Steele, *Mission à tout prix*, de Tom Clancy, répondit Sutton en faisant siffler le *s* du possessif anglais accolé au nom de l'auteur. Ils sont tous partie prenante dans nos dernières productions. Le programme se charge d'écrire 95 % du bouquin. Bien sûr, il reste toujours à fignoler un peu par-ci par-là, alors on embauche des étudiants à temps partiel pour arranger ça. Tout ce qui intéresse les P-DG-A, c'est cette virgule et le *s* final après leur nom.

– Ça s'appelle une apostrophe, précisa Silverman, caustique. Tu veux dire apostrophe-s.

– Ah bon ? Tiens donc ? Chez nous, tout le monde appelle ça une virgule. Je me demande pourquoi Danielle ne m'a rien dit. Alors ce qui se passe, c'est que les clients se branchent sur *authors@large.com*... T'as entendu parler de ça ? Ah non ? Eh, debout, c'est l'heure, le café attend ! C'est notre site Internet, quatre millions de connexions par mois. Les clients se branchent et choisissent dans quel type d'histoire ils veulent figurer : romanesque, aventure, gothique, justice, des trucs comme ça. Puis tu remplis un questionnaire sur ton profil : nom, âge, sexe, profession, études, lieu de naissance, etc. Plus tout un tas de questions sur ce que t'aimes ou pas. Ton alimentation, tes stars de cinéma, ta bagnole, ta façon de te fringuer, ton équipe de base-ball préférée, et ainsi de suite. Il y a aussi des trucs classés X sur les préférences sexuelles, les zones érogènes, les fétiches, les fantasmes. Soit dit en passant, toutes les statistiques deviennent notre propriété ; ce qui vaut son pesant de cacahuètes pour le commerce en ligne. Pour finir, on charge le profil sur un des programmes de Bobby et vlan ! comme par magie, tu deviens un personnage de l'histoire, une sorte de coéquipier du héros. Pour 30 dollars l'exemplaire (on appelle ça la remise du coauteur), tout le bidule s'imprime comme un vrai bouquin, avec ta photo sur la couverture à côté de Clancy ou un autre en tant que "consultant artistique de l'auteur". Tu imagines le potentiel ! Tous les pauvres crétins de par le monde peuvent traquer des espions, flinguer des méchants, tringler la star de cinéma de leur choix. Je t'assure, quand le site a démarré en faisant un tabac, c'était un spectacle de toute beauté. On a déjà, voyons voir, il y a le Steele, le Clancy et, ah ouais, il y a un Ludlum, *L'Infraction vénézuélienne.* Trois bouquins sur la liste des gros tirages.

– Ah bon ? Je n'ai jamais vu ces titres sur la liste du *Times* », observa Silverman, circonspect. Est-ce que Sutton lui montait un bateau ?

« Non, pas cette liste-là, c'est une liste de snobs. Les mecs du *Times* ne veulent pas admettre ce qui plaît aux gens. Leur supplément littéraire, c'est de la blague. Complètement décalé par rapport au public non lecteur. Les mots fléchés, le porno, santé et bien-être, comment parler à son poisson rouge... Des non-livres pour des non-lecteurs, le vrai pognon est là. La médecine loufoque, c'est le summum. Tu sais : comment vivre heureux avec vos hémorroïdes, ce genre de machin. Le *Times* ? On s'en branle. Il s'agit là de toute une industrie. Le coup de téléphone que je viens de recevoir ? Celui que j'ai interrompu pour pouvoir te réserver toute mon attention ? Eh bien, les sites Internet sont pris d'une fringale délirante. Barnes & Noble offre quarante millions pour nous reprendre. C'est ici que les choses se passent, coco. Alors, tu comprends, je n'ai pas de temps à perdre. »

Malgré sa bonne volonté, Silverman n'y comprenait rien. Une histoire d'ordinateurs, des ordinateurs qui écrivaient des livres. Qu'est-ce que ça voulait dire ? À Livreville, le lieu de référence intime de Silverman pour tout ce qui était littérature, personne ne se servait d'ordinateur. La plupart des résidents de son phalanstère d'écrivains imaginaires utilisaient la plume et l'encre, et écrivaient à la chandelle. Depuis l'enfance, cela avait été sa vision romantique des grands écrivains à l'œuvre. Shakespeare griffonnant avec une plume d'oie et faisant des pâtés dans un coin sombre de la Mermaid Tavern, Balzac gribouillant avec un gros crayon dans un bistrot parisien bruyant, Jack London peinant sur un dos d'enveloppe dans un saloon bondé ou une gare animée. De quoi d'autre le génie avait-il besoin ? Certes, deux ou trois résidents de Livreville préféraient se servir d'une machine à écrire, une Underwood portable d'occasion dont le couvercle relevé laissait apparaître les caractères encrassés, de vieilles guimbardes qui tapaient des pages presque illisibles sur un ruban aussi sec que la pierre. C'était ainsi qu'il se représentait Hemingway à l'ouvrage, un vieux routier qui picolait et frappait comme un sourd sur un clavier cliquetant, éparpillait une coquille après l'autre sur la page tout en répandant la cendre de son cigare sur son plastron. C'était toute la technologie qu'il fallait à Hemingway, Dreiser ou Steinbeck. La vraie littérature venait au monde sale et pleine de taches, une prose élégante mais à peine lisible que d'autres, des éditeurs dévoués, devaient se donner le mal de déchiffrer. Et ils s'en donnaient effectivement le mal, car ils aimaient d'autant plus ce qu'ils lisaient qu'ils devaient eux-mêmes fournir un effort. Certes, Silverman utilisait à présent un traitement de texte, mais par principe, il ne couchait sur le papier qu'une seule police de caractères. *Courrier*, les vrais écrivains n'avaient besoin de rien d'autre. Une bonne vieille police ordinaire en dix points. Pouvait-on imaginer Dostoïevski ou Zola écrivant en Bernhard Fashion ?

« Mais c'est... ça n'a rien à voir avec la littérature », protesta Silverman avec autant d'indignation contenue qu'il pouvait en exprimer. Pourrait-il, au cours de ce qui prenait manifestement la tournure d'une dernière rencontre, extorquer à son bouillant agent une once de remords même tacite ? Non.

Sutton poussa un soupir mélancolique : « J'entends les mêmes propos de la part de tous les écrivains à qui j'en parle. Qu'est-ce que je peux te dire ? Certains savent surfer sur la vague et d'autres pas. La vérité, Danny, c'est que l'édition n'a plus rien à voir avec ce que c'était de ton temps. Tout ce qui se passe d'important, c'est en ligne. Ça fait des années qu'on le voyait venir. Tiens, depuis qu'on a inventé le vérificateur orthographique, à quoi servent les correcteurs ? Maintenant qu'on a la Toile, à quoi bon des éditeurs ? »

Dans sa tête, acculé entre la rancune et le désespoir, Silverman se débattait comme un fou pour recouvrer ses esprits avant la fin du déjeuner. « Je suis largué, avoua-t-il à Sutton. Ça s'est passé quand ? Comment cela a-t-il pu changer à ce point depuis mon dernier livre ? »

Un air d'authentique compassion apparut sur le visage de Sutton. « Je sais, je sais, tu es un auteur littéraire. C'est dur de changer ses habitudes. Et qui sait ? Peut-être que tu auras du bol. Il y aura toujours une certaine qualité qui arrivera à s'infiltrer malgré les contrôles. Mais c'est un vrai coup de poker, mon pote. Je ne miserais pas là-dessus. Crois-moi, le futur sera numérique à cent pour cent. »

Silverman voulut protester, mais c'était comme si Sutton parlait une langue étrangère. « Je ne peux pas juste... »

Son agent eut enfin pitié de lui. « Écoute, je ferai ce que je peux en souvenir du bon vieux temps, entendu ? Il y a sans doute deux ou trois agents en ville qui travaillent encore sur papier, des types d'un certain âge. Quand je rentrerai au bureau, je chercherai quelques noms. Mais, crois-moi, si tu veux un conseil : peu importe ce sur quoi tu bosses, essaie d'en tirer une connerie quelconque sur informatique. »

Sutton offrit le dessert. Un sorbet à la mangue. Deux boules.

Après le départ de son agent, Silverman resta assis à la table, sonné et complètement démoralisé. Il luttait contre une sensation de vertige grandissante tandis qu'un long tunnel obscur descendant en spirale béait devant son imagination. Finalement, il s'obligea à refaire surface. Qu'était cet abîme sans fond dans lequel plongeait son regard ? Ah oui, c'était son avenir. Comme il se levait pour partir, il aperçut son reflet dans la surface polie du rond de serviette. Ce n'était pas sa tête, mais celle d'un dinosaure regardant derrière lui.

Dans les neuf années qui avaient suivi ce déjeuner mémorable, inscrit dans sa mémoire comme la Cène, Silverman n'avait pas réussi à dénicher un autre agent. Un petit nombre de ceux qu'il avait contactés se souvenaient qu'*Anna en analyse* avait reçu des critiques fort élogieuses, mais cela même avait tendance à se retourner contre lui. « Ah oui, un chouette bouquin, faisaient-ils observer au cours d'une brève conversation téléphonique. Très littéraire. Voyons, c'était quoi ? Il y a une vingtaine d'années. Enfin, ça fait un sacré bail entre deux livres, non ?... Ah bon ? Pas possible ?... *Sept* livres depuis. Eh bien, vous avez été productif. Apparemment je vous ai perdu de vue. » C'était la sentence. Quand, dans un ultime sursaut d'énergie, Silverman mentionna discrètement qu'il avait été un best-seller numéro un, les agents potentiels eurent mystérieusement le don de se souvenir – aussi clairement que s'ils récitaient les résultats des matchs de base-ball de la veille – qu'il n'avait pas été *le* best-seller numéro un, pas exactement, pas tout à fait. « En fait, vous étiez le numéro cinq ou six sur la liste, non ? Pendant combien de temps ? Un mois, peut-être, si je me souviens bien.

– Oui, quelque chose comme ça. »

À trois livres de là, sa dévouée cousine par alliance Hanna avait proposé de tâter du métier d'agent, mais elle n'avait aucun talent pour ça. Elle était encore moins portée sur la littérature que Tommy Sutton. « Pourquoi t'as pas écrit un bouquin de cuisine ? » était son genre de conseil. En outre, elle était trop soupe au lait et quand elle s'emportait, ce n'était pas en termes choisis. Une fois, à déjeuner, elle avait été tellement furieuse contre un éditeur de Viking qu'elle l'avait envoyé se faire foutre si c'était la meilleure offre qu'il pouvait faire pour un best-seller numéro un. Ce fut la fin du rendez-vous et de la négociation.

À présent, Silverman était donc son propre agent. Le pire au monde, presque aussi mauvais qu'Hanna. Du fait qu'il était acculé et forcé d'accepter des conditions humiliantes.

Malgré tout, Silverman adorait être écrivain, il adorait tout ce que cela représentait de vivant, le fait de pouvoir se plonger en lui-même. Il aimait être à l'intérieur de sa tête, chercher des angles et des variations à ses récits. Régler le déroulement d'une intrigue lui procurait les satisfactions sensuelles de l'artisan, dont la main experte tâte le cuir ou le bois. L'écriture le remplissait de joie même quand il savait qu'il œuvrait pour une cause perdue, un livre un peu bancal, un nouveau flop littéraire, qui s'élancerait sur l'eau et sombrerait comme un cuirassé mal ficelé. C'était malgré tout son histoire à lui, une tranche de vie. Il savourait même les longues périodes de blocage qu'il traversait souvent parce qu'il savait que, d'une façon ou d'une autre, il finirait par en sortir et se libérer, et que les mots allaient jaillir, une libération qui ressemblait beaucoup à un orgasme longtemps retardé. C'était son amour de l'écriture qui le rendait aussi désespérément vulnérable. Parce qu'il savait au tréfonds de lui qu'il ne pourrait jamais renoncer à ce plaisir dont il était devenu dépendant. Dût-il faire la manche sur le trottoir pour continuer.

Il y avait eu de petites consolations en chemin tandis qu'il poursuivait son interminable descente aux enfers. L'an dernier, il était tombé sur un papier signalant qu'*authors@large.com*, le site de Tommy Sutton, avait pris le bouillon. Il faisait partie des dix jeunes pousses qui avaient plongé d'une façon catastrophique dans la débâcle généralisée de l'Internet. Elle se classait derrière des entreprises récemment défuntes telles que *goldfish.com* et *funerals.com.* À l'époque, Silverman s'était demandé si Sutton accepterait de le reprendre comme client. Mais quand il passa un coup de fil à New York, il tomba sur une voix enregistrée qui lui dit : « Vérifiez notre site Internet ou envoyez-nous un mèl. » Il n'alla pas plus loin.

À présent, guetté par la déconfiture financière, Silverman ne pouvait s'en tirer qu'en proposant des cours du soir à l'université. Sa réputation était encore suffisamment présente dans les esprits pour lui procurer un atelier d'écriture. Autrement dit, il passait plusieurs heures par semaine à corriger la ponctuation, faisant son possible pour sauver le point-virgule de l'extinction. Et malgré tout, il n'aurait pour rien au monde renoncé à être un écrivain libre d'arpenter les champs de son esprit. Et il savait qu'il était *bon*, même si critiques et éditeurs ne le lui concédaient que du bout des lèvres. Il était surtout bon pour une chose qui l'avait franchement surpris, mais ne l'avait jamais quitté : il était convaincant dans la peau d'une femme. Sur ce point, même les critiques féminines avaient été impressionnées par l'adresse avec laquelle, parlant à la première personne dans *Anna en analyse*, il avait su parler des subtilités de la vie sexuelle d'une femme. Il avait été frappé par ce fait, lui aussi, d'autant plus quand il se lança dans l'écriture de son deuxième roman (*Moi, Emma*), qui racontait l'histoire d'Emma Bovary du point de vue d'Emma. L'irrésistible indolence des femmes de la bourgeoisie du XIXe siècle, leur coquetterie consommée, leur obsession de la mode et du maquillage, leurs doutes incessants concernant leur image corporelle (les hanches, la taille, le buste, et de nouveau les hanches)... cela lui venait tout naturellement.

« Je me demande pourquoi, songeait-il. Comment se peut-il qu'il me soit aussi facile de pénétrer dans l'esprit féminin ? »

Lors d'une tournée de promotion pour *Moi, Emma*, il passa par San Francisco et rencontra Marty.

Et là, il sut.

3

Le monde entier *n'est pas* San Francisco

Silverman s'arrêta dans l'entrée et huma. Il huma très fort. L'odeur, qui flottait depuis les premières heures de la matinée, était délicieuse, chargée d'un mélange alléchant de vanille, de cognac et de pâtisserie faite maison. Les meilleurs ingrédients associés amoureusement. Une merveille. Mais quelque chose clochait.

Trois fois par semaine, Marty remplissait l'appartement des effluves capiteux des madeleines « À votre santé » de chez Maurice. Cuisiner sous le nom de Maurice – le pseudonyme apportait juste cette petite touche française si chère au cœur des habitants de San Francisco – était son travail quotidien, ou plutôt matutinal comme il aimait à le dire, sa principale source de revenus durant les intervalles de plus en plus longs entre deux appels du casting. Il en était à présent à soixante-dix douzaines de madeleines par semaine. Même en s'y mettant à 2 heures du matin, il était à la limite de ce que pouvait supporter leur minuscule cuisine. Deux douzaines de plus et il devrait, comme il disait, « passer à la production commerciale ». Cela faisait trois ans qu'il menaçait de sauter le pas – depuis que sa recette pour les madeleines, une adaptation ingénieuse qui supprimait les jaunes d'œuf et substituait au beurre une matière grasse sans graisse dont le secret était jalousement gardé, avait obtenu un prix dans la principale revue d'alimentation bio de la ville. Rares étaient les gourmets qui pouvaient faire la différence entre « À votre santé » et leurs rivales bourrées de cholestérol. En temps normal, Silverman se sentait privilégié d'entrer dans l'antre où étaient fabriquées les madeleines les moins caloriques du marché. Mais la pâtisserie n'était pas ce qu'il s'attendait à sentir ce jour-là. C'était leur soirée côtelettes. Ce qu'il voulait humer, c'était le versant sombre du talent culinaire de Marty, ses travers de porc au barbecue totalement, résolument antidiététiques. À cette heure du jour, les arômes de la viande brunie et épicée auraient dû avoir chassé les délicats effluves de la fournée pâtissière du matin. Il renifla à nouveau. Rien, pas un soupçon. 4 heures de l'après-midi et pas de côtes sur le gril. Cela ne pouvait vouloir dire qu'une chose : des emmerdes.

Silverman, qui s'était absenté toute la journée, comptait bien, à son retour, être accueilli dès les marches extérieures par l'odeur des travers de porc avant même d'avoir ouvert la porte. Cette seule idée le faisait saliver depuis midi. Il avait sauté le déjeuner pour ne pas risquer de se gâter l'appétit. C'était son habitude pour les soirées travers de porc : jeûner en vue du barbecue des dieux.

Avec circonspection, il s'approcha de la cuisine. Visiblement, c'était le calme plat. La pièce était froide et vide. Aucun chef au fourneau. Puis : « North Fork ? Pour l'amour du ciel, où ça crèche, North Fork ? » La voix de Marty, lourde de mécontentement, lui parvint de la salle à manger.

« Un petit peu à l'ouest et un petit peu au nord de Minneapolis, répondit Silverman d'un ton aussi désinvolte que possible. Genre ouest-nord-ouest, je dirais.

– Et depuis quand allons-nous ouest-nord-ouest de Minneapolis pour fêter la nouvelle année ?

– Enfin, pas nous. Moi tout seul.

– Je vois.

– J'allais justement t'en parler. »

Silverman et Marty décachetaient les lettres l'un de l'autre depuis des années. Ce jour-là, malheureusement, c'était Marty qui avait reçu le courrier en premier. Une missive portant l'en-tête de Faith College s'étalait sur la table de la salle à manger et, dessous, une carte de la région. Manifestement, Marty avait trouvé mieux à faire de la table que de la couvrir d'un somptueux gueuleton. Penché sur la carte, il déplaçait lentement une loupe, plus haut, plus haut, plus haut, vers le nord, puis à gauche, gauche, gauche, vers l'ouest.

« North Fork. Ça y est. À en juger par la taille des lettres, je dirais que c'est un chouia plus gros qu'un croisement de pistes de troupeaux. Doux Jésus, regarde-moi où c'est perché ! C'est pas "un tout petit peu au nord". C'est presque carrément le Canada. Des Canadiens, Danny. Aussi haut que ça, tu pourrais avoir affaire à des Canadiens. Tu sais ce que ça veut dire. » Les deux derniers livres de Silverman avaient été éreintés par la presse canadienne.

Silverman afficha une indifférence totale.

« Tu te montres très provincial. Je suis déjà allé dans le Minnesota. Je connais l'endroit.

– Quand es-tu allé dans le Minnesota ?

– J'ai fait une lecture à Minneapolis. Ma première tournée de promotion. Évidemment, je n'ai fait que passer. Mais j'ai rencontré quelques personnes charmantes, cultivées. Elles m'ont emmené dans un restaurant français formidable.

– Deux heures à Minneapolis il y a vingt ans ? Allons, mon chou. Tu as les villes d'un côté et les bleds de l'autre, et les deux ne font pas la paire. Notre monde à nous s'arrête de ce côté-ci de Modesto et ne recommence pas avant d'avoir franchi la Hudson River.

– Est-ce qu'on pourrait se situer à une échelle un tout petit peu plus planétaire, non ? suggéra Silverman. C'est à deux heures en limousine de l'aéroport. Alors, on dîne quand ? » ajouta-t-il dans la foulée en imitant de son mieux le mec qui n'a pas faim.

Question idiote. Il savait parfaitement que le dîner s'annonçait plus que tardif ce soir-là. Marty était en train de prendre le « ton Jones ». Le ton Jones était une imitation absolument fantastique de James Earl Jones[1], la voix qui pouvait renverser des murailles. Il y excellait. Marty était un bon imitateur en général. Au milieu d'une conversation, il pouvait changer en un quart de seconde et vous piéger avec Clint Eastwood, Woody Allen ou Judy Garland. Mais avec James Earl Jones, il était top. En fait, il était même trop bon. Après que Marty eut fait deux ou trois publicités en voix off avec le ton Jones, il fut menacé de poursuites s'il n'arrêtait pas d'empiéter sur la propriété vocale du grand acteur. Jones aurait probablement eu du mal à faire valoir ce genre de droit de propriété, mais aucun annonceur n'avait envie de courir le risque. De toute façon, Marty était prêt à s'arrêter par pure courtoisie professionnelle. Seulement le ton Jones continuait de lui rapporter de l'argent. Durant trois saisons, Marty avait été la star d'un polar télévisé intitulé *Patrouille en hélico*. Dans chaque épisode, il trouvait l'occasion d'affirmer toute son autorité vocale, généralement avec des répliques comme « Plus un geste ! », « Lâche ça ! », « Couché ! », « Avoue ! » Cela lui avait valu des revenus plus durables que le tournage de la série. Chaque année, depuis cinq ans, il animait un atelier sur le ton du commandement par les membres de la police de San Francisco. Comme le lui avait dit un bleu : « Une voix pareille, ça peut t'arrêter une balle en pleine trajectoire. » Ce qui avait amené Marty à se demander pourquoi il avait si rarement le dernier mot avec Silverman quand il leur arrivait de se chamailler.

« Deux heures ? grogna Marty en évaluant la distance avec le pouce et l'index sur la carte. Ça ne fait pas deux heures. J'en mangerai mon chapeau si ça fait deux heures. Ça se trouve en plein territoire viking. Je parie qu'ils viendront te chercher en traîneau à l'aéroport. Pas possible que tu fasses l'aller-retour en un jour.

1. L'interprète de Dark Vador dans la trilogie *La Guerre des étoiles,* de George Lucas. (*N.d.T.*)

– Eh bien, en fait, Hanna dit qu'il faut compter deux nuits.

– Ah, ça y est maintenant, c'est deux nuits.

– C'est à cause des horaires des vols.

– Le 31 décembre, le 1er janvier, le 2 janvier. Trois jours. Cette histoire ne me plaît pas.

– Pense aux 12 000 dollars.

– Pour trois jours, c'est que dalle.

– Allez ! Ma dernière prestation m'a rapporté 250 dollars, sans compter tous les exemplaires que j'ai dû distribuer gratos pour entretenir mon image. Sois raisonnable, Marty. Tu as des soins de dentiste, on a une bagnole asthmatique, le mois dernier, c'est tout juste si on a réussi à payer le loyer, et on nous prélève 20 % d'intérêt sur notre carte de crédit. On est en train de tomber en chute libre avec un parachute complètement mité. Tu as vraiment envie que la banque nous coupe les vivres ?

– Alors pourquoi ces pisse-froid de Frères chrétiens te paient-ils 12 000 sacs ? » Marty faisait carrément pencher le ton Jones vers celui de Dark Vador. Intimidation de haut niveau. En fait, Silverman adorait l'effet, mais il s'efforça de ne pas le montrer.

« Le doyen dit qu'ils lisent mes livres pour ce programme. Le doyen pense que je suis un écrivain majeur.

– Pourquoi ? »

Enfin l'occasion pour Silverman de prendre l'air blessé. « Ah bon, pas toi ?

– Évidemment que si. De mon point de vue mineur, tu es un écrivain majeur. Mais, Danny, tous tes bouquins sont épuisés.

– Ils ont dû en trouver des exemplaires, j'imagine.

– Lesquels ?

– *L'Œil des profondeurs*, je crois. »

L'Œil des profondeurs était le dernier de ses romans à s'être un peu distingué, écrit avec une avance de trois fois rien qu'il avait négociée lui-même après avoir été largué par

Tommy Sutton. Tout de même, le livre était sorti en poche, en dépit d'une mauvaise critique dans le *Times*. Enfin, pas exactement mauvaise. Pire. Silverman était convaincu qu'il existait une catégorie dans le *Times* intitulée « vacharde ». Et une autre appelée « féroce ». L'article sur *L'Œil des profondeurs* était sorti sous la rubrique « féroce ». Il y avait des journalistes qu'on gardait sous le coude pour leur confier ces entreprises de démolition, des romanciers frustrés qui avaient vu leur propre livre se faire déchiqueter. On tenait enfermés et prêts à tuer ces êtres malfaisants pareils aux chiens affamés qui s'élancent à la poursuite des prisonniers en cavale. On pouvait voir écrit « féroce » à un kilomètre. Dès la première phrase, le ton était suspicieux, hargneux : « Alors, qu'est-ce que ce type essaie de nous faire avaler ? » Un critique de ce genre est capable de faire passer le meilleur écrivain du moment pour un parfait plumitif. « Allons donc, Mr. Fitzgerald, *West Egg*[2] !... Voyons, comte Tolstoï, encore un éloge du paysan vertueux ! » Le pitbull de Silverman avait en fait proposé qu'on présente *L'Œil des profondeurs* pour un nouveau prix de la critique : « Le roman contenant la phrase la plus exécrable de l'année. » Cette phrase étant : « Si ce n'était tout ce gras-là... »

Bon, d'accord, pris hors contexte, ça faisait ridicule. Sortez une phrase de Faulkner ou de Hemingway, n'importe laquelle, de son contexte et ça donne quoi ? Allez-y, essayez ! Le problème, c'est que, chaque fois qu'il tentait l'exercice, toutes les lignes de Faulkner ou de Hemingway sonnaient rudement bien, bon sang. Mais à quoi bon discuter de façon rationnelle ? Ils savaient ce qu'ils faisaient au *Times*. Il ne pouvait attendre d'eux que de la férocité et, quelquefois, pas même cela. Rien, seulement rien. Le silence. Comme quand le tortionnaire abandonne un corps abruti par les coups. Ça ne vaut même pas la peine de

2. Nom de la somptueuse demeure dans *Gatsby le Magnifique*, de Francis Scott Fitzgerald, 1925, Grasset, 1996.

relever le fouet. Pourquoi ce désintérêt sadique ? C'est parce qu'il avait quitté New York, son climat pourri, la circulation, la vie sous tension. Les gens coincés dans ces désagréments considéraient ceux qui s'en allaient comme des lâcheurs et des traîtres. En leur for intérieur, ils étaient jaloux.

« Comme ça, ces Frangins fricassés du Christ s'intéressent aux baleines ? interrogea Marty, incrédule. Je parie que c'est parce qu'ils sont tous esquimaux là-haut. Les Esquimaux sont anthropophages, tu sais ça, quand ils sont à court de blanc de baleine. Emporte de quoi manger. Jette-leur des os.

– Je crois qu'on n'est plus censé les appeler Esquimaux.

– N'essaie pas de t'en tirer en faisant du politiquement correct avec moi. Tu risques ta vie, mon grand. Ne souffle surtout pas un mot de ton orientation sexuelle. Joue les machos. Mets une casquette de base-ball. Débarrasse-toi de ton déodorant. Je ne devrais pas avoir à te rappeler l'article numéro un du manuel de survie des gays. Le monde entier *n'est pas* comme San Francisco.

– Tu ne peux pas croire que je fais ça pour mon plaisir, répliqua Silverman. C'est vraiment pour le fric. Si je refuse, Hanna va me virer. »

Marty fit un rapide calcul mental. « Écoute, on a d'autres solutions. Si je me lance dans la production commerciale comme je l'envisage, et si je fais grimper les madeleines, disons de quarante douzaines...

– Quarante douzaines !

– Quarante douzaines par semaine, on peut compenser les 12 000 sacs d'ici un an.

– Génial. Vas-y, parce qu'il nous faudra tes 12 000 sacs en plus des miens. Il nous faut tous les 12 000 sacs qu'on peut trouver. »

En attendant le dîner, Silverman lut la lettre de Faith College.

Daniel Silverman
122-A Fillmore Street
San Francisco, CA

Cher Mr. Silverman,

Votre agent, Miss Hurwitz, m'a fait savoir que vous aimeriez avoir plus d'informations concernant notre établissement en vue de votre visite à North Fork le mois prochain, que nous attendons avec impatience.

Vous vous souvenez peut-être de moi, mais j'en doute. Nos chemins se sont croisés un jour par correspondance. Il y a environ neuf ans, quand je terminais ma thèse au séminaire de la Rédemption, j'ai été en contact avec vous pour mon mémoire, qui était basé sur un de vos livres. Vous avez eu l'amabilité de faire des observations sur mon interprétation de votre roman, *La Sonate de l'idiot*, qui reste pour moi votre plus belle œuvre. Je ne puis vous dire combien j'ai été touché par votre façon ingénieuse de raconter le *Roi Lear* du point de vue du bouffon. J'ai eu l'impression que c'était une revendication de la foi religieuse poussée à l'extrême.

Mais venons-en au fait. Quand j'ai été nommé responsable des Études religieuses à Faith College, l'an dernier, j'ai entrepris de mettre sur pied un nouveau programme de lettres qui rassemble la fine fleur de la pensée religieuse et humaniste. Notre devise est : « L'excellence dans la diversité de sa gloire. » Le programme débute l'an prochain. Personne ne me paraît mieux qualifié que vous pour prendre la parole en ce Nouvel An du millénaire. Je crois sincèrement que vos réflexions seront un défi que nos étudiants voudront relever. Beaucoup ont été élevés dans une solide tradition sectaire, mais d'autres manifestent une vision plus large, grâce à nos capacités en ligne considérables. Voyez notre site : *www.byfaithalone.edu.*

Jusqu'à il y a douze ans, notre campus était exclusivement réservé aux jeunes gens. Or, les femmes représentent à présent 30 % des 1 237 étudiants logeant en majorité sur place. Un quart seulement d'entre eux ne sont pas originaires de la région Minnesota-Dakota environnante. La plupart sont des enfants d'anciens élèves de Faith. En tant que doyen, je me suis donné pour priorité d'ouvrir de nouveaux horizons à notre communauté. Tandis que les Études religieuses restent la pierre angulaire de notre école (nous sommes le principal séminaire de formation du synode des Frères évangéliques réformés libres dans le Christ pour l'Amérique du Nord), nous avons aussi un solide programme Affaires et marketing d'un bon niveau et projetons d'ajouter un laboratoire multimédia dans un proche avenir. La série de conférences que vous allez inaugurer a été financée par Mrs. Helena Bloore, présidente de la société de motoskis Fantôme des neiges, le principal employeur dans le nord-ouest du Minnesota. Je sais que Mrs. Bloore et d'autres membres de notre faculté attendent avec impatience une rencontre vivifiante avec vous à l'occasion du déjeuner dans nos locaux qui précédera votre intervention.

Ce qui a une importance particulière à mes yeux, c'est l'occasion que vous aurez de bavarder en toute simplicité avec notre comité de l'humanisme religieux ce soir-là. Tous les membres du comité sont de fervents admirateurs de vos livres et espèrent quelques bonnes discussions toniques, en particulier concernant la place des valeurs humanistes dans notre foi.

Je me permets également de mentionner que vous êtes invité à assister à notre première soirée annuelle de danses paysannes en famille, Holiday-at-Home, histoire de permettre à nos étudiants de « s'éclater » pour le Nouvel An. Si votre vol n'a pas de retard, vous arriverez peut-être à l'heure pour le cotillon. La fête va sûrement durer bien après minuit. Si le temps le permet, bien entendu.

C'est un honneur de vous avoir pour invité et pour mentor.

Avec mes meilleures salutations,

Richard Swenson, doyen des Études religieuses.

Allant et venant entre la cuisine et la salle à manger pendant que Silverman lisait la missive, Marty le mit en boîte ligne après ligne. Il avait apparemment mémorisé toute la lettre dès la première lecture. Ces acteurs ! « Voyons, comment trouver une façon plus rigolote de passer le réveillon ? demandait-il. Rester avec ce bon vieux Marty dans ce bon vieux San Francisco, ça ne tient pas la route quand on peut aller se défoncer à la soirée de danses paysannes en famille de North Fork, si le temps le permet, bien entendu. Autrement dit, si tout l'État n'est pas pris dans les glaces.

– Je n'ai pas l'intention d'aller à leurs danses paysannes.

– Et qu'en est-il de cette vivifiante rencontre avec Mme Chasse-Neige ?

– Quoi qu'il en soit, ça ne durera pas longtemps, je peux au moins te dire ça. Je mange leur poulet en caoutchouc et je me tire aussi sec. »

Le dîner, quand il arriva enfin – avec deux heures de retard – était plus qu'un simple geste de protestation de la part de Marty. C'était du sadisme écolo, version « régime pour une petite planète ». Des haricots, des noix et des monceaux de chou frisé bouilli, un vrai balai-brosse sous la dent. Silverman soupira, au désespoir. Ce n'était pas seulement la nourriture en soi, mais aussi l'implacable bonne conscience qui viendrait couronner le tout s'il manifestait la moindre réticence. Il l'entendait venir. « Les fèves, c'est bon pour la santé. » Durant leurs premières années de vie commune, c'était la nourriture qui avait suscité la majeure partie des disputes du couple. « Pour qui tu te prends à surveiller mon régime ? » s'insurgeait Silverman. « Pour celui qui t'aime », répliquait Marty. Certes, c'était une assez bonne réplique. Et l'argument devint d'autant plus irréfutable quand on diagnostiqua une tension astronomique chez Silverman.

Mais ce soir... ! Ce soir, c'était censé être la soirée travers de porc. Une fois par mois, Marty – à contrecœur mais il cédait par amour – lui servait des travers de porc, les meilleurs de la ville. Sa recette, prétendait-il, était un secret de famille qui remontait aux Carolines de l'époque coloniale sur huit générations. Seigneur, comme Silverman adorait ce plat ! Et cette sauce, diaboliquement relevée au point de vous engourdir jusqu'aux orteils en vous laissant en bouche un goût de feu liquide jusqu'au lendemain matin. « Tu devrais le faire breveter. » Silverman avait dit ça si souvent que Marty pouvait démarrer à la première syllabe et dire la phrase en même temps que lui. Mais le compliment tombait à plat. Bien avant leur rencontre, Marty était un fervent adepte du bio avec une plastique superbe qui plaidait en faveur de ce choix. Systématiquement, il rappelait Silverman à l'ordre. « *Hazorei*[3], mon vieux, tu le sais. Tu veux que je bousille les artères de mon compagnon avec des cochonneries ? C'est déjà assez dur, mon bien-aimé, de devoir rester assis là à te regarder commettre un suicide digestif. »

Et Marty s'en tenait là. Après avoir dûment cuisiné les travers de porc – une portion ridiculement minuscule pour Silverman –, il s'asseyait et couvait d'un œil réprobateur celui-ci en train de se gaver. Ou pire, il s'asseyait en face de lui à la table et se léchait les babines en mangeant une assiette de rissoles aux noix de pécan ou d'algues en salade, s'efforçant de faire honte à Silverman. Mais ça ne marchait jamais, pas quand les travers de porc étaient sur la table.

3. Yiddish américanisé : « De la merde ». (*N.d.T.*)

Ces travers de porc étaient à mourir. « Ma maman était peut-être une princesse de la tribu perdue, disait Marty d'un air songeur pendant que Silverman raclait chaque côtelette sur son assiette et suçait les os. C'est peut-être pour ça que je suis plus casher que toi, ma biche. »

Trois jours avant le départ de Danny, Marty revenait encore à la charge.

« Tu sais combien il fait à Minneapolis en ce moment même ? Carrément moins dix-huit, putain. C'est indiscutablement la zone infernale de l'hiver canadien. Nom de Dieu ! À Duluth, ça descend même à moins vingt ! Avec un "moins" devant, tu piges ? Vingt au-dessous de zéro. Plus bas que le bas du thermomètre. Au-delà de Duluth, ils ne se donnent même plus la peine d'indiquer la température. Prochain arrêt, le pôle Nord. Qui peut habiter dans des coins pareils ?

– Ne sois pas si alarmiste. Je vais avoir du beau temps. Hanna a vérifié. Froid mais beau. Elle dit que je risque même de voir une aurore boréale.

– Ça sera une sacrée consolation quand ton *tush*[4] sera gelé. "Je la vois ! Je suis transformé en glaçon, mais je la vois !" Tu peux parier qu'aucun de ces Vikings ne viendra te ramener à la vie.

– Je vais remettre la doublure de mon imper.

– Danny, ton imper est fait pour les jours de grand vent à Sausalito. Ça, c'est du froid polaire grande puissance. Moins vingt.

– Je serai surtout à l'intérieur.

– Avec tous les joyeux frères chrétiens en train de chanter des cantiques. "Rocher du fond des âges, fends-toi pour moi." Tu es très très brave.

– Je fais juste l'aller-retour. »

Mais Marty ne déposait pas les armes. Il avait trouvé le guide touristique du Touring Club pour le Midwest améri-

4. Yiddish : « derrière ».

cain. Au lit, le soir précédent le départ de Silverman, il tint à le lui lire. « Attends, il y a là quelque chose que tu ne dois pas rater. À St. Agnes, qui n'est qu'à une heure en voiture à l'ouest de North Fork, il y a le plus grand dépôt de gypse de l'Amérique du Nord. Ça s'appelle la Bosse de gypse. Soixante-quinze mètres de haut. Un mamelon de gypse solide. Imagine un peu !

– Arrête ! Tu sais qu'on a besoin du fric.

– Mais tu vas me rapporter un souvenir, n'est-ce pas, chéri ? Je parie qu'il y a une jolie petite boutique qui vend de ces charmants petits souvenirs en forme de Bosse de gypse.

– Arrête un peu ! J'y vais. »

Le jour du départ de Silverman, Marty se radoucit et accepta de le conduire à l'aéroport. Comme ils s'embrassaient au bord du trottoir devant les départs pour le Nord-Ouest, Marty lui fourra un paquet sous le bras. « C'est une dispense spéciale. Juste pour ce voyage, vu ? À part Saul Bellow et le palet de hockey, c'est la seule bonne chose qui nous vienne du Canada. Mon conseil : soûle-toi dans l'avion, soûle-toi pendant tout le voyage et rentre sans dessoûler. Comme ça, tu ne sentiras rien. »

Silverman attendit d'être dans le salon des VIP pour déballer le cadeau. C'était un litre de Canadian Club.

4

Notre *Glasnost*

« On dirait qu'ils sont encore bloqués à Minneapolis après la dernière neige. On nous demande de rester ici à San Francisco International en attendant que Paul Bunyan[1] ait fini de dégager une ou deux pistes. Sinon, on dirait qu'il fait beau à Minneapolis et à St. Paul. Frisquet mais beau. Alors relax, pendant que notre joyeux équipage est à vos petits soins. On ne va pas tarder à décoller. »

C'était la quatrième fois que le départ était retardé depuis que Silverman avait attaché sa ceinture. Cette fois, il était sûr d'avoir entendu le commandant étouffer un bâillement. Ça doit faire partie de l'entraînement, songea-t-il – cet air décontracté avec lequel les pilotes s'adressent toujours aux passagers. Ça devait inspirer confiance. En temps normal, cela n'aurait pas marché pour Silverman, qui avait plus ou moins la phobie des voyages aériens. Rester à terre aussi longtemps – une heure pour le moment – lui aurait donné envie d'exploser. Alors que là, il était agréablement euphorique. C'était parce que, une fois dans sa vie, il voyageait en première classe. Bien sûr, autant de place pour les jambes était un gâchis avec son mètre soixante-sept. En faisant de son mieux pour s'étirer, il lui manquait encore une bonne trentaine de centimètres pour occuper l'espace

1. Bûcheron géant mythique qui, avec son bœuf bleu géant, a domestiqué l'Ouest américain. (*N.d.T.*)

luxueux qui lui était réservé. Tiens, il allait y remédier par une consommation massive d'alcool. Impossible de savoir comment les ploucs de l'entrepont s'en tiraient, mais en première classe, un retard voulait dire prendre un verre – et puis encore un verre, suivi d'un autre verre.

Le temps que le vol 432 pour le Nord-Ouest décolle, Silverman refaisait le plein de carburant pour la troisième fois en se demandant comment il pourrait supporter à l'avenir de se passer d'un tel confort en avion. Un pareil luxe était corrupteur. Surtout l'alcool, pour lequel il avait une scandaleuse faiblesse. Marty se penchait sur le problème depuis qu'ils étaient ensemble. Il avait réussi à réduire Silverman à un verre de vin par repas et deux coupes le soir du réveillon pour boire à leur santé et à l'amour. Mais bon, c'était Marty lui-même qui lui avait donné le Canadian Club, plus sa bénédiction exceptionnelle pour en faire un usage généreux. Et de quel droit Silverman aurait-il refusé le champagne de bienvenue, suivi d'une double vodka tonic dont il refit le plein, suivie d'une sélection d'apéritifs qui semblaient tous meilleurs les uns que les autres ? « Écoutez, essayez un de chaque », proposa Raoul, le steward. Quel type convaincant et rudement mignon, avec son large sourire et ses yeux noirs pénétrants. Aussi Silverman se plia-t-il à son conseil : un de chaque, suivi par le vin qui accompagnait allez savoir quel repas – ah oui, du bœuf, une tranche saignante découpée à côté de son siège – suivi d'un cognac, suivi de... Il se souviendrait de son voyage à Minneapolis comme d'une descente sur le fleuve grandiose de l'alcool.

Quand ils survolèrent Boise, il était trop dans les vapes pour suivre la projection du film, la suite d'un dessin animé original s'inspirant de *Quasimodo*. Une production Walt Disney avec plein de ces jolies petites filles sans nez qu'on y rencontre. Le film le déprima totalement. Tous les films le déprimaient. Ils l'amenaient à se demander pourquoi il n'y avait plus eu d'option sur aucun de ses romans depuis *Anna en analyse* il y avait des lustres de ça. Mais là, en l'occurrence, il se sentit pris d'un vrai coup de blues. Après tout, n'avait-il pas lui-même tenté de s'inspirer du *Notre-Dame-de-Paris*, de Victor Hugo ? Une de ses œuvres les plus sérieuses, une vaste épopée historique traitant des grandes questions existentielles de la vie et de la mort et... enfin, bref, des questions sur la vie et la mort, ça ne suffit pas ? Son Esmeralda à lui était une véritable force de la nature, une jeune gitane au sang chaud dont nul autre romancier de notre temps n'aurait su mieux fixer sur le papier les passions explosives que le remarquable Daniel Silverman, le célèbre auteur écrivant sur les femmes et qui n'est pas une femme. Imaginez ! Hugo n'avait pas même évoqué les seins d'Esmeralda, qui étaient évidemment splendides. Quel régal pour l'œil si la version de Silverman avait été portée à l'écran, ou même peut-être mise en musique pour la scène. Des truands, du grand spectacle, des émeutes, des fêtes foraines. Oui, un peu dans le genre des *Misérables*, mais complètement, totalement original et plus profond, beaucoup plus profond. *Le Parlement des monstres*, c'était son titre – un titre absolument excellent, l'histoire racontée par une gargouille vouée à se morfondre à tout jamais au sommet de Notre-Dame. Pourquoi Disney n'avait-il pas pensé à ça ? Trop adulte. Trop exigeant sur le plan philosophique. Pas de femmes sans nez. Maintenant la qualité était foutue. La littérature était entrée en hibernation. Nous vivons une éclipse de l'intellect. Ses pensées devinrent plus sombres et de sombres passèrent au flou, et le flou devint...

« Nous descendons, Mr. Silverman. » Raoul le secouait doucement par l'épaule. « Veuillez nous excuser pour ce retard. »

Silverman vérifia sa montre. Neuf heures un quart. « On n'était pas censé atterrir à 7 h 50 ?

– Nous sommes arrivés un peu après 8 heures. Mais nous avons attendu qu'une piste se dégage.

– Tout ce temps ?

– Ils n'ont pas fini de déblayer la dernière neige. C'est toujours un problème à Minneapolis. Je crains qu'on ne débarque à l'ancienne : avec les passerelles roulantes. »

Silverman scruta l'obscurité au-delà du hublot. « Mais il ne neige pas en ce moment.

– Heureusement, on est tombé entre deux.

– Entre deux quoi ?

– On attend quelque chose de gratiné.

– Ah bon ? Quand ?

– Demain soir.

– Ce n'était pas ce que disait la météo. Frisquet mais beau, c'est ce que le pilote a dit.

– C'est ce que nous disons toujours. » À quatre pattes, Raoul cherchait les chaussures de Silverman sous son siège. Quel charmant garçon. Prévenant, attentionné, les épaules larges, la taille étroite. « Ça déride les passagers. Évidemment, les gens d'ici sont du genre robuste, ça c'est sûr ! Ils ne mentent jamais à propos du temps. On m'a dit qu'ils considèrent que c'est un châtiment pour leurs péchés. D'ailleurs, le climat du Minnesota en cette saison, c'est un peu n'importe quoi. En avril dernier, il y a eu une telle tempête que tout est resté fermé pendant quatre jours. Imaginez ça ! Au mois d'avril ! Si vous ne voulez prendre aucun risque, attendez-vous à un temps pourri de décembre à mai non stop. Au mieux, vous aurez une divine surprise, mais vous ne serez pas déçu. Pour moi, il me tarde de repartir pour les îles. »

Pendant que Silverman faisait la queue dans l'allée et se traînait vers la sortie, les joyeux stewards se servirent de l'interphone pour remonter le moral des troupes harassées. « Pour ceux d'entre vous qui ne connaissent pas encore la région de Minneapolis, l'aéroport propose des cours d'initiation à la tremblote. » Les passagers pouffèrent, mais pas Silverman. Derrière une queue de vingt personnes, il sentait déjà le froid s'infiltrer entre ses boutons et à travers ses fermetures Éclair. En sortant de la carlingue pour poser le pied sur la passerelle en plein air, il sentit la chaleur le quitter instantanément, comme aspirée à la manière d'un escargot qu'on avale en une bouchée. Avec les autres passagers blottis autour de lui, il traversa à toute allure le tarmac en direction du terminal. Ses pieds étaient engourdis avant même qu'il ait parcouru la moitié du trajet. Il n'y avait pas de vent, seulement un air immobile et glacé. C'était comme s'il avait été téléporté dans un bloc de glace compact.

Il pénétra, les jambes en coton, dans le terminal, l'alcool continuant à faire des loopings dans son métabolisme. À l'intérieur du salon d'arrivée des premières classes, son comité d'accueil le repéra avant qu'il ne le voie. Deux jeunes gens, un homme et une femme et, semblait-il, un bébé serré dans les bras de la femme. « Professeur Silverman, laissez-moi prendre ça, dit l'homme en débarrassant aussitôt Silverman de sa valise. Je suis Dick Swenson. » Il secoua énergiquement la main de Silverman en guise de bienvenue.

Ce fut malgré lui. Les dents, c'est ce que Silverman remarqua en premier. Une denture chevaline. Swenson et la femme à ses côtés, l'un comme l'autre, deux armoires à glace avec un râtelier énorme. Silverman avait un honteux préjugé concernant les dents en avant. Pour lui, elles allaient de pair avec l'imbécillité. Sans doute en rapport avec une vague réminiscence de Mortimer Snerd[2]. Sa seule solution pour conjurer les dents de cheval était d'évoquer l'image mentale d'Eleanor Roosevelt, figure longtemps vénérée sous le toit familial des Silverman. Ce qu'il fit promptement.

« Oui, bonjour, répondit-il en sortant une main. Nous avons du retard.

– On est au courant. On pouvait vous voir là-bas sur la piste. La semaine dernière, il y a un vol qui est resté si

2. Devenus célèbres grâce à la radio, le ventriloque Edgar Bergen et ses deux marionnettes, Charlie McCarthy et Mortimer Snerd, ont figuré dans de nombreux films des années quarante. (*N.d.T.*)

longtemps sur le tarmac que les passagers ont failli devenir bleus. Voilà Silvia, ma femme. Et Jessica, notre fille. La baby-sitter nous a fait faux bond. Sans doute bloquée par la neige. Du coup, on est tous là, le clan Swenson au complet. »

Grandes dents ou pas, Swenson avait une certaine beauté nordique, taillée à la serpe. Mesurant dans les deux mètres, il ne faisait aucun effort pour se mettre à la hauteur de Silverman. Pire, sa femme était du même gabarit, une grande perche avec un sourire plaqué et un visage large, rougeaud. Même sans talons, elle aurait été aussi grande que son escogriffe de mari. Silverman détestait secrètement les gens qui lui rappelaient son modeste mètre soixante-sept, et en particulier les grandes femmes. Sa stratégie avec ces dernières consistait autrefois à faire le dos rond pour qu'elles se sentent encore plus gênées par leur allure d'amazone. Mais ce stratagème ne marchait plus depuis une dizaine d'années. Les femmes prenaient de la carrure et semblaient n'en éprouver aucun regret. Sans doute parce qu'il y avait tellement d'hommes plus grands. L'alcool le rendant de plus en plus morose, Silverman se mit à déplorer son sort anatomique. Tout le monde devenait plus grand sauf lui. Il n'avait jamais été grand. Il était convaincu qu'il y avait un gène du basket à croissance rapide lâché dans le monde qui produisait des êtres toujours plus élancés. Comme il se traînait entre deux Swenson qui le dominaient de chaque côté, il eut l'impression de marcher dans un fossé. C'était tellement injuste. Le gouvernement devrait légiférer. Quiconque dépasse un mètre quatre-vingt-treize doit partager cinq millimètres avec les petits. Ça ne leur manquerait même pas.

« On avait prévu de faire venir une limousine, expliqua Swenson tandis qu'ils se frayaient un chemin à travers le parking cerné de congères sur lequel régnait un froid arctique. La société a dit qu'elle ne voulait pas prendre le risque d'envoyer un véhicule dans le Nord par ce temps. Mais ne vous en faites pas. La bonne vieille Saab sera à la hauteur. » Silverman avait enfoncé son chapeau de pluie en gabardine sur ses oreilles et ses sourcils aussi bas que possible. Ce fut sans effet ; sa tête n'était plus qu'un bloc de glace. Mais, pataugeant à ses côtés, Swenson et sa dame étaient allégrement nu-tête. « Ce temps-là est très bon pour la circulation du sang », affirma Swenson. *Ben voyons !* ronchonna Silverman dans son for intérieur. Pour autant qu'il pût en juger, sa circulation à lui avait cherché refuge dans le tréfonds de son organisme, laissant ses extrémités engourdies. La camionnette cabossée des Swenson était garée à une distance atrocement frigorifiante. « On n'a pas pu venir plus près », s'excusa Swenson en déverrouillant la portière. Silverman avait espéré pouvoir roupiller sur le siège arrière jusqu'à l'école, mais Swenson insista pour qu'il s'assoie devant afin de pouvoir le « mettre au courant » de ce qui l'attendait. Silverman détestait l'idée d'être « mis au courant ». Cela voulait toujours dire un accord, une complicité et une entente qui supposaient que vous vouliez être là où vous étiez, ce qui était rarement le cas. Ce qu'il voulait, lui, c'était un aller-retour vite fait, aucun compromis, aucune promesse. Mais il y avait un changement de programme. Étant donné le retard de l'avion, Swenson avait l'intention d'emmener Silverman passer sa première nuit chez lui.

« J'aimerais être sur place demain matin pour faire les présentations, expliqua-t-il. Et puis bon, franchement, pour arrondir les angles. »

Pour arrondir les angles. Était-ce donc nécessaire ? s'interrogea Silverman.

« Comme je crois vous l'avoir dit, vous représentez un tournant important pour notre établissement. Je dirai même que c'est un moment historique, tu ne trouves pas, Syl ?

– Historique, confirma Syl depuis la banquette arrière de la camionnette.

– Dans notre esprit, vous êtes notre *glasnost*, ajouta Swenson. Si vous voyez ce que je veux dire.

– Votre *glasnost* ? »

Dans son dos, Syl s'exclama : « Oh, arrête ! »

Swenson rit dans sa barbe. « Vous savez, la *glasnost* en Union soviétique ? C'est ce que vous êtes pour nous, notre ouverture sur le monde, le dégel. »

Silverman tenta de s'imaginer en Gorbatchev du nord du Minnesota. Rien ne lui vint à l'esprit. Un blanc. Il était trop épuisé pour rire ou pour protester. Il se mit donc à branler du chef dès que le moteur démarra. Mais Swenson continua non stop.

« Vous comprenez, notre Église est... bon, je ne pense pas que vous connaissiez grand-chose à l'Église évangélique.

Tout juste, Auguste, répondit Silverman dans sa tête. *Que dalle, zéro, nada...* « Assez peu, fit-il tout haut.

– Mais je pense, et Syl pense aussi, nous pensons donc tous les deux – et nous ne sommes pas les seuls à le penser – que notre Église, enfin, et peut-être même tous les évangéliques, se trouvent plus ou moins à l'orée d'une ère nouvelle. Nous avons tous les deux grandi dans la foi. Nous voulons lui rester fidèles à notre manière. Nous sommes nous-mêmes une nouvelle génération d'évangéliques libres. Si nous voulons aller à la rencontre d'un public beaucoup plus vaste, nous avons besoin d'alléger la main pesante de l'héritage augustinien. Ce n'est pas vrai, Syl ?

– C'est vrai », confirma Syl. Elle faisait de son mieux pour réconforter un bébé apparemment très sujet aux coliques.

« La plupart des Églises évangéliques réformées libres se sont résignées à suivre des voies divergentes, poursuivit Swenson comme s'il lisait un texte rédigé. Le principe de la cité sur la colline, vous savez. Lequel a toujours occupé une place honorable – Dieu sait ! – dans l'histoire chrétienne. Pensez, où serions-nous sans lui ? Mais je crois franchement... » Sa voix devint un chuchotement tendu à peine audible à cause du bruit du moteur de la Saab qui ahanait. « Je crois que cette époque est révolue. Je fonde de grands espoirs pour un véritable œcuménisme. »

De quoi ce type est-il en train de parler, bordel ? se demanda Silverman tandis qu'un flot de fatigue lui noyait le cerveau. *Il va continuer à dégoiser comme ça sur tout le trajet ?*

« Pour combien de temps on en a ? interrogea-t-il tout haut, plutôt pour obliger Swenson à changer de sujet.

– Eh bien, *normalement*, on devrait y être dans deux heures.

– *Normalement ?*

– Il y a eu un supercarambolage sur l'autoroute. Ce matin. Quatre-vingts véhicules, voitures et camions. Quatre morts. Et là-dessus, le verglas. Bienvenue sur les autoroutes du Minnesota. Donc, on va devoir prendre une déviation pour contourner. Ce qui devrait ajouter, disons, oh, au pire, pas plus d'une demi-heure, tu ne crois pas, Syl ?

– Si on a de la veine », répondit celle-ci. Elle n'avait pas l'air de croire qu'ils en auraient.

Silverman se retourna pour demander ce qu'elle entendait par là. Il fut surpris de voir maman Swenson en train de donner le sein à son petit. Elle lui sourit, le corsage déboutonné. Cela lui parut être le signe le plus encourageant qu'il ait reçu jusque-là. Tel un agréable petit air de liberté dans les jardins publics de San Francisco. Il se retourna vers Swenson. « Cela ne vous ennuie pas que je profite du voyage pour faire un somme ?

– Mais comment donc ! Je vais continuer à papoter pour nous garder tous réveillés pendant le trajet. Parce que, vous savez, sur des routes comme ça... »

En moins d'une minute, le front vibrant contre la vitre, Silverman dormait du sommeil des morts.

Il se réveilla, la joue toujours pressée contre la vitre, les yeux embrumés perdus dans l'obscurité qui défilait. Il entendit un bébé éternuer puis un cri. Ah oui, la petite Swenson sur la banquette arrière. Plongeant le regard dans la nuit, il entrevit quelque chose sur la droite, abondamment éclairé par les projecteurs d'une station-service fermée. L'image aurait pu sortir d'un rêve. C'était un énorme bovin aux yeux exorbités, gros comme un camion.

« Que diable est-ce là ? s'enquit Silverman tandis que la vision s'enfonçait dans la nuit.

– Babe, le bœuf bleu, expliqua Swenson. Vous avez entendu parler de Paul Bunyan ? Il y en a deux autres sur la route.

– Et chacun est l'original », précisa Syl.

Silverman loucha vers l'horloge du tableau de bord. Minuit quarante-sept ! « On n'y est pas encore ? s'enquit-il en se tournant vers Swenson.

– Certaines routes secondaires étaient bloquées à cause de la dernière chute de neige. Je suppose que tout le matériel de la région se trouve actuellement sur l'autoroute. Mais nous y serons dans moins d'une heure. Je pensais qu'on arriverait avant la fin des danses paysannes. Mais je crois qu'on sera un peu en retard. »

Pourquoi ce type s'était-il mis dans l'idée qu'une soirée de danses folkloriques l'intéressait ? « En fait, je ne suis pas très amateur de gigues et de quadrilles.

– Oh, je ne pensais pas... nous voulions seulement que vous jetiez un œil. Je suis sûr que notre Holiday-at-Home vous paraîtrait assez monacal. Mais vous comprenez, la plupart de nos étudiants – 74,8 %, pour être précis – sont originaires du coin, du nord-ouest du Minnesota et du Dakota, de sorte que leurs familles essaient de leur donner le maximum pendant les vacances. Sinon, les gamins risquent d'aller voir ailleurs pour s'amuser. Comme vous pouvez l'imaginer, la famille compte énormément pour nous. À cet égard, les danses paysannes sont un gros progrès.

– C'est l'idée de Richard, souligna Syl spontanément avec une pointe d'orgueil. On danse.

– N'est-ce pas normal de danser pour une soirée de danses paysannes ?

– Sans doute, admit Syl. Mais dans notre école... danser !

– C'est exceptionnel ? s'enquit Silverman.

– Un peu ! répondit Swenson.

– Ils se touchent, les garçons et les filles se touchent, ajouta Syl.

– Enfin, à peine, rectifia Swenson. Ils se touchent la taille, les garçons, vous savez... ils tiennent les filles par la taille. D'une main. Juste là, à la taille. Au-dessus des hanches. Nous avons eu beaucoup de discussions avec les parents à ce sujet.

– Et on trouve ça osé ? insista Silverman.

– Oh, oui ! Notre établissement recommande fermement l'approbation parentale avant de se fréquenter.

– Vraiment ? Même à 18 ans révolus ?

– La position officielle des Frères réformés libres est qu'un vrai fidèle n'est jamais assez vieux pour pouvoir pécher, expliqua Swenson d'un ton qui n'impliquait pas nécessairement d'approbation de la part de Silverman. La plupart des parents par ici considèrent toujours que 21 ans est l'âge de la majorité, peu importe ce qu'en dit l'autorité séculière. Mais nous espérons pouvoir passer l'an prochain aux danses où on change de partenaires. Je sais que, venant de San Francisco, cela doit vous paraître bien modeste.

– C'est vrai. Ça fait un bail qu'on échange nos partenaires.

– Bien entendu, nous savons que d'une façon ou d'une autre, des tas de jeunes se retrouvent pour faire le type de danses que notre Église considérait jadis comme une tentation du diable. Nous ne sommes pas si naïfs. Il y a un bowling à Thief River qui passe de la musique rock, c'est pourquoi certains parents ont interdit le bowling à leurs gamins. On doit se battre pour protéger notre petit univers contre le monde extérieur. Certains d'entre nous pensent que c'est peine perdue. Syl et moi, par exemple... Nous croyons qu'il nous faut cesser d'être une poignée de saints pour commencer à trouver le moyen de réaliser nos aspirations évangéliques dans le cadre d'une plus grande communauté. »

Dieu merci, le regard fixé sur la route noire et verglacée, Swenson s'arrêta de parler durant les quelques kilomètres suivants. Silverman avait l'impression inconfortable que l'homme s'accrochait au volant, pétrifié de terreur. Étaient-ils perdus, irrémédiablement perdus ? « Nous arriverons ce soir ? demanda-t-il avec autant d'entrain que possible.

– Cette bonne vieille Saab tout-terrain n'a peur de rien, affirma Swenson avec un petit rire gêné. C'est juste que je ne connais pas très bien cette route-ci... si c'est une route. Qu'en penses-tu, Syl ? On aurait peut-être dû prendre à droite plutôt qu'à gauche là-bas ?

– Je suis sûre que c'est à gauche », affirma Syl. Mais elle n'avait pas l'air très convaincue.

« Peut-être qu'on tourne en rond, avança Silverman en indiquant une autre effigie du bœuf bleu.

– Non, non, assura Swenson, c'en est un autre. »

Trois quarts d'heure plus tard, il apparut qu'en fin de compte, Syl avait eu raison. Ils étaient en vue de la maison des Swenson. « Nous habitons en face de l'école, expliqua Swenson en pointant le doigt en direction d'un lac gelé. La plupart des membres du corps enseignant logent sur le campus, mais nous aimons avoir notre intimité. Ce n'est qu'à un jet de pierre. Vous pouvez apercevoir les lumières de l'établissement. »

Pendant que Swenson allait chercher son bagage dans la camionnette, Silverman s'arrêta pour regarder alentour. Aussi glaciale que fût la nuit, c'était un panorama à ne pas manquer. Éclairée par la froide lumière céleste, la scène prenait une beauté austère. La lune, dérivant entre les hauts nuages ténébreux, était cernée d'un halo de givre étincelant. Là où la neige protectrice s'était envolée pour dégager la glace sombre, le lac – qu'on appelait Beaver Lake – s'étirait tel un miroir terni. Silverman, debout sous le portique, admira la grandeur hivernale jusqu'à ce qu'il sentît le froid entrer en lui et le pénétrer jusqu'à l'os. Alors là, clic ! il prit mentalement une photographie, un cliché qui lui servirait dans une future histoire. Au sous-sol de son esprit, il entreposait un stock de ces instantanés : lieux, événements, intérieurs, extérieurs, et surtout des gens qui pourraient s'intégrer un jour dans un roman. Jusqu'à ce qu'il découvrît qu'il était un écrivain, il n'avait jamais su que faire de cette étrange capacité de l'enfance à fixer ainsi des moments de vie comme des images dans un album secret. Qui sait ? Un jour peut-être écrirait-il un récit sur le Nord glacé.

Dans la mesure où il pouvait s'en rendre compte dans son état d'épuisement, le domicile des Swenson évoquait un chalet rustique, petit mais confortable. Son lit dans une chambre du premier étage était calé sous le toit pentu en pin noueux. Dès qu'il aperçut la couette énorme sous laquelle il devait passer la nuit, il n'eut qu'une envie : poser sa tête sur l'oreiller. Mais aussi exténué fût-il, il ne put se résoudre à dormir sans appeler Marty. Il devait être près de minuit à San Francisco, exactement la bonne heure pour téléphoner. Il y avait un seul problème. L'appareil des Swenson était posé sur une table du vestibule devant la chambre des propriétaires. Silverman tira sur le fil tant qu'il put, mais il savait qu'il était encore à portée d'oreille de ses hôtes derrière la porte. Avec aussi peu d'isolement, cela ne risquait pas d'être une conversation très intime.

« Tout va bien, dit-il à Marty. Ce sont de braves gens, mais... ajouta-t-il dans un souffle, je suis juste devant la porte de leur chambre à coucher.

– Quoi ? demanda Marty.

– Je ne peux pas parler trop fort, dit-il en cherchant à placer sa voix correctement.

– Pourquoi ? Ils te tiennent prisonnier ?

– Ça manque d'intimité. Parle à ma place.

– *À ta place ?*

– Dis ce que tu sais que je pense.

– Eh bien, tu sais que je déteste ça quand tu t'en vas.

– Oui, oui.

– Et j'espère que je te manque comme un fou.

– Comme un fou, oui. Continue.

– Et tu penses que ne pas pouvoir s'embrasser à minuit, c'est presque un péché.

– Oui, oui, continue.

– Et que tu me revaudras ça dix millions de fois quand tu vas rentrer.

– Absolument. Un million de fois dix millions.

– Et que tu m'autorises à me coucher ce soir en imaginant les trucs les plus insensés que je veux faire avec toi et ce sera des enfantillages à côté de ce qui va vraiment se passer quand tu vas rentrer.

– Promis-juré.

– Et que ta dernière pensée ce soir sera pour moi.

– Et aussi la première demain matin.

– Et qu'on ne recommencera plus jamais ce genre d'idiotie. Même pour des tonnes de pognon. Promis ?

– C'est promis.

– Et – oh, après tout – que je suis l'amour et la lumière de ta vie, et vice versa.

– C'est la vérité vraie.

– Je t'aime.

– Je t'aime. Je te rappellerai demain. »

5

Petit déjeuner chez Richard et Syl

Il se réveilla le lendemain matin en proie à une gueule de bois phénoménale. Il aurait dû y penser avant, au lieu d'écluser sans retenue. Il n'avait ni la tête ni l'estomac qu'il fallait pour boire. L'abus d'alcool lui déclenchait des rugissements dans les oreilles et des coups de marteau sous le crâne. Cela lui nouait en outre les boyaux, ce qui rendait encore pire le fait de se réveiller dans une maison où flottaient de délicieuses odeurs de cuisine. Descendant l'escalier à pas comptés en peignoir et pantoufles, il découvrit que Syl lui avait préparé un vrai petit déjeuner à la ferme. La table croulait sous la nourriture avec une préférence marquée pour tous les aliments trop riches que Marty avait mis des années à purger de son alimentation.

« Bonne année ! claironna Syl dès qu'il entra dans la cuisine. S'il manque quelque chose dont vous avez envie, vous me le dites. » Elle tenait le bébé par-dessus son épaule exactement dans la même position que la veille au soir quand il était allé se coucher. Peut-être avait-elle passé la nuit comme ça. L'enfant reniflait et pleurnichait encore.

« C'est vraiment gentil à vous, dit-il. Mais je m'en tiendrai au café noir. Je crois que j'ai mangé quelque chose qui ne me convenait pas dans l'avion. Excusez-moi.

– Oh, ce n'est pas grave. Je ne savais pas ce que vous aimiez, alors j'ai préparé un peu de tout », expliqua-t-elle, s'excusant presque.

Silverman avait été trop sonné la veille au soir pour porter un jugement esthétique sur le foyer des Swenson. Il remarquait à présent le charme rustique de la maison. Elle était petite, avec un plafond si bas dans certains coins et au niveau des portes qu'avec leur mètre quatre-vingts et quelques, ses hôtes devaient se pencher pour bouger. Aussi encombrée fût-elle, la maison donnait une merveilleuse sensation de chaleur et de confort. Elle paraissait être vraiment ancienne, un exemple classique des fermes de la Prairie avec grosses poutres en bois et pierres taillées à la main.

« Cette maison sort tout droit d'un livre d'histoire, observa Silverman. Est-ce qu'elle est aussi ancienne qu'elle en a l'air ?

– Un peu ! répondit Syl. Bien sûr, elle a été réparée et restaurée ici et là, mais elle date de... du milieu du XIXe siècle. C'était l'habitation des Olafsen, la première ferme du Minnesota de ce côté du Mississippi. Maintenant, c'est l'école qui en est propriétaire de même que de tout ce côté du lac.

– Elle n'a pas l'air assez haute pour vous.

– Oh, on s'est habitués, même si je me suis fait des bosses au début. J'ai l'impression d'avoir passé ma vie à me plier en deux depuis l'âge de 12 ans. »

Swenson, prenant place à la table, fronça les sourcils.

« Mais enfin, Syl, à quoi tu penses ? Tu aurais dû savoir que le professeur Silverman ne mangeait pas de bacon, la réprimanda-t-il sévèrement.

– Ah bon ? s'étonna Silverman. Pourquoi ? »

Le bacon faisait partie de ses gros points faibles. Avoir réussi à l'en sevrer était un des exploits dont Marty était le plus fier.

Swenson le fixa, effaré. « Mais ce n'est pas, enfin...

– Ah oui, je vois, mais vous oubliez une chose : moi, je suis un humaniste juif. » Et pour avoir un petit geste de reconnaissance à l'égard de Syl, il fit glisser une tranche de bacon grillé sur son assiette et se mit à le dévorer. Putain, que c'était bon ! Il devait en prendre un autre. « Les humanistes ne mangent pas casher, expliqua-t-il à Swenson. Ou plutôt ils sont casher à leur façon, ce qui veut dire qu'ils peuvent manger de tout sauf des choux de Bruxelles. À propos, je ne suis pas un vrai professeur, vous savez.

– J'espère que ça ne vous dérange pas si je vous appelle professeur, répondit Swenson d'un ton légèrement implorant. Ce sera important pour certains de nos enseignants les plus pointilleux. Et après tout, vous êtes en contact avec l'Université.

– Seulement dans le sens où il m'arrive d'y assurer des cours du soir. Ce qui fait de moi autant un universitaire qu'un adepte de la cacherout. Mais vous pouvez m'appeler "rabbi" si ça vous chante.

– Alors, "professeur", ça ne vous dérange pas ?

– Comme vous l'entendez. Je vous laisse le soin de me présenter de la façon qu'il vous plaira.

– Bon, peut-être qu'on peut en discuter un peu », répondit Swenson en rapprochant sa chaise de la table comme si on allait enfin passer aux choses sérieuses. Silverman sentait la tension de l'homme irradier à travers la table. « Comme je l'ai dit hier soir, nous espérons faire date ici. Je suppose que vous ne connaissez pas grand-chose à l'Église évangélique réformée.

– Que dalle. Je devrais ? » Une demi-douzaine de tranches de bacon semblaient avoir migré sur l'assiette de Silverman. L'appétit lui revenait, semblait-il. Oui, de toute évidence. Il mastiqua bruyamment.

« Pour vous éviter des surprises déplaisantes, il vaut peut-être mieux que vous sachiez qu'il y a quelques éléments assez conservateurs dans notre Église. Très conservateurs même. Vous allez représenter un vrai défi pour eux. Ils risquent de soulever quelques questions épineuses.

– Tant que ce sont les questions qui sont épineuses et pas le bout des bâtons...

– Ils peuvent paraître assez bornés.

– Serait-ce parce qu'ils le sont ? »

Swenson rit, sur la défensive : « En effet, on peut présenter les choses comme ça. Notre Église – et je dis ça en tant que fidèle adepte, tant pour moi que pour Syl – est fortement marquée par une tendance dispensationaliste. » Le visage de Silverman devant lui était d'un vide abyssal. « Je ne m'attendais pas à ce que vous sachiez ce que c'est.

– Tout juste. Je n'en ai aucune idée.

– Peut-être qu'un petit peu de culture théologique s'impose ici. »

Et merde ! Silverman l'aurait dit à haute voix, mais il avait sa bouche profondément enfouie dans un biscuit richement beurré qui, dès la première bouchée, semblait divin.

« Notre confession est issue de la Doctrine de l'Inspiration qui, tout en étant profondément conservatrice, n'a jamais considéré les autres congrégations comme apostates, commença Swenson. Mais il y en a, disons, comme Mrs. Bloore par exemple, qui sont d'une rigueur inflexible sur les principes. Alors que nombre de nos paroissiens plus jeunes souhaitent aller vers une position beaucoup plus œcuménique. Encore que les Évangéliques réformés libres ne seront jamais des libéraux ! »

Silverman coula un regard comique vers Swenson.

« Est-ce que je suis censé savoir de quoi vous parlez ?

– Aïe ! fit Swenson qui s'arrêta net et tiqua comme s'il venait de commettre une bévue. Je me laisse emporter, n'est-ce pas ? Excusez-moi.

– Rappelez-vous une chose, poursuivit Silverman. J'ai été élevé au milieu de gens qui croient que les goyim nous ont piqué notre livre saint pour en faire des *Looney Tunes* de Tex Avery. Sans vouloir vous offenser. »

Brusquement, Swenson parut soucieux. « Bien sûr, je comprends. Mais j'aimerais vous demander de mettre la pédale douce quand vous faites ce genre de réflexions.

– Soyez tranquille, Richard. La pédale douce, ça me connaît.

– Parce que je crois que notre foi peut se libéraliser considérablement sans compromettre ses principes essentiels. Comme il est dit dans Matthieu, IX, 17, à propos du vin nouveau dans de vieilles bouteilles. Eh bien, je pense que c'est ce qui est en train de se produire pour notre Église en ce moment.

– Croyez ce qui vous plaît, répondit Silverman. Je n'ai pas l'intention de polémiquer. Je suis venu pour parler de littérature, pas de théologie. » Là, ça devenait intéressant. Sa fourchette avança vers d'autres mets : un muffin et du hachis de pommes de terre pour tenir compagnie à tout ce bacon, qui s'ennuyait tout seul sur son assiette. Et, tiens, autant goûter la confiture faite maison de Syl, si tentante.

« Certainement. C'est bon, convint Swenson. Mais puis-je vous suggérer : au cas où il se produirait quelque chose de déplaisant, n'hésitez pas à contourner la question avec autant de tact que possible et à poursuivre. Si l'un de nos membres les plus polémiques semble vouloir disserter... et nous avons parmi nous quelques fanatiques, pas beaucoup, mais un petit nombre présent sur le campus... j'essaierai de vous aider à les circonvenir. Parce que ce que je veux, c'est que vous vous adressiez aux étudiants. Ils ont préparé des questions à votre intention pendant tout le dernier semestre. Franchement, je crois que beaucoup sont animés d'une réelle curiosité pour le point de vue humaniste. Surtout notre petit comité d'humanisme religieux. Ce sont des jeunes gens merveilleux. Et ils ont tellement hâte de vous rencontrer. J'aimerais vous enlever à l'heure du dîner pour vous conduire quelque part en dehors de l'école. Si le temps le permet.

– C'est une espèce de leitmotiv dans la région, non ? “Si le temps le permet.” Comme les juifs quand ils disent : “Dieu préserve”. Vous attendez du mauvais temps ?

– Peut-être. Un peu de vent ce soir.

– Bon, tant qu'on peut partir à l'heure demain matin... »

Silverman fut surpris de voir son assiette croulant sous une pile d'œufs brouillés, de fruits, de petits pains, de toasts et – eh bien oui ! – un supplément de bacon.

« Je crois pouvoir vous le garantir, lui promit Swenson. Mais il faut vous préparer à entendre quelques questions, disons, gênantes.

– Gênantes pour qui ? Écoutez, Richard, je vais faire un bon exposé littéraire. Des livres, des auteurs, des avis érudits. Je répondrai poliment à toutes les questions, puis je rentrerai chez moi. C'est ce qui a été convenu. Si certains de vos allumés fondamentalistes ne sont pas contents, tant pis. Quand je me serai éclipsé, faites ce que vous voulez de ce que j'aurai dit. Si ça peut vous aider à ouvrir une brèche dans des esprits bornés, tant mieux.

« D'accord », consentit Swenson, mais l'air toujours préoccupé.

Silverman se dit que c'était le moment de poser la question :

– Dites-moi, qu'est-ce qui s'est passé avec Gore Vidal ? »

Swenson eut l'air stupéfait.

« Ah, vous avez entendu parler de ça ?

– Mmm. Alors, c'est quoi, l'histoire ? »

Swenson piqua un fard. Il regarda Syl.

« Un membre du conseil d'administration a été choqué par un de ses livres, intervint Syl.

– *Myra Breckinridge*, avança Silverman.

– Non, dit Syl. C'était le roman sur Aaron Burr.

– *Burr ? Burr* les a choqués ?

– Enfin, il y a des gros mots dedans », expliqua-t-elle.

Silverman se tourna vers Swenson.

« Je ne comprends pas. Pourquoi vous invitez des romanciers ? Je ne vois pas un seul romancier depuis Louisa May Alcott qui n'ait pas utilisé de "gros mots". Il m'arrive de penser que tout le vocabulaire américain se réduit à des gros mots. J'ai entendu plus de gros mots en attendant un bus avec une bande de collégiens que je n'en ai utilisé dans tous mes livres réunis. Peut-être que ce sont des professeurs de catéchisme qu'il vous faut pour votre programme.

– L'opposition à Mr. Vidal était beaucoup trop forte, se hâta d'expliquer Swenson. Je crois qu'il était franchement trop controversé pour inaugurer notre cycle. J'imagine que si je m'étais montré plus obstiné, j'aurais pu y arriver, mais ça ne semblait pas être la meilleure solution. »

Silverman retourna cela dans sa tête en essayant de comprendre la logique de ce qu'il venait d'entendre. « Alors, vous m'avez invité à sa place. Pourquoi ? Parce que je ne présente aucun risque ? Il y a des gros mots dans mes livres aussi.

– Je sais, mais vous, vous êtes ici en tant qu'humaniste juif.

– Et de ce fait, ça me rend acceptable ?

– Un peu ! Vous cadrez beaucoup plus facilement avec notre programme. »

Comme il commençait à enfourner d'autres mets, Silverman sentit son humeur s'adoucir. Fort bien. Ainsi, il était plus qu'un simple romancier. Il avait une autre corde à son arc. Il était un humaniste de la sous-catégorie : juif. Cela ne conférait-il pas une certaine ampleur à sa réputation ? Pourquoi ne pas tirer le meilleur parti de son séjour ? Peut-être pouvait-il apprendre une ou deux choses, une spécificité qui pourrait donner un effet comique dans un futur roman. « C'est quoi, cette histoire de "dispensabilisme" ? Je n'en ai jamais entendu parler. » Peu importait la réponse de Swenson, Syl pourrait en profiter pour faire rissoler quelques autres tranches de bacon.

« Le dispensationalisme ? le reprit Swenson dont le visage s'illumina en entendant la question. C'est la forme la plus stricte de la foi évangélique. C'est en fait une sorte de calendrier biblique qui établit exactement les échanges de Dieu avec l'homme sans aucune interprétation possible. Une lecture claire et littérale fondée sur la croyance que la parole de Dieu est totalement vraie et digne de foi.

– Ce doit être formidable d'avoir le sentiment qu'il y a dans le monde quelque chose de vrai et digne de foi, remarqua Silverman. J'ai des amis à San Francisco qui emploient les mêmes mots pour parler de l'Internet. Ils croient tout ce qu'ils y lisent. Moi, je ne crois pas qu'il y ait rien de totalement vrai et digne de foi. Sauf peut-être la loyauté entre les êtres.

– C'est ce qui fait de vous un humaniste », intervint Syl. Elle avait un sourire sympathique, un sourire large, chaleureux, tout en dents, qui étincelait de bonne volonté.

« C'est fort aimable à vous, convint Silverman.

– Bon, reprit Swenson, les dispensationalistes croient que tout écart par rapport à la parole inspirée et inébranlable est une apostasie. Et de leur point de vue, toutes les principales congrégations chrétiennes sont des apostates sous l'influence du démon.

– Vraiment ? » Silverman dégustait un autre des biscuits de Syl. Indiscutablement, c'étaient les meilleurs qu'il ait jamais mangés. « Et vous, vous croyez des choses pareilles, alors ?

– Oh non, pas moi. Ni Syl. C'est une des principales divergences entre notre Église et le reste du synode. Nous sommes les Évangéliques réformés les plus libéraux, tu n'es pas d'accord, Syl ?

– Un peu ! Et de loin. »

Silverman commençait à relever le fréquent usage de l'expression « un peu ! » comme une spécificité locale. En regardant Syl, le corsage encore dégrafé après avoir donné le sein, tapoter son bébé repu, Silverman ne pouvait pas croire qu'elle prît au sérieux ces conneries théologiques. Quoi qu'il en soit, côté pâtisserie, elle savait s'y prendre. « Qu'est-ce qu'il y a là-dedans ?

– Eh bien, des noix pilées et des cerises, d'une part. » À mi-voix, elle ajouta : « Les cerises ont cuit dans du sherry, alors il ne faut pas le dire. On n'est pas censés avoir de l'alcool sous notre toit. J'espère que ça ne vous dérange pas.

– Qu'est-ce qui me dérangerait ?

– Le sherry. »

Silverman fronça les sourcils. « Je suis content que vous en parliez. Je m'autorise moi-même un petit verre chaque année au premier de l'an. Ça me tient pour le reste de l'année. C'est de votre invention ?

– C'est une vieille recette de famille. Mais j'ai ajouté de la muscade.

– Un délice. Et la confiture, c'est la vôtre aussi ?

– Oui.

– C'est quoi ?

– De la groseille à maquereau avec un petit zeste d'orange. L'autre, c'est pomme et cannelle.

– Vous devriez faire breveter la recette. Je suis sérieux. »

Swenson s'obstinait à poursuivre. « Il y a toujours eu dans notre Église des éléments marginaux qui trouvent qu'on est devenus trop libéraux.

– Des éléments marginaux ? demanda Silverman. Ça veut dire quoi, exactement, vu du grand courant dominant de... comment c'est déjà ? Des Évangélicalistes formés libres ? »

Swenson ne se donna pas le mal de le reprendre. Il fonça avec un enthousiasme grandissant. « Il y a quelques membres de notre corps enseignant qui sont carrément en guerre avec le monde moderne tout entier. Ils se refusent au moindre compromis avec ce qui s'écarte d'un iota d'une vie dévote, droite et sobre. Pour eux, près de 99 % de tout ce qui existe appartient au "monde des ténèbres". Par exemple, de leur point de vue, boire du Coca-Cola est un péché mortel, ou même du café.

– Mrs. Bloore voit dans le décaféiné un complot satanique, ajouta Syl en riant. Elle dit qu'il y a plus de caféine dans le déca que dans le café normal. C'est possible, ça ?

– Vous voulez dire que c'est la dernière tasse de café que je vais boire à North Fork ? demanda Silverman. Une autre tasse, s'il vous plaît. » Syl s'exécuta. « Alors je vais être en butte ici à la Moral Majority[1], c'est ça ? »

Swenson laissa échapper un petit rire rentré. « Oh, ça va infiniment plus loin. Beaucoup d'entre nous ont renoncé à croire que le peuple américain se souciait un tant soit peu de la morale. De leur point de vue, le pays est tellement plongé dans le péché que la piété n'a plus aucune chance. Ils veulent faire scission et résister. À leurs yeux, vous – les laïques – représentez l'ennemi. Et ils croient que vous avez gagné. Ils affirment que tous les courants politiques de droite, même les Églises, sont paralysés par le politiquement correct.

– Ils appellent ça une idéologie venue d'ailleurs, précisa Syl. Comme si ce n'était pas vraiment humain.

– Vous rigolez.

– Pas le moins du monde, lui assura Swenson. La Christian Coalition, la Moral Majority, tous ces gens-là utilisent bien la télévision, non ? Il y a des enseignants chez nous qui n'ont jamais vu une émission télévisée, interdisent à leurs enfants de regarder... ne serait-ce que *Sesame Street.* Ils croient que les *Teletubbies* encouragent l'homosexualité et que Barney le dinosaure est le malin en personne. » Il se pencha en avant. « Notre Église – ce que je vous dis là est strictement confidentiel – notre école ne déclare rien au fisc depuis... aussi loin que je m'en souvienne. Ils ne déduisent pas mes impôts de mon salaire. Ils croient que l'État démocratique est un complot laïque contre le peuple de Dieu.

– Et comment ils se débrouillent ? s'enquit Silverman. Pour ne pas payer d'impôts ?

– Ils ne paient pas, c'est tout, dit Syl. Richard et moi, on paie par correspondance. Mais, normalement, ça ne se fait pas. On est censés leur en faire don pour leurs œuvres missionnaires.

---

1. Courant bien-pensant de gens convaincus de détenir les vraies valeurs. (*N.d.T.*)

– Énormément de gens par ici ne paient pas d'impôts, ajouta Swenson. Nous avons beaucoup d'originaux dans la région prêts à mettre le cap sur la frontière si les hélicos noirs débarquent. Mais je suppose que le gouvernement ne veut pas de vagues.

– Disney, ajouta Syl. Ils détestent Walt Disney.

– Absolument, renchérit Swenson. Ils croient que Disney est un complot marxiste contre la culture. MTV aussi. La télévision, les films, les jeux d'ordinateur, on passe le plus clair de notre temps à parler de ça. Et je dois dire que Syl et moi, on a tendance à être d'accord avec eux. La télé est assez infecte. Je ne sais pas si vous la voyez ainsi.

– Aussi incroyable que ça paraisse, j'ai mes limites, approuva Silverman. Je serais plutôt d'accord là-dessus. Infecte, oui, tout à fait. Bien sûr, je serais plus sensible aux péchés de l'intelligence. Je me suis rendu compte, il y a quelques années, que je n'arriverais pas à inventer plus scandaleux dans mes romans que ce que les gens racontent dans l'émission d'Oprah tous les jours de la semaine. Je n'essaie même plus. Vous savez, la chose la plus dure de nos jours – pour un artiste –, c'est de créer quelque chose de vraiment bien. J'entends par là au moins quelque chose qui ne soit pas inepte, pas moche, pas vulgaire. Mais c'est là une digression esthétique. »

Swenson reprit le fil de sa pensée. « Vous pouvez donc comprendre, comme l'entend l'aile la plus conservatrice de notre Église, que mon pire crime a été de prendre la tête du combat en faveur d'un ministère de la Télévision. Si ça ne tenait qu'à eux, ils s'isoleraient du monde en attendant l'Extase finale.

– L'extase ? Ça a un côté vaguement sexuel. » Silverman faisait de son mieux pour ne pas paraître frivole.

« Non, rien à voir. Ils veulent parler de la fin du monde. De la parousie, le second avènement. L'Apocalypse.

– Le jour du Jugement, ajouta Syl, l'air sombre.

– Et ça s'appelle l'Extase ? insista Silverman.

– L'Extase est ce que les justes connaîtront, rectifia Syl. Juste avant que les tribulations commencent.

– Syl ! l'interpella Swenson sur le ton de la remontrance.

– Enfin, peut-être pas *juste* avant », se reprit Syl, l'air penaud.

Swenson se tourna vers Silverman pour lui expliquer. « La plupart de nos membres penchent pour situer celle-ci à mi-tribulations. »

Silverman secoua la tête comme s'il venait de recevoir un uppercut. « À mi-tribulations ?

– Mi-tribulations par opposition à pré- ou post-tribulations.

– Quarante-deux mois, ajouta Syl.

– Exactement, approuva Swenson. Après quarante-deux mois de tribulations. C'est là que doit survenir l'Extase d'après le révérend Apfel, encore que personne ne puisse prétendre le savoir avec certitude.

– Et alors ? demanda Silverman.

– Nous – ou du moins ceux d'entre nous qui seront sauvés – serons emportés vers la béatitude éternelle, alors que tout le reste de la race humaine – peut-être des membres de votre propre famille – sera voué à la damnation.

– Et vous ne trouvez pas ça un peu dur ? »

Syl se mordit la lèvre. « Enfin, oui. Mais vous voyez, nous méritons la damnation. C'est ce qu'on nous enseigne.

– La mériter ? Qui pourrait mériter la damnation éternelle ? Bon, d'accord, Hitler peut-être, ou Attila le Hun.

– Oh, non, ce n'est pas la façon dont l'Église voit les choses. » Elle baissa la voix jusqu'au murmure. « Quand j'avais six ans, je me souviens d'un sermon de notre pasteur pour Noël. D'abord, il nous a demandé à nous, les enfants, quels cadeaux nous pensions que nous devrions donner au petit Jésus pour son anniversaire. Alors chacun a imaginé quelque chose comme des jouets ou de beaux habits. Mais le révérend Arnoldson a branlé du chef. "Vous avez déjà donné au petit Jésus son cadeau", a-t-il dit. Et il a levé une image de Jésus sur la croix. Puis il a déclaré : "Voici votre cadeau à Jésus. Ce sont vos péchés qui l'ont cloué sur cette croix." Je suis rentrée à la maison et j'ai pleuré toute la journée en pensant à ce que j'avais fait au petit Jésus. » Silverman attendit en se demandant si elle allait se remettre à pleurer. Elle avait l'air suffisamment sombre pour être proche des larmes. Mais au contraire, son visage s'éclaira. « C'est ce qui rend l'idée de l'Extase si merveilleuse. À côté, tout le reste de ce qui est arrivé paraît tout petit et sans importance. Au moins, c'est ainsi que l'explique notre Église. Mais je ne sais pas. Le sens de la vie doit-il se limiter à ça ? Je ne crois pas que Dieu nous ferait subir autant de tribulations si tout ce qui comptait, c'était un superflash.

– Un superflash, fit Silverman d'un ton songeur. C'est intéressant. J'ai des amis à San Francisco qui parlent comme ça de l'ecstasy. C'est une drogue. Une drogue contrôlée. Ça te conduit au septième ciel et tu te fous du reste. J'ai jamais essayé. Et vous ?

– Hein, moi ? bredouilla Syl en s'étranglant. Nous ? Ciel, non ! » Puis, rougissant, elle gloussa. « Mais on a goûté au Coca-Cola, la dernière fois qu'on a été à Minneapolis. »

Silverman prit une mine faussement réprobatrice. « Ne craignez rien, je serai muet comme la tombe. Alors, quand exactement doit se produire cette Extase ? Pas avant le Superbowl, j'espère. »

Swenson eut l'air désespéré. « Je sais que vous devez trouver ça plutôt bizarre.

– Ça vous embêterait si je vous disais que ça me paraît carrément loufoque ? Qu'est-ce que je peux dire d'autre ? C'est en tant qu'humaniste juif que vous m'avez fait venir ici, non ? »

La voix de Swenson n'était plus qu'un chuchotement. « Moi aussi, je trouve ça loufoque. Et Syl aussi. Ça nous paraît dingue. Mais nous avons vécu avec ça toute notre vie. C'est ma vie. Mes parents étaient diacres de la congrégation évangélique la plus réactionnaire de l'ouest du Minnesota. » Il déglutit péniblement comme s'il était sur le point de faire un aveu déchirant. « On m'a enseigné que les juifs – j'espère que vous me pardonnerez de vous dire ça – que les juifs ne descendent pas d'Adam. »

Silverman fut intrigué par cette idée. « Évidemment, je n'en suis pas sûr moi-même... pensez, un laïque comme moi et tout le tremblement. Mais cela veut-il dire que vos parents croyaient que les juifs descendaient de, disons, de primates par le biais de l'évolution ? »

Les yeux de Swenson s'écarquillèrent visiblement. « Cela aurait paru si impensable que personne n'aurait osé l'envisager. Ce qu'on m'a enseigné, c'est que les juifs descendaient d'Ève après la tentation. »

Silverman réfléchit un moment. « Eh bien, ce n'est pas si mal. Je parie qu'Ève était une dame très bien. J'ai toujours eu une assez bonne opinion d'elle, surtout après la tentation. »

Swenson se hâta de le corriger, toujours à voix basse. « Non, ce n'est pas ça. Ce que croyaient mes parents, c'est que les juifs descendaient d'Ève et du serpent.

– Hmm, fit Silverman qui ne sut que penser de ce qu'il venait d'entendre. J'imagine que ça se veut insultant.

– Mon Dieu ! C'est comme si on disait que les juifs ne font même pas partie de l'espèce humaine ! » L'air sincèrement contrit, Swenson ajouta : « J'espère que je ne vous ai pas blessé.

– Vous savez, fit Silverman en haussant les épaules, en un sens, tout ce charabia biblique me paraît très théorique. Mais je saisis l'idée.

– Alors, vous comprendrez que, quand je suis entré à la faculté des Évangéliques réformés libres, je sois devenu carrément un apostat aux yeux des miens. »

Il fixait Silverman d'un regard exorbité. « Ça, c'est mauvais, non ? L'apostasie ?

– C'est l'enfer et la damnation.

– Non ?

– Si. Les évangéliques sont fiers de croire à l'existence de l'enfer. "Et ils les jetteront dans la fournaise ardente, où il y aura des pleurs et des grincement de dents." Matthieu, XIII, 42. C'est une des premières choses qu'on vous apprend. »

Des grincements de dents. Cette expression avait toujours frappé Silverman. Elle l'amenait toujours à se demander à quand remontait sa dernière visite chez le dentiste. Étant donné l'état précaire de sa denture, cette représentation de la damnation était suffisamment vivace pour lui : une éternité de canaux dentaires à dévitaliser. « Aïe, fit-il. Ça, c'est du costaud.

– Surtout quand on en vient à... enfin, vous savez, bon, vous savez bien. » Swenson échangea un regard avec Syl. Le front de celle-ci se plissa profondément.

« Oui, dit-elle avant d'ajouter avec un regard timide. Le sexe.

– Ah oui, ça, renchérit Silverman en hochant gravement du chef.

– Depuis mon entrée à la fac, reprit Swenson, j'ai progressé vers le libéralisme en espérant pouvoir élargir l'horizon de l'école et de l'Église sur ce... ce point. Mais ce n'est pas facile. On me regarde avec méfiance pour avoir ne serait-ce qu'évoqué la possibilité d'esquisser une déclaration de bienvenue et de soutien... » Silverman considérait Swenson et Syl d'un air absent. « En faveur de, enfin, vous savez quoi.... bégaya Swenson.

– Oui, compléta Syl. En faveur des homosexuels.

– C'est ça, reprit Swenson. Je veux dire même les baptistes, enfin, certains d'entre eux, ont un mouvement de Réconciliation dans le Christ pour leurs paroissiens gays. »

La réconciliation dans le Christ... C'était une de ces expressions... Comme le Serment d'allégeance[2], elle lui revint à l'oreille comme la craie sur le tableau noir qui le faisait grincer des dents. « Oh ! là là, répondit Silverman. Je suis censé aider à réconcilier les gens avec le Christ ?

2. Serment datant de 1892 et prononcé chaque jour par les élèves des écoles primaires américaines devant le drapeau des États-Unis. (*N.d.T.*)

– Non, pas “avec” mais “dans” le Christ.

– Dans, hors de, avec, dessus, dessous, entre... Voyons, Richard. Vous me demandez de vous aider à apporter la révolution sexuelle à North Fork ?

– Non, ce n’est pas exactement pour ça que je vous ai fait venir.

– Je me demande si vous êtes sûr de savoir pourquoi vous me l’avez demandé. Peut-être que vous avez lu mes livres de travers. »

Swenson le regardait comme s’il se mordait la langue pour s’empêcher de parler. C’est Syl qui prit la parole à sa place. Quand elle perdit son large sourire tout en dents, elle parut même assez jolie. Au regard de l’esthétique féminine selon Silverman, cela lui retira quinze centimètres de haut. Elle posa une main sur le bras de son invité. « Ce n’est pas Richard qui a besoin de vous. C’est nous qui en avons besoin, croyez-moi. » C’était dit si gentiment. Il se sentit vaguement héroïque, même si, pour autant qu’il sache, il ne partageait aucun terrain d’entente dans la vie avec Syl ou Swenson. Il se demanda s’il avait jamais vu une expression aussi sincère d’espérance et de gratitude. Non, il ne savait pas ce qu’il y avait derrière, mais il la croyait.

« Eh bien, comme je le disais, je vais faire ma conférence. Mais n’oubliez pas : ce n’est qu’un aller-retour. » Comme ils s’apprêtaient à quitter la table, Silverman se tourna vers Syl. « Est-il possible que j’emporte quelques-uns de ces biscuits et des muffins pour plus tard ? »

Le visage de Syl s’éclaira. « Et comment ! Je vais vous emballer des provisions. J’ai fait des petits gâteaux aussi. Pépites de chocolat et noix. Ça vous dirait d’en emporter ?

– Un peu ! »

6

Quand on a le zizi de travers

Rentré dans sa chambre, Silverman se rasa et s'habilla pour la journée. Se préparer pour ce genre de manifestation relevait toujours du défi. Pour certains groupes – universités, clubs de lecture, surtout ceux comportant une majorité de femmes –, il se laissait généralement pousser la barbe pendant deux jours. C'était son look d'auteur sérieux qui a du pain sur la planche. Cela donnait l'impression qu'il faisait juste un saut entre deux pages de son dernier manuscrit, les cheveux ébouriffés, caustique, pressé de retourner derrière sa bonne vieille Underwood tant que l'inspiration est là, l'écrivain qui n'a pas de temps à perdre avec quelque chose d'aussi futile que son aspect physique. Les gens aimaient en général que les auteurs soient bourrus et ombrageux, derniers représentants d'un mode culturel antédiluvien appelé jadis « alphabétisation ». En fait, il y avait un bail que la bonne vieille Underwood, abandonnée peu après son deuxième roman, avait été mise au rancard. Mais quand on lui demandait : « Vous vous servez d'un traitement de texte ? » – la question qui venait le plus souvent après « d'où vous viennent vos idées ? » – il prétendait s'accrocher à sa guimbarde. Cela avait un côté pittoresque et original. De même, l'allure de l'homme de lettres fidèle à sa machine : pas de cravate, cheveux dépeignés, des taches de café sur le pantalon. Dans de tels cercles, une tenue débraillée était l'uniforme officiel du génie littéraire. En temps normal, il se montrait beaucoup plus soigné de sa personne. Marty, qui était pointilleux sur le chapitre de la coupe de cheveux et du pli du pantalon, était inflexible. Silverman pensa que c'était sans doute la meilleure option ce jour-là. Avec ces types d'un genre plus bucolique, du chaume aux joues le ferait sans doute entrer dans la catégorie du raté. Il se mit donc à l'œuvre avec son rasoir.

Comme il retirait la mousse, il passa en revue les Swenson dans son imagination. Ces gens-là n'étaient vraiment pas mal... pour des chrétiens. Si les autres qu'il s'apprêtait à rencontrer n'étaient pas pires, il s'en sortirait sans dommage. À la réflexion, les Swenson étaient les seuls vrais chrétiens qu'il lui eût été donné de rencontrer. Bon, il y avait bien Sally Weeks, sa voisine qui travaillait au Planning familial. Sally avait été religieuse, mais elle affirmait avoir perdu la foi. Cependant, pour ce qui était de vrais chrétiens croyants, en chair et en os, il n'y avait que les Swenson. C'est peut-être pourquoi ils retenaient son intérêt.

Évidemment, la plupart des gens qu'il connaissait – à part les juifs – n'étaient probablement chrétiens que de nom. Ou du moins le supposait-il. Il ne leur avait jamais posé la question, et ils ne le lui avaient jamais dit, mais le christianisme n'était-il pas la religion du pays par défaut ? Cependant, qu'est-ce que cela voulait dire exactement : des cadeaux à Noël, un « brunch » au champagne à Pâques ? Pour ce qu'il en savait, les chrétiens de nom étaient aussi laïques que lui, de braves gens, qui ne professaient pas la crainte de Dieu. Il ne pouvait imaginer ses amis en train de prier. Il les imaginait encore moins vivant dans la crainte de l'enfer et de la damnation. Il avait un assez grand nombre de connaissances à San Francisco qui se revendiquaient comme bouddhistes, mais il ne les avait jamais pris très au sérieux. Pour lui, se réclamer du bouddhisme relevait du badinage mondain. Les bouddhistes adoraient vous raconter où ils avaient « siégé » la semaine passée, et où ils « siégeraient » la semaine prochaine. « Siéger » voulait dire méditer, ce qui voulait dire, d'après Silverman, ne rien faire du tout. Le fait que les bouddhistes devaient aller dans de lointaines retraites pour s'appliquer à ne rien faire le dépassait. Probablement, c'était du tirage au flanc de luxe. Les retraites semblaient impliquer de longs trajets en avion vers des lieux qu'il imaginait être des stations de cure d'un prix exorbitant. « Siéger » dans des centres de thalasso chérots et manger bio pouvaient difficilement passer à ses yeux pour de sombres tourments de l'âme. Ça ressemblait plutôt à une cure d'amaigrissement.

Par ailleurs, les Swenson – ou du moins Richard – semblaient souffrir sincèrement dans leur foi. La souffrance était quelque chose que Silverman pouvait prendre au sérieux. Les pauvres gosses ! Ils étaient jeunes et pleins d'ardeur, et ils se battaient pour trouver leur chemin dans la vie. Mis à part leur médiocrité incurable, ils auraient pu entrer dans la même catégorie que certains héros de Silverman – comme James Joyce se battant pour sortir d'une Église étouffante au nom de l'écriture. « Le silence, l'exil et la ruse. » Joyce les avait appelés ses seules armes. Silverman avait toujours aimé cette phrase. Malheureusement, cela ne pourrait convenir aux Swenson. Ils n'avaient rien de rusé ni de silencieux. Et au lieu de s'exiler comme le grand artiste, ils étaient plongés jusqu'au cou dans des conneries théologiques.

Aussi curieux que lui parût le couple, Silverman fut surpris de se rendre compte qu'il arrivait facilement à compatir à leurs difficultés. Il lui suffisait pour cela d'avoir à l'esprit son Papi Zvi. En effet, le père de son père avait été le grand ogre de son enfance, un vieil homme grincheux, aux dents plantées en quinconce, autour duquel flottait toujours une odeur de moisi. Papi Zvi ne vous regardait pas, il vous foudroyait du regard. Il ne vous parlait pas, il fulminait. Il était le membre le plus farouchement orthodoxe de la famille, avec papillotes, phylactères et tout le saint-frusquin. Il passait plus de temps à la synagogue qu'à gagner sa maigre pitance de professeur d'hébreu. Il obligeait même sa femme à se raser la tête et à porter une perruque, ce que Silverman, enfant, considérait comme un geste barbare.

Les relations entre Papi Zvi et le père de Silverman avaient été la lutte incessante de toute une vie. Dans son adolescence, le fils, se rebellant contre la tyrannie du père, était devenu un marxiste aussi fanatique que Papi Zvi était un orthodoxe fanatique. Les choses s'étaient envenimées au point que, quand Silverman avait six ans, le grand-père avait maudit son fils. Oui, il l'avait maudit. Cela était arrivé après une dispute épouvantable. Oh, comme la maison avait tremblé sous la fureur de cette engueulade homérique ! Silverman se souvenait encore de son père hurlant à travers les murs : « Parle anglais, putain de bordel ! On est en Amérique, espèce de vieux schnock ! Ne t'imagine pas que je pige un mot à ton charabia sorti du ghetto ! » À quoi Papi Zvi avait répondu, non en yiddish, comme il en avait coutume, mais dans un jaillissement d'hébreu, un grand torrent, bouillonnant, guttural. De l'hébreu : la langue divine, comme le jeune Daniel en était venu à le croire. Bien que son père eût fait tout son possible pour lui inculquer un athéisme militant, Silverman enfant était secrètement hanté par la terrible possibilité que Papi Zvi, avec ses yeux perçants et rapprochés, et son air prophétique troublant, avait peut-être trouvé une piste. Peut-être y avait-il un Dieu. Peut-être qu'Il était bien là à vous regarder. Peut-être que tous les vieux livres malodorants en hébreu qui remplissaient les étagères dans la chambre de son grand-père témoignaient des mystères de l'univers que son père était trop buté pour apprendre. Il y avait toujours un risque.

Silverman était absolument convaincu que le jour où son père fut maudit avait marqué un tournant décisif dans sa jeune vie. Il se souvenait très nettement de l'événement.

Son père était sorti de la chambre du grand-père au sous-sol de leur maison en claquant la porte derrière lui. Puis il avait regardé fixement, dans un mutisme figé, sa femme et le jeune Daniel, un air effaré, atterré sur le visage. « Il m'a maudit, dit-il. Mon propre père. La pire malédiction. "Que ton fils te couvre d'opprobre par cent fois." » Se retournant brusquement, il avait fixé le visage du petit Daniel. « Tu entends ça ? Alors, c'est ce que tu as l'intention de faire ? Parle ! » Le petit Daniel, trop bouleversé pour savoir comment réagir, crut que la meilleure réponse était peut-être de glousser, comme si c'était une blague entre grandes personnes. Alors il gloussa, un petit gloussement hésitant, mais un gloussement néanmoins. Ce à quoi son père réagit comme il ne l'avait jamais fait et ne le referait jamais : il leva la main pour gifler l'enfant. « Tu vois ça ? vociféra-t-il. Il trouve ça drôle. »

Avant que l'aîné des Silverman ait décidé quoi faire de sa main levée, sa femme intervint. « Tu prends ça au sérieux, une malédiction ?

– Moi ? hurla son mari à tue-tête. Bien sûr que non ! Tout ce galimatias, ça me fait rigoler ! Ha ha ! »

Aussi non croyant que fût son père, la riposte de Papi Zvi ne cessa de lui peser. Pendant des jours, il resta visiblement secoué. Cela dit, à quel sujet s'étaient-ils disputés – le père et le grand-père – si âprement ? Ce fut ça, le choc. Le regard braqué sur Daniel, son père lui avait finalement expliqué : « C'est de *toi* qu'il s'agit ! Cette vieille punaise superstitieuse refuse de t'accepter. » Surpris, le petit Daniel avait demandé : « Moi ? Pourquoi ? » Il n'aurait jamais dû poser la question. La réponse l'ébranla. « C'est ton zizi. Il dit que tu as un zizi tout de travers. »

Puis l'histoire suivit. Cela avait à voir avec la *brith*[1]. »

À la naissance de Silverman, son père, par défi, avait refusé de faire une *brith*. Pire, il avait envoyé des faire-part –

1. Yiddish : « *brith mila* », la circoncision.

ou plutôt des anti-faire-part – à chaque membre de la famille pour annoncer qu'il n'y aurait pas de *brith*. Son père avait décidé d'écarter de façon définitive toute possibilité de circoncision. Il était si mal renseigné sur sa propre religion qu'il croyait pouvoir s'assurer que personne, pas même le jeune Daniel, ne pourrait revenir sur cette décision. Son faire-part annonçait fièrement que la *brith* avait été devancée par la médecine moderne. Oui, il y avait eu une ablation du prépuce, mais de telle façon que le fils de David Silverman resterait à jamais un non-juif, du moins en ce qui concernait l'état de son pénis. L'acte avait été effectué par une femme docteur – une *shiksa*[2] appelée Phyllis O'Malley, rien de moins – comme une petite opération sans importance. « Mon fils Daniel, déclarait le père, a été circoncis pour raison médicale, et non par superstition. À moins qu'il ne lui pousse un autre prépuce, ce geste est irrévocable. »

Du point de vue de Papi Zvi, cela voulait dire que le jeune Daniel n'était pas un membre de la tribu. « Il ne peut pas entrer dans la communauté », se lamentait le vieil homme qui ne ratait jamais une occasion de balancer cet outrage à la face de son fils ou de fixer d'un œil torve le petit Daniel comme s'il était un véritable Philistin. Mais il y avait un point sur lequel le père de Silverman s'était trompé. En fait, il n'existe aucun moyen d'écarter définitivement la possibilité d'une *brith*. Même sur son lit de mort, Daniel Silverman pouvait être circoncis. « Il reste toujours quelque chose à couper, assurait le grand-père à son fils avec un gloussement triomphant. Toujours quelque chose, ne serait-ce que ce qu'on peut pincer entre deux doigts. Et il sera ramené au sein de la communauté. Tant qu'il y a du sang, tant qu'il y a de la souffrance, il y a une *brith*.

Silverman se souvint de son père fulminant : « Un vrai vampire, le *alter kocker*[3] veut du sang. On vit avec le comte

2. Femme non juive. (*N.d.T.*)

3. Yiddish : « vieux sac à merde ».

Dracula sous notre toit ! Tout ce que veulent ces maniaques, c'est couper, quitte à en couper trop. »

Par la suite, Silverman entendit débattre du statut de son prépuce si souvent et avec tant d'ardeur que, jusqu'à l'âge de douze ans, il était convaincu que la religion tournait uniquement autour de ses organes sexuels pour la plus grande gloire de Jéhovah. Cela n'arrangeait pas les choses que son père lui ait dit pour apaiser ses craintes : « S'il n'en tenait qu'à ton cinglé de *zeide*, il te ferait enlever en pleine nuit pour qu'un sorcier te coupe le zizi. Crois-moi, il passe des nuits blanches à se demander comment te mettre dessus ses pattes superstitieuses. Je ne le laisserai jamais faire, jamais, dussé-je me battre à mort. »

Après quoi, le petit Daniel ne retourna jamais se coucher la nuit sans vérifier si le sorcier rôdait dans la rue sous sa fenêtre. À ce jour, dans un soubassement obscur de son inconscient, il croyait encore que Dieu était un moniteur cosmique. Et qu'est-ce qu'il surveillait ? Il avait l'œil collé sur votre bite – laquelle, bigre, avait intérêt à bien se tenir.

Durant les années qui suivirent cet événement traumatisant, alors que Daniel devenait plus méfiant à l'égard de son grand-père, il noua des relations plus étroites avec le vieil homme. À dix ans, au cours des périodes durant lesquelles son grand-père et son père étaient en bisbille et refusaient de manger à la même table – ce qui durait des mois d'affilée –, le jeune Daniel était chargé de la fâcheuse mission de descendre les repas de son grand-père au sous-sol sur un plateau. Il aurait préféré frapper à la porte et laisser la nourriture, mais les instructions étaient de remettre poliment le plateau entre les mains de *zeide*. Le grand-père ne le remerciait jamais vraiment, même s'il marmonnait parfois un vague mot de gratitude. Ce qu'il faisait invariablement, c'était scruter le garçon d'un air désespéré par-dessous ses sourcils charbonneux en broussaille et il secouait parfois la tête avec tristesse. Puis, un jour, comme s'il ne pouvait plus se retenir, il avait tendu la main pour ébouriffer les cheveux de Daniel. En anglais, qu'il parlait rarement et avec une douceur que le garçon ne lui connaissait pas, il l'avait invité à entrer dans sa chambre. « Viens, dit-il. Viens, viens, viens. Je ne vais pas te manger. »

Daniel entra en espérant que la porte resterait ouverte derrière lui. Pas de veine. Son grand-père la referma, puis s'adossa contre elle. Il flottait dans la chambre une odeur de renfermé, de remugle, comme si l'air s'était depuis longtemps figé en un bloc fétide qui ne bougerait plus. « Maintenant je vais te montrer une chose », annonça Papi Zvi. Il demanda à Daniel de s'asseoir au bord de son lit. Puis il prit un lourd volume sur une des étagères et le posa ouvert entre eux. « Ça, déclara son grand-père d'une voix solennelle, *ceï* le Talmud. Ton père t'a jamais parlé de ça, hein ? » Lentement, il tourna les pages du livre. Daniel regarda défiler une procession de caractères noirs, des formes incroyables qui, à ses yeux, ressemblaient à des insectes, mais qui possédaient néanmoins une autorité et une gravité incontestables. L'hébreu. La plus vieille langue du monde, la langue que Dieu parlait au jour de la création, ou du moins Daniel le supposait-il. « *Ceï* pas magnifique ? demanda son grand-père. Même si tu comprends pas, le Talmud *eï* magnifique. Une splendeur. Jamais tu verras un livre comme ça nulle part dans le monde. »

Il y avait des larmes dans les yeux de Papi Zvi pendant qu'il parlait. Son nez commença à couler. « Ton père, il croit que moi je suis *une* vieil idiot. Mais est-ce qu'il m'a donné une chance de lui apprendre ? Peut-être toi, tu voudrais apprendre ? Tu vois ? » Il pointa son index ridé sur diverses lettres. « *Aleph.* Ça, c'est la première lettre. Maintenant, tu peux trouver *aleph* tout seul quelque part ? Eh ? » Donnant à Daniel un petit coup de coude dans les côtes, Papi Zvi avança son doigt crochu pour le poser sur la lettre que le garçon devait trouver.

En suivant le doigt, le regard de Daniel traversa la page et repéra un autre *aleph.* Il l'indiqua. Papi Zvi frappa des mains dans un élan jubilatoire. « Tu vois comme c'est facile ? Un *talmid ch'uch'em*[4] tu peux devenir. » Comme il remettait le volume sur l'étagère, le vieil homme exécuta un petit pas de danse. Le jeune Silverman ne se souvenait pas d'avoir jamais vu son grincheux de grand-père si heureux.

Ce soir-là au dîner, il demanda – oh, avec désinvolture : « Papa, c'est quoi, un *ch'uch'em* ? »

L'air perplexe, son père répondit : « Un *chu'ch'em* ? Une sorte de génie. Comme Einstein. Pas comme toi.

– Ah tiens ? plaça aussitôt sa mère. Et comment tu peux le savoir ? Tu regardes quelquefois ses devoirs, toi qui es si occupé ?

– Quoi ? Nous avons un Einstein à table ?

– Il a écrit une jolie rédaction pour son professeur d'anglais. Une histoire de chat.

– On n'a pas de chat. Qu'est-ce qu'il connaît aux chats ?

– Il s'est servi de son imagination, où est le problème ? »

Avec une sincérité feinte, son père se pencha vers Daniel par-dessus son bol de soupe. « Excusez du peu, professeur Einstein. Où tu entends dire des mots pareils de toute façon ? Tu as parlé avec ton grand-père ?

– Non. C'est à l'école que je l'ai entendu. Tu peux me passer les pommes de terre ? »

À la suite du petit succès spectaculaire de Daniel avec la recherche du *aleph*, Papi Zvi commença à le faire entrer régulièrement dans sa chambre pour regarder son exemplaire du Talmud. Le vieil homme faisait cela à la dérobée comme s'ils complotaient de braquer une banque. À chaque fois, il enseignait à Daniel une autre lettre hébraïque. Il indiquait un caractère, puis demandait à Daniel de retrouver le même ailleurs dans la page. Puis de nouveau, le même exercice, jamais plus d'une lettre à la fois. Il me croit complètement débile ou quoi ? se demandait le jeune Silver-

4. Yiddish : « connaisseur du Talmud », autrement dit un sage, un savant.

man. On ne pourrait pas faire deux lettres, ou même trois... peut-être un mot tout entier ? Mais invariablement, Papi Zvi glapissait de joie quand Daniel trouvait le prochain *heth, guimel, daleth.* Il donnait au garçon un gros baiser mouillé sur le front et louait l'intelligence supérieure de son petit *mazik*[5]. Mais même à dix ans, Daniel se rendait compte qu'à ce rythme, il lui faudrait cinq cents ans avant de pouvoir déchiffrer l'hébreu. Et ce n'était pas le seul problème. Papi Zvi avait une haleine assez pénible à supporter, une odeur rance de vieux chicots et d'oignons. Des années plus tard, il se rappelait cette odeur. Dans son répertoire de souvenirs sensuels, elle devint indissociable de la religion en général. L'odeur de la piété, âpre, vieille et écœurante.

Pour finir, les travaux dirigés clandestins de Silverman avec son grand-père connurent un triste épilogue. Le jour où le petit Daniel parvint au *guimel*, son grand-père, avec un clin d'œil entendu, demanda : « Un étudiant de la *yeshiva* tu veux devenir peut-être ? » Daniel fit un sourire poli, mais frémit intérieurement. Les étudiants de la *yeshiva*, les sérieux qui portaient la tenue, étaient une vision familière dans le quartier du Bronx où Silverman avait passé son enfance. Tous les gosses non juifs n'arrêtaient pas de balancer des vannes sur eux. En fait, Daniel lui-même leur trouvait l'air bizarre, avec leurs drôles de boucles et leurs chapeaux. Papi Zvi prenait manifestement trop au sérieux ce petit jeu avec l'alphabet. Il utilisait Daniel comme un pion dans la grande bataille qui se disputait sous leur toit entre le père de Daniel et lui. En chaque lettre que Daniel apprenait, il voyait une victoire secrète sur son fils. Daniel n'avait pas le choix. Il devait mettre un terme à sa carrière naissante de savant talmudique. Il eut recours à une ruse. Après avoir appris à reconnaître la lettre *teth*, Daniel se mit inexplicablement à devenir dyslexique en hébreu. Il commença par montrer toutes les mauvaises lettres. Il n'arrivait même plus à

---

5. Yiddish : « malin ».

retrouver le *aleph*. Quand il dut situer un *aleph*, il indiqua toutes les autres lettres jusqu'à ce qu'il eût accumulé vingt et une fautes, le maximum. Puis il dit : « Peut-être qu'il n'y a pas de *aleph* dans cette page. »

Son grand-père le fixa, les yeux comme des billes. « Comment tu peux oublier *aleph ?* Qu'est-ce qu'il y a, tu n'as plus de cervelle ?

– Mais c'est dur, *zeide*, gémit Daniel d'un ton pathétique. Je ne me rappelle pas, c'est trop dur. Toutes les lettres se ressemblent.

– Elles se ressemblent ? Comment c'est possible ? Chaque lettre est différente qui n'est pas *le* même. Tu ne le vois pas de tes propres yeux ? Tiens, regarde. *Aleph... le premier* lettre de tous. » Daniel se contorsionna, formant un petit bretzel de protestation. « Ça ne ressemble pas à la première lettre. La première lettre devrait ressembler à un A. »

Papi Zvi était médusé. « *Aleph* doit ressembler à un A ? Pourquoi elle doit ressembler à un A ? Laquelle tu crois est venu en *première* ? Tu ne sais pas que *aleph* est aussi ancien que Dieu, béni soit Son nom. Des milliers d'années il y avait *aleph* avant le A.

– Je ne sais pas, je me perds. C'est trop à se rappeler. Ce n'est pas comme l'anglais où tout a l'air normal. »

Papi Zvi fit le dos rond et plongea la tête dans ses mains. Il disait quelque chose à voix basse, peut-être une prière pour le petit garçon juif qui ne pouvait même pas apprendre le *aleph*. Daniel voyait des lettres hébraïques sortir de la tête de son grand-père comme une fumée noire inquiétante pendant qu'il priait. C'était un tour très méchant qu'il jouait au vieil homme, mais comment faire ? S'il mentionnait le seul mot *yeshiva* à son père, il y aurait une explosion qui s'entendrait dans tout le voisinage. Heureusement, Papi Zvi fit preuve d'une clémence remarquable. « Le Mickey Mouse il a mangé ta cervelle, voilà ce que c'est. » Il haussa les épaules et remit tristement le texte du Talmud sur le rayonnage. Puis, cassé en deux par le chagrin, il raccompagna Daniel à la porte. « *Oï !* Pauvre petit *pisher*[6] ! marmonna-t-il en tapotant la tête de Daniel. Tu seras un *nebish*, un *nebish*, et tout ça parce que... » Mais il ne finit pas la phrase. Une larme dans l'œil, le grand-père se détourna et referma la porte. Quand elle fut close, Daniel, qui n'avait pas plus de dix ans, savait que ce qu'il avait fait ce jour-là resterait à jamais gravé comme l'un des actes les plus cruels de sa vie.

Nebish, comme il l'apprit plus tard, voulait dire « un rien du tout ». Un moins que rien.

Et si Papi Zvi avait été le père de Silverman ? Imaginez qu'il ait été obligé de réciter toutes ces prières qu'il n'a jamais comprises et de supporter des rituels obscurs ! Imaginez qu'il n'aurait jamais pu commander de sandwich bacon-tomates-laitue par crainte de susciter la fureur du Tout-Puissant. Alors, c'était peut-être comme ça pour les Swenson. Ils vivaient au milieu d'une ville remplie de Papis Zvi, des gens bornés, vindicatifs, qui n'attendaient que l'occasion de les condamner pour apostasie. Cela pouvait être encore pire que la malédiction du grand-père. Au moins les juifs ne parlaient pas sans arrêt des tourments de l'enfer.

Silverman finit ses ablutions quotidiennes en s'appliquant un coup de lotion après-rasage. Avec un dernier regard dans la glace, il dit à son double : « Je ne me vois pas. Je ne me connais pas. Je ne peux pas me regarder vraiment. Personne n'existe véritablement dans le monde réel parce que personne ne sait tout ce qu'il est pour les autres êtres humains. »

Il prononça ces paroles, puis il vit son visage prendre un air perplexe. En effet, c'était étrange. Ces paroles n'étaient pas les siennes, mais celles d'un autre écrivain. Elles provenaient d'une autre histoire. Mais laquelle ? Il se reporta en arrière jusqu'à remonter à ses premières années d'université. Ça y est. La citation était tirée d'*America, America*, une

6. Yiddish : « pisseux ».

histoire écrite à la fin des années trente par Delmore Schwartz[7]. Il n'avait pas repensé à ce livre depuis des années. Les paroles étaient celles d'un personnage appelé Shenandoah Fish, l'alter ego littéraire de Delmore Schwartz. Silverman n'avait absolument aucun souvenir d'avoir retenu ces mots, il n'avait pas conscience qu'ils lui tournaient dans la tête. Mais quand il les prononça, il se souvint nettement de l'effet qu'avait produit sur lui le récit du jeune écrivain tourmenté la première fois qu'il l'avait lu en arrivant à l'université. Âgé de vingt ans à l'époque, Daniel Silverman était parvenu à une conclusion lourde de sens. « Je pourrais en dire autant de moi. Je ne me connais pas moi-même. Mais ça n'a rien à voir avec le fait d'être juif. Dans le monde moderne, on doit perdre son identité héréditaire, on devient un zéro qu'il faut remplir. Et l'art de notre temps ne s'ancre-t-il dans cette perte même et ce remplissage ? Bien sûr, Schwartz ne pouvait pas voir les choses de cette façon, étant lui-même d'une autre génération. » Silverman prit le temps de réfléchir à cette façon de penser. En effet, se dit-il, c'est toujours ma façon de penser.

Quand Silverman quitta la maison avec Swenson ce matin-là, Syl lui tendit un sac en papier de bonne taille. Il regarda à l'intérieur. C'était bourré de provisions : des biscuits, des confitures, des gâteaux secs.

« Oh, merci, dit-il. Mais vraiment, c'est trop.

– Au cas où vous vous sentiriez un petit creux dans l'avion. Il y a deux bouteilles de boisson à la salsepareille que j'ai faite l'automne dernier. On ne sait jamais.

---

7. Juif américain d'origine roumaine, Delmore Schwartz (1913-1966) est l'auteur de romans, nouvelles, poèmes et pièces de théâtre, dont *Shenandoah*, une pièce en vers, et le traducteur d'*Une saison en enfer*, d'Arthur Rimbaud. Sa nouvelle *In Dreams Begin Responsibilities* et son poème *Calmly We Walk through this April's Day* ont inspiré *Star Trek*. Dans *Le Don de Humboldt*, Saul Bellow, son assistant à l'université, s'inspire de sa vie, et Lou Reed, qui fut un de ses étudiants, lui a consacré plusieurs chansons. (*N.d.T.*)

– Vous ne venez pas à la conférence ? demanda-t-il.

– Non, je regrette, s'excusa Syl, mais Jessy a attrapé quelque chose. Elle est très grognon. Je ne veux pas qu'elle dérange tout le monde. Mais je sais que ça va être formidable. »

Clac ! De façon toujours aussi soudaine et imprévisible, il la prit mentalement en photo. Un jour, dans une histoire qu'il ne connaissait pas encore, Syl deviendrait l'épouse d'une endurance admirable ou la petite amie abandonnée, une vraie petite fiancée de l'Amérique. Silverman avait une antipathie profondément enracinée pour les femmes assez grandes et robustes pour le soulever, mais Syl se révélait être une exception notable. Visiblement, elle était la meilleure surprise que lui ait réservée ce voyage pénible et frigorifique. Syl était un *mensch*[8].

De la cour devant la maison des Swenson, Silverman pouvait voir entre les arbres les principaux bâtiments de l'école de l'autre côté du lac. Sur celui-ci, il y avait des patineurs et des gosses sur des luges. Avec les hautes congères et les sapins à l'arrière-plan, cela aurait pu être une scène de carte de vœux. « Si vous aviez apporté vos patins, on aurait pu y être en dix minutes, lui déclara Swenson. Avec un Bloore, ça n'en prendrait pas cinq.

– Un Bloore ?

– Un peu ! La meilleure des motoneiges. Vous pouvez voir les Fantômes des neiges là-bas sur le lac. » Il indiqua une partie de la glace qui grouillait de monde. Plusieurs véhicules pétaradant dessinaient des motifs sur les pentes blanches au-dessus de la surface gelée : cercles, huit, ovales. De loin, Silverman pouvait entendre rugir les moteurs. « Les Fantômes forment notre brigade de motoneiges, qui a repris le nom de la société. Nous espérons voir la motoneige devenir une épreuve olympique. Dans ce cas, notre équipe de pointe aura toutes ses chances de décrocher l'or. »

---

8. En yiddish : quelqu'un de bien.

En motoneige, cinq minutes. Mais en voiture, vingt, expliqua Swenson. « Si le temps le permet. » Mais le temps ne le permettait pas ce matin-là. Coupant prudemment à travers la dernière chute de neige, les pneus cloutés de la camionnette de Swenson grignotaient la glace avec un crissement régulier, cric, cric, cric. « Écoutez, j'avais gardé ça pour la fin, annonça Swenson en manœuvrant autour du lac. Je ne voulais pas en parler à la maison parce que je ne voudrais pas que Syl soit déçue. Je ne peux rien garantir, mais j'ai la promesse de notre sénateur, Jake Dawes, qu'il fera tout son possible pour venir cet après-midi. Et s'il vient, je vais vous le présenter. Je ne peux pas vous dire combien il a soutenu le programme de l'humanisme religieux. Vous pouvez imaginer à quel point il était important d'avoir le soutien de quelqu'un de son poids. Lui et Mrs. Bloore, on pourrait dire que ce sont les deux grands manitous de la région – il n'y a pas de féminin pour ça, n'est-ce pas ? Bien sûr, comme tous les hommes politiques, il doit rester en contact avec son électorat, qui est devenu assez conservateur. Rudement plus, d'ailleurs, que certains d'entre nous ne le croient. Cette partie de l'État a toujours eu une forte orientation agricole et ouvrière. Mais, aux élections de 1992, oh ! là là ! les évangéliques ont vraiment changé la donne. C'était la première fois que les Frères évangéliques réformés libres dans le Christ apportaient leur soutien à un candidat... la toute première fois. Dawes était l'un des huit candidats que nous avons aidés à être élus. Il nous est donc très redevable. »

La fourgonnette de Swenson traversa un croisement où se regroupaient une poignée de fermes couvertes de bardeaux et quelques petits magasins – une supérette, une laverie automatique, un silo avec sa haute tour érodée, et un saloon baptisé Paul Bunyan Tavern – premiers signes d'une vie commerciale que Silverman ait repérés dans le secteur. L'enseigne démesurée au-dessus du bar s'illustrait d'un très mauvais dessin du bûcheron légendaire et de son bœuf bleu. Swenson tourna pour prendre une petite route transversale. « C'est... ou plutôt *c'était* North Fork », annonça Swenson comme ils dépassaient l'ensemble des commerces.

« Ça y est, c'est tout ? interrogea Silverman en regardant derrière eux.

– Ouais. Si ce n'était le bureau de poste dans le magasin d'alimentation, North Fork n'aurait peut-être même pas d'existence officielle. On n'est pas si loin de Flat Rock, qui se trouve à une vingtaine de kilomètres. C'est là où nous espérons vous emmener dîner. Le meilleur grill-room du comté. Sinon, on est assez isolés. » Swenson conduisit prudemment la camionnette par-dessus une jonction de rails profondément encastrés. « Il n'y a plus de trains depuis vingt ans », commenta-t-il alors qu'ils avançaient en cahotant au ralenti. Silverman scruta l'acier tordu qui s'enfonçait dans un banc de neige. Il y avait quelque chose de si désespéré dans ces vieilles voies ferrées rouillées et abandonnées qu'il se sentit complètement déprimé. La dernière neige avait effacé la terre de tous côtés, la laissant plate et monotone. Les souches d'arbres stériles qui pointaient ici et là dans la blancheur immaculée rendaient le panorama encore plus désolé. Les deux ou trois tours empreintes de solennité, que Silverman arrivait à distinguer dans le lointain, avaient sans doute une quelconque fonction agricole. Des silos à grains ou à fourrage, ce genre de chose. Ils semblaient vétustes et bancals. Peut-être étaient-ils abandonnés comme les rails. Même les lignes à haute tension couvertes de glace qui festonnaient tant bien que mal l'horizon, en passant d'un pylône à l'autre, avaient l'air hors service. Aucun doute, c'était le cul du monde. Et malgré le chauffage qui ronronnait dans le véhicule, Silverman se rendait compte que sa température chutait de minute en minute. Il se pencha en avant pour scruter le ciel à travers le pare-brise. Bien qu'il fût seulement midi passé, une obscurité grandissante rôdait de façon inquiétante au-dessus d'eux, pareille à la semelle sale d'une botte géante sur le point d'écraser tout ce qui était en vue. *Qu'est-ce que je fiche ici ?* se demanda Silverman. *Du fric*, furent les seuls mots qui lui vinrent à l'esprit. Mais, soudain, l'argent lui parut être une très mauvaise réponse à la question.

La route devint plus accidentée quand ils eurent franchi les voies. « On appelle ça la route de Bunyan à Bunyan », expliqua Swenson. Silverman lui adressa un regard vide. « La Paul Bunyan Tavern ici, et John Bunyan[9] là-haut. Vous connaissez Bunyan... John, j'entends ?

– *Le Voyage du Pèlerin* ? » dit Silverman. Il se souvenait du nom croisé à l'occasion d'un cours de première année sur les grandes œuvres classiques. La vieille épopée allégorique de la littérature chrétienne que nul ne lisait plus. D'après ses souvenirs, trois pages lui avaient suffi.

« Il se trouve toujours en tête de notre liste de lectures pour les première année à Faith, remarqua Swenson. Avec la Bible, bien sûr. Aussi, plus nous nous éloignons de Paul et du démon de la boisson au croisement là-bas, plus nous nous rapprochons de John et de la Cité céleste. Une vieille blague du campus. »

Swenson manœuvra la fourgonnette pour contourner une énorme ornière gelée, puis réintégra la route étroite. Cela représenta de nombreux allers-retours. « Je suis sûr que, d'après vos critères, reprit-il, Jake Dawes doit se situer très à droite. Mais je forme pour lui de grandes espérances. Vous comprenez, ce n'est pas un dispensationaliste pur et dur. Il a étudié le droit à l'université, ce qui a certainement élargi son horizon. Il m'a plus ou moins glissé à l'oreille – en catimini, bien sûr – que son bureau fermera les yeux sur tout ce que je pourrai faire pour libéraliser les évangéliques. Il convient que les conservateurs vont devoir évoluer avec le temps, surtout sur un tas de questions concernant les femmes. Le problème, c'est qu'on n'évolue pas quand on se

9. Écrivain anglais, auteur du *Pilgrim's Progress* (*Le Voyage du Pèlerin*, 1678-1684), qu'on appela la Bible du peuple. (*N.d.T.*)

fiche de gagner les élections. Et beaucoup d'évangéliques s'en fichent royalement. Il leur suffit de croire qu'ils ont raison et d'avoir leur conscience pour eux. Et d'après Jake, ce n'est pas à lui de faire le premier pas. Mais je pense qu'il est prêt à assouplir la ligne du parti, si vous voyez ce que je veux dire.

– Non, dites-moi ce que vous voulez dire, rétorqua Silverman.

– Les trois G : *God, guns and gays*[10].

– Ah oui. Alors pour quels G et contre lesquels est-il, respectivement ?

– Quoi ? Oh ! Il est très pour. Très, très pour. Et très, très contre. Ce à quoi on pourrait s'attendre, j'imagine. Les associations en faveur des armes à feu lui donnent encore plus d'argent que Mrs. Bloore. Et, bien sûr, il y a aussi l'avortement. Jake a dû se montrer très ferme là-dessus.

– Mais à part ça, c'est un vrai gauchiste !

– Enfin, non, reconnut Swenson avec un petit rire embarrassé. Je n'irais pas jusque-là. Mais il a évolué dans une direction relativement, plus ou moins, comparativement, étonnamment libérale. Sans son soutien, je n'aurais jamais pu faire démarrer le cycle de conférences sur l'humanisme religieux.

– Malgré ça, il n'a pas réussi à faire venir Gore Vidal l'an dernier, n'est-ce pas ? insista Silverman.

– C'était une décision gênante.

– Pas à cause de *Burr*, ni même de *Myra Breckinridge*.

– Oh, ça a joué un rôle, bien sûr. Je veux dire...

– Mais il y a eu autre chose, autre chose de plus important encore.

– Enfin, oui. Mais sincèrement, vous imaginez Gore Vidal faire une conférence ici ?

– Évidemment. Pour 20 000 dollars. Je m'imagine moi-même donner une conférence pour infiniment moins que ça.

10. Littéralement : « Dieu, les armes et les homosexuels ».

– Donc, vous êtes d'accord pour que Jake vous présente ? Il m'a demandé à le faire lui-même.

– Ah bon ? Je me demande pourquoi.

– Vous comprenez, Jake est notre chouchou. Il a l'œil sur le Congrès pour les prochaines élections – probablement le Sénat – alors il veut se mettre bien avec le lobby israélien.

– Tiens, dans ce cas, qu'est-ce que je peux dire ? Je ne manquerai pas de placer un mot en sa faveur la prochaine fois que j'irai à Jérusalem. »

Silverman fit semblant de prendre la chose à la légère, mais il tressaillit intérieurement. En ce qui concernait la politique israélienne, un sujet qui avait donné lieu à des disputes mémorables en famille pouvant aller jusqu'aux coups de poing, il avait prudemment choisi sa ligne de conduite. Il était un *nebish*, un jean-foutre total, absolu et délibéré. Peut-être avait-il hérité génétiquement de l'attitude de son père. « Si tu veux faire dans le chauvinisme pro-israélien, fais-le. Bats-toi. Mais garde-le pour toi. » La position de spectateur de son père – « je me lave les mains » – était fondée, comme tant de choses dans sa vie, sur un refus de tout ce qui lui venait de son propre père. Si Papi Zvi était pour, le père de Silverman était contre et tenait à le faire savoir. « Si le Seigneur tout-puissant existe et s'Il veut promettre à son peuple un morceau de terrain à bâtir, pourquoi pas la Côte d'Azur ? Pourquoi un bout de désert aride qui ne vaut pas un clou ? » Ce genre d'opinion avait fait de son père un paria aux yeux de ses oncles et tantes, frères et sœurs de tous bords.

La motivation de Silverman pour emboîter le pas à son père était différente. Il se considérait comme un artiste, un homme au-dessus de la politique, surtout d'une politique violente, âpre, féroce. En outre, cette haute moralité était agréablement compatible avec la lâcheté physique qui lui était naturelle. Si vous appartenez à un peuple persécuté, pourquoi se rassembler en un seul lieu et offrir ainsi une cible facile ? Mieux vaut la diaspora. Se disperser tous azimuts. Évidemment, rien de tout ça ne pourrait arriver aujourd'hui. À quel point risquait-il d'avoir des ennuis sur la question dans une assemblée de non-juifs ?

Mais il y avait quelque chose dans les propos de Swenson qui lui tournait dans la tête. Ce nom : Dawes. Dès qu'on s'écartait de la baie de San Francisco en allant vers l'est, la perspicacité politique de Silverman s'estompait rapidement, mais il était sûr d'avoir entendu le nom de Dawes dans les meetings et les manifestations. Bien décidé à s'élever au-dessus de la politique, il laissait Marty, qui adorait soutenir tout et n'importe quoi, pourvu que ce soit grand, bruyant et bondé, aller seul aux manifs. Ce dont il se souvenait, c'est que Dawes avait fait une tournée électorale dans le pays en faveur de l'amendement pour la protection de la famille. Si l'amendement passait, il définirait officiellement le mariage comme hétérosexuel et exigerait que les homosexuels restent à cinq kilomètres de tout enfant de moins de douze ans ou quelque chose de ce genre.

« L'amendement pour la protection de la famille, c'est ça ? demanda Silverman. C'est ce Dawes-là ?

– Oui, avoua Swenson, l'air de soulager sa conscience d'une lourde faute. Je ne pensais pas que vous étiez au courant.

– Richard, vous avez du bol. Je dois être en fait la seule personne des alentours de la baie de San Francisco qui ne crachera pas dans l'œil de Dawes depuis l'autre bout de la salle. » Swenson avait la curieuse habitude de tressaillir de façon exagérée quand il était pris en faute sur un point de ce genre. Il louchait, grinçait des dents et se cachait derrière une épaule relevée comme pour se protéger contre une raclée. Puis il faisait un sourire penaud et vous regardait du coin de l'œil, implorant votre pardon plus que nécessaire. Silverman l'avait déjà vu faire ce genre de numéro trois ou quatre fois. C'était un réflexe enfantin agaçant chez un homme de sa taille. Peut-être avait-il été souvent frappé ?

Quoi qu'il en soit, Silverman pouvait prédire ce qui allait suivre : *aïe !*

Et « aïe » fut ce qui suivit.

« Est-ce que j'aurais dû vous prévenir pour Jake ? demanda-t-il.

– Aucune importance, affirma Silverman d'un air faussement détaché, en essayant de bien faire comprendre qu'en tant que conférencier de passage dont on loue les services, il se contrefichait de ces affaires locales. Je ne suis pas tellement politisé, en fait. Mais si Mr. Dawes se met à développer ses idées, je risque d'avoir du mal à me retenir. »

Ce qui était un mensonge. Il ne pouvait se rappeler la dernière fois où il avait pris part à un débat politique houleux.

« Dans ce cas, je dois mentionner une nouvelle chose, ajouta Swenson en abordant, l'air de rien, un autre point délicat. Mrs. Bloore.

– Oui, eh bien ? soupira Silverman.

– C'est une sorte de chef de tribu par ici... encore qu'elle détesterait s'entendre appeler comme ça. Elle se déclare fermement en faveur de la soumission de la femme. Vous savez, les Colossiens, III, 18.

– Est-ce que c'est inné, chez vous, de connaître par cœur toutes ces petites citations avec leur numéro ? Parce que moi, pas.

– Excusez-moi. Quel idiot. Ce n'est pas le bon testament.

– Peu importe le testament, en ce qui me concerne.

– “Femmes, que chacune soit soumise à son mari.” Mais je ne peux imaginer Mrs. Bloore soumise à quiconque, sauf par les armes. Vous allez lui trouver la langue plutôt acérée. Quand elle habite à l'école – elle y possède un appartement, avec ascenseur privé et tout –, elle s'attend à énormément d'égards. Et elle les a. Après tout, c'est notre principale donatrice. Elle a rebâti la plus grande partie du campus depuis vingt ans. Et, bien sûr, c'est elle qui finance notre cycle de conférences. Elle tient à vous rencontrer avant que vous preniez la parole. En audience privée. Elle va essayer de vous dicter ce que vous devez dire... Elle le fait avec tout le monde. Soyez aussi patient que possible. Je suis sûr que la conférence que vous avez préparée est formidable sans qu'on y touche.

– Et d'où cette dame tire-t-elle ses sous ? Les petits engins qui font teuf-teuf et qu'on a vus sur le lac ?

– Oui, tout à fait. Les sports d'hiver marchent très fort ces temps-ci, l'informa Swenson. Et le Fantôme des neiges Bloore domine le marché. Avant, c'était le scooter Tomahawk. » Il parut attendre que Silverman fasse « Ah ! la vache ! » Mais celui-ci, qui ne connaissait rien aux motos à part qu'il les détestait, ne dit pas « Ah ! la vache ! »

« Les Bloore ont fait fortune avec le Tomahawk avant de passer aux motoneiges. "Un moteur d'enfer, un diable d'engin !"

– Pardon ?

– C'était le slogan publicitaire de la société Tomahawk. Et pour un "moteur d'enfer", lui, il en était un !

– Qui ça, lui ?

– Le grand Burt Bloore. Big Burt, une vraie canaille. Buveur, hâbleur et coureur de jupons. À vrai dire, Mrs. B. ne valait guère mieux. Du moins, au début.

– Racontez-moi ça.

– Je ne devrais pas colporter des ragots.

– Les ragots sont mon fonds de commerce, lui rappela Silverman. Certains croient que la fiction n'est pas autre chose que des potins prétentieux sur des gens dont on a changé les noms.

– Bon, personne n'est censé le savoir, mais c'est un secret de polichinelle. Quand elle était jeune, Mrs. B. – une fille de pasteur, rien de moins – était un vrai petit démon. Élevée dans l'Église, mais le diable au corps, comme ça peut arriver. Pendant la guerre – je parle de la Seconde Guerre mondiale –, il y avait une base militaire à Grand Forks, de l'autre côté de la frontière de l'État. Les filles délurées de toutes les villes des alentours avaient l'habitude de fréquenter l'endroit à cette époque. C'est là que la future Mrs. B. a rencontré Burt. Ils ont eu une de ces idylles éclairs comme ça se faisait pendant la guerre – qui a duré quarante-huit heures – et se sont mariés une ou deux heures avant qu'il lève l'ancre. Elle avait à peine l'âge légal pour convoler.

– Ha ha ! Donc notre grenouille de bénitier était une *tsatske*, comme aurait dit Papi Zvi.

– Pardon ?

– Une petite dévergondée. »

Swenson prit un air soucieux.

« Je vous en prie, n'en soufflez mot à quiconque, l'implora-t-il.

– Vous n'avez rien à craindre, Richard. J'essaie seulement de rendre North Fork aussi intéressant que possible.

– Oh, je vois. Alors, étant donné le butor que Big Burt s'est révélé être par la suite, on se demande par quel miracle il s'est mis à sa recherche après la guerre, mais il l'a fait. Dès le départ, le mariage n'a pas marché. Des années de batailles rangées. Entre-temps, il avait fait fortune avec le Tomahawk, puis le Fantôme des neiges. Mais plus sa fortune grossissait, plus il devenait infernal. On lui prêtait des petites amies dans toutes les villes du pays – jusqu'à San Francisco. Quand elle en a eu ras le bol du bonhomme, Mrs. B. est revenue en courant au sein de l'Église telle une femme déchue qui cherche le pardon – et elle devint (ça, c'est strictement confidentiel) l'être le plus implacable que j'aie jamais connu. Depuis lors, elle soulage sa conscience sur chacun des membres de l'Église. Excusez-moi de paraître aussi dur. Je n'en ai vraiment pas le droit...

– Je vous en prie, ne vous gênez pas pour moi, dit Silverman.

– Le mariage était voué à l'échec dès le départ. Et ce fut le cas. Un soir, Big Burt s'est soûlé comme un âne, on l'a retrouvé le lendemain matin ayant succombé aux gaz d'échappement dans son propre garage. Il était couché par terre, coincé sous sa Tomahawk préférée. Il avait dû tomber ivre mort pendant qu'il la bricolait. C'était il y a vingt ans. Bref, le fin mot de l'histoire, c'est que depuis la mort de son mari, Mrs. B. donne à l'Église l'argent de celui-ci. C'est-à-dire tout l'argent sur lequel elle peut empêcher les quatre ou cinq enfants illégitimes de Big Burt de mettre la main. Donner à l'Église doit être une sorte de vengeance posthume, j'imagine. Sauf qu'il y a plus d'argent qu'elle ne peut en distribuer. Si vous êtes à la recherche de capitaux, c'est Bloore qu'il vous faut.

– Merci. Vous avez su rendre cette dame intéressante – au moins du point de vue corrompu du romancier. J'ai hâte de faire sa connaissance.

– Je m'efforcerai de vous faciliter la rencontre. Mais surtout, ne vous laissez pas perturber par elle. »

Après avoir roulé en silence sur quelque cinq ou six cents mètres, Silverman demanda :

« Mrs. B. était-elle chez elle le soir où il a cassé sa pipe ?

– Hein ?

– Big Burt... le soir où il est mort.

– Ah oui !

– C'est elle qui a trouvé le corps ?

– Oui, absolument. Et elle n'a pas versé une larme, à ce que je crois savoir. Je l'ai entendue parler à ce sujet du jour de sa délivrance. »

* * *

Apparaissant à l'extrémité d'une double rangée prolongée d'arbres dépouillés recouverts de neige, l'école était plus impressionnante que Silverman ne s'y attendait : un ensemble de bâtiments en brique imposants, à multiples pignons, rassemblés autour de la chapelle du campus. Dans la région des tremblements de terre, une architecture en brique de cette envergure était introuvable. « C'est là où va se tenir la conférence, annonça Swenson en garant la voiture. Vous vous tiendrez en chaire. » Il va sans dire que c'était censé être un honneur, mais Silverman s'en serait bien passé. Il frémit intérieurement à l'idée d'être entouré de représentations de la Vierge en pleurs et de Christ crucifiés. Les Frères évangéliques étaient-ils amateurs de ce genre d'iconographie ? Il espérait que non. Pourvu que leurs goûts les portent vers une austérité iconoclaste... Malgré ça, il savait ce que Papi Zvi aurait dit s'il avait été en vie, en apprenant que son petit-fils avait prêché pour les non-juifs sous le signe de la croix. « Voilà ce qui arrive quand on coupe un zizi de travers. »

Tandis qu'ils se frayaient un chemin dans la cour centrale en direction de la résidence universitaire – le nom au fronton de l'entrée indiquait le Gundersen Hall –, Silverman sentit l'air vif du matin autour de lui. Le froid traversait son imper, la doublure et le reste comme s'il n'avait porté qu'un simple tee-shirt. Swenson, dont les paroles se transformaient en vapeur dès qu'elles s'échappaient de sa bouche, pointait le doigt en direction de ceci et cela autour du campus, le dortoir des hommes, le dortoir des femmes, le gymnase, le local de l'association étudiante. Apparemment, la chapelle était un authentique monument historique, le clocher le plus haut entre tel et tel endroit. Silverman ne lui prêta aucune attention. Ses yeux scrutaient le ciel au-dessus de lui. Ce qu'il voyait ne lui plaisait pas, mais pas du tout. Les nuages noirs et pourpres semblaient à présent s'approcher si dangereusement du sol que Silverman avait envie de se plier sous leur poids.

« Il est bien entendu qu'il ne va pas neiger, n'est-ce pas ? déclara-t-il d'un ton péremptoire à Swenson.

– On ne sait jamais. Il y a eu une bourrasque la nuit dernière sur Winnipeg. Nous héritons souvent du temps qu'ils ont là-bas. Ne vous inquiétez pas. Les appartements du Fondateur sont chauds et confortables. »

Mais ce n'était pas ce que Silverman voulait entendre.

Le Gundersen Hall était un manoir rénové à l'architecture anarchique, probablement une des grandes demeures de son époque témoignant de la splendeur des requins de l'industrie, que même les milliardaires ne pouvaient plus s'offrir de nos jours. Cependant, avec le temps, la splendeur avait pris un aspect lugubre et moisi. Noyé dans l'ombre, le haut plafond de l'entrée semblait aussi bas et oppressant que la dalle d'une tombe. Les grandes baies qui longeaient le balcon du haut étaient habillées de lourdes tentures. Peut-être était-ce pour l'isolation, mais cela plongeait l'intérieur dans des ténèbres gothiques suffocantes. Silverman pouvait deviner loin au-dessus de sa tête ce qui devait être des lustres somptueux, mais aucun n'était allumé. Le hall n'était éclairé que par des appliques dans le couloir, de faibles lumières issues d'ampoules en forme de flammes. Comme Silverman et Swenson traversaient le parquet et gravissaient le large escalier principal, les planches centenaires grincèrent sous leurs pas dans une protestation presque vocale. C'était un son qui faisait toujours se figer le sang de Silverman. « On dirait qu'on marche sur des souris malades, remarqua-t-il, plus pour lui que pour son compagnon.

– Sur quoi ? interrogea Swenson en s'arrêtant pour regarder derrière lui.

– L'escalier. On croirait... marcher sur... Ça va, laissez tomber.

– Oh, le bruit de la tradition », avança Swenson, puis il entreprit un petit exposé sur les bois divers qui avaient servi à bâtir le campus. « Ce plancher a été fait avec le dernier bosquet d'érables locaux qu'on ait trouvé dans cette partie de l'État. À vrai dire, ils ont dû tricher pour la cage d'escalier. Sous la moquette, c'est du peuplier de Virginie, qui a tendance à gondoler. Le fait est que même le peuplier de Virginie avait disparu à cette époque... »

Silverman cessa d'écouter. Il avait décidé que, pour peu qu'on lui en laissât l'occasion, Swenson pouvait se montrer l'homme le plus barbant de la terre.

Les appartements du Fondateur, situés au premier étage au-dessus de l'entrée, étaient d'une élégance surprenante. Encombrés de meubles capitonnés, de palmiers en pot et de somptueux rideaux, ils donnaient l'impression de visiter une exposition sur l'époque de Grover Cleveland[11]. Le lit était un meuble de famille à baldaquin, abondamment sculpté et croulant sous des coussins de soie brodée et des couvertures en patchwork. Il y avait encore des becs de gaz en fer forgé qui sortaient des murs. L'éclairage électrique avait été greffé dessus et sur le lustre en cristal qui s'étalait au-dessus. La pièce était effectivement chaude grâce à un bon feu qui crépitait dans le vaste foyer en pierre.

« C'est le bâtiment le plus ancien du campus, expliqua Swenson. C'est un moment-clé de l'architecture, mais qui a fait un peu scandale. Il a été construit à l'époque des grandes forêts par un négociant en bois millionnaire qui le destinait à sa maîtresse. Si vous avez suffisamment de lumière, vous pouvez voir un petit témoignage de leur affection mutuelle. Vous voyez, là. » Swenson indiquait un coin obscur sous le dais. « Le petit cœur décoré gravé ici et les anges ? Vous ne pouvez pas lire les lettre d'ici, mais il y a écrit “C.B. + N.M.” C'est pour Clive Benchley et Nadine Mircheson. Si c'était plus visible, je soupçonne que tout le lit aurait été jeté aux flammes par la veuve de Benchley. C'est après tout un symbole d'infidélité. Benchley a commis l'erreur d'épouser une brave Norvégienne pratiquante. Alors, à sa mort, Gerda, sa femme, a jeté dehors la maîtresse et fait don du domaine à notre Église. Ce fut le plus gros coup de la révérende Lucy.

– La révérende Lucy ?

– Oh, vous n'allez pas tarder à faire sa connaissance. En bas dans l'entrée.

– Bien embaumée, j'espère », fit Silverman.

Swenson lui adressa un sourire enjoué. Il s'avança rapidement pour fourrer le sac de Silverman dans le placard,

---

11. Président démocrate de la fin du XIXe siècle (*N.d.T.*)

puis, un doigt sur les lèvres, il lui fit signe de s'approcher pour lui révéler un secret. « J'ai caché ça pour vous. Je sais que vous n'êtes ici que pour la nuit mais, bon, au cas où vous en auriez besoin. Je ne voudrais pas que nous ayons l'air trop spartiates à vos yeux. » Il repoussa un tissu pour dégager un miniposte de télévision au fond du placard. « Comme je vous l'ai dit, il y a des membres de notre personnel enseignant qui refusent d'entendre parler de la télévision. Les appareils ne sont pas autorisés sur le campus, aussi veillez à le mettre tout bas. »

Ils étaient sur le point de repartir. Mais comme Swenson ouvrait la porte du couloir, il fit un bond en arrière, pris au dépourvu. De l'autre côté se dressait un homme impassible, une armoire à glace qui leur bloquait le passage. Il portait une brassée de bûches. Silverman fut également secoué. L'homme posait sur lui un regard d'oiseau de proie. Il n'avait jamais vu des yeux aussi flamboyants, enchâssés sous des sourcils sombres et broussailleux, tellement froncés qu'ils semblaient avoir été agrafés dans cette position. Le visage de l'homme, plissé, rude et bordé d'une barbe irrégulière, semblait figé, à deux doigts d'exploser de rage. Ses rares cheveux gris, hérissés sur le crâne, contribuaient à lui donner l'air furibond.

« Axel, dit Swenson en guise de salutation. Entrez donc », ajouta-t-il en reculant dans la pièce. Mais son visage n'avait rien de chaleureux.

L'homme était si massif qu'à côté de lui, Swenson paraissait fluet. Il franchit le seuil d'un pas pesant en rentrant la tête dans les épaules pour éviter le chambranle. Il portait un tablier de cuir sur des vêtements de travail et des bottes aux semelles épaisses qui le haussaient de cinq ou six centimètres. Pendant un long moment, il resta immobile, foudroyant Silverman du regard. Tout en lui indiquait qu'il jaugeait un ennemi mortel avant la bataille. « Voici Axel Hask, annonça Swenson. Axel donne un coup de main sur le campus, ajouta-t-il comme s'il expliquait quelque chose.

– Bonjour », dit Silverman avec toute la prudence possible.

Axel ne répondit pas, il traversa la chambre et déposa son fardeau près du feu. S'agenouillant devant l'âtre, il ajouta quelques bûches sur les flammes. Puis il se retourna et, après s'être arrêté de nouveau pour scruter Silverman, il s'en alla.

« Axel donne un coup de main, répéta Swenson. Ne vous inquiétez pas pour lui.

– Est-ce que j'aurais des raisons de m'inquiéter ? s'enquit Silverman.

– Je veux dire, il est un peu buté.

– C'est ce que j'ai cru comprendre.

– On nous attend dans la salle des professeurs, lui rappela Swenson en l'entraînant dans le couloir pour redescendre au rez-de-chaussée. Mais prenons le temps de dire bonjour à la révérende Lucy. » Il conduisit Silverman devant une rangée de portraits grimaçants, des puritains sombres, l'air clérical. Les portraits comprenaient des gravures du XIXe siècle ainsi que des peintures à l'huile et des photographies, mais on ne voyait pas un sourire. Au contraire, tous ces visages semblaient rivaliser pour prouver à Dieu : oui, je suis un chrétien austère, qui pense sans cesse aux flammes éternelles de l'enfer. Le voilà, songea Silverman, le vrai premier commandement : *Tu ne riras point, tu ne ricaneras même pas sous cape.* À l'autre extrémité du hall se dressait une sculpture en bronze, plus grande que nature, d'une femme corpulente au visage sévère, une main tenant la Bible, l'autre levée, un doigt pointé vers le ciel. Les mots gravés au-dessous indiquaient son nom : la révérende Lucy Gundersen. Au-dessous était gravée la phrase : « Je baptiserai par immersion. »

« Notre fondatrice, expliqua Swenson.

– Une femme ? s'étonna Silverman.

– Absolument. Notre groupe a toujours honoré les disciples du sexe féminin. Comme il est dit dans les Écritures :

“Vos fils et *vos filles* prophétiseront”, Les Actes, II, 17. Lucy Gundersen était une femme remarquable. Très en avance sur son temps. Elle a fait croisade pour l’allaitement maternel... en public.

– Allons donc !

– La révérende Lucy voulait que les mères qui allaitent soient assises au premier rang de l’église. À la place d’honneur. Et rien de frivole là-dedans. Si le Seigneur a voulu que les bébés soient nourris de cette manière, il n’y a aucune raison d’en avoir honte.

– Eh bien, tant mieux pour la révérende Lucy.

– Nous aimons dire qu’elle était totalement déboutonnée. Elle fut arrêtée à Minneapolis parce qu’elle allaitait ses enfants dans des lieux publics. C’est pourquoi elle a déménagé pour North Fork. Par ailleurs, elle pouvait se montrer très conservatrice. Elle était absolument contre le vote des femmes. Vous ne devinerez jamais pourquoi.

– Allez-y, pourquoi ?

– Elle croyait que les femmes étaient naturellement plus intelligentes que les hommes. Donc, si elles obtenaient le droit de vote, leurs votes, plus intelligents, ne feraient que compenser les votes stupides de leurs maris. Elle préférait que les femmes obligent leurs maris à voter correctement. C’est alors qu’on aurait des élections intelligentes.

– Une dame intéressante. Et je crois comprendre qu’elle croyait au baptême par immersion.

– Bon, c’est en fait la question qui est à l’origine de la création des Évangéliques réformés libres. À l’époque, beaucoup d’évangéliques s’étaient éloignés du baptême par immersion totale. Ils croyaient que c’était malsain pour les bébés, surtout en plein hiver. On est dans le Minnesota, après tout. Mais pas la révérende Lucy. Elle tenait à l’immersion totale, pour les bébés comme pour les adultes. Et ça devait se faire dans un cours d’eau naturel. Elle découpait même des trous dans la glace du Beaver Lake pour baptiser en hiver. Cela pourrait vous porter à croire que la révérende Lucy avait eu une enfance baptiste. Et vous auriez raison. »

Swenson avait terminé sur une note tellement jubilatoire que Silverman n'osa pas avouer son manque d'intérêt total pour la question. « Je n'y crois pas, Richard ! Dans la maison où j'ai grandi, les baptistes, les luthériens, les épiscopaliens, c'était du pareil au même. Tout ça, c'était seulement une autre espèce de catholiques. »

Swenson gloussa dans sa barbe comme si cette remarque était une plaisanterie. « Nous avons eu une chance inouïe que la révérende Lucy se convertisse. Même si, en ce qui concerne le baptême, nous avons fait beaucoup de chemin depuis.

– Tiens donc ?

– Maintenant, nous laissons faire les parents. Et les choses ont tendance à s'assouplir. L'an dernier, nous avons eu moins d'une demi-douzaine d'immersions. Et aucune dans le lac... Les gens veulent de l'eau chauffée, maintenant, ajouta-t-il tout bas.

– Voyez-vous ça !

– Alors, vous comprenez, si nous pouvons libéraliser ce qui fut autrefois fondateur, pourquoi pas autre chose ? Après tout.

– Ben voyons. »

7

L'ambassadeur de *Sin City*[1]

Comme il s'approchait de la porte ouverte de la salle des professeurs, Silverman entendit le grondement sourd des conversations. Plus que jamais, il éprouvait ce sentiment de dislocation maladive indissociable pour lui de la solitude du conférencier itinérant. Dans un instant, il serait dans une salle peuplée d'étrangers – des étrangers très étranges, en l'occurrence – qui papotaient bêtement à propos de choses sans véritable intérêt pour lui et qu'il oublierait vite. Il devrait arborer au moins un demi-sourire et répéter des anecdotes qu'il avait déjà débitées une centaine de fois dans des salles semblables à celle-ci. Les gens voudraient savoir d'où lui venaient ses idées, sur quel livre il travaillait actuellement, combien d'heures il écrivait chaque jour, si ses personnages étaient basés sur des personnes réelles.

Il y avait bien une porte de sortie, mais c'était presque aussi douloureux. Il avait appris au cours de ses premières années de voyage que neuf sur dix des personnes qu'il rencontrait sur la route voyaient sa visite comme une occasion de s'exprimer – elles, et non pas lui. Elles s'étaient loué les services d'un auditeur, pas d'un orateur. Donc, il avait la possibilité de se caler dans son fauteuil et de laisser ses hôtes disserter. N'importe quelle petite question suffisait à susciter un développement sur leur projet. Car ils avaient

1. Littéralement : « la cité du péché ».

tous des projets, des projets qu'ils élaboraient depuis plus longtemps qu'il n'écrivait. Des projets de dame patronnesse, des projets de lobbying, des projets de relations entre les membres de la communauté, des projets de jardinage, des projets pour l'Église, des projets en faveur de la propreté de l'environnement, des projets d'éducation... C'était étonnant de voir avec quelle ardeur les gens aimaient à parler d'eux-mêmes. Encore plus surprenant : à quel point ils pouvaient s'imaginer que vous vouliez les entendre parler d'eux-mêmes. Une fois qu'ils avaient démarré, il vous suffisait d'afficher une curiosité de bon aloi, de vous cacher derrière votre verre, de hocher la tête avec pondération toutes les quatorze secondes et de marmonner : « vraiment », « tiens, tiens », « comme c'est intéressant », « je ne m'en étais pas rendu compte » ou « eh bien, c'est tout à fait impressionnant ». Plus le public était bizarre, plus il était payant de lui laisser la parole. Parfois, Silverman se piquait au jeu. Lors d'un congrès de psychologues jungiens, il avait réussi à ne dire que son nom et un « ha ! » sincèrement attentif au cours d'un dîner de trois heures. Dans le cas présent, il avait déjà décidé d'en dire le moins possible. D'ailleurs, s'ils étaient tous comme Swenson, que pourrait-il leur dire ? S'il s'avisait d'ouvrir la bouche, il était capable de mettre les pieds dans le plat.

Devant la salle des professeurs, Swenson signala trois étudiants à l'attention de Silverman, une fille et deux garçons, qui attendaient dans le couloir. « Ce sont mes complices, dit-il à mi-voix. Laissez-moi vous présenter. » Il désigna les jeunes gens comme le Comité de l'humanisme religieux. « À dire vrai, ce sont eux, plus que moi, qui sont responsables de votre présence ici. » La fille – Tilly – était petite et quelconque, le visage si étroit qu'on l'aurait cru dessiné des deux côtés d'une feuille de papier, et la peau si pâle qu'elle paraissait anémique. Elle avait une frange blonde assez longue pour masquer ses yeux bleu pâle, un look qui lui donnait l'air d'autant plus renfermé. Le garçon à ses côtés était un petit brun, avec une solide toison noire qui lui tombait dans les yeux. Il s'appelait Alex. Silverman serra la main qu'il lui tendait, mais – il était incapable de s'en empêcher – ses yeux se dirigèrent aussitôt vers le second garçon qui lui avait été présenté sous le nom de Jack. Assez grand pour être membre de l'équipe de basket, des épaules magnifiques et un halo de boucles blondes en désordre, Jack était absolument superbe. Prenant la main de Silverman, il lui adressa le genre de sourire timide qui le faisait littéralement fondre dans ses chaussures. Il était si ravissant que Silverman dut faire un effort sur lui-même pour se rappeler que ce garçon était – oh oui ! – beaucoup trop jeune pour lui. Non qu'il le fût selon les critères en vigueur à San Francisco. Ce rappel était un petit procédé psychologique dont Marty et lui étaient convenus d'utiliser quand la tentation devenait trop forte.

« Nous sommes tellement honorés de vous avoir parmi nous, dit la jeune fille. On a dévoré tous vos livres. Enfin, tous ceux qu'on a pu trouver.

– Nous sommes impatients de vous voir au dîner, ajouta Alex.

– Si les routes sont encore praticables, bien sûr, se reprit-elle. On s'attend à du mauvais temps.

– Ah bon ? » demanda Silverman dans le vague.

Même quand il quittait Jack des yeux, il était distrait par la présence du jeune homme. Il devait le regarder de nouveau pour voir s'il était *vraiment* si beau que ça. Eh bien, oui. Ce serait un plaisir de dîner avec lui, même en pleine tempête de neige.

Comme ils se séparaient, la fille prit Swenson à part pour chuchoter : « Il est *là.* » Swenson rayonna. Après avoir promis aux étudiants de les retrouver dans la chapelle, il se hâta de conduire Silverman vers le lieu du rendez-vous.

La salle aurait pu être un endroit confortable pour déjeuner. Elle était entièrement tapissée d'un riche bois sombre avec de hautes fenêtres à meneaux et une épaisse moquette. Un feu dansait dans la cheminée et un buffet généreux était disposé sur une grande table centrale : des jambons entiers, une dinde rôtie, diverses salades... Mais Silverman frissonna presque en regardant autour de lui. Chaque visage affichait une suspicion non dissimulée. Cet auditoire allait se montrer particulièrement retors. Aussitôt il se redit tout bas : *Tu le fais pour l'argent. Et ils ont payé cash.*

Il n'avait pas effectué plus de trois pas dans la pièce quand il remarqua quelque chose qui l'inquiéta plus que tous les visages de marbre qui commençaient à se rassembler autour de lui. En haut du mur à l'extrémité de la salle se trouvait une bannière portant trois grosses lettres en or : JIW. Silverman s'arrêta net pour essayer d'en comprendre le sens. Se pouvait-il que ces gens-là ne sachent pas épeler le mot « JEW[2] » ? « C'est quoi, ça ? demanda-t-il à Swenson en attrapant le bras de son compagnon pour l'obliger à s'arrêter et le lui montrer. Ce n'est pas à mon intention, n'est-ce pas ?

– Quoi ? » demanda Swenson en regardant autour de lui avec inquiétude.

Silverman indiqua d'un signe de tête la bannière.

« Juif, écrit de travers.

– Ah ! s'esclaffa Swenson spontanément avant de poser sa main sur sa bouche. Elle est bien bonne, chuchota-t-il en entraînant Silverman dans la salle. Ça, c'est, si vous voulez, le logo de l'école. » Il se pencha vers Silverman pour lui murmurer à l'oreille : « Jésus te surveille. » Silverman le regarda fixement sans comprendre. « JIW : *Jesus is watching.* » C'est Mrs. Bloore qui l'a inventé. C'est son grand truc. Elle fait un discours à tous les nouveaux venus chaque année en leur rappelant que Jésus les regarde tout le temps, peu importe où ils se trouvent. Ils ont donc intérêt à faire attention. Vous le verrez écrit partout, surtout dans les toilettes. Elle a aussi des petites pochettes avec des étiquettes

2. En anglais : « juif ».

JIW qu'elle nous donne pour les coller partout où on va. Nous sommes réputés pour ça. Ce qui me fait penser... » Derrière son revers, Swenson récupéra un petit pin's rouge frappé de trois lettres en or. Il le fixa sur le devant de sa veste. « Mrs. Bloore y tient beaucoup, expliqua-t-il, un peu penaud. Je vous en aurais bien donné un, mais je doute que... »

Pour la première fois, Silverman fusilla du regard Swenson, qui articula tout bas « aïe ». *Jésus te surveille. Quelle idée infâme !* se dit Silverman. Bien sûr, il se souvenait de Papi Zvi lui affirmant : « Dieu il veille toujours *sour* toi... » Mais « veiller *sour* », ce n'est pas pareil que surveiller. Il était sûr qu'il y avait une différence.

Swenson procéda à quelques présentations rapides à la ronde, une envolée de noms qui passa devant Silverman sans laisser de traces. Professeur Untel, docteur Untel, deux ou trois révérends et diacres avec leurs épouses. Silverman serra des mains et ébaucha une version abrégée de son sourire genre « content d'être ici ». D'après ce qu'il pouvait voir, tous dans la salle arboraient le petit pin's rouge et or pour se rappeler les uns aux autres qui surveillait qui. Pendant que Swenson le pilotait à travers la foule, Silverman pouvait entendre une voix joyeuse qui recouvrait toutes les autres. Swenson allait dans sa direction. « Seigneur ! Je suis tellement content qu'il soit venu », glissa-t-il à Silverman.

Jake Dawes était entouré d'un petit cercle d'admirateurs. Avant que Swenson le rejoigne, il avait déjà laissé échapper plusieurs gros éclats de rire, ce genre d'hilarité qui vient naturellement aux politiciens.

« Professeur Silverman, annonça Swenson, j'aimerais vous présenter Jake Dawes, notre sénateur. Merci d'être venu, Jake.

– C'est toujours un plaisir, Dick », assura Dawes en s'avançant pour serrer la main de Silverman. C'était un de ces grands démonstratifs qui vous empoignaient le coude pendant qu'ils vous serraient la main comme s'ils essayaient de vous démonter le bras. « Et enchanté de vous avoir parmi nous aujourd'hui, professeur Silverman. » Comme si on avait appuyé sur un bouton, l'expression de Dawes passa de la jovialité à la gravité. « Ainsi que vous devez le savoir, professeur, je pousse, de même que tous les membres des Alliés d'Israël dans le Midwest, notre délégation nationale au Congrès à déclarer publiquement la préoccupation du Minnesota du Nord, notre préoccupation inébranlable de voir une réconciliation durable s'installer au Proche-Orient. Après tout, c'est aussi notre Terre sainte. » Toujours agrippé au coude de Silverman, il parut attendre des applaudissements. Il y eut des murmures approbateurs de tous côtés.

« Je suis content que vous voyiez les choses de cette façon, assura Silverman. Encore que si elle n'était pas aussi sainte, il y aurait peut-être moins de sang. » Dawes, qui se demandait manifestement s'il devait approuver ou non cette réflexion inattendue, lui adressa un froncement de sourcils perplexe. « C'est le point de vue humaniste, voyez-vous, précisa Silverman.

– Ah bon, nota Dawes, comme s'il considérait cette idée plutôt qu'il n'y souscrivait.

– Pour ma part, aucun lopin de terre n'a rien de sacré – à part peut-être le Yankee Stadium. Mais c'était quand j'étais petit. »

Il fit à Dawes la grâce de rire de sa propre boutade. Ce dernier rit à son tour du bout des lèvres.

« Mais sérieusement, je reste aussi confiant que vous, j'en suis sûr, on peut parvenir à une solution pacifique si les deux parties se rejoignent dans un esprit de charité chrétienne.

– Vous avez l'art de dire les choses, répondit Silverman. Peut-être qu'on devrait leur faire savoir que Jésus les surveille. »

Les sourcils de Dawes se froncèrent dans un effort de réflexion. « Mais tout à fait. Je vais charger mon état-major de faire une note à ce sujet. »

Bien que proche de la soixantaine, Dawes dégageait autant de force virile qu'un mannequin masculin. Il avait une stature athlétique, la mâchoire carrée et une toison de boucles blondes généreusement enduites de gel – dans l'ensemble, un personnage d'une étonnante vitalité en costume taillé sur mesure. Il était en compagnie d'une femme d'une beauté saisissante. Jeune, blonde et les traits parfaits, elle était dotée d'yeux de biche, aux paupières lourdes et aux longs cils. Des yeux d'alcôve, du point de vue de Silverman. Sa réaction à ce genre de beauté féminine était complexe. Comme s'il admirait une œuvre d'art, l'esthétique l'emportait sur le sexuel, mais sans éclipser totalement un certain désir. Ce qui l'amena à se demander si, avant d'être séparée en genres, la beauté avait pu être une qualité en soi, capable d'enivrer les sens comme parfois les oiseaux et les fleurs le font encore. Enfin, peu importe qui elle était, la compagne de Dawes était vraiment canon. « Quand les femmes sont belles, ça te ferait presque regretter de ne pas être lesbienne », aimait à dire Marty. Comme Dawes, elle aurait pu passer pour un top-model – n'eussent été les vêtements complètement ringards dont elle s'était affublée avec un masochisme délibéré. En traversant la pièce, Silverman avait remarqué plusieurs femmes habillées à peu près de la même façon : une robe-sac noire qui semblait conçue exprès pour que le corps féminin ressemble à un tube d'expédition sur pattes. Comme si cela ne suffisait pas, la délicieuse compagne de Dawes arborait un énorme nœud à pois sur la gorge et des froufrous au poignet. Presque à son insu, la robe révélait suffisamment la courbe des hanches et du buste pour laisser soupçonner un corps bien galbé. Silverman supposa que la blonde était l'épouse-trophée du sénateur. Il se trompait. « Et voici Gloria, enchaîna Swenson, la fille de Jake, qui a rejoint notre école à l'automne dernier. »

Le visage aussi maussade que le reste de l'assistance, Gloria prit mollement la main de Silverman et marmonna une quelconque formule de politesse, puis recula pour céder la place à son exubérant de père. « Nous espérons, Dick et moi, que cet événement va inaugurer un dialogue fructueux parmi tous les peuples de Dieu », tonitrua Dawes, l'air de lire son texte sur un téléprompteur. Puis, avec un clin d'œil, il se pencha pour faire semblant de chuchoter à l'oreille de Silverman : « À moins que je ne me trompe, vous devez être le premier ambassadeur de Sin City à visiter nos provinces. » Le sénateur éclata de rire. Comme à l'unisson, ses compagnons firent de leur mieux pour l'imiter mais parurent d'entrée de jeu manquer de souffle. « Je ne faisais que plaisanter, professeur Silverman, enchaîna Dawes. Nous ne devons pas oublier que votre ville tient son nom d'un saint. »

Un aller-retour, 12 000 dollars net, se répéta Silverman pour peut-être la dixième fois de la journée.

« J'ai lu vos livres, professeur », poursuivit Dawes en prenant un air plus grave. Il plongea dans sa serviette pour en tirer un exemplaire de *L'Œil des profondeurs* et, curieusement, *Moi, Emma.* « Bon, voilà, ajouta-t-il en gloussant. J'ai demandé à Gloria de me préparer des notes sur quelques-uns de vos ouvrages. C'est notre rat de bibliothèque familial. Elle a passé sa licence de... c'était quoi, Glory ? Littérature comparée ? » Gloria fit un bref signe de tête embarrassé. « À l'université, poursuivit-il en passant en revue le CV de sa fille rougissante. Avec félicitations du jury. » Il empoigna fermement le bras de Silverman et le tira vers lui comme s'il voulait lui extorquer des fonds pour financer sa campagne. Regardant autour de lui afin de s'assurer qu'il était hors de portée d'oreilles indiscrètes, il se pencha pour chuchoter : « Ainsi, Glory me dit qu'il y a un certain nombre de grossièretés dans... » Comme il tenait les deux romans de Silverman dans les mains, son regard passait de l'un à l'autre, visiblement incapable de décider duquel il parlait. « ... Celui-là, je crois. » Il leva *Moi, Emma.* « Même si je me garderais bien d'approuver, comprenez-moi, je dois reconnaître que nous en entendons tout autant derrière les portes closes du monde politique, suffisamment pour vous faire tinter les oreilles. Ne soyons donc pas de mauvaise foi. Dans votre cas, Glory me dit que la langue, malgré la présence de quelques obscénités, se rachèterait par son contexte littéraire. Si jamais il devait y avoir débat sur ce point – ce qui me paraît improbable –, j'espère que nous pourrons nous en tenir à cette formulation. D'accord ? »

C'est quoi, ça ? se demandait Silverman. *Un marché ? Il me propose un marché pour mes gros mots ? Quels gros mots ?* Les gros mots étaient un point épineux qu'il valait mieux éviter de soulever avec Silverman. Ses romans étaient d'une correction si embarrassante qu'il pouvait réciter par cœur le petit répertoire des jurons et grossièretés qui y figuraient en indiquant la page pour chacun. Pendant qu'il écoutait Dawes, c'était ce qu'il faisait : il passait en revue la liste pour dénicher ces mots d'argot choquants, scandaleux. À quoi cet homme faisait-il allusion ? Les directeurs littéraires l'avaient effectivement averti que son exigence tatillonne le desservait auprès des jeunes lecteurs, une tranche de population pour qui, désormais, l'argot le plus cru tenait lieu de signe de ponctuation. « Tu ne pourrais pas introduire deux ou trois fois "baiser" ? avait insisté Tommy Sutton un jour. Juste pour le potentiel commercial ? Penses-y comme à des points d'exclamation. » Et Silverman avait essayé, sincèrement. Dans *Le Parlement des monstres*, il avait attribué à la gargouille du haut de Notre-Dame un monologue qui se terminait par la phrase : « Ce soir, sous les toits lugubres de Paris, dix mille êtres humains baisent pour donner vie à d'autres misérables de leur espèce. » Sutton avait estimé que c'était un bon début, mais s'était demandé si la phrase ne pouvait être améliorée de la manière suivante : « Ce soir, sous les toits lugubres de Paris, dix mille êtres humains baisent pour donner vie à d'autres putains de misérables de leur espèce. » Eh bien, non. Pour le bien que cette phrase lui avait fait ! La vision du monde de sa gargouille ne parut jamais en format de poche. Et ce fut la première et dernière fois que le verbe « baiser » parut sous sa plume.

Le fille du sénateur avait-elle mis la main sur un exemplaire introuvable de l'édition reliée toile ? À part cette unique incursion pitoyable dans la haute pornographie littéraire, Silverman n'avait pas réussi, dans ses autres ouvrages, à dépasser huit « merde », deux « bite » et trois « tétons », le tout dans la bouche de personnages très peu recommandables. À vrai dire, Silverman était simplement incapable d'être convaincant dans la vulgarité. À présent, quand il se trouvait enseveli sous une avalanche de mots scabreux dans des films destinés aux gosses de douze ans, il se rendait compte à quel point il était coupé du goût populaire. Et voilà qu'il se trouvait en présence d'un plouc de la politique qui lui cherchait des poux à propos de quelques grossièretés parfaitement banales. Enfin...

« Ouais, bien sûr, convint Silverman. Pourquoi se compliquer la vie ?

– Épatant », affirma Dawes qui lui secoua de nouveau la main tout en le reconduisant vers l'endroit où les autres l'attendaient. Il s'empressa de restituer *Moi, Emma* à sa fille comme si c'était un produit toxique. « Alors, poursuivit-il, pour ce qui est de votre autre livre, celui avec le dauphin...

– La baleine, rectifia sa fille en adressant un sourire contrit à Silverman.

– Oui, bien sûr, fit Dawes en riant. Une baleine. » Il cherchait le titre.

« *L'Œil des profondeurs*, lui souffla Gloria.

– C'est ça, *L'Œil des profondeurs*... Il ne pouvait s'agir que d'une baleine, pas vrai ? Et un excellent titre, remarqua Dawes autant pour ceux qui étaient alentour que pour Silverman. Je veux dire que toute l'histoire est là, n'est-ce pas ? Glory m'a dit que *L'Œil des profondeurs* apporte un tribut non négligeable à l'éthique de la responsabilité personnelle que toute personne de foi se doit de défendre. »

Silverman n'avait jamais été félicité par un homme politique, moins encore par un farouche partisan de l'extrême droite, mais comme il aurait pu s'y attendre, les remarques de Dawes donnaient l'impression d'être de solides coups de dents soigneusement préparés. « Merci, répondit-il. Le livre n'est pas vraiment censé concerner l'écologie... » Il vit un air égaré sur le visage du sénateur, comme s'il craignait de devoir demander à son état-major de réécrire à la va-vite ses remarques préliminaires. *Halte-là ! Si tu poses des problèmes dès maintenant, ça risque de retarder la conférence. Écrase...* » Silverman fit marche arrière. « ... en surface, bien sûr. Je suis heureux de voir que Gloria a saisi le sens implicite. En d'autres termes, un second niveau de lecture. »

Dawes parut soulagé. « Évidemment. Le second niveau de lecture... Avec les félicitations du jury, je ne vous l'ai pas dit ? C'est une petite fille très douée. Ainsi, j'attends avec impatience votre conférence cet après-midi. Je suis sûr que Dick vous a informé que vous inauguriez notre cycle de conférences sur l'humanisme religieux. Ça fait plusieurs années que nous mettons sur pied ce projet.

– Eh bien, je compte faire de mon mieux, dit Silverman avec le sourire.

– Excellent ! Que demander de plus ? » Puis, se penchant pour une autre remarque en aparté : « Un second niveau de lecture, ça me plaît, ça. Je devrais en faire état, non ? Tous vos livres ont un second niveau ?

– Un second niveau ? Et comment ! Tous mes livres ont un second niveau, mais on ne peut le lire qu'en tenant les pages devant la lumière. »

Swenson, qui semblait soucieux de limiter au minimum les échanges entre Silverman et Dawes, entraîna avec tact le sénateur à l'écart afin de discuter de certains détails concernant l'ouverture de la conférence. Dawes s'étant retiré, le cercle d'admirateurs se resserra autour de Silverman comme s'ils attendaient qu'il reprenne le fil là où le sénateur l'avait interrompu. En fait, se retrouvant face à face avec Gloria,

Silverman opta pour le genre de bavardage qui lui parut le plus à sa portée.

« Alors, qu'est-ce que vous enseignez ?

– Les études bibliques, répondit-elle. Et la théologie pour les femmes. »

Silverman la vit donner des signes d'impatience. Jusque-là, elle était la seule qui parût se sentir aussi déplacée que lui.

« Les hommes peuvent s'inscrire au cours de théologie des femmes ? interrogea-t-il.

– Pas la théologie des femmes, rectifia Gloria avec politesse. La théologie pour les femmes. Non, les hommes ne sont pas admis.

– C'est trop émancipé pour des oreilles masculines ? demanda-t-il.

– Pas du tout.

– Quand Dieu était une femme, ce genre de choses ? »

Une inquiétude silencieuse brilla dans ses yeux d'alcôve. Elle lança un rapide coup d'œil à gauche et à droite pour voir comment les autres avaient pris cette réflexion.

« Certainement pas ! s'insurgea-t-elle avec un gloussement peu convaincant.

– C'est le truc branché à Sin City », poursuivit Silverman. En s'efforçant de ne pas rougir, Gloria fronça les sourcils d'un air peu amène.

« Excusez-moi, j'ai dit quelque chose d'hérétique ? »

Recherchant de l'aide, elle considéra le cercle qui s'était formé. Rôdant à proximité se trouvaient un homme et une femme âgés. « Oh, révérend Berglund », interpella-t-elle. Elle ajouta à l'intention de Silverman : « Voici le révérend et Mrs. Berglund. Le révérend Berglund est un des membres du conseil d'administration. Je suis sûre qu'il voudra vous parler de ses voyages, n'est-ce pas, révérend ? » Tandis que Gloria faisait les présentations, Silverman crut détecter une étincelle incontestablement malicieuse dans son regard. Elle se débarrassait de lui.

Le révérend et sa femme s'avancèrent pour lui donner une poignée de main, chacun serrant sa paume comme un étau. Les Berglund, comme ils s'empressèrent de l'en informer, étaient chargés des activités missionnaires des Frères réformés libres. Ils étaient rentrés pour des vacances après quatre ans passés à gagner des disciples pour le Christ en Afrique centrale. Silverman aurait dû s'en douter. Pour des sexagénaires, ils tenaient une forme remarquable : minces, musclés, respirant la vie au grand air et tout bronzés par le soleil des tropiques, exactement le genre de chrétiens musclés que Silverman pouvait imaginer pataugeant dans les rivières pleines de crocodiles et marchant dans le veldt pendant quarante jours sans une goutte d'eau. Résolument positifs et d'un enthousiasme communicatif, les Berglund étaient incollables sur les chiffres. Le nombre de bébés vaccinés, de familles nourries, de bibles distribuées, d'hectares cultivés, d'écoles construites, d'âmes sauvées... un travail en plein essor accompli au nom du Seigneur. Et tout cela, au milieu d'une guerre civile atroce.

« Vous savez, il y avait des cadavres partout, racontait Mrs. Berglund. Des monceaux et des monceaux qu'on laissait pourrir au soleil. Une odeur pestilentielle. Des mères et des bébés taillés en pièces. Oh ! là là, quels sauvages ! Partout où vous alliez, des têtes, des mains, des jambes. On ne pouvait même pas se laver le matin, tous les puits étaient pleins de sang. Dieu soit loué, nous avons pu apporter la parole d'amour de Jésus à notre minuscule troupeau avant qu'il soit anéanti.

– Anéanti ? interrogea Silverman en s'efforçant d'afficher suffisamment de sollicitude, tout en se demandant pourquoi cela devait l'intéresser.

– Un peu ! répliqua Mrs. Berglund. Massacrés, tous jusqu'au dernier, que le Seigneur Jésus ait pitié de leur âme ! Tous les cent soixante-quatorze. Nous avons perdu toute la mission, y compris notre loyal Michael Mbiki, notre premier converti animiste au sud de Khartoum. Un authentique païen. Vous vous souvenez de Michael, n'est-ce pas, Phyllis ? demanda-t-elle à une des femmes du groupe. Il a prêché ici à Pâques de l'année dernière.

– Bien sûr, répondit cette dernière. Un jeune homme si poli. Toujours si souriant.

– Ah, il était comme notre propre fils, soupira Mrs. Berglund.

– Il a été éviscéré, précisa le révérend. Devant toute la mission. Mais sans cesser de chanter, de chanter tout le temps. Comme un ange. J'entends encore sa voix indomptable monter vers les cieux. "Jésus, précieux trésor, fontaine de pure jouissance..." Tu t'en souviens, ma chérie ?

– "Dans tes bras je repose", compléta Mrs. Berglund. Il est arrivé jusqu'au dernier couplet, pour l'amour de Dieu. Enfin, il est auprès de Jésus à présent. Prions. »

Les têtes s'inclinèrent, sauf celle de Silverman. Et de Gloria. En lui lançant un coup d'œil, il remarqua la même expression malicieuse qu'il avait déjà aperçue. Donc, elle le narguait, comme pour dire : « Ce sujet vous convient-il mieux que l'autre ? » Bien, cela prouvait au moins qu'elle avait de l'esprit. Il lui adressa un clin d'œil. *Cinq sur cinq*.

« Ça m'a l'air rudement dangereux, observa simplement Silverman pour dire quelque chose quand tous les yeux se tournèrent vers lui.

– Oh, oui, convint le révérend Berglund. Nous avons perdu en cinq ans quatre de nos missionnaires en Afrique centrale. Deux pendus, un empalé, un dévoré vivant par les fourmis.

– Dévoré par les fourmis ? s'exclama quelqu'un dans le cercle. C'était qui ?

– Le petit Georgie Hein de Puposky, Dieu soit loué.

– Vraiment ? Je n'en savais rien. Le fils de Bob et d'Helen ? Tu as entendu, Jeany ? demanda-t-il à sa femme. Le petit George Hein, dévoré par les fourmis.

– Que son âme repose dans la paix du Seigneur, commenta sa femme.

– Il a chanté, lui aussi ? questionna Silverman.

– Je n'en serais pas autrement surprise, répondit Mrs. Berglund. Il avait un très joli filet de voix.

– Oh oui, un travail très dangereux, répéta le révérend Berglund en hochant la tête en direction de sa femme. On ne peut avoir foi qu'en Dieu. Martha elle-même a été blessée. La brave fille ! » Comme sur commande, Mrs. Berglund tira sur son col pour exposer une vilaine cicatrice qui traversait l'épaule et descendait dans son dos plus loin qu'elle n'aurait osé le montrer. « J'ai bien failli te perdre, cette fois, n'est-ce pas, ma chérie ? dit le révérend. Tu as été entre la vie et la mort. Une sale infection, pas d'antibiotiques. La fièvre a grimpé jusqu'à quarante.

– Plus de quarante et un, rectifia Mrs. Berglund. J'ai prié le Seigneur nuit et jour. Et il est venu à mon secours, loué soit-Il.

– Alléluia, murmura quelqu'un dans le cercle, aussitôt repris en chœur par les autres.

– Tenez, voilà qui pourrait vous intéresser, professeur, poursuivit le révérend. Nous sommes rentrés en passant par Israël, où nos efforts commencèrent à porter leurs fruits.

– En Israël ? s'étonna Silverman. Vous envoyez des missionnaires en Israël ?

– Absolument. Après tout, les juifs sont aussi un peuple biblique. Comme je l'ai toujours dit, si nous ne pouvons convertir les juifs, quelle chance avons-nous auprès de païens purs et durs ?

– Il y a de l'idée, observa Silverman. Mais vous savez ce qu'on dit de la conversion des juifs.

– Ah oui ? Quoi ? questionna le révérend Berglund, avec une curiosité évidente.

– Eh bien, que ça n'est pas faisable, répondit Silverman. Et surtout pas par des chrétiens. Si je ne me trompe, les juifs sont venus d'abord, non ? Tenez, j'en suis même sûr. Et, comme vous pouvez le voir, on est toujours là. Évidemment, il y a ces types-là – les Juifs pour Jésus – qui viennent frapper à ma porte de temps à autre pour voir si je n'ai pas envie de changer. J'imagine qu'ils trouvent quelques amateurs mais, d'après mon expérience, la plupart des juifs aiment assez leur religion.

– Tout à fait, tout à fait, convint le révérend Berglund, avec une pointe de tristesse résignée dans la voix. Cependant, tant qu'il y a ne serait-ce qu'une chance minime d'accomplir l'œuvre du Seigneur... »

Mrs. Berglund enchaîna avec vivacité. « Allons, allons, inutile de paraître aussi défaitiste. Rappelle-toi, notre orphelinat à Tel-Aviv a grossi de soixante-dix pour cent au cours des deux dernières années.

– Parce que vous essayez de convertir les enfants ? demanda Silverman.

– Nous cherchons à les ramener au bercail.

– Suis-je censé approuver, c'est-à-dire en tant qu'humaniste juif ?

– Ah, c'est une bonne question, constata Mrs. Berglund. Je vois votre point de vue. Mais nous devons écraser la tête du serpent partout où nous nous trouvons.

– Vous comprenez, se hâta d'expliquer le révérend, il nous est ordonné d'évangéliser et de n'exclure personne, ni le juif ni le non-juif. Romains, II, 10. À nos yeux, un juif converti est un juif parfait.

– Évidemment, nous ne voulons pas convertir tous les juifs, concéda Mrs. Berglund, magnanime. Surtout pas tous les Israéliens. »

Les têtes s'agitèrent affirmativement autour du cercle.

« Pourquoi ? s'enquit Silverman. Autant jouer le tout pour le tout.

– Oh non, non, soutint le révérend. Il faut qu'Israël continue d'exister. À cause d'Armageddon, vous savez. Il faut préparer le chemin et le lieu. Et seul votre peuple peut le faire. »

Il adressa à Silverman un large sourire d'encouragement comme pour dire : *Et je sais que vous en êtes capable, mon garçon* – peu importait de quoi.

« Eh bien, c'est rudement chic de votre part, affirma Silverman.

– Mais pas du tout, pas du tout, assura le révérend Berglund en écartant le compliment. Inutile de nous remercier. Franchement, ça me briserait le cœur de savoir que toutes ces prières juives sincères sont restées ignorées.

– Ignorées ?

– Voyez-vous, quand les chrétiens prient pour les juifs, Dieu écoute. Comme le cantique nous l'enseigne :

“Que chaque famille, chaque tribu,

Sur cette terrestre roue,

Toute majesté Lui attribue...” »

Il s'arrêta net. Comme il en avait fini avec Jake Dawes, Swenson s'était glissé derrière le révérend Berglund pour lui toucher le bras. En jetant un coup d'œil à sa montre, Swenson s'excusa : « Je regrette de vous interrompre. » Il leva un doigt vers le plafond. « Mrs. Bloore attend de rencontrer le professeur Silverman.

– Ah bon, alors... » Aussitôt, le révérend Berglund tomba dans un silence consciencieux et s'écarta pour libérer Silverman.

« Pour que ça rime avec “roue”, dit Silverman avant de s'éloigner. Qu'est-ce que ça peut être ? demanda-t-il à Berglund.

– Hein ?

– Ce qui rime avec “Sur cette terrestre roue”...

– Ah oui, “Toute majesté Lui attribue... Et le couronne Seigneur de tout.”

– J'aurais dû m'en douter.

– Nous nous souviendrons de vous dans nos prières, chuchota Mrs. Berglund en serrant la main de Silverman.

– Vraiment ? Vous voulez dire que vous allez prier pour ma conversion ?

– Absolument, promit Mrs. Berglund. Tous les soirs. »

Une sensation moite l'envahit. L'idée que ces gens allaient désormais utiliser son nom dans leurs prières du soir lui donna la nausée. Avaient-ils le droit de le faire ? Cela semblait être une violation de la Constitution.

« Mais vous ne pouvez pas faire ça, déclara-t-il, l'air faussement alarmé.

– Ah, pourquoi ?

– Parce que je suis un humaniste, vous comprenez. Les humanistes ne sont même pas certains de l'existence de Dieu.

– Oh, mais ça ne fait rien, professeur, lui assura Mrs. Berglund avec une sincérité grandissante. Il est mort pour nous tous.

– Charmant ! répondit Silverman. Mais je suis sûr qu'il n'acceptera pas de prières pour des gens de ma sorte. En fait, j'espère que non. »

À présent, Swenson le tirait si fort par la manche qu'il faillit trébucher.

« Quand même, lui lança Mrs. Berglund avec un petit signe joyeux de la main. Ça ne coûte rien d'essayer. »

8

La matriarche

À l'aide de la même formule magique – « Mrs. Bloore nous attend » – et du même geste vers le haut que s'il indiquait le chemin vers le mont Sinaï, Swenson pilota Silverman à travers la foule et lui fit franchir la porte. Ils utilisèrent l'ascenseur privé pour accéder au premier étage. « Nous avons dû faire installer l'ascenseur pour Mrs. Bloore, expliqua Swenson. Sa mobilité est assez réduite. De l'arthrite. Mais elle a autant de tempérament que quelqu'un de moitié son âge... comme vous allez pouvoir le constater. »

L'ascenseur ouvrait directement sur les appartements privés de Mrs. Bloore. Quand les portes s'écartèrent, ils furent accueillis par une petite bonne femme terne aux yeux fatigués et éteints, les mains jointes devant elle. Elle était vêtue d'un uniforme blanc amidonné. « Bonjour, Miss Bjork, dit Swenson. Je pense que Mrs. Bloore nous attend. »

Miss Bjork leur fit signe d'entrer, puis retourna à toute allure dans la pièce pour reprendre sa place derrière une dame en chaise roulante. De toute évidence, Mrs. Bloore.

Pour compléter l'impression de chambre mortuaire, il ne manquait à la scène qu'un orgue Hammond jouant un chant funèbre : « Dans les verts pâturages du Seigneur... » Autrement, le logement de Mrs. Bloore au premier étage du Gundersen Hall aurait pu être l'appartement du mort. Les rideaux, tirés pour ne laisser pénétrer qu'un minimum de lumière, donnaient l'impression que la pièce était sous un linceul. On aurait pu croire que la ribambelle de théologiens lugubres dont les portraits ornaient les murs étaient en grand deuil. Quant aux trois personnages relativement vivants qui attendaient pour accueillir Silverman, ils avaient l'air d'attendre la levée du corps. Ils avaient déjeuné en privé. Maintenant, ils se détournaient de la table pour les présentations. Trônant au milieu du trio, Mrs. Bloore avait tout du potentat en exercice dont on devait apaiser le courroux. À sa gauche et à sa droite se tenaient deux hommes d'allures très contrastées. L'un était du genre malabar – « encore un », se dit Silverman – un grand type corpulent, aux traits bien sculptés. La tignasse blanche qui se dressait sur son crâne le grandissait d'au moins dix centimètres. Ses yeux, profondément enchâssés sous des sourcils hérissés, lui prêtaient un air d'arrogance magistrale assez intimidant. Il fut présenté comme le révérend Apfel, pasteur de la congrégation et directeur de la faculté. Son compagnon, en revanche, court sur pattes, était un des rares individus que Silverman ait rencontrés dans le Minnesota qui fût plus petit que lui. Ne dépassant pas la clavicule d'Apfel, il avait l'air ratatiné, ce qui lui donnait un torse puissant et des bras démesurés. Il s'agissait du professeur Jaspers, doyen du département de théologie. Et comme il se doit, la matriarche et sa troupe arboraient fièrement des petits pin's rouges.

Mrs. Bloore se mit péniblement debout. Pendant l'opération, l'infirmière, par une manœuvre bien rodée, fit glisser prestement devant elle un déambulateur en aluminium. Mrs. Bloore était une forte femme aux épaules larges. Son visage, profondément ridé, était figé dans une expression menaçante qui aurait convenu au Grand Inquisiteur. Elle tendit une main tremblante. Silverman la serra. Malgré la maladie de Parkinson dont elle souffrait, sa poigne était d'une fermeté remarquable. Silverman, qui l'examinait avec autant d'insistance que la bienséance le lui permettait, fut déçu. Dans ce visage rigide et glacial, il ne put trouver trace de la minette de jadis.

« Bienvenue dans notre école, professeur Silverman », déclara-t-elle avec le minimum de courtoisie. Elle avait la voix bourrue d'un homme. Si ce n'avait été une région où l'alcool est interdit, on aurait pu parler d'une voix rauque de buveur de whisky. Silverman, qui s'apprêtait à répondre avec désinvolture, fut coupé net. « Vous êtes ici en dépit de mon opinion bien arrêtée, sachez-le. J'espère seulement que nous n'aurons pas à regretter de vous avoir invité. Vous êtes romancier. Je suis contre les romans. Les romans sont factices. Tout y est purement et simplement inventé. Le rapport qu'ils peuvent avoir avec la parole divine m'échappe totalement. Cependant, j'ai accepté de vous laisser venir même si une bonne partie de ce que vous écrivez est profondément choquant. »

Et toc ! se dit Silverman, *en plein entre les deux yeux*. Il se demanda quels passages de quels livres lui avaient hérissé le poil de cette façon. Sans doute ce qu'il avait écrit de mieux. Mais ce n'était pas le moment de poser la question.

« Comme je vous en ai prévenu, Mrs. Bloore a le mérite de ne pas mâcher ses mots, se hâta d'expliquer Swenson avec un petit rire qui laissa Mrs. Bloore de glace.

– Ça me change un peu », répliqua Silverman. Pour 12 000 dollars, il pouvait supporter quelques réflexions imbéciles. Avait-il le choix ?

« Je pense que le doyen Swenson vous a préparé pour l'événement d'aujourd'hui, enchaîna Mrs. Bloore. Nous espérons que votre conférence sera de bon goût. Il y a des passages dans vos livres qui ne sont pas de bon goût. Je vous prie d'éviter de dire quoi que ce soit qui heurte le bon goût.

– Mrs. Bloore, je n'aspire qu'à plaire, assura Silverman. Le bon goût est ma spécialité. J'ai l'intention de faire une conférence parfaitement inoffensive. Si vous le désirez, je peux la rendre totalement creuse. »

Elle l'observa d'un air encore plus suspicieux. Elle semblait ne jamais cligner des yeux. Sa voix devint presque un grondement. « Je ne paie pas pour du creux. Je paie pour avoir une conférence, un discours agréable, réjouissant en ce début d'année. Bien que je n'aie jamais entendu parler de vous, le doyen Swenson m'assure que vous avez une certaine réputation littéraire. Apparemment, votre présence dans nos murs doit nous aider à obtenir une accréditation des services officiels. Des choses aussi terre à terre n'ont aucun sens pour moi. Ce qui m'intéresse, c'est que vos remarques soient aussi édifiantes qu'on peut l'espérer de la part de quelqu'un qui manque de religion. Ce qui, je crois, est votre cas.

– Comme vous présentez bien cela, répondit Silverman. Agréable et réjouissant, bien sûr... avec juste un soupçon d'inspiration.

– Nous comptons n'entendre aucun sous-entendu, poursuivit-elle comme s'il n'avait rien dit. Notamment, je vous demande de ne rien dire concernant les organes reproducteurs. Les romanciers n'en ont que pour les organes reproducteurs. Gardez à l'esprit que vous allez parler à des jeunes gens, des jeunes gens qui ne sont pas totalement maîtres de leurs organes reproducteurs. Alors faut-il s'étonner de voir les cochonneries... toutes ces cochonneries qui leur tombent dessus ? Dominez-vous, je vous prie.

– Pas de cochonneries, absolument, promit Silverman avec une solennité exagérée. Enfin, à part peut-être quelques bonnes paroles sur l'allaitement. »

Mrs. Bloore ne parut pas trouver ça drôle. Elle considéra Swenson avec un déplaisir embarrassant.

« Il va parler de ça ?

– Je crois que le professeur Silverman plaisante, s'empressa d'intervenir Swenson. J'ai évoqué tout à l'heure la position de la révérende Lucy sur la question. »

Elle renifla avec dédain. « La révérende Lucy n'a pas toujours fait preuve de bon goût.

– Très bien, alors je n'en ferai pas mention non plus, enchaîna Silverman. En fait, ça me soulage. Je n'ai jamais été à l'aise pour parler des parties intimes des dames. En particulier, des glandes mammaires. Elles semblent nous rattacher aux ordres inférieurs. Je suis sûr que vous me comprenez. » Il fronça les sourcils et hocha gravement la tête comme si une question très importante venait d'être réglée. Une pause s'installa. La pause se prolongea. Silverman regarda la pièce, mais n'y vit rien d'intéressant qui lui permît de poser une question. Son regard revint se poser sur le deuxième bouton de la veste du révérend Apfel. Il remonta de là jusqu'au visage du pasteur. Comme si le vide du silence l'avait vidé de mots malgré lui, il interrogea : « Pourquoi quarante-deux ? » En effet, il s'était posé la question. Celle-ci tomba sur le sol et resta posée là, tel un chewing-gum à demi mâchouillé qui lui aurait échappé.

« Pardon ? fit le pasteur.

– Pourquoi quarante-deux semaines ? précisa Silverman. L'idée des mid-tribulations. Pourquoi quarante-deux semaines ? »

Swenson corrigea dans son dos : « ... mois. »

Silverman se retourna pour prendre acte. « Ah oui, quarante-deux mois. » Il considéra le révérend Apfel en essayant de prendre un air amène et courtois, un de ces airs qui indiquent que le sujet ne présente aucun intérêt pour vous.

« Quarante-deux est la moitié de sept, répondit le révérend Apfel comme si c'était évident.

– Quarante-deux est la moitié de sept ? » répéta Silverman.

Swenson chuchota quelque chose. Il se retourna. « ... ans. La moitié de sept ans. »

Silverman fit le calcul. « Tiens, c'est exact. Quarante-deux mois ça fait la moitié de sept ans. » Bon, où ça nous menait ? Il pouvait essayer : *pourquoi sept ?*

« Ce qui me fait penser, dit Mrs. Bloore, comme si son esprit venait de redémarrer. Cette histoire d'Holocauste. J'espère que vous n'allez pas nous embêter avec ça. »

La réflexion prit Silverman en traître.

« Mais je n'avais pas l'intention d'aborder le sujet.

– Parfait. Nous en discutions justement au déjeuner... les gens de votre confession n'ont que ce mot-là à la bouche, l'Holocauste, l'Holocauste, l'Holocauste. On en a assez d'entendre parler de ça, d'autant plus que la plupart de ce qu'on dit est manifestement exagéré. Cela étant on ne peut plus déplaisant et guère convenable pour de jeunes esprits en de semblables circonstances. Nous allons nous rassembler, après tout, dans une église.

– Qu'en pensez-vous, Richard ? demanda Silverman en se tournant vers Swenson. Le Faith College a-t-il besoin d'un débat complet sur cette histoire d'Holocauste ? »

Swenson avait blêmi. Silverman l'entendit accuser le coup intérieurement.

« Il était prévu que cette conférence serait édifiante et littéraire, et non pas politique.

– Oui, c'est ça, édifiante, convint Silverman. Et littéraire, autrement dit : qui n'a rien à voir avec la vie réelle, n'est-ce pas ? Eh bien, admettons que je m'en tienne à des considérations d'ordre personnel : ma vie d'écrivain juif. Autrement dit, les forces plaisantes, divertissantes et édifiantes de l'histoire du XXe siècle qui m'ont forgé, façonné, à l'exception des guerres, des révolutions, des pogroms, des camps de la mort et autres réjouissances de ce genre ? Cela vous siérait-il ? »

Mrs. Bloore lança un regard, à gauche et à droite, à ses deux acolytes masculins, qui furent enfin autorisés à prendre la parole.

« Tout à fait, assura le professeur Jaspers. Je pense que cela fera l'affaire de façon plus que satisfaisante. Quelque chose de pas trop politique.

– Pas politique du tout, insista Mrs. Bloore.

– Oui, c'est cela, pas du tout, convint aussitôt Jaspers. Après tout, c'est le début d'un nouveau millénaire.

– Exactement, renchérit Mrs. Bloore. Un nouveau millénaire. N'est-ce pas tout dire ? D'où nous vient, après tout, ce millénaire ou n'importe quel autre millénaire d'ailleurs ?

Essayez de garder ça en tête, professeur. Les chrétiens ont des millénaires si d'autres n'en ont pas.

– Pour ma part, intervint le révérend Apfel à son tour, je veux que vous sachiez que, de mon point de vue, c'est un coup brillant de la part de Richard d'avoir pensé à partager le début de notre nouveau millénaire avec une sommité de la communauté juive. Et un humaniste, qui plus est. Vous ne vous rendez peut-être pas compte à quel point ce terme est devenu controversé dans certains cercles évangéliques.

– L'humanisme ! grogna Mrs. Bloore. Qu'est-ce que ça veut dire de toute façon ? On est tous humains, non ?

– Et peut-être un peu plus qu'humains, la reprit Jaspers. J'entends en tant que fils de Dieu. Galates, III, 26.

– Pas toujours, Walter, rétorqua Mrs. Bloore. Il y a ceux qui n'ont aucune place dans la société chrétienne civilisée. N'ai-je pas raison, Albert ? »

Il y a intérêt, signifiait le regard qu'elle adressa au pasteur. Le révérend Apfel opina du chef judicieusement.

« Oui, bien sûr. Romains, I, 28.

– Êtes-vous d'accord, professeur Silverman ? Nous avons entendu parler de ces beatniks que vous avez à San Francisco. »

Silverman cligna des yeux. « Des beatniks ? Oh, je n'en ai pas vu depuis des lustres. Je crois bien que c'est une espèce éteinte.

– Ah bon ? répondit Mrs. Bloore. Eh bien, tant mieux, c'est une bonne chose. Vous le saviez, Albert ? Il n'y a plus de beatniks. »

Apfel sourit pour célébrer l'événement. « Je m'en doutais. Je n'en avais pas entendu parler depuis un bout de temps.

– Que Dieu soit loué, poursuivit Mrs. Bloore. Mais je suis sûre qu'il y d'autres individus tout aussi détestables. Une fois qu'on abaisse les critères, il n'y a plus de retour en arrière. La pourriture ne cesse de gagner.

– C'est aussi ce que je ressens, quelquefois, approuva Silverman.

– Vous aimez l'ananas ? » enchaîna Mrs. Bloore.

Il tressaillit. « Pardon ? »

Elle fit un geste vers la table. « Nous avons du cocktail de fruit à l'ananas, expliqua Mrs. Bloore. Daisy, servez un peu de cocktail à l'ananas à ce monsieur. Quel manque de savoir-vivre ! »

Avec un claquement de langue agacé, Miss Bjork s'approcha d'une petite coupe de punch sur une desserte et en remplit une tasse à la cuiller. Dès la première gorgée, Silverman reconnut un mélange en boîte, contenant principalement de l'eau et du fructose, le tout d'une couleur criarde. Il fut tenté de demander s'il y avait quelque chose pour le corser. *Ne fais pas l'enfant*, lui intima une voix dans son for intérieur.

« Ah, l'humanisme... dissertait le révérend Apfel. On se demande si l'"humanisme religieux" peut exister ? Ça, c'est une vraie question.

– Ce n'est pas une question du tout, décréta Mrs. Bloore. L'humanisme est impie, c'est pourquoi il se condamne lui-même. Je ne comprends décidément pas pourquoi on lui trouve le moindre intérêt.

– Alors, et le religionisme humaniste ? proposa Silverman d'un air obligeant. Ça sonne un peu mieux, non ?

– Le religionisme humaniste... ? » Apfel plissait les paupières très fort comme s'il était sur le point d'avoir une inspiration. « Ah, oui. Présenté sous cet angle...

– Je ne vois aucune différence, trancha Mrs. Bloore. Vous coupez les cheveux en quatre. Ce qui importe pardessus tout : pas de blasphèmes, j'insiste là-dessus. » De nouveau, elle toisa Silverman.

« Vous avez ma parole, affirma celui-ci. Pas de gros mots. Ça me soulage tellement que vous acceptiez de vous en passer. Vous savez, ce sont les éditeurs qui réclament des grossièretés de nos jours. Le public en redemande, alors ils en ajoutent, que ça plaise ou non aux auteurs.

– Ils en ajoutent ? s'étonna Mrs. Bloore.

– Il y a un programme informatique qui fait en sorte qu'il y ait au moins un gros mot par page. Ça s'appelle un introducteur d'obscénités.

– Seigneur ! glapit Mrs. Bloore. Vous êtes sérieux ?

– Et comment ! affirma Silverman, l'air pondéré. Ça comprend tous les mots de cinq ou six lettres. Ça comprend même l'expression de onze lettres. » Il vit Mrs. Bloore effectuer un rapide calcul. Elle s'étrangla. « Ce que j'ignorais moi-même, ajouta Silverman, jusqu'à ce que cela se produise dans un de mes romans. Ça ne fait pas partie de mes fréquentations.

– Vous n'avez pas le pouvoir de protester ? s'insurgea Mrs. Bloore. Après tout, ces livres portent votre signature. »

Silverman opina du bonnet d'un air abattu. « Quelquefois, ils passent le livre à l'introducteur d'obscénités d'abord. Je reçois des pages et des pages où il n'y a que des gros mots. Ils veulent que j'écrive l'histoire à partir de leurs saletés. Vous imaginez ça ?

– Je veux bien le croire », affirma Mrs. Bloore.

Apfel fixait le vide d'un air furibond comme s'il jugeait le monde dans son ensemble.

« Quand on pense à quel point notre société est devenue sacrilège !

– Et il y en a qui, dans notre propre Église, voudraient nous voir converser avec ces mêmes forces, se hâta d'ajouter Jaspers. Internet... » Il cracha le mot sans chercher à dissimuler le regard rageur qu'il portait sur Swenson.

Avec plus de chagrin que de colère, Apfel exprima son accord.

« Les ministères de la chair.

– Bien sûr, il y a aussi les introducteurs du Christ », réembraya Silverman comme après réflexion. Tous les regards convergèrent sur lui. « Évidemment. On peut acheter un programme qui colle “Jésus te surveille” dans chacune des pages qu'on écrit. » Les regards devinrent méfiants. À côté de lui, il sentait Swenson osciller entre le rire et le grognement tandis qu'il s'apprêtait à éclaircir cette remarque. « Ça peut se faire. Le même principe.

– Quelle idée merveilleuse ! s'extasia Mrs. Bloore avec un entrain qu'elle n'avait pas encore manifesté. Richard, vous devriez vous pencher là-dessus.

– Oui, bien sûr, s'empressa de répondre Swenson.

– Richard est le "formacien" de l'école, expliqua Mrs. Bloore à Silverman.

– Votre informaticien ? rectifia Silverman.

– N'exagérons rien, répondit Swenson en riant avec modestie devant une telle idée. Je pianote un peu sur des programmes comme...

– Ça n'intéresse personne, Richard, coupa Mrs. Bloore, clôturant le sujet.

– Donc, récapitulons, dit Silverman en comptant sur ses doigts. Pas de gros mots, pas d'Holocauste, pas de sexe, pas de politique, pas trop juif. Est-ce que le compte y est ?

– Excellent », approuva Mrs. Bloore d'un ton égal qui disait clairement qu'elle n'attendait rien de bon de cette journée. Elle échangea quelques regards à droite et à gauche. Il y eut des signes d'approbation de part et d'autre.

Apfel sortit une montre de sa poche poitrine. « Je crois qu'il est l'heure », annonça-t-il. Swenson, qui brûlait de partir, confirma immédiatement. Il jaillit de son siège et fonça vers la porte. « Richard, puis-je vous accompagner à la chapelle, vous et le professeur Silverman ? » s'enquit Apfel.

Mrs. Bloore se renversa dans sa chaise roulante en faisant signe à son infirmière et au professeur Jaspers de la pousser vers l'ascenseur. Clic ! La regardant s'éloigner, Silverman la prit mentalement en photo : une femme aigrie, tyrannique, un vrai dragon. S'il avait un jour besoin d'une femme pour faire « tomber les têtes », c'était elle. Mais Mrs. Bloore aussi faisait le point. Jetant un regard en arrière, elle lança à Silverman : « Et soyez bref. » Ce n'était pas une prière. « Vos honoraires seront les mêmes, peu importe combien de temps vous parlerez.

– Allons bon. Je croyais que j'étais payé à la minute. »

Mrs. Bloore arrêta instantanément sa chaise roulante et fusilla Swenson du regard, lequel prit un air innocent. « Je crois que le professeur Silverman plaisante.

– Évidemment, reconnut Silverman. Et je suis tout à fait d'accord avec vous : plus court ce sera, mieux ça vaudra. »

9

À quel holocauste pensiez-vous ?

«Je crois comprendre que Mrs. Bloore a un problème avec l'Holocauste, observa Silverman quand il commença à descendre l'escalier avec le révérend Apfel derrière Swenson.

– Qui n'en a pas ? répliqua Apfel.

– Ah bon ?

– Ah, l'Holocauste, l'Holocauste, murmura Apfel à mi-voix comme s'il méditait. À quel point nous sommes-nous écartés de nos sources ?... J'admets que ça pique ma curiosité, ajouta-t-il en se penchant vers Silverman avec un sourire paternel.

– Dans quel sens ?

– Êtes-vous de ceux, parmi votre peuple, qui ont une position sur la réalité historique de la question ? »

Pendant un moment, Silverman fut désarçonné. Holocauste. N'était-ce pas à l'origine un terme biblique ? Le questionnait-il sur un obscur passage de la Bible ?

« Est-ce que nous parlons bien du *vrai* Holocauste ?

– Oh non, pas du tout. Je veux parler de l'événement couramment associé à la Seconde Guerre mondiale.

– Donc, l'Holocauste avec un grand H. »

De nouveau, le sourire mielleux. « L'"holocauste" en tant que tel, le vrai, est un acte de dévotion. C'est un rite sacrificiel effectué pour implorer le pardon du Seigneur, comme il est dit dans la Genèse, XXII, 8. Abraham répondit : "Dieu choisira lui-même l'agneau de l'holocauste". »

– Donc, vous parlez de l'Holocauste avec un grand H, le vrai. Les nazis, Hitler, Auschwitz. C'est quoi, la question ? Si je crois que c'est vraiment arrivé ?

– C'est ça. » Avoir pris Silverman au dépourvu semblait le mettre au comble de la joie.

« Autrement dit, pas vous ?

– Vous savez sûrement que cela donne lieu à un débat.

– Ah bon ? Où ça ? À la maison de retraite Heinrich-Himmler au Paraguay ? »

Le visage d'Apfel prit un air supérieur.

« Vous persiflez. Je me demandais seulement si un humaniste juif pourrait se montrer plus ouvert au débat qu'un fanatique orthodoxe.

– Qu'est-ce que vous entendez par le "débat" ? Vous n'avez pas vu les photos ni lu les récits ? Enfin, sur quoi peut se fonder le doute ? »

Apfel lui adressa un sourire indulgent.

« Bien sûr, étant donné le quasi-monopole exercé par votre peuple sur les médias, il est parfaitement compréhensible que même les gens cultivés aient du mal à croire que les preuves de cet événement, en l'état actuel des choses, pourraient être exagérées, pour ne pas dire pratiquement forgées de toutes pièces. Mais pour certains d'entre nous, les témoignages des gens en qui nous plaçons notre confiance ont évidemment plus de poids.

– Comme qui ?

– J'ai une tante qui habite dans le village de Buchenwald. Elle assure qu'elle n'a jamais vu de camp d'aucune sorte dans la région.

– Moi aussi, j'avais une tante... » commença Silverman, puis sa voix s'éteignit. Avait-il envie de s'embarquer là-dedans ? Il coula un regard à l'homme qui marchait auprès de lui, à sa mâchoire projetée en avant avec suffisance, à l'arc pompeux de ses sourcils. Non, mieux valait passer la main.

« Et vous êtes sûr que votre tante n'a aucune raison personnelle de travestir la vérité historique ?

– Comment donc ? Aucune. C'est une sainte femme. En revanche, malheureusement, nous connaissons les tentatives qui ont été faites pour détourner le mot holocauste à des fins politiques.

– Le "détourner" ? Mais qu'est-ce qui vous donne le droit d'en juger ? Ce n'est pas votre livre, révérend. Si quelqu'un a jamais détourné quelque chose, ce sont ceux qui ont dépouillé mes ancêtres de leurs droits de propriété intellectuelle. À un moment donné dans un lointain passé, là-bas, au fin fond du désert, une bande de vieux juifs qui ressemblaient sans doute à mon grand-père ont écrit ce bouquin. Je suis loin d'être d'accord avec tout ce qu'ils ont dit. D'après moi, ils souffraient tous de la folie des grandeurs, tous mégalos. Mais ce livre est toujours le *leur*. Et c'est à des gens comme moi qu'ils l'ont légué, pour le meilleur et pour le pire. Alors, quel que soit l'usage que mon peuple veut faire du mot holocauste, même si c'est pour parler du poulet rôti, c'est son droit. Notre livre, nos mots.

– Et les basses manœuvres politiciennes derrière cette tentative, ça ne vous dérange pas ?

– C'est sûr, il y a de la politique derrière. Une politique ignoble. Celle de Hitler. Mais qu'est-ce que ça à voir avec la réalité des faits ?

– Il y a d'autres raisons de douter.

– Tiens donc ? Lesquelles ?

– La foi. Une foi inébranlable. Vous vous trouvez ici au milieu de gens de foi.

– La foi en quoi ?

– En l'amour illimité du Seigneur. Il ne permettrait jamais qu'un mal aussi indicible arrive, pas à Son peuple. Psaumes, 89, 4. "J'ai conclu une alliance avec mon élu, jusque dans l'éternité j'affermirai tes descendants."

Silverman ricana. « Si mes souvenirs sont bons, Il nous a tout de même autorisés à en baver un max. Ce qui est une chose, je vous le garantis, sur laquelle beaucoup de bons juifs se sont creusé la tête au point de devenir fous.

Ou d'en venir, comme moi, à opter pour un scepticisme évident.

– Ou peut-être, pour les plus dénués de principes, à s'arroger le droit de réécrire l'histoire. »

Silverman fut si déconcerté pas ces propos qu'il demanda avec une curiosité réelle : « Vous croyez vraiment que tous les rescapés des camps de la mort mentent ?

– C'est triste à dire, mais il y en a dans ce monde qui possèdent la duplicité nécessaire pour inventer un mensonge aussi éhonté et même pour l'exploiter à des fins personnelles. La société chrétienne a toujours été vulnérable à de pareilles tactiques. Ceux qui professent la charité et la compassion peuvent voir leurs meilleures intentions se retourner contre eux. Le sentiment de culpabilité, manipulé avec cynisme, est une arme puissante. »

Ils avaient atteint l'entrée de la chapelle de l'autre côté de la cour. Silverman, qui marchait auprès d'Apfel, resta sans voix. Concentré sur sa conversation avec le pasteur, c'est à peine s'il remarqua le froid aigre qui régnait au-dehors. Entre-temps, la température avait encore chuté. Il avait entendu parler de ceux qui prétendaient que l'Holocauste était une invention, mais il n'avait jamais rencontré quelqu'un qui le croyait vraiment. Il n'avait jamais cru qu'il en rencontrerait. C'était comme si quelqu'un soutenait que la Terre est plate. Il cherchait une réplique percutante, mais cela lui parut tout à fait déplacé. Ce n'était pas un sujet de plaisanterie. Une seule réponse s'imposait : la censure, une déclaration de principe cinglante. Mais avant qu'il ait trouvé les mots qui convenaient, le révérend Apfel s'excusa. « Voilà, je vous laisse entre les mains de Richard », dit-il et il s'éloigna, content d'avoir dit ce qu'il avait à dire.

Silverman aurait voulu le rappeler mais les mots, peu importe lesquels, arrêtés à quelques centimètres de son larynx, lui manquèrent. Quelque chose avait accroché son regard et le coupa net dans son élan. Oui, là, au-dessus de l'entrée de la chapelle se trouvait une autre bannière rouge et or. *JIW, JIW, gare !* Sans rien dire, il regarda Apfel s'éloigner. Un instant plus tard, le pasteur se mêlait à un groupe de membres de la faculté qui pénétraient dans la chapelle. Après une réflexion du ministre, deux ou trois éclatèrent de rire en regardant dans la direction de Silverman. Que racontaient-ils ? Sans doute que leur conférencier faisait partie des gogos qui croyaient à ce mensonge sur les six millions de morts. Comme le groupe entrait dans l'église, ils furent rejoints par la silhouette pesante d'Axel Hask, qui avait enfilé une veste et une cravate pour la circonstance. Le malabar fixa Silverman jusqu'à ce qu'il ait franchi la porte et disparu de sa vue.

Silverman n'avait pas besoin de regarder pour savoir que Swenson, qui marchait à ses côtés, avait frémi en faisant *aïe.* Tandis qu'Apfel s'éloignait, Swenson présenta des excuses embarrassées. Silverman le coupa net. « Ne vous en faites pas, Richard. Ça sera bientôt fini. Mais pour ce genre d'exercice, j'aurais dû vous faire payer deux fois plus cher. Torturer l'intelligence des gens, ça se paie. »

Refusant d'entendre des explications ou des excuses de la part de Swenson, il lui demanda de le conduire quelque part où il pourrait passer ses notes en revue. Il sortit son texte de sa poche intérieure. « J'aimerais rassembler mes idées, dit-il.

– Bien sûr », dit Swenson, qui lui fit gravir les marches menant à la chapelle puis le conduisit dans une petite pièce donnant sur le couloir principal. « Sanctuaire », indiquait un panneau au-dessus de la porte. *Bon sang, c'est exactement ce qu'il me faut,* se dit-il. *Comme Quasimodo fuyant la foule.* « *Sanctuaire ! Sanctuaire !* »

« Je serai de retour dans dix minutes », annonça Swenson en refermant doucement la porte. Abandonné à lui-même, Silverman s'affala près de la longue table qui occupait le centre de la pièce et se rendit compte que son cerveau tournait tellement vite qu'il ne pouvait se concentrer sur les pages posées devant lui. Ce n'était pas un problème. Il connaissait son texte par cœur. Mais avait-il envie de donner cette conférence ? C'était la solution de facilité. *Fais le minimum auquel tu t'es engagé, prends le fric et tire-toi.* Après tout, que représentaient ces gens pour lui, cette espèce bizarre d'évangéliques du Grand Nord ? Qu'avait-il à perdre ou à gagner sur ce terrain de jeu ?

« Tu vois, dit-il à la petite silhouette obscure qui avait surgi à l'autre extrémité de la table, ça ne vaut pas la peine. Enfin, bien sûr, je pourrais sortir quelques vacheries, mais ça changerait quoi ? »

Le personnage ne se laissa pas impressionner. Les yeux scotchés sur Silverman, Papi Zvi, son antique visage plus flétri et taché que Silverman ne l'avait jamais vu, sermonnait son petit-fils sûrement dans un flot bouillonnant de yiddish. Le vieil homme faisait de grands gestes et frappait sur la table, se répandant en invectives contre son rejeton mais sans faire un bruit dans la pièce silencieuse. Comme s'il y avait eu entre eux une paroi de verre, rien de ce qu'il avait à dire ne s'entendait. Mais, de toute façon, ce n'était pas la peine. Silverman en connaissait le sens. « Ça va ; tu avais raison. Je suis bien devenu un *nebish.* Quelle honte ! Mais écoute, c'est un nouveau millénaire qui commence ou, du moins, c'est comme ça que les non-juifs l'appellent, que ça nous plaise ou non. Les temps changent, *zeide.* L'histoire doit lâcher du lest.

– Alors tu vas les laisser s'en tirer comme ça ? » gémit une voix aigre de l'autre côté de la pièce. Silverman se retourna pour faire face à la silhouette qui était adossée au mur, derrière lui. Après l'épisode du miroir, ce matin-là, il ne fut nullement surpris de découvrir la forme confuse de Shenandoah Fish qui le toisait d'un air hautain, le couvrant presque de mépris. Fish était un résident imaginaire de Livreville. Dans le village littéraire de l'esprit, il habitait rue Gimpel-l'Idiot, dans un quartier d'éminents personnages juifs américains du milieu du siècle. Shenandoah Fish, quel nom absurde. Calqué sur celui de son créateur, Delmore Schwartz, un amalgame boiteux du vieux monde avec le nouveau. Mais Fish occupait une place de choix parmi les personnages que Silverman trimballait dans son imagination d'écrivain. Fish avait été le premier à éclairer le dilemme de l'identité juive pour le jeune Daniel Silverman. Quand, au cours de ses premières années d'université, Silverman avait lu *America, America*, le fait que Shenandoah Fish était le porte-parole de la génération de son père l'avait frappé. C'était pourquoi, dans sa tête, celui-ci ressemblait pas mal à son père dans sa jeunesse, un enfant d'immigrants déchiré entre le passé et le présent, se débattant pour échapper à ses origines tout en restant fidèle à celles-ci qui étaient enracinées dans l'histoire tourmentée de chacun. *Mais moi, j'appartiens à l'avenir,* avait décidé Daniel Silverman à dix-neuf ans. *Ce que Fish dit de lui – que les gens ne savent plus qui ils sont en Amérique – est peut-être vrai. Mais ça n'a rien d'ethnique, c'est existentiel. C'est le destin de chacun de s'éloigner de ses origines. Dans le monde moderne, chaque être pensant devient un* nebish *et s'en réjouit, parce que c'est ce qui nous libère du passé et c'est ainsi que nous devenons nous-mêmes.*

« C'est charmant, avait déclaré Shenandoah Fish, qui savait déjà tout ça pour avoir flâné au milieu des pensées de Silverman. Une défense brillante et imprenable que tu as conçue pour toi-même, une vraie ligne Maginot de la conscience. Félicitations, monsieur le spécialiste du brouillage de pistes moderne. Cependant, ce qui est en cause ici, ce n'est même pas une question d'appartenance ethnique, mais une simple question de politesse. » Comme le père de Silverman, Fish parlait avec un fort accent new-yorkais.

Silverman comprit aussitôt qu'il était inutile de discuter. Il n'aurait jamais le dernier mot. Quiconque était capable de transiger avec sa conscience autant que Shenandoah Fish ne pouvait que lui river son clou. Cependant, comme sa peur et sa répugnance l'oppressaient de façon presque physique, il ferait tout pour fuir ses responsabilités.

« Écoute, ces types qui m'ont fait venir sont difficiles à supporter, argumenta Silverman faiblement. Crois-moi, ils me mettent en boule. Chaque soir de ma vie, dorénavant, je vais les entendre prier pour ma conversion. "Seigneur, aide-nous à purifier dans le sang de l'agneau ce juif entêté pour le conduire dans ton troupeau, et bla bla bla." Tu crois que ça me fait plaisir ? Mais en tant qu'antisémites, ce ne sont pas les pires.

– Tiens donc ? s'étonna Fish. Y a-t-il pire cruauté que celle qui consiste à nier la réalité des souffrances d'un peuple ? Et prétendre qu'il ne s'est rien passé ? Tu veux cautionner ça ?

– Bien sûr que non, protesta Silverman. Je me sens profondément concerné. Enfin, ça me touche par principe. » Il se retourna vers son grand-père qui, le visage serré comme un poing, s'acharnait à vouloir comprendre ce qui se passait entre son petit-fils et Fish. « Ça me touche vraiment, *zeide*. Mais ces gens-là... ils n'en valent pas la peine. Ce sont des vrais paysans du Danube. Qui s'intéresse à ces bouseux qui vivent au fond des bois à ressasser leurs péchés ? »

Mais Fish resta de marbre. « Tu crois malin d'attendre que les racistes mettent des chemises brunes pour leur dire leurs quatre vérités ? »

Le ton devenait plus caustique à chaque instant.

« À quoi ça va m'avancer ? plaida Silverman. Ils vont vouloir se justifier. Je ne peux pas changer leur façon de penser. En fait, discuter avec eux risque de faire empirer les choses. » Son grand-père fit une grimace de dégoût et l'écarta d'un geste dédaigneux. « Mais c'est vrai, insista Silverman en s'adressant à Fish. Ce sont des fanatiques. Ce serait comme parler à un mur. Est-ce que ça vaut les embêtements ?

– N'ont-ils pas une âme ? demanda Fish. Ne méritent-ils pas qu'on leur donne une chance d'apprendre la vérité et de manifester de la compassion ?

– Allons donc ! s'esclaffa Silverman. Qu'est-ce que ça me fiche ?

– De toute façon, poursuivit Fish, dans une situation pareille, tu es obligé de sortir de ta réserve pour assumer ta judéité. »

À ces mots, il eut envie de rentrer sous terre. C'était ainsi que son père parlait souvent de lui-même. « Je sais ce qu'il en pense, lui, dit-il avec un signe de tête par-dessus son épaule en direction de son grand-père, qui marmonnait dans sa barbe. Mais toi, tu devrais me comprendre. Tu te souviens du passage, dans ton histoire, où tu parles de ta famille ? À quel point les tiens ne comprenaient rien à ce que tu écrivais ? "Pas un mot de ce qu'il avait écrit en tant qu'auteur n'avait occupé une minute de la vie de ces gens-là, qui auraient dû être ses véritables parents et amis."

– Tu t'en souviens mot pour mot ?

– Exactement, n'est-ce pas remarquable ?

– En fait, gros malin, tu as tout faux. Les mots exacts sont "ses *vrais* parents et amis".

– Non, je suis sûr qu'il y a écrit "véritable", soutint Silverman.

– Enfin, tu as peut-être raison, reconnut Fish. Ça fait un bail.

– Attends, ça continue. Et puis ça dit que tu étais un "monstre" pour ta famille. Pourquoi ? Parce que tu étais "un certain type d'auteur". Un certain type, autrement dit raffiné, profond et pénétrant.

– La flatterie ne te mènera nulle part, répliqua Fish sèchement. D'autant que je suis un personnage fictif. Je n'ai jamais écrit une ligne.

– Entendu, convint Silverman. Mais tu dis bien – du moins Delmore Schwartz le dit – que cette séparation entre ta famille et toi n'entrait plus en ligne de compte quand on en venait à ce qui était fondamental, c'est-à-dire le travail lui-même.

– Ça, par exemple ! C'est le pompon, s'exclama Fish. Quelle merveilleuse casuistique ! Je pourrais presque *plutzen*[1]. Tu ne serais pas allé chez les jésuites, par hasard ? Et tu te souviens qu'il est dit aussi dans cette histoire, dont tu es en train de m'entortiller comme un bretzel, que cet abîme entre ma famille et moi remplit mon œuvre de déni

1. Yiddish : « rire, plaisanter ».

et de rejet de soi ? Tu crois que c'est bien, ça ? Tu devrais peut-être relire le texte, monsieur Je-sais-tout. Et peut-être que tu devrais te rappeler une autre chose. » L'expression de Fish passa du dédain ronchon à une vraie mélancolie. « Toutes tes citations datent d'avant 1940.

– Enfin, bon, je le sais, convint Silverman avec un soupir. Mais lâche-moi les baskets, tu veux ? La politique ne m'intéresse pas, pas du tout.

– Et c'est pourquoi tu n'es présent dans aucun de tes bouquins, répliqua Fish. Je veux dire pas vraiment *dedans*, mais flottant toujours au-dessus de l'histoire, à distance. La baleine, les diverses femmes, et même les gargouilles... tu écris le point de vue de tout le monde sauf le tien.

– Un écrivain doit être capable de voir les choses sous différentes facettes.

– Ce qui n'est pas pareil que refuser de prendre parti. » Fish fit un pas agressif en avant, en fixant sur Silverman un regard entendu. « Franchement, quand ce brave révérend Apfel s'est mis à déblatérer sur les souffrances des juifs, quel est le premier mot qui a surgi dans ton esprit d'intello raffiné ? Le tout premier.

– Je... je ne m'en souviens pas.

– Tu parles, me raconte pas de salades. Tu t'en souviens, parce que je m'en souviens, moi. Je t'ai entendu. "*Oï*", tu as dit. C'est juste ?

– Oui, reconnut Silverman à contrecœur. Mais...

– Tu as dit "*oï*". Point barre. Affaire classée.

– Alors ça prouve quoi exactement ? *Oï*.

– Bon, prenons un gars qui s'appelle O'Shaughnessey et qui se dit athée. Mais, coincé au fond d'un trou avec les balles qui lui sifflent aux oreilles, il fait le signe de croix. Ça te dit quoi ?

– Rien à voir ! s'exclama Silverman. "*Oï*" fait partie du langage courant des Américains. Tout le monde le dit.

– Tu t'imagines Fitzgerald dire "*oï*" ? Prends John Updike, il se trouve dans le pétrin et il dit "*oï*" ? Allons donc.

– Ce n'est pas si important que ça, plaida Silverman. C'est peut-être justement une situation où le mieux serait de prendre de la hauteur.

– Prendre de la hauteur ? Et toi, tu es champion question montgolfière, non ? Tu es déjà une sacrée baudruche, laisse-moi te dire. Tu devrais prendre Daniel Helium comme nom de plume. »

Derrière lui, Papi Zvi, la main en cornet autour de l'oreille, faisait son possible pour comprendre ce que Fish et Silverman se racontaient. Son visage disait clairement qu'il ne faisait confiance à aucun de ces *ganefs*[2]. Et maintenant, il commençait à s'estomper. Il n'était pas même une ombre.

« Écoute, implora Silverman, ce voyage était censé se résumer à un aller-retour, de l'argent facile. Je ne suis pas venu jouer les défenseurs de la foi. J'ai accepté de venir en tant qu'écrivain pour parler de littérature, tu sais ça. Je suis seul ici, nom de Dieu ! Je tiens à repartir d'ici avec aussi peu d'embêtements que possible. C'est une position parfaitement raisonnable, non ? Non ?

– Certes, convint Fish. Mais ôte-moi d'un doute. En quoi ça se distingue, si je puis me permettre, d'un poltron *schtunk*[3] ? »

Par bonheur, avant que Silverman puisse répondre, Swenson se présenta à la porte. « Nous n'attendons plus que vous », annonça-t-il.

Comme il s'apprêtait à partir, Silverman considéra la pièce vide. À présent, il était livré à lui-même. Il se détourna et ferma les yeux. « Oh, Marty, tu avais raison. J'aurais dû te dire de faire davantage de madeleines. »

Il aurait voulu... il aurait voulu être n'importe où, mais ailleurs. Cependant, son calvaire ne faisait que commencer. Dans un instant, il allait monter en chaire.

---

2. Yiddish : « vauriens ».

3. Yiddish : « puant ».

10

Le tatouage bleu

C'était, après tout, une église. Aussi, quand ils entrèrent, tout le monde se tut. Mais Silverman savait que ce silence n'indiquait pas qu'on attendait sa venue avec impatience. Il ne se trouvait pas en présence de lecteurs désireux d'entendre leur auteur préféré. Un rang après l'autre, étudiants, enseignants et parents se faufilaient entre les bancs et prenaient un siège, l'air aussi solennel que s'ils venaient assister à une exécution. Avant même que toutes les places soient prises, Silverman se rendit compte qu'il ne s'était pas adressé depuis longtemps à un auditoire aussi nombreux. Dans une librairie, cela aurait été considéré comme un public digne d'un écrivain célèbre. Assis au premier rang, il parcourait les pages de la conférence dont il savait à présent qu'il ne la donnerait pas. Mais qu'allait-il faire ? Il n'en avait aucune idée. Deux pensées se dressaient dans son esprit. Un : *Hanna a le chèque*. Deux : *J'ai mes billets d'avion dans ma poche*. C'était là des idées magnifiques, si rassurantes qu'il ne cessait de les faire tourner dans sa tête.

Par ailleurs, Swenson, assis à côté de lui avec ses trois jeunes humanistes, était au bord de la crise de nerfs. Le petit sourire fébrile qu'il ne cessait d'adresser à Silverman n'avait rien de réconfortant. Le temps que Mrs. Bloore mettait à gagner la chapelle n'aidait en rien. Si elle tardait trop, Swenson était tellement à cran qu'il risquait de tourner de l'œil. Silverman supposait que le siège de la dame devait faire partie des trois restés libres au premier rang. À quoi les chrétiens étaient-ils censés penser à l'église, se demanda Silverman. Il prit un livre de cantiques sur le siège à côté de lui et le feuilleta.

« Monde funeste, je te quitte
Tu ne peux me tromper,
Vains sont tes attraits
Péché, toi qui m'aveuglais
Jadis, éloigne-toi tout de suite... »

Le nom de « Jésus », les mots « amour », « péché » et « pardon » ressortaient à chaque page ainsi que, curieusement, le mot « sang ». Des chants implorant miséricorde et réconfort. Une vision lugubre de la vie, affligée au-dehors par le malheur et rongée au-dedans par une culpabilité infinie. Il repensa aux Berglund, ces intrépides soldats du Christ. Avec quel entrain ils avaient papoté, décrivant les horreurs qu'ils affrontaient dans leur travail. Silverman n'arrivait pas à se faire une idée précise sur ces gens-là. Leur foi leur donnait-elle le courage dans la joie ? Ou réduisait-elle leur capacité à affronter la vie ?

Sur un signe de Swenson, un groupe d'étudiants prit place devant eux, face à l'assemblée. Ils portaient divers instruments de musique rustiques, des banjos, un violon, un harmonica et même une guimbarde. Ils commencèrent par un morceau de gospel mâtiné de *bluegrass*. Le style était modestement enlevé, mais les paroles restaient sinistres, un chant funèbre sur la chute et le faible espoir de la rédemption. Une fille avec un tambourin reprit le cantique : « Paix une paix parfaite / En ce monde obscur du péché / Le sang de Jésus chuchote l'amour en dedans. » À côté de Silverman, Swenson applaudissait discrètement, rayonnant de fierté. Silverman supposa que c'était une autre des concessions majeures de Swenson à la modernité de la jeunesse : des enseignements morbides arrangés sur un air de country geignard.

Brusquement, Swenson se leva comme un diable sortant de sa boîte. Il s'était aperçu que Mrs. Bloore venait d'entrer par l'arrière. Les cantiques s'arrêtèrent. La congrégation se retourna et regarda. Le professeur Jaspers à ses côtés et poussée par Miss Bjork, la grande dame remonta l'allée centrale en chaise roulante et se hissa sur son siège. Si quelqu'un savait comment éclipser Dieu Tout-Puissant, c'était Mrs. Bloore. Elle toisa Silverman comme s'il était un étranger, pas un sourire, pas un signe. Mais, bon, Silverman ne lui fit pas un sourire, pas un signe non plus. *Douze mille sacs pour quarante-cinq minutes*, se répétait-il, et il n'avait rien d'autre en tête.

Enfin, quand les portes de la chapelle furent closes, Swenson se leva pour prendre la direction des opérations. « Pasteur, nous guiderez-vous par la prière ? »

Le révérend Apfel, qui s'était glissé sur le côté de la chaire, fit un pas en avant, inclina la tête, ferma les yeux et leva la main droite bien plus haut que sa tête. D'une voix tonitruante qui ne ressemblait pas du tout à sa voix normale, il ordonna : « Que chacun se lève et dise "Jésus". »

« Chacun » impliquant sans doute l'invité juif du jour qui, néanmoins, ne se leva pas pour dire « Jésus ! » Mais à part lui, tout le monde s'exécuta. L'assemblée au complet se mit debout, leva la main droite et psalmodia « Jésus » à tue-tête, faisant traîner la première syllabe comme pour voir qui pourrait tenir le plus longtemps. Certains auraient pu ajouter six ou sept fois « ... sus » avant que les autres aient fini de dire « Jéééé... ».

Quel charmant accueil, songea Silverman, visiblement le seul de toute l'église à rester assis et à garder le silence. *Qu'est-ce qui va suivre ? Un baptême général par immersion ?*

« Alléluia ! » murmura le révérend Apfel avec une tranquille assurance. Il abaissa la main et ouvrit les yeux. L'assemblée s'assit. Après un moment de silence, il reprit la parole. « Nous Te remercions, Seigneur, pour le fruit du sacrifice expiatoire de Notre Sauveur sur la croix. Nous,

Tes disciples aimants, nous nous tenons devant Toi avec le cœur du pécheur qui implore Ton pardon. À l'aube d'un nouveau millénaire, remplis nos esprits de Tes enseignements afin que nous puissions discerner clairement la vérité de l'erreur dans tout ce que nous entendrons en ce jour. Garde-nous des fausses doctrines, dussent-elles plaire à notre oreille. Fortifie notre volonté afin que nous ne puissions être ébranlés d'un iota, fût-ce par l'éloquence du Diable. Enveloppe cette assemblée de la puissance de Ton esprit pour l'édification du corps du Christ jusqu'à ce que nous soyons tous à la mesure et à la dimension de Ton royaume. Et que Ta grâce sanctifiante habite notre hôte afin que ses paroles servent Ta gloire. Au nom de Jésus, amen. »

Et tout le monde de répéter en chœur : « Amen. »

C'est ce que j'appelle chauffer la salle, se dit Silverman. *J'aurai de la veine si je ne me fais pas lapider*.

De nouveau, Swenson se leva pour prendre la parole. Cette fois, ce fut pour présenter Jake Dawes, « le sénateur qui sert si bien notre circonscription, Dieu et Notre-Seigneur ». Arborant un sourire bien rodé, Dawes lui succéda devant l'assemblée avec une aisance politique consommée. « Pour inaugurer notre cycle de conférences sur l'humanisme religieux de ce nouveau millénaire, nous sommes enchantés d'avoir parmi nous l'illustre humaniste juif – un auteur de best-sellers –, le professeur Daniel Silverman. » Silverman aurait été content si Dawes s'en était tenu là mais, bien sûr, il poursuivit en offrant un déluge de louanges avec l'exagération du présentateur qui fait de son mieux pour vendre à la foule un orateur douteux. L'introduction traînait en longueur, énumérant chacun des livres que Silverman avait écrits et comptant dans sa bibliographie les divers articles et critiques qu'il avait signés au fil des années comme s'ils étaient également des romans. Les commentaires de Dawes, un texte préparé pour lui qu'il lisait manifestement pour la première fois, comprenaient même des extraits de critiques, dont certains étaient des remarques cinglantes. « Bon, j'ai l'impression que le *Boston Globe* n'était pas très emballé par celui-ci, n'est-ce pas, professeur ? Mais le *Des Moines Press-Register* – et ça, c'est tout près de chez nous – trouvait qu'on devait reconnaître au professeur Silverman "le mérite d'avoir su raconter une histoire attachante". Je parie que ça vous a réchauffé le cœur. Enfin, plus sérieusement, mes amis, puisque nous sommes réunis ici aujourd'hui pour apprendre à connaître la démarche humanistico-religieuse, je vous demande d'essayer de voir tout ce que le professeur Silverman a à nous dire et tout ce qu'il a écrit, le dur et le doux, dans son contexte littéraire rédempteur, en vous rappelant que la Sainte Parole de Dieu est aussi de la littérature et que la vie de Notre-Seigneur est aussi une histoire, et que pour certains, qui traversent cette vallée de larmes en quête du chemin de la foi, une œuvre de fiction peut être le chemin vers la vraie Parole. Et que cela soit notre second niveau de lecture aujourd'hui. Pour ainsi dire. Alléluia et amen. »

Quand il eut fini, Dawes reprit sa place à côté de Swenson et des trois étudiants que Silverman avait rencontrés devant la salle des professeurs. Ils lui offrirent les seuls visages bienveillants qu'il put voir pendant qu'il montait en chaire.

Il mit du temps à s'adapter. Il fut soulagé de n'apercevoir aucun symbole graphique de la foi. Somme toute, la chapelle présentait une esthétique élégante et un décor heureusement dépouillé... à part les vitraux, mais ceux-ci n'étaient pas trop mal. En fait, la plupart semblaient représenter des scènes de l'Ancien Testament. En inspirant profondément, calmement, Silverman commença par soulever une liasse de feuilles. « J'ai bien apporté le texte d'une conférence avec moi. Le voilà. Rien que sur des livres et des auteurs – des auteurs juifs, Bellow, Mailer, Roth, Malamud. Des types dont vous brûliez d'entendre parler, j'en suis certain. Des écrivains de "l'alerte sociale", comme on les appelle. Je suppose que cela fait d'eux des humanistes juifs, même s'ils pourraient être surpris d'apprendre qu'ils entrent sous cette rubrique. Ils préféreraient sans doute qu'on les appelle, tout simplement, des écrivains. D'ailleurs, ce sont tous de grands écrivains, chacun d'entre eux. Rien ne me rend plus fier que de voir parfois mon nom mentionné à côté du leur. Je ne le mérite pas, mais ça me rend heureux.

» Je pensais vous parler d'eux aujourd'hui, parce que, après tout, c'est pour cela que Richard m'a convaincu de venir jusqu'ici pour le montant fort généreux qu'on me paie. C'est une occasion de montrer à quel point les Évangéliques réformés libres sont tolérants. Je m'excuse, je me trompe peut-être. Ce sont les Frères libres réformés ? Bref, choisissez et mélangez comme vous voulez. Mais je crois comprendre que je suis ici pour vous donner l'occasion de vous montrer "œcuméniques" – c'est le bon mot, Richard ? Dans le genre : "Emmenons un juif à l'église ce dimanche." Et c'est bien. C'est bien que les gens se montrent tolérants. Ou, comme diraient certains, c'est bien de faire sa "g*lasnost*". Vous avez entendu parler de ça ? S'"ouvrir" ? Se "déboutonner", à la manière de la révérende Lucy, en un sens. Mais je m'égare. Qu'il me suffise de dire, bien que je ne puisse prétendre le savoir avec certitude, que j'aimerais croire que la tolérance plaît à Dieu. Cela voudrait dire qu'Il supporte patiemment Ses enfants difficiles qui cherchent leur voie dans Son vaste monde déroutant. Et si la tolérance ne lui agrée pas, s'Il préfère l'Inquisition espagnole, eh bien, je dirai : "Honte à toi, grosse brute !" »

Il put entendre des bruissements sur les bancs et quelques murmures. *Passe à autre chose !* se dit-il.

« Est-ce que je divague ici ? J'imagine que oui. Excusez-moi. J'essaie peut-être de me mettre au diapason. Je ne vais pas abuser de votre temps. Je ne vais pas vous faire le discours que j'avais préparé. À la place, je préfère vous parler d'un écrit juif infiniment plus important que les œuvres de nos grands romanciers. Je vais vous dire quelques mots sur cet autre écrit juif, le plus important de tous. Non, je ne veux pas parler de la Bible. Ce n'est pas quelque chose d'écrit *par* les juifs, mais *sur* les juifs. Je suis tombé dessus quand j'avais cinq ans, avant même de savoir lire. Je ne savais pas ce que ça voulait dire, même si c'était relativement simple. Une seule ligne. Je l'ai mémorisée. B742365. C'est ça : B742365. Tracée à la main en petits caractères bleus. C'était écrit sur ma tante Naomi. Juste là, à l'intérieur du bras gauche. B742365. "C'est quoi, ça ?" lui ai-je demandé un jour. Elle me tenait sur ses genoux à ce moment-là, sa manche avait glissé et j'avais vu la curieuse marque. "C'est Adolf Hitler qui m'a écrit ça dessus." Or, dans ma famille, Hitler représentait ce que Gog et Magog ou la Bête de l'Apocalypse ou l'Antéchrist doivent représenter pour vous. Un nom rarement mentionné et, quand on le faisait, c'était toujours sur un certain ton, un mélange de peur, de rage et de dégoût. Je ne comprenais évidemment pas pourquoi cet homme avait écrit quelque chose sur le bras de ma tante Naomi. Alors elle me l'a expliqué. Et quand elle eut fini d'expliquer, elle pleura. Pas à cause d'elle, mais à cause de moi. À cause de la surprise et de l'horreur qu'elle voyait sur le visage de l'enfant de cinq ans que j'étais. Elle pleura comme pour s'excuser auprès de moi pour la façon dont fonctionnait le monde – pour avoir été celle qui me l'avait révélé. "Certains ont déjà oublié ce que je viens de te raconter, dit-elle. C'est pourquoi je ne la fais pas retirer, cette marque. Je la garde ici pour m'en souvenir et pour pouvoir la leur montrer afin qu'ils se souviennent".

» Allez-vous comprendre ce que j'entends si je vous dis que le petit tatouage bleu de ma tante Naomi est le morceau de littérature juive le plus important qu'on ait jamais écrit ? Ceux qui l'ont écrit attestent l'existence du plus grand mal imaginable. Et ceux, comme ma tante Naomi, dans la chair desquels cette œuvre fut gravée, mais qui ont survécu et ont poursuivi leur vie, attestent l'existence du plus grand courage, de la plus grande humanité, du plus grand amour de la vie que je puisse imaginer. Que peut-on attendre d'une œuvre littéraire si ce n'est qu'elle contienne à elle seule autant de bien et de mal ?

» Je n'ai passé qu'un jour à North Fork, mais j'ai appris qu'il y a des gens, dans cette partie reculée du pays, qui nient qu'un tel mal ait pu exister. Peut-être croient-ils que Dieu n'aurait pas laissé une telle chose se produire. J'imagine qu'ils ont honte pour Dieu, mais ne peuvent se résoudre à le dire. Ils veulent tirer Dieu d'un mauvais pas. Alors, ils cherchent à nier la vérité, comme s'ils y étaient contraints par leur foi. J'aurais aimé leur présenter ma tante Naomi, qui est morte à présent. J'aurais aimé qu'ils puissent lire son tatouage bleu. Ils l'auraient crue, elle. Ma tante Naomi était quelqu'un de profondément croyant. Elle disait les prières, allumait les bougies du shabbat et allait à la synagogue. Ma tante Naomi a vécu ce cauchemar, des horreurs que je ne pourrais me résoudre à vous raconter, que je ne devrais pas avoir à vous raconter, parce que vous devriez tous les connaître. Mais elle n'a jamais cessé de croire en Dieu. Elle n'a jamais laissé Hitler lui retirer Dieu. En revanche, Hitler a retiré Dieu à mon père, à ma mère et à moi.

» Dans une certaine mesure, je suis ici sous des prétextes fallacieux. À vrai dire, je ne suis pas très juif – pas pour ce qui concerne tout ce qu'un bon juif doit savoir de la religion. Pas au sens où ma tante Naomi l'entendait. Dans ce domaine, je suis d'une ignorance crasse. Mon père refusait d'avoir la Bible dans notre maison. C'était un athée pur et dur et il voulait que je devienne comme lui. Je suis plutôt devenu un *nebish*, je suppose. Cela veut dire "rien", en yiddish. Pas un juif, et rien d'autre non plus, pas même un athée. Et c'est peut-être cela, un humaniste : quelqu'un qui essaie de comprendre la valeur de la vie sans demander à Dieu de la lui livrer toute faite.

» Je n'étais pas sûr d'avoir envie de faire cette conférence aujourd'hui. Franchement, je suis venu parce que c'était bien payé. Mais, en cet instant, tandis que je me tiens ici, devant vous, je suis content d'être venu. Je crois que je vous ai dit quelque chose d'important. Et même si ce que je vous ai dit ne signifie rien de fondamental pour vous, cela a changé quelque chose pour moi. Aujourd'hui, peut-être pour la première fois de ma vie, je me suis senti très profondément juif. Parce que je me suis souvenu que j'étais le neveu de ma tante Naomi, que j'avais eu ici l'occasion de défendre sa mémoire et sa dignité d'être humain et de me tenir à ses côtés. Je n'aurais jamais pu supporter ce qu'elle a supporté. En ce sens, je ne puis pas même prétendre que je parle en son nom. Mais, au moins, je peux me rappeler ses paroles et défendre la vérité face à ceux qui voudraient la travestir ou fermer les yeux. Y a-t-il pire blasphème que de faire souffrir des gens en raison de leur religion, puis que d'autres viennent prétendre que ces mêmes souffrances n'ont été qu'une mystification ?

» Peu importe ce que vous pensez de Dieu, de Son amour, de Sa miséricorde et de Sa bonté, vous devez aussi croire ceci : Il a laissé Adolf Hitler graver un petit tatouage bleu obscène sur le bras de ma tante. Et Il en a laissé périr des millions d'autres qui portaient ce même petit tatouage. Je vous laisse trouver à cela la logique que vous pourrez. Comme on disait chez moi : "Va comprendre quelque chose !"

» C'est vraiment tout ce que j'avais à dire, tout ce que j'avais envie de dire. Je ne sais pas si cela a une quelconque valeur pour vous, mais pour moi, cela en a une. Une phrase de Bernard Malamud me revient. Cela se trouve à la fin d'une de ces longues et tristes sagas sur la souffrance et l'injustice infligées aux juifs. "J'ai appris une chose, écrit-il. C'est que l'homme apolitique n'existe pas, encore moins s'il est juif. On ne peut être l'un sans l'autre." »

Il fit une courte pause, puis ajouta : « Voilà, j'ai terminé. Je crois que Richard souhaite que vous me posiez des questions, alors je vous écoute. »

11

Un mot en faveur des singes

En quelques occasions qui lui laissaient un souvenir ému, Silverman avait reçu l'hommage d'un silence enchanté. C'était le silence d'un public trop bouleversé pour vouloir rompre le charme. Il y avait des passages dans ses livres – pas beaucoup, deux ou trois – qui produisaient cet effet délicieux. Mais là, il se trouvait en présence d'un silence d'une autre sorte, le silence qui tombe sur les rails après un accident de train quand la dernière voix a cessé d'appeler à l'aide.

Ce qu'il avait fait était si inattendu que Swenson, son allié le plus sûr, fut pris à l'improviste. Au lieu de s'avancer comme promis pour répondre au pied levé, il restait assis, partagé entre l'affliction et la stupeur, les yeux fixés sur Silverman. Celui-ci commençait à transpirer. Peut-être devait-il simplement quitter la chaire avec un air de dignité offensée. Enfin, Swenson rassembla ses esprits et se leva. Il se retourna, le regard braqué au-dessus des têtes. « Y a-t-il des questions ? demanda-t-il en trébuchant sur chaque mot de la phrase. Sinon... » Il essayait manifestement d'abréger la séance. Mais avant qu'il l'ait pu, une petite jeune fille aux cheveux roux, assise au milieu de l'église, se leva. Silverman lui fit un signe de tête. Répondre au moins à une question avant de s'éloigner semblait la moindre des courtoisies, compte tenu des circonstances. En outre, il était curieux de savoir ce que la demoiselle avait à dire. Elle semblait brûler d'impatience.

« Est-ce que les juifs croient que nous descendons des singes ? Merci », dit-elle sur le ton d'une question bien préparée, et elle se rassit aussitôt.

Silverman la regarda fixement. Il avait l'esprit vide. « Quoi ? »

Elle se releva d'un bond. « Est-ce que les juifs croient que nous venons – vous savez – des singes ?

– Je... ma foi... je n'ai aucune idée de ce que les juifs... Enfin, oui, je crois... bon, du moins la plupart des juifs que je connais, la plupart des gens que je connais croient... En fait, j'ai l'impression que vous avez mal compris. Personne ne croit, pour autant que je sache, que nous descendons des singes. » Glissant un coup d'œil vers Swenson, il aperçut Tilly. Le visage en feu, elle levait vers lui un regard affolé. Mais, de l'autre côté de l'allée, Mrs. Bloore le toisait d'un regard glacial et vengeur qui signifiait clairement : *vingt coups de fouet bien sentis !*

La fille qui avait posé la question fixait Silverman d'un œil à la fois interrogateur et suspicieux. « Vous n'avez jamais entendu parler de Darwin et de ces gens-là ?

– Si, bien sûr.

– Eh bien, ce n'est pas ce que pensent les laïcs ? Que nous venons des singes ?

– Les laïcs ? C'est curieux, je ne m'étais jamais pris pour le représentant d'un groupe aussi vaste. Mais, voyons, pour autant que je me souvienne de mon cours de biologie au lycée, la phrase correcte est celle-ci : l'homme et le singe descendent d'un ancêtre commun. D'un ancêtre commun. Oui, c'est exact.

– Alors est-ce que ça veut dire que nous descendons des singes ? »

Silverman avait envie de ricaner, mais il sentait que personne ne partagerait son hilarité. Il était clair, d'après les visages qu'il avait survolés, que tout son auditoire était derrière cette question.

« Vous savez, je crois que cela est tout à fait hors de propos. Je ne suis pas venu ici pour faire un cours sur l'évolution. Et je ne puis certainement pas parler au nom de tous les laïcs, quels qu'ils soient. »

Cela ne fit qu'inciter la jeune fille à se montrer plus tenace. Elle avait dû sentir qu'elle l'avait mis en mauvaise posture.

« Alors, c'est ce que vous pensez, vous ? Que nous descendons des animaux ? »

Silverman poussa un soupir rageur. « Oui, en un sens. Nos ancêtres communs seraient des animaux. »

Elle le considéra avec une horreur non dissimulée. « Comment pouvez-vous croire ça ? Mais enfin, où sont nos queues ? »

Dans la salle, Silverman vit des sourires et des hochements de tête se propager de rang en rang : ils convenaient tous qu'il était un bel imbécile de penser que l'homme descendait du singe. En effet, où sont nos queues ? Avec des centaines d'yeux braqués sur lui, Silverman tenta de conserver son calme. Feignant un petit air enjoué, il eut recours à la littérature. « Voyons donc... Il y a une nouvelle de Philip Roth. C'est au sujet d'un petit garçon juif, vraiment un sale mioche, qui réussit à convaincre toute son école, y compris son rabbin, que le petit Jésus était peut-être le Messie. Parce que si Dieu peut tout faire – Il est omnipotent, non ? – eh bien, pourquoi ne pourrait-Il faire en sorte qu'une vierge ait un bébé et que ce bébé soit le Messie ? Vous comprenez l'idée ? Une fois qu'on se fait fort de croire l'incroyable, où placer la limite ? Bien sûr, dans l'histoire, le petit garçon menace de sauter du toit et de se tuer si le rabbin n'est pas d'accord. Cela dit, vous – de même, j'imagine, que tout le monde dans cette salle – n'avez aucun mal à croire à l'Immaculée Conception, n'est-ce pas ? C'est du gâteau pour vous de croire ça, tandis qu'à moi, ça me paraît tiré par les cheveux. Alors, si vous pouvez croire ça, pourquoi ne pas croire que Dieu a tiré un homme d'une amibe – par étapes, bien sûr ? Enfin, qui peut dire que Dieu n'a pas pu créer la vie sur terre de cette façon ? Ça serait rudement fort. Quoi qu'il en soit, je peux vous dire avec certitude que les juifs font clairement la différence entre religion et biologie. »

La jeune fille resta impassible. Regardant autour d'elle en quête d'un soutien qu'elle reçut, elle répondit : « Ça ne peut pas être comme ça parce que ce n'est pas ce que dit la Bible. Elle ne dit pas que Dieu a transformé un vieux singe idiot et puant en une personne avec une âme et le reste. Et la Bible est la sainte parole de Dieu. » Hochements de tête approbateurs alentour. Quelqu'un ajouta : « Alléluia. »

Le ton de la jeune fille était si obséquieux que Silverman ne put s'empêcher de riposter. « Alors vous préférez penser que vous êtes faite d'une espèce de sale gadoue ?

– Hein ?

– D'après la Bible, me semble-t-il, que certains considèrent comme totalement vraie et digne de foi, nous avons été façonnés dans la poussière de la terre. Le révérend Apfel me corrigera ici, mais je crois que la Bible dit, littéralement, que Dieu a pétri Adam dans la poussière. Oui ? Non ? Est-ce que c'est mieux de sortir de la poussière que des animaux ? »

Le révérend Apfel, qui se tenait au fond de l'église, haussa un sourcil dédaigneux.

« Comme vous le dites vous-même, Mr. Silverman, vous n'êtes pas très compétent quand il s'agit des Écritures.

– Je suis disposé à changer de sujet, soupira Silverman. Je me fiche pas mal de ce dont nous sommes faits ou d'où nous venons. Je n'ai rien contre le fait d'être apparenté aux animaux, d'autant plus que je crois que c'est vrai. Les animaux sont plutôt bons, meilleurs que beaucoup de gens de ma connaissance. Il y a un poème de Whitman sur la dignité des animaux. Vous devriez le lire. Les animaux "ne discutent pas à m'en rendre malade de leur devoir envers Dieu, dit-il. Ils ne passent pas des nuits blanches à pleurer sur leurs péchés". Ça me plaît. En ce qui me concerne, j'écris des histoires sur les gens, peu importe d'où ils viennent et en quoi ils sont faits. Mais je suis prêt à glisser un mot en faveur des singes.

– On passe à la suite ? intervint Swenson en se levant une nouvelle fois. S'il n'y a pas d'autres questions... »

Mais Swenson ne fut pas assez rapide. Il avait laissé une pause juste assez longue pour qu'une autre question surgisse. Une autre jeune fille se mit debout pour prendre la parole. Comme plusieurs autres dans le public, elle tenait une fiche à la main, sans doute pour être sûre de ne pas oublier la remarque essentielle qu'elle était sur le point de formuler. Elle demanda en lisant son texte d'une voix guindée : « Si le peuple juif a écrit la Bible, comment se fait-il que les juifs ne croient pas que Jésus est leur sauveur comme il est dit dans la Bible ? Merci. » Et elle se rassit aussitôt.

Respire à fond, se dit Silverman. « Eh bien, une réponse simple serait de dire que si les juifs croyaient en Jésus, ils ne seraient pas juifs. Et s'il n'y avait plus de juifs, qui les chrétiens auraient-ils pu maltraiter depuis deux mille ans ? » Cela lui valut froncements de sourcils et hoquets. Silverman se permit un instant de rayonner de bonheur. *Et toc ! Un point pour nous !* « On pourrait répondre aussi que ceux qui ont écrit l'Ancien Testament ne trouvaient pas les annexes tout à fait à la hauteur. Vous devez savoir que nous avons affaire ici à deux livres différents... très différents. Il y a l'ancien et le nouveau ? Même un humaniste sait ça. »

La jeune fille se leva de nouveau. « Mais l'Ancien Testament prophétise la venue de Jésus clair comme le jour. Merci. » Et elle replongea sur son siège, l'air très contente d'elle. Il y eut un frémissement dans la chapelle qui donna l'impression que l'assistance allait se mettre à applaudir.

« Vous en êtes sûre ? » demanda Silverman en luttant contre une onde de chagrin surprenante qu'il sentait monter en lui. Ce que cette question avait d'absolument pitoyable, c'était sa ferveur authentique et pleine d'allant. Cette gosse croyait vraiment ce qu'elle disait. Tout le monde dans la salle était avec elle dans cette croyance. De toute leur vie, ces gens ne seraient jamais confrontés à leur propre ignorance solidement enracinée. Il avait affaire à un public qui était à l'extrême limite de ses possibilités intellectuelles.

« Vous savez dans quelle langue la Bible – je veux parler de la *vraie* Bible, l'Ancien Testament – a été écrite ? » demanda-t-il.

La jeune fille le considéra, l'air méfiant « Du juif ?... j'imagine ? répondit-elle nerveusement.

– Ça va, vous n'en êtes pas loin. Alors, vous pouvez lire le juif ?

– Non, dit-elle, à présent l'air sérieusement contrariée. Mais on n'est pas obligés, parce que Dieu a tout traduit en anglais.

– Ah bon, je vois. Eh bien, vous devez comprendre que les juifs trouvent très discutables que l'Ancien et le Nouveau Testament paraissent sous une seule et même couverture. Mon père, qui, entre parenthèses, est allé au cours d'hébreu et a appris à lire "le juif", disait que chaque fois qu'il pensait à l'Ancien Testament associé avec le Nouveau, ça lui faisait penser à un numéro comique. Vous savez, vous avez le faire-valoir, le clown blanc, qui essaie d'expliquer les choses à l'auguste, le petit ballot. Et l'auguste qui comprend tout de travers. » De nouveau, il y eut une onde de mécontentement dans la salle. « Bref, c'est ainsi que mon père – irrévérencieux, il est vrai – voyait les choses. Pour ma part, je dirais que si vous voulez emprunter notre livre, allez-y, ne vous gênez pas. Il n'y a plus de copyright, alors faites comme chez vous. Soit dit en passant, vous savez que les musulmans se sont débrouillés pour entrer dans la danse, eux aussi. Ils en ont rajouté une bonne tranche. Vous avez déjà envisagé de croire au Coran ? » La jeune fille jeta des regards effarés autour d'elle pour réclamer de l'aide devant ce qui lui parut être une insulte évidente. « Ce n'est pas une plaisanterie, se hâta de préciser Silverman. C'est ainsi qu'un humaniste voit les choses. Lisez le livre, goûtez à tout et faites-vous votre propre opinion. Peut-être que vous feriez une musulmane formidable. Comment pouvez-vous savoir avant d'avoir essayé ? La vie est une aventure. Vivez-la.

– Merci, professeur Silver... » Mais avant que Swenson ait pu couper court à la réunion, trois autres étudiants s'étaient dressés, tenant chacun une fiche à la main. Silverman sentit que le sang avait commencé à couler et que les requins commençaient à se rapprocher. Haussant les épaules et s'en remettant au destin, il fit un signe de tête en direction d'un jeune homme fluet au visage rougeaud et sérieux ; il semblait être le moins agressif du trio qui lui faisait face. Mais dès qu'il eut la parole, le garçon le défia du regard comme s'il ajustait le tir. Il portait un tee-shirt sous sa veste. Quelque chose était écrit dessus qui se terminait par « Jésus ». Tandis que le garçon parlait, Silverman essayait de lire le reste du message. « Monsieur, dans votre livre sur Emma... Quand elle a ce bébé, c'est un avortement ? » Le gamin s'était interrompu pour bien accentuer le mot « avortement » afin de lui donner toute son emphase. Un ton pompeux digne du théâtre amateur, se dit Silverman, mais qui eut l'effet désiré. Aussitôt, on put entendre des exclamations de surprise surgir de différents points de la salle. Comme Silverman s'en doutait, la plupart des personnes présentes n'avaient pas lu ses livres. Désormais, ils savaient : ce type écrit sur « ces choses-là ». Le gamin poursuivit : « Et à la façon dont c'est dit dans le livre, vous donnez l'impression que... » Une autre pause théâtrale. « ... que c'est sans problème. Approuvez-vous vraiment le meurtre de son enfant par Emma, monsieur ? Merci. »

Swenson se leva pour intervenir. « *Moi, Emma* ne faisait pas partie des textes retenus pour cette conférence. Je pense que nous devrions passer... »

Les vrais hommes aiment Jésus. Silverman avait enfin réussi à déchiffrer la phrase transcrite sur le tee-shirt du garçon. « Il s'agit d'un de mes livres, Richard, l'interrompit Silverman. C'est assez normal. En fait, je croyais être venu pour parler de ça. » Il se tourna vers le garçon qui était toujours debout. « Oui, j'approuve ce que fait Emma. Je crois qu'une femme en a le droit. Une bonne partie des problèmes qui perturbent Emma c'est que, de son temps, les femmes avaient si peu de droits et aucun pouvoir sur leur vie. Elles portaient les bébés, mais c'était les hommes qui possédaient les enfants... de même que le corps des femmes. Littéralement. Emma se bat pour s'affranchir de siècles de domination masculine, comme les femmes de son époque. Mais j'espère que vous avez remarqué combien cette décision la fait souffrir. Vous voyez, j'ai voulu montrer... »

Il y eut une brusque agitation au fond de l'église. Quelqu'un se frayait précipitamment un chemin entre les bancs en enjambant sans ménagement les genoux de ceux qui se trouvaient sur son passage. C'était Axel Hask. Sorti du banc, il remonta précipitamment l'allée centrale de son pas pesant jusqu'à la porte, comme si le bâtiment était en feu. Silverman interpréta son départ comme un désaveu rageur. *Allons, on ne peut pas plaire à tout le monde.*

« Comme je le disais, je voulais montrer toute la tension morale qu'impliquait une telle décision.

– Et vous croyez que ce qu'elle a fait est *bien* ? ajouta le jeune homme avec une note grandissante d'incrédulité.

– Je placerais le geste d'Emma dans une catégorie qui mérite plus de compréhension qu'une division du monde entre le bien et le mal. J'appellerais cela une fausse couche émotionnelle. » L'étudiant, une expression d'incompréhension douloureuse sur le visage, jetait des regards désespérés à droite et à gauche. « D'accord, laissez-moi vous expliquer cela, poursuivit Silverman. Vous voyez, les êtres humains – enfin, les femmes, en fait – ne vivent pas la grossesse comme les autres animaux. Est-ce que ce n'est pas évident ? Bon, pour autant qu'on sache, les animaux ne peuvent pas avoir d'avis sur leur grossesse, ils ne peuvent avoir de réaction émotionnelle. Chez eux, c'est un processus purement physiologique. Ils obéissent à leur anatomie. Mais quand une femme est enceinte, c'est avec tout son être, son cœur, sa conscience, toute sa force vitale. C'est ce qui m'a intéressé dans cet aspect du livre. Aussi, quand Emma se trouve larguée par son amant qui l'a engrossée, elle se sent... »

Au fond de l'église, il y eut à nouveau du remue-ménage. Une porte claqua, des voix se firent entendre. Axel Hask, les yeux injectés de sang, était de retour. Il se débattait pour faire passer un énorme paquet qu'il traînait. Le révérend Apfel, qui se tenait près de la porte, se précipita pour l'aider. Ensemble, ils parvinrent à faire entrer l'objet encombrant dans la chapelle. Soulevant le fardeau sur ses épaules, Axel descendit d'un pas pesant l'allée centrale. Derrière lui se traînait une femme replète au visage aussi renfrogné que celui d'Axel. Quand ils furent parvenus au milieu de la chapelle, ils déroulèrent le paquet qu'ils tenaient entre eux. C'était un rouleau de toile. Sur le coup, Silverman ne parvint pas à déchiffrer l'image qui s'y trouvait, mais il vit clairement les mots inscrits en grosses lettres tordues : « Holocauste USA. Un million par an. » Plissant les yeux devant l'image sur la banderole, il finit par en saisir le sens. C'était l'agrandissement flou d'une photographie de bébé démembré, la tête, les bras, les jambes éparpillés sur un fond ensanglanté. Silverman n'avait rien vu d'aussi hideux depuis... eh bien, depuis la dernière fois qu'il avait vu une photographie des camps de la mort.

« Vous voulez parler d'holocauste ? l'apostropha Axel d'une voix de stentor. Voilà un holocauste. Humaniste ? Bourreau d'enfants ! Vous trouvez ça *sans problème* ? » Il avait un fort accent guttural, allemand ou scandinave, Silverman n'aurait su le dire. Plus probablement néandertalien.

Debout, Axel et la femme fusillaient Silverman du regard. Il n'avait jamais été l'objet d'une telle fureur. Il la ressentait contre son front comme une force physique. Tandis qu'il cherchait désespérément comment réagir, il entrevit Jake Dawes qui se penchait vers Swenson pour lui chuchoter un mot à l'oreille, puis s'excuser et s'éclipser promptement par une porte sur la droite. À l'évidence, le sénateur sauvait les meubles. Avant la fin de la journée, son état-major plancherait sur le meilleur moyen de limiter les dégâts. Le reste de l'auditoire ne semblait guère ému par cet éclat, comme si Axel et la femme – sans doute son épouse – avaient tout juste fait une remarque raisonnable. Le regard plus flamboyant que jamais rivé sur Silverman, Mrs. Bloore ponctuait les propos d'Axel d'un hochement de tête net et approbateur.

À cet instant, durant un quart de seconde, comme une scène de magie noire, Silverman vit, sidéré, le public se transformer devant lui en un seul et gigantesque visage aux yeux furibonds, qui le vrillait du regard avec une haine monstrueuse. La vision terrible vint et s'éclipsa en une seconde, mais avant qu'elle s'évanouisse, Silverman l'engrangea dans sa mémoire littéraire, une image si affreuse qu'il ne pouvait imaginer qu'il voudrait la ressortir. *Réfléchis vite !* songea-t-il. Aussitôt, une tactique astucieuse se présenta à lui. *Un : défonce-toi un peu. Deux : tire-toi dare-dare, même si tu dois aller à pied jusqu'à Minneapolis !*

Eh bien, ce n'était pas gagné ! Il avait espéré que l'histoire de tante Naomi leur serrerait le cœur, les attendrirait, mais apparemment, non. Où cela le menait-il ? Ses alliés pouvaient-ils l'aider ? Silverman regarda en direction de Swenson. Deux de ses comparses, Alex et la fille, avaient la tête penchée. Jack observait Silverman avec une expression de profonde compassion. Swenson se leva pour parler. Avant qu'il pût ouvrir la bouche, Axel lui enjoignit : « Non ! Assis ! Qu'il réponde, le juif qui est venu réclamer de la pitié pour l'Holocauste. Voilà un holocauste, un vrai. Vous approuvez ça, professeur ? »

Et Swenson se rassit. *Merci, camarade*, chuchota Silverman à voix basse. Puis, passant l'éponge, il détourna son regard. Ce n'était pas le combat de Swenson, après tout. *Tu es un grand garçon*, se dit Silverman. *Que te conseillerait Marty ?*

Bien sûr ! La seule solution était de river leur clou aux vrais croyants.

Silverman laissa se prolonger la pause. Il était carrément sidéré par le calme qui le gagnait. Un sentiment de fatalité, peut-être. Ou alors cela avait à voir avec les yeux de Jack posés sur lui. Ils lui rappelaient des choses plus importantes que tout ce qui se passait en ce lieu déprimant, tourmenté, qui était censé être une maison de Dieu.

« Mr. Hask, n'est-ce pas ? demanda-t-il. Eh bien, Mr. Hask, j'aimerais pouvoir dire que je respecte vos sentiments, mais ce n'est pas le cas. Vous n'avez strictement aucun droit au mot "holocauste". Il ne convient pas à votre cause. Vous devriez vraiment trouver vos propres références tragiques plutôt que de détourner celles des autres dont vous semblez incapable de comprendre les souffrances. Savez-vous ce que veut dire le mot "holocauste", puisque vous utilisez ce mot ? Vous parlez d'une femme perturbée, peut-être une jeune fille terriblement effrayée ou honteuse, qui met fin à sa grossesse dans la peur et en tremblant. Car c'est cela, un avortement, la plupart du temps : un ultime recours, malheureux, désespéré. Si vous ne voyez pas la différence entre ça et l'extermination délibérée de millions de gens par une machine de guerre bien huilée sous l'autorité implacable de fanatiques au nom d'une idéologie... ma foi, c'est que nous ne partageons pas les mêmes valeurs morales. » Quelqu'un dans l'auditoire siffla entre ses dents. Cela l'ébranla, il n'avait encore jamais été sifflé. Mais il ne se laissa pas démonter. « Cela dit, vous préférerez peut-être avoir une conférence de Mr. Hask sur l'éthique médicale ? »

L'étudiant qui avait posé la question pointa le doigt sur la banderole qu'Axel et sa femme n'avaient pas repliée.

« Eh bien, en termes simples, qu'est-ce que vous avez à dire de cette image ? Vous trouvez ça normal, la façon dont on massacre les bébés ? Vous êtes d'accord ?

– C'est une vision absolument abominable, concéda Silverman. Je souhaiterais que Mr. Hask la retire bien que, franchement, j'ignore ce que cette image représente. Je ne sais pas d'où ça vient. Je ne crois pas que ce soit une vraie photo. On dirait un bébé de taille normale qu'on a découpé en morceaux. Ou peut-être s'agit-il d'une image qu'on a découpée et collée sur la banderole. Pour autant que je sache, la plupart des interruptions de grossesse ont lieu alors que le fœtus n'est encore qu'un amas de cellules informes.

– La vie est la vie. La taille ne compte pas ! cria quelqu'un.

– D'accord, admit Silverman. J'en conviens. Sur le plan éthique, ça ne règle sans doute rien de compter des trimestres. Je crois comprendre le point de vue moral de ceux qui refusent l'avortement. Mais enfin, personne n'est partisan de l'avortement, vous savez. En tout cas, pas moi. Les gens sont pour le droit de choisir. N'est-ce pas une distinction raisonnable ? Nous reconnaissons que les gens ont des droits – le droit de s'exprimer, de prier, d'investir leur argent, de décider de choses concernant leur corps. Mais sans présupposer que nous approuverons toujours l'usage qu'ils feront de ces droits.

» J'ai une voisine à San Francisco, qui travaille pour le Planning familial... Sally Weeks. Sally était une bonne sœur catholique, une bonne sœur plutôt contestataire. Aujourd'hui encore, elle reste opposée à l'avortement. Quand elle se trouve en présence d'une femme qui veut avorter, elle s'efforce de lui proposer une autre solution. Mais si, finalement, la femme opte pour l'avortement, Sally l'aide à faire le nécessaire. Elle croit que nous vivons en un temps où les femmes doivent être considérées comme des adultes responsables. C'est une question de dignité morale. C'est assez proche de mes convictions. Je ne suis pas contre des femmes comme Sally qui essaient de dissuader les femmes d'avorter. Mais je veux qu'on laisse les femmes libres de faire l'ultime choix. C'est ça, le problème avec la banderole de Mr. Hask. Elle ne nous montre qu'une partie du tableau.

Il n'y a pas de matrice, pas de femme ici, juste un bébé isolé suspendu dans l'espace. Le fœtus existe à l'intérieur du corps de quelqu'un. C'est pourquoi il y a un problème éthique. C'est le corps de qui, après tout ? C'est l'avenir de qui ? Pas seulement celui du bébé. Bref, essayez de comprendre que je suis romancier. Je n'aime pas parler de ces choses-là de façon abstraite. C'est pourquoi je place ces grandes questions éthiques dans des histoires et je les entoure d'autant de densité humaine que je peux. »

Silverman n'en revenait pas de voir à quel point il pouvait rester aimable et posé. Shenandoah Fish aurait été fier de lui. Il s'efforçait de s'adresser à la conscience de ces gens pleins de hargne. Hélas ! Axel Hask ne voulut rien entendre. Le doigt pointé vers la banderole, il gueula : « Au meurtre ! À l'assassin ! Vous avez dit d'accord. »

Silverman se tourna vers Axel. « Je comprends votre position. Vous voulez que j'arrête ou que je continue ? » demanda-t-il. Le couple ne broncha pas. Silverman respira profondément et poursuivit : « Très bien, Mr. Hask. Voyons si j'ai quelque chose à vous répondre. Je crois que vous ne valez pas mieux que cette image. Je crois que quiconque utilise le sentiment de culpabilité comme vous essayez de le faire ici en ce moment a quelque chose à cacher. Les braves gens, les gens honnêtes n'utilisent pas la mauvaise conscience pour faire couler le sang. Vous êtes un charlatan, Mr. Hask.

– Et alors ? rugit Axel sans bouger d'un pouce. On va voir qui c'est qui ment ici. »

Le visage écarlate, Swenson s'avança pour mettre fin à la réunion. D'une voix rauque, comme s'il avait mâché du papier de verre, il dit : « Je suis sûr que nous sommes tous sensibles à ce que le professeur Silverman avait à nous dire en ce jour où nous abordons un nouveau millénaire. Voilà qui va nous apporter beaucoup de matière de réflexion. » Il se mit à applaudir, espérant être imité par quelques autres. Les trois étudiants qui étaient à ses côtés se joignirent à lui, mais brièvement. Les faibles applaudissements se figèrent dans un silence massif et glacial.

Quelques personnes se levèrent pour partir. Au lieu de battre promptement en retraite, Silverman resta à sa place en chaire. À sa propre surprise, il ouvrit la bouche pour reprendre la parole. Le courage, en fin de compte, a besoin de temps pour donner sa mesure. « Si je puis me permettre, lança-t-il, je désire ajouter une précision autobiographique dont ni Richard ni le sénateur Dawes n'ont fait état. » Le brouhaha dans la chapelle s'interrompit brutalement. Un rang après l'autre, des visages surpris se tournèrent vers lui. « Richard et le sénateur n'ont pu le mentionner parce qu'ils n'en savaient rien. S'ils l'avaient su, cela aurait été une mise à l'épreuve supplémentaire pour votre... dirons-nous votre charité chrétienne ? Je veux parler de ce passage qui dit qu'il ne faut pas jeter la première pierre. C'est mon passage préféré du Nouveau Testament. À San Francisco, ou Sin City comme certains de vous l'appellent, j'ai quelqu'un que j'aime. Nous ne sommes pas mariés parce que ce quelqu'un n'est pas une femme, mais un homme. Et soit dit en passant, il est noir... bien que, je l'espère, cela ne fasse aucune différence à vos yeux. En fait, je pense que là, j'ai peut-être misé juste. N'y a-t-il pas un vers qui dit quelque part dans le livre saint : "Ma bien-aimée est noire et gracieuse" ? Eh bien, justement, mon amant est... les deux. »

Ce n'est vraiment pas malin, dit une voix dans sa tête. *Ce n'était franchement pas nécessaire.* Non, mais c'était rudement réjouissant. Une façon de porter le coup de pied de l'âne à cette bande de tartufes avant de tirer sa révérence. Comme renverser la soupière sur quelqu'un qui vous a insulté pendant le dîner. Putain d'enfer, qu'est-ce qu'il avait à perdre ? Il savourait ce sentiment de vertige qui montait d'un endroit situé sous son diaphragme. Comme l'alcool, dès que le courage circule dans vos veines, ça vous monte à la tête. Surtout quand s'ouvre devant vous la route de l'évasion toute tracée : la porte, la nationale jusqu'à l'aéroport, et sauter dans un vol de nuit pour San Francisco. Pourquoi remettre à demain ? Il pouvait voir ce bon vieux coucou lui faire de l'œil dans la nuit sur la piste où il faisait tourner les moteurs. Comme l'avion à la fin de *Casablanca*, la dernière chance d'évasion. N'était-ce pas formidable d'être romancier ? Tout pouvait se transformer en une histoire.

Il s'attendait à ce que sa remarque provoquât des remous, voire des huées. Peut-être parce que son auditoire était abasourdi, il ne se produisit pas grand-chose. Le silence, déjà hostile, avait basculé de quelques degrés de plus vers la révulsion. Mais il nota une envolée remarquable dans un secteur prévisible. Mrs. Bloore, dont il avait mis son point d'honneur à surveiller les réactions, changea enfin d'expression – passant du dédain figé à l'horreur rigidifiée. Atterrée d'apprendre qu'à peine une heure plus tôt, elle avait servi à un homosexuel du cocktail de fruit à l'ananas, elle fit signe immédiatement pour qu'on lui apporte sa chaise roulante. Miss Bjork, l'infirmière, se précipita.

Il y eut une autre réaction à laquelle Silverman ne s'attendait pas : un râle qui put s'entendre dans toute la salle. C'était Tilly, sa prétendue alliée humaniste. Apparemment, sa confession était plus que ne pouvait supporter la pauvre petite bigote. Les yeux exorbités, elle porta les mains à sa bouche comme si elle était sur le point de vomir. Elle se leva pour foncer vers la sortie, semblait-il, mais Alex et Jack la retinrent et firent en sorte de la calmer. Silverman n'avait jamais vu une telle expression de stupéfaction blessée. On aurait cru qu'elle avait reçu une balle dans l'estomac. Et, bien qu'il ne connût pas du tout la jeune fille, sa réaction l'ébranla. Il se sentit mortifié, peut-être parce qu'elle lui avait dit qu'elle avait lu tous ses livres. Ou du moins autant qu'elle avait pu en trouver. Bref, cela faisait une cliente de moins.

« Alors vous voyez, poursuivit-il en fixant Tilly d'un œil sombre, non seulement je suis un humaniste juif, mais en plus, je suis un humaniste homosexuel. Je n'étais pas obligé de vous le dire. En fait, je me fais habituellement un point d'honneur de ne pas aborder le sujet. J'aime croire que c'est une question privée et, plus important encore, que cela n'a strictement rien à voir avec ma qualité d'écrivain. Pas plus que ma façon de me brosser les dents ou ce que je mange au petit déjeuner. Mais à un moment donné, après mon départ, quelqu'un va sûrement le découvrir. Et si je ne vous l'avais pas dit, vous auriez pu croire que j'en fais mystère parce que j'en ai honte. Ou vous auriez pu croire que Richard et ses jeunes amis ont tenté de le dissimuler. Eh bien, non, c'est privé, mais ce n'est pas secret. Ainsi, maintenant, vous êtes au courant. Quel que soit le sens que vous donniez au mot "gay", j'en suis.

– Ça y est, la voilà, la vérité, fulmina Axel. Le massacreur de bébés est homo. » Il se tourna pour fixer Swenson d'un regard noir. « Un avorteur pédé. Voilà ce que vous avez fait venir ici pour prêcher ! Sodomite, sodomite, disparais de ce lieu sacré ! » Çà et là, des têtes penchées remuaient avec résignation comme à l'annonce d'une nouvelle tragique. Tous évitaient de croiser son regard. *Soit ils prient pour mon âme*, se dit Silverman, *soit ils implorent Dieu de me foudroyer sur place.* Toutefois, l'apostrophe d'Axel suscita un murmure grandissant d'approbation qui était particulièrement blessant. Tilly, débout, le visage à présent blême de révulsion, scandait les paroles d'Axel en frappant dans ses mains. Elle se comportait de façon si insensée que ses compagnons masculins, en coulant des regards embarrassés vers Silverman, se hâtèrent de la faire sortir par une porte latérale. Peu à peu, la salle se vida jusqu'à ce qu'il ne restât plus, à côté de Silverman et de Swenson, qu'Axel et sa femme avec leur banderole. Pour finir, ils rangèrent leur bébé écartelé en repliant la toile et partirent, laissant planer derrière eux un silence funèbre. Silverman resta à sa place. Si quelqu'un devait lui lancer quelque chose ou lui faire une réflexion, il voulait être en chaire à ce moment-là.

Comme les dernières personnes sortaient en file par l'arrière, Silverman se précipita pour accrocher Swenson, comme un flic qui tire un suspect dans un coin pour l'interroger. Il glissa une main sous le revers de Swenson pour avoir une bonne prise.

« Écoutez, Richard, c'était une erreur grossière. Je suis sûr que vous en convenez. Il faut que vous me sortiez d'ici *illico.* Vous me ramenez chez vous maintenant. Tout de suite. Et je veux prendre le vol de nuit pour San Francisco ce soir, vu ? Peu importe combien ça coûte, je veux être à bord. Je paierai.

– Oh, je vous en prie, ne vous sentez pas obligé de partir précipitamment. »

Silverman ne lâcha pas le morceau. « Je le dois et je le veux. Ce soir. Par le vol de nuit.

– Je ne sais même pas s'il y en a un qui décolle de Minneapolis.

– Bien sûr que si. Il y a toujours un vol de nuit.

– Mais il faudrait partir pour l'aéroport dans...

– Je n'ai pas défait mon sac. Je suis prêt à partir. »

Une voix les interpella du fond de l'église. « Richard ! Puis-je vous voir, je vous prie ? » Silverman se retourna et aperçut le révérend Apfel qui se tenait devant la porte d'entrée. Derrière lui, il y avait Mrs. Bloore entourée d'une demi-douzaine de membres du corps enseignant, le visage figé de dégoût. Dawes, qui se trouvait parmi eux, n'avait plus rien de commun avec l'homme politique souriant et jovial. Manifestement, il s'apprêtait à mettre fin à la connexion israélienne. Tous faisaient de leur mieux pour ne pas voir Silverman, même s'il se tenait entre Swenson et eux. « Immédiatement, cria Mrs. Bloore d'une voix plus impérieuse que celle d'Apfel. Je veux vous voir *tout de suite*, Richard.

– Pour ce qui est de Mrs. Bloore, ajouta Silverman en revenant à Swenson, comme elle n'a pas eu la conférence pour laquelle elle avait payé, elle peut récupérer sa mise. C'était une prestation gratuite de ma part. »

Swenson parut sur le point de pleurer.

« Je suis sûr qu'il n'y a pas de problème concernant l'argent, vraiment.

– Si, il y en a un. Je ne veux pas de ce fric. Je le refuse, compris ? » Il libéra Swenson et recula d'un pas. Lissant ses cheveux à deux mains, Swenson se dirigea vers Mrs. Bloore. « Le vol de nuit, entendu ? lui rappela Silverman. Je serai dans la chambre.

– Je vais faire ce que je peux, répondit Swenson sans grande conviction. Mais j'ai l'impression qu'on risque d'avoir du mauvais temps. Il nous faut trois heures pour arriver à l'aéroport, s'il y a un vol, s'entend. » Il jeta un regard à sa montre, regarda par la fenêtre, et hocha la tête. Puis, tel un chien battu sur les talons de son maître, il sortit de l'église derrière Mrs. Bloore et sa cour.

Silverman resta dans la chapelle en attendant de se calmer les nerfs. Il savait qu'il n'y arriverait pas, pas avant d'être à dix mille mètres au-dessus du sol, complètement beurré et orienté cap à l'ouest. Pendant qu'il attendait, le cœur cognant dans ses oreilles, un étrange sentiment d'abandon l'envahit. Swenson parti, il était seul dans la chapelle, livré à son sort comme un soldat blessé laissé pour mort sur le champ de bataille. Et puis – clac ! – sans prévenir, les lampes s'éteignirent. Aussitôt, les ombres descendirent du plafond tel un brusque tombé de rideau à la fin d'une représentation. La pénombre qui se refermait sur lui était assez angoissante, mais pis encore, elle lui fit se rendre compte du peu de clarté qui filtrait par les vitraux. Bien que ce fût seulement le milieu de l'après-midi, le restant de jour était englouti par des nuages de tempête. Il frissonna. Dans la chapelle vide, des échos de haine flottaient dans l'air comme si les murs de l'endroit eux-mêmes enjoignaient au sodomite de disparaître. Rassemblant son manteau et ses notes, il se hâta de remonter l'allée centrale vers la porte. Il y avait si peu de lumière qu'il faillit partir sans s'apercevoir qu'il restait, malgré tout, quelqu'un d'autre dans la chapelle.

Mais comme il passait à sa hauteur, une voix sur laquelle il ne pouvait se méprendre l'interpella.

« *Mazeltov*[1] ! Je savais que tu en étais capable.

– Ben voyons, répondit Silverman avec aigreur. Mais j'avais raison, non ? J'ai dépensé ma salive pour rien.

– Tu crois ça ? » demanda Shenandoah Fish. Malgré l'ombre grandissante, Silverman pouvait voir le sourire qui étirait les lèvres de Fish, un rictus qui laissait entrevoir ses dents de devant gâtées. Il se souvenait de ce sourire, même s'il avait rarement eu l'occasion de le voir. C'était le sourire de son grognon de père, un sourire qui faisait plutôt penser à un ricanement. « Au moins, tu en as tiré un bon épisode littéraire, non ? C'était impressionnant, ta façon de tenir tête au nazillon local. Ne me dis pas que tu n'as pas mis tout ça en boîte pour un usage ultérieur. Imagine la dimension dramatique et l'éloquence que ça prendra. Ça pourrait faire tout un roman.

– Enfin, bon, peut-être, on verra.

– Cette histoire sur ta tante... c'est vrai ?

– Évidemment que c'est vrai. Tu t'imagines que je pourrais inventer une chose pareille ? »

Fish haussa les épaules, genre peut-être que oui, peut-être que non. « Avec les romanciers, on ne sait jamais. Eux-mêmes n'en savent rien. Et, en l'occurrence, tu aurais eu de bonnes raisons de fabriquer cette histoire pour la balancer à ces *goyim*.

– Ah bon ? Tiens, justement, leur pasteur, il croit qu'on a inventé l'Holocauste de toutes pièces. Tu t'imagines que je courrais le risque d'apporter de l'eau à son moulin ?

– L'Holocauste, ça ne s'invente pas. Mais la tante Naomi, tu aurais eu le droit de l'inventer. Pour les cerveaux de la taille d'un petit pois auxquels tu as affaire ici, c'est presque au-dessus de leurs moyens. Cela dit, refuser les honoraires, ça, c'était grandiose. » Fish rassembla ses doigts près de ses

1. Yiddish. Ici, au sens de « bravo ».

lèvres et en embrassa le bout comme un homme qui déguste un bon vin.

« Peuh ! fit Silverman, amer. C'était jeter des perles aux pourceaux.

– Holà ! Attention ! Tu cites l'adversaire, ici. Matthieu, VII, 6.

– Arrête ! De toute façon, à quoi ça va servir ? Tu as vu comment ils ont applaudi le *gauleiter* avec sa banderole. Tu crois qu'ils vont tous changer d'avis une fois rentrés chez eux ?

– Ce n'est pas le but, assura Fish, soudain l'air grave.

– Tiens donc ? Et c'est quoi, le but ?

– Tu es ici chez les chrétiens, *bubele*[2]. Le but, c'est de respecter le premier commandement du juif qui s'assume. Tu ne laisseras pas tomber ton peuple. Même si tu es le champion du monde des bouffeurs de bacon. »

---

2. Yiddish : « mon petit garçon ».

12

Le vidéo-nirvana

Silverman se demanda si une foule l'attendait devant la chapelle pour le lyncher. Ou au moins quelques éléments perturbateurs qui se seraient attardés. Il s'arrêta un instant sur le seuil pour jeter un coup d'œil dans un sens et dans l'autre. Les rares personnes qu'il put repérer dans la cour ne s'intéressaient manifestement plus à lui. Elles se dépêchaient de partir comme pour se mettre à l'abri. Quand il sortit au grand air, il en comprit la raison. Il reçut de plein fouet une bourrasque, un coup de vent brutal, frigorifiant. La neige, glacée et grumeleuse, tourbillonnait autour de lui tel un essaim de guêpes blanches en colère se préparant à attaquer. Aussitôt, ses lunettes furent bouchées, comme blanchies à la chaux. Il les retira et les glissa dans sa poche intérieure, puis resserra son manteau autour de son cou. Cela n'arrangea rien. Le vent ferraillait contre l'étoffe mince de ses vêtements comme une rapière, le laissant transi jusqu'aux orteils. De quel côté se situait donc le hall où il avait déposé sa valise ? Impossible de s'en souvenir. L'obscurité et la neige réduisaient la visibilité de minute en minute. Des gens passaient précipitamment devant lui, se dirigeant apparemment vers le parking. Le campus environnant était zébré par les phares mouvants des voitures qui manœuvraient pour trouver le chemin du retour.

Silverman se dirigea d'un côté, puis de l'autre et, finalement, perdit pied sur le sol glissant. Quand il tomba, le vent lui arracha sa casquette. La voyant par terre, il rampa vers elle en desserrant les doigts qui tenaient ses notes. Couvre-chef et feuilles, tout fut balayé hors de portée comme par un mauvais plaisant. Il regarda les pages éparpillées virevolter dans les tourbillons de neige. Super. Même le vent dénigrait son boulot. Ainsi, il faisait don de la conférence qu'il n'avait pas tenue aux éléments déchaînés du Minnesota. *Holà, ça devient sérieux*, se dit-il en luttant pour se remettre debout. Une autre réalité s'imposa à lui avec violence et prit la place de la colère et de l'angoisse qui l'avaient gagné quand il était sorti de la chapelle : un vent suffisamment fort pour le renverser à terre, un froid tel qu'il ne sentait déjà plus ses doigts et ses orteils.

Heureusement, Gunderson Hall se détachait encore faiblement sur le ciel obscurci par la tempête. Silverman se fraya un chemin dans cette direction malgré les assauts du vent. À l'intérieur, il tapa des pieds pour y ramener la circulation, puis se précipita, suffoquant, en haut des marches, dans les appartements du Fondateur. Là il resta quelques secondes debout, adossé à la porte, haletant comme si quelqu'un avait été à sa poursuite. La rage, les insultes, la peur tournaient dans sa tête. Il était sur le point d'éclater, une lente explosion de la cage thoracique qui risquait à tout instant de devenir incontrôlable. Il se mit aussitôt en quête de son nécessaire de voyage et fouilla dedans, à la recherche de ses calmants. Voyons voir, qu'avait-il emporté ? Ce bon vieux Restoril. Ne partez jamais de chez vous sans lui. Un comprimé suffirait sans doute à lui calmer les nerfs pour ce soir. Il en descendit deux, qu'il avala à sec. Et quoi encore ? Du Paxil ? Il en avait trois, quatre, cinq. Non, ça mettait trop de temps à faire effet. Ah, voilà, le Xanax serait au poil. Génial pour les crises d'angoisse. Il secoua le flacon. Il n'en restait pas des tonnes. Il n'en prit qu'un.

Puis il se dirigea vers le téléphone. À présent, il avait besoin de toute l'affection chaleureuse, maternelle possible, fût-ce à distance. Il pianota le numéro de chez lui, en espérant que Marty serait là. Bien sûr, il regardait le Rose Bowl, le Sugar Bowl, n'importe quoi avec du football dedans. Le vrai problème, ce serait de l'amener à décrocher le téléphone. Avant que Silverman ait fini de composer le numéro, il fut interrompu par des bips prématurés, puis une voix enregistrée : « Veuillez composer le 9 pour obtenir une ligne extérieure. » Il raccrocha et recommença. Cette fois, il eut une autre voix enregistrée : « Ce téléphone ne permet pas de passer des communications interurbaines. Veuillez composer le 0 pour effectuer cet appel par le standard. »

Voilà qui n'arrangeait rien. Il sentait la panique le gagner à toute allure.

Il composa le 9, il composa le 0 et pria le ciel pour que quelqu'un décroche. Il obtint une sonnerie qui se répéta à l'infini dans le vide. À mesure que les minutes s'écoulaient, il sentait ses nerfs se tendre, se crisper, prêts à craquer. Cette fois, il eut droit aux trois notes du signal musical de la compagnie du téléphone qui signifiait *pas de chance*, suivi de la voix d'une autre planète disant : « Votre appel ne peut aboutir. Veuillez vérifier le numéro de votre correspondant. »

De nouveau, Silverman tenta le 9 et le 0. Après plusieurs sonneries, une voix féminine, une voix âgée et rauque, répondit.

« Faith College.

– Je veux une ligne extérieure pour faire un appel interurbain à mes frais. Quel numéro dois-je composer ?

– Quel est votre opérateur ? croassa la voix.

– Je passe par... c'est quoi, déjà ? Eh, bon Dieu, je viens juste de changer, je ne m'en souviens plus.

– Si vous jurez, monsieur, je ne serai pas en mesure de vous aider.

– Hein ? Ah oui, je m'excuse. Mon opérateur... c'est une de ces campagnes promotionnelles.

– Est-ce que c'est AT&T, MCI ou Sprint ?

– Bon Dieu de bon Dieu !

– Monsieur, *je vous en prie !*

– Quoi ?

– Vous ne devez pas dire de jurons. C'est une sainte ligne.

– Oh, pardon, pardon. Écoutez, c'est Sprint, Shprint... je n'en sais rien.

– Vous avez une carte d'abonné ? »

Sa carte d'abonné... Où était passée sa carte d'abonné ? Dans son portefeuille. Il sortit son portefeuille et fouilla à l'intérieur.

« Écoutez, je prendrai n'importe quel service avec lequel vous pourrez me connecter, d'accord ?

– Attendez un instant. Je vous donne une ligne extérieure. Composez le 011. » Il y eut un déclic et un bourdonnement. Durant tout ce temps, Silverman sentit son sang gonfler dans ses artères. Il composa le 011. Encore une sonnerie. Et encore... et encore. Le premier de l'an. Tout le monde était en communication avec son chéri. Tout le monde, sauf Daniel Silverman. Au bout d'interminables minutes, il eut envie de casser l'appareil. En faisant un effort maximum pour se retenir, il le remit en place prudemment. Entendu, le moment était venu de mettre en service cette bouteille de whisky. Il décapsula le Canadian Club de Marty et engloutit une bonne lampée. Il sentit un frisson lui parcourir l'échine. Seigneur, que c'était bon ! De l'eau de feu... Ça décapait le sale goût qu'il avait dans la bouche. Il ne lui restait plus qu'à attendre que les comprimés et le whisky l'aient transformé en zombie. Vingt minutes devraient suffire à faire le travail. Ah, mais comment allait-il supporter ces vingt minutes sans grimper aux murs en hurlant ? Un dérivatif, de quoi lui distraire l'attention, quelque chose pour lui réduire le cerveau en charpie. L'objet idéal !

Il ouvrit le placard et souleva la petite télévision que Swenson y avait fourrée. Il la brancha, l'installa au pied du lit et se renversa sur les couvertures. L'appareil était pratiquement une antiquité. Avec une antenne intérieure et des boutons qu'on poussait pour changer de chaînes. Silverman envoya promener ses chaussures, retira sa chaussette droite et pressa le gros orteil contre le panneau des commandes. Clic, clic, clic – il fut bientôt apte à faire le tour du cadran. Sans le son, rien que les images – et sans laisser les images assez longtemps à l'écran pour en décrypter le sens. Le réglage était si mauvais que la plupart du temps, il ne voyait qu'un embrouillamini de couleurs. Aucune importance. Ce qu'il voulait, c'était le vertige. Le « vidéo-nirvana » était un truc qu'il utilisait quand il était en proie à l'angoisse de la page blanche. Chez Silverman, l'angoisse de la page blanche prenait la forme de neurones hyperactifs, un bouillonnement cérébral qu'il fallait refroidir. Les images tourbillonnant sur l'écran scintillant y parvenaient toujours. Elles agissaient en créant un ennui profond, faisant sombrer son cerveau dans une stupeur relaxante.

Il fixa son regard sur ce que la télévision du nord du Minnesota avait à proposer en cette fin de nouvel an. Du football, bien sûr. Des matchs sur deux chaînes, l'action sur le terrain, des couleurs criardes, et saucissonnés tant bien que mal entre les publicités habituelles pour la bière, les pizzas, les voitures, la bière et de nouveau la bière. Quoi d'autre ? Pas grand-chose. Certaines images grumeleuses, spectrales, évoquant vaguement un talk-show : un Noir obèse assis entre deux femmes encore plus obèses, l'une noire, avec une mise en plis haute comme une maison, l'autre, blanche, tartinée d'une tonne de maquillage. Tous les trois étaient en colère et essayaient de brailler plus fort que le voisin. N'avait-il pas déjà vu ce trio ? C'était peut-être une rediffusion. Quoi d'autre ? La reproduction chez les ratons laveurs. Manifestement PBS. Quoi d'autre ? Quelque chose d'encore moins visible en noir et blanc avec du grain. Était-ce Bette Davis ? Dans quoi ? Marty l'aurait su. Marty était incollable sur Bette Davis. Dans les soirées, il faisait des imitations géniales de la star. Qui était l'homme dans cette scène ? Ça ressemblait à Claude Rains. C'était quel film ? Trop tard. Le manège devait tourner. Et tourner. Et tourner. Il était sidéré de voir à quel point il était habile avec un seul orteil. Pousser, clic, pousser, clic... Et puis, un chiffre sur deux : 2, 4, 6, 8. Le pied télévisuel. Un jour, ce serait peut-être une épreuve olympique. Pousser, clic, pousser, clic. Du foot. Une publicité pour la bière. Ah, les trois grâces du talk-show s'envoyaient maintenant des coups de pied et des coups de poing. Il avait déjà vu ça. Une femme allait déchirer les vêtements de l'autre. Les ratons laveurs s'accouplaient sous l'œil intéressé d'un oiseau... Bette Davis... ça tourne et ça tourne et je t'embrouille. Ça marchait. Son cerveau devenait comateux. Le Restoril et le bon whisky ambré du Canada commençaient à affaiblir ses neurones. Il se détendait, sombrant dans l'oubli, partant à la dérive. La félicité.

À un moment donné, comme il s'enfonçait plus profondément dans une léthargie bienfaisante, l'écran de la télévision commença à se brouiller devant lui. Son orteil laborieux glissa sur le matelas. Un instant plus tard, ne voulant pas s'endormir, il se secoua et regarda plus attentivement l'écran. Il vit un visage qui le fixait, un grand visage blanc mort et maléfique : un visage qui semblait sculpté dans la neige, une créature de glace avec de gros yeux furibonds. Elle grognait en le regardant fixement. Il connaissait ce visage. C'était... Mais oui, Axel Hask ! Il était à la télévision, jouant l'abominable homme des neiges. Non, il n'était pas à la télévision. Il escaladait le cadre du poste. Il se tortillait pour sortir de l'appareil et entrer dans la chambre, une silhouette blanche gargantuesque qui brandissait un club. Silverman se débattit pour se lever et fuir, mais ses jambes s'étaient endormies et refusaient de bouger. Dans une minute, l'effroyable homme des glaces serait sur lui. Puis il entendit une sonnerie monotone quelque part de l'autre côté de la pièce. Le téléphone. Tout à coup, il fut complètement réveillé, debout au milieu de la chambre.

Axel n'était pas là. La télévision diffusait toujours des images silencieuses. Un match de foot. Aucun homme des neiges. Silverman avait fait un cauchemar. C'était le téléphone qui l'avait réveillé. Mais à présent, il était muet. Avait-il vraiment sonné ? Qui avait appelé ? Était-ce Swenson ? Lui avait-il réservé sa place ?

Silverman se précipita sur le téléphone. Il fouilla dans son pantalon à la recherche de son agenda de poche, le trouva et l'ouvrit à la page de Swenson. Il composa son numéro et écouta la sonnerie. Quelqu'un dit : « Allô ? » La voix était lointaine, presque inaudible, mais il savait que ce n'était pas Swenson.

« Allô, Syl ? C'est Daniel Silverman à l'école.

– Allô, répéta la voix.

– C'est Daniel Silverman au téléphone, cria-t-il dans le récepteur.

– Oh, allô. Je vous entends à peine. »

Il haussa encore la voix. « Est-ce que Richard est là ? brailla-t-il.

– Richard ? Non. Il est avec vous à l'école.

– Il est censé me trouver une place dans l'avion.

– L'avion ? Je crois qu'il vous a envoyé votre billet. Pour demain, dix heures.

– Non, pour ce soir. Je veux partir ce soir. Par le vol de nuit. » Il y eut une longue pause. « Je ne peux pas rester. Je veux retourner chez vous. »

Alors Syl demanda : « Ça s'est si mal passé ?

– Oui, je le crains. Je dois vraiment partir. Il le faut, il le faut absolument.

– Je suis sûre que Richard va tout arranger. Il veut vraiment que vous rencontriez les étudiants.

– Je m'excuse, Syl, cette histoire me dépasse. Je vous en prie, essayez de comprendre. Si ce n'était qu'une légère antipathie... Mais il y a cet individu, Axel. Il me fait peur.

– Axel ? Ah oui, faites attention avec Axel. » Il y avait une peur non dissimulée dans sa voix.

« Faire attention ? Pourquoi ?

– Soyez prudent. Gare, ne le mettez pas en colère.

– En colère ? Ce type est en pleine éruption, on croirait le Vésuve. À cause de l'avortement.

– Oh, Seigneur, c'est venu sur le tapis ? Vous auriez dû éviter le sujet. Axel fait une fixation là-dessus. Enfin, nous sommes tous contre l'avortement, mais Axel, lui, c'est différent. Lui, c'est un fanatique.

– Vous m'en direz tant. Il a interrompu la conférence. On l'a laissé interrompre la conférence. C'est pourquoi je dois partir. Je vous en prie, Syl, laissez-moi revenir chez vous.

– En effet, ça vaudrait mieux. Est-ce que Richard peut vous avoir une réservation ?

– J'appelais justement pour le savoir. Où il est ?

– Il n'est pas rentré... pour autant que je sache... rappelez plus tard... » Sa voix faiblissait.

« Syl ? Syl ? Je ne vous entends plus. »

Sa voix revint, puis recommença à faiblir et revint. « ... un rendez-vous avec... pas de nouvelles depuis... tout ce qu'il peut... ça dépend du... y avoir une tempête... aucun vol ce soir.

– Écoutez, Syl, quand vous aurez des nouvelles de Richard, dites-lui de m'appeler. Tout de suite. Dites-lui que j'attends. Il faut qu'on parte tout de suite. Vous m'entendez... Syl ? »

Mais la ligne était devenue muette. S'éloignant du téléphone, il alla à la fenêtre. À présent des rideaux de neige fouettaient l'air. Le ciel était déjà noir. Il comprit qu'il était impossible que Swenson le mette dans le vol de nuit. Il n'arriverait même pas jusqu'à l'aéroport ce soir. Il alla aussitôt vérifier la serrure de la porte. Puis il tendit l'oreille pour savoir s'il y avait quelqu'un dans l'entrée. Peut-être qu'Axel traînait dans les parages, tenté de mettre un point final au débat. Il n'entendit rien. Enfin, il pourrait supporter de passer une nuit seul. Sauf pour la nourriture. Allait-on le laisser jeûner ? Puis il se souvint du paquet de Syl. Il plongea la main dans son sac et l'ouvrit avec impatience. Cette brave Syl. Cela paraissait délicieux : des biscuits, de la confiture, des gâteaux secs et, bien sûr, l'exquise boisson à la salsepareille faite maison, qu'il avait l'intention de couper généreusement avec du Canadian Club. Il étala ses provisions sur le lit et se mit à manger. Elle y avait même ajouté un fromage enrobé de noix. Et les gâteaux secs... ils étaient divins. Marty aurait adoré cette femme. C'était une pâtissière selon son cœur de pâtissier.

Oserait-il tenter d'appeler à nouveau Marty ? Il posa le téléphone sur le lit et respecta la marche à suivre du mieux qu'il put. Composer le 9, composer le 0, puis composer le 011. Après quelques sonneries, il entendit une voix humaine au ton professionnel.

« Je veux téléphoner en PCV à...

– Pourriez-vous parler plus fort, s'il vous plaît ? » dit la voix.

Presque à tue-tête, Silverman parvint à donner le numéro. Il attendit. Il pria. Puis, comme les eaux de la mer Rouge qui se fendent, un miracle. Il entendit une voix. Marty ? Silverman se mit à pleurer comme un veau.

« Danny, c'est toi ? demanda Marty, la voix criblée de parasites.

– Il faut qu'on parle plus fort, cria Silverman sur la ligne défaillante.

– Alors, ça boume, baby ? Comment va ?

– Ça va, en fait, je vais bien. Je... je suis... oh, bon sang ! C'est affreux, c'est vraiment affreux.

– Affreux, tu dis ? cria Marty. Qu'est-ce qu'il se passe ? »

Silverman continua entre ses sanglots.

« Ce sont des intégristes haineux... presque des nazis. Je ne peux pas te dire... il y a une espèce de monstre... c'est quasiment un cas pathologique. Il m'a traité de massacreur de bébés. Oh, Marty, je suis coincé, j'ai peur et je suis gelé. Je me sens si seul. » En fait, il n'avait pas froid du tout. La chambre, qui bénéficiait de conduites d'air chaud et d'un bon feu de cheminée, était surchauffée. Sa chemise lui collait à la peau.

« Je ne t'entends pas très bien, mon chou, cria Marty sur les trois mille kilomètres du fragile fil téléphonique. Tu as dit nazis ? Qu'est-ce qu'il y a, au sujet des nazis ?

– Si ces gens pouvaient en faire à leur idée, ils nous enverraient tous dans des fours crématoires, les juifs, les gays, et les humanistes.

– Des nazis ? Écoute, Danny, ne va pas raconter que tu es gay, compris ?

– Trop tard, ils le savent.

– Ils savent que tu es gay ? Comment ils l'ont découvert ?

– Je le leur a dit. J'ai dû le leur dire. Je... je me suis senti obligé de le leur dire. Ce type me tapait dessus comme un sourd, il tapait et tapait avec ce sale, cet horrible, cette saleté... de machin. Je ne pouvais plus le supporter.

– Ils t'ont obligé à le leur dire ? Qu'est-ce qu'il se passe là-bas, putain ? Qui t'a frappé ?

– Je suis coincé dans ma chambre. Ils me laissent mourir de faim. Ils s'en foutent. Ils me haïssent, à part Syl. Syl est super. Mais Axel... c'est une vraie brute.

– Danny, je ne te suis pas. Tu es enfermé dans ta chambre ? Écoute, baby, tu te tires. Tu te tires de là tout de suite.

– Oui, entendu. Je vais essayer de prendre le vol de nuit. Mais ce doit être trop tard, maintenant.

– Le vol de nuit ? Tu prends le vol de nuit ?

– Si je peux...

– Allô ? Tu vas prendre le vol de nuit, alors ? Danny chéri, parle-moi ? Est-ce que tu peux appeler...

– Allô ? Marty ? Tu m'entends ? Ça va aller. Je repartirai demain.

– Allô ? Danny chéri... Je ne t'entends...

– Allô ? Marty... Marty chéri... je ne t'entends... »

Après une autre demi-minute de silence criblé de parasites, Silverman raccrocha. *Je rappellerai demain matin quand la ligne fonctionnera*, se dit-il, et il décida de sortir son pyjama et sa brosse à dents de sa valise.

À dix heures et demie, sous l'effet conjugué des tranquillisants et de l'alcool, il se trouvait dans un état de langueur proche de l'hypnose. Il n'avait plus besoin de zapper sur les chaînes de télévision. Il n'enregistrait plus rien, rien du tout. Sur PBS, quelqu'un montait et descendait des trains, montait et descendait. Il rassembla suffisamment d'énergie pour donner un dernier coup avec son orteil. Il visa, rata, et retomba sur son oreiller. Il dormait comme une souche.

13

Ils détestent les zuifs jumanistes

Cette nuit-là, les dieux nordiques se rassemblèrent dans le Walhalla, des rangées successives d'Aryens blonds aux yeux bleus et en uniforme de cuir noir de la Gestapo. La casquette à visière en bec d'aigle coquettement inclinée sur l'oreille, Odin demanda : « *Und* où est Daniel Silverman, qui ze prend pour "oune" héros de son peuple ? » Et le rusé Thor répondit : « Il est à North Fork, où il batifole parmi les chrétiens. » Et Odin de dire : « Taïaut, taïaut ! Il est donc en notre pouvoir. Allons badiner un peu. » Alors tous les dieux, qui ressemblaient de plus en plus à des culturistes allemands dans une salle de gymnastique, frappèrent sur leur bouclier avec entrain. Et ainsi, il advint qu'au petit matin du 2 janvier, des millions de tonnes de neige furent lâchées sur l'auteur Daniel Silverman à l'endroit où il se reposait, de même qu'un grand vent. Ce qui en résulta resterait dans les mémoires comme le blizzard des blizzards. Et un grand éclat de rire retentit dans le Walhalla.

Le rire s'abattit sur Silverman telle une explosion wagnérienne discordante, comme si une centaine d'orchestres ivres étaient en train de massacrer *Siegfried* sur le toit au-dessus de son lit. Son rêve sur les divinités nordiques qui lui voulaient du mal se fondit soudain dans un crescendo assourdissant. Il se trouva debout, se ruant à tâtons dans le noir avant que son cerveau soit réveillé. « Sacré bordel ! C'était quoi ? » cria-t-il tout haut, bien qu'il ne pût entendre le son de sa propre voix en raison du vacarme.

C'était le vent. C'était le vent qui hurlait avec une telle violence qu'il était impossible qu'il soufflât plus fort. Puis il devint plus fort, et encore plus fort. Si fort que cela ne semblait plus être du vent mais une armée de walkyries assoiffées de sang et hurlant vengeance de l'autre côté des murs. Gundersen Hall vibrait d'une façon palpable.

Silverman s'approcha d'un pas chancelant de la fenêtre et plongea son regard dans la nuit. Mais il ne put rien distinguer. Un plaisantin avait peint les vitres en blanc. Elles étaient totalement opaques. En regardant de plus près, il se rendit compte que la fenêtre était recouverte d'une couche de neige. Un glacier de la taille du Canada s'adossait à la maison, pressant contre la vitre, essayant de renverser le bâtiment. Silverman n'avait jamais vu un temps pareil, cette force maléfique bien vivante. Tel un enfant apeuré, il regagna son lit et tira les couvertures jusqu'à son menton. En quête de soutien, il voulut prendre la bouteille de Canadian Club et, ce faisant, renversa la table de nuit. Il tâtonna sur le sol à la recherche de la lampe de chevet, la trouva, mais ne parvint pas à l'allumer. *Fichue*, décida-t-il. Avançant à tâtons, il mit la main sur la bouteille et prit une bonne lampée, puis s'installa pour attendre le jour. Au matin, Swenson n'aurait même pas besoin de couper le moteur quand il viendrait le chercher. Silverman l'attendrait devant la porte. Swenson n'aurait qu'à ralentir et l'humaniste juif sauterait à bord. Et il crierait : « Allez-y ! Roulez ! »

Le Géant blanc qui avait mis à genoux North Fork cette nuit-là était destiné à poursuivre sa course, tel un *blitzkrieg* atmosphérique, afin de conquérir les aéroports et les routes nationales de huit États. Il allait soumettre les lignes à haute tension jusqu'à Little Rock et Atlanta en les bombardant de glace. Il laisserait les banlieues de Philadelphie et Buffalo assaillies par des vagues successives de neige battante. Mais de tout cela, notre Silverman abruti ne savait rien tandis qu'il sommeillait le reste de la nuit, se réconfortant à l'idée que les tempêtes sont des créatures des ténèbres. Ne passaient-elles pas avec la venue de l'aube ? C'est ce qu'il avait toujours cru. Mais pas cette tempête-là, avec la venue de cette aube-là. Quand il se réveilla de nouveau, les walkyries chevauchaient encore à fond de train autour du bâtiment, poussant des hurlements féroces. La pièce baignait non pas dans la lumière du jour, mais dans une lueur faible, malsaine, tourbillonnante, une clarté venue du néant, laquelle semblait grouiller de corps qui se contorsionnaient en tous sens. Silverman tâtonna au pied du lit. Il ne put trouver le réveil, qui était tombé de la table de nuit, mais il découvrit sa montre. De nouveau, il tenta d'allumer la lampe, mais sans succès. N'osant pas s'approcher de trop près des fenêtres vibrantes, il tomba en arrêt devant le cadran de sa montre.

8 h 20. *8 h 20 !*

Il était censé retrouver Swenson à 8 heures.

Une couverture enveloppée autour de ses épaules, il sortit pieds nus de la chambre et courut en haut de l'escalier. Le couloir devant sa porte n'était pas éclairé, on aurait cru un sombre cachot. Descendant les marches quatre à quatre, il perdit la couverture, mais ne revint pas en arrière. Ayant repéré la porte de la salle des professeurs où Swenson lui avait donné rendez-vous, il asséna un coup dedans, s'arrêtant net à la dernière minute pour vérifier si la braguette de sa culotte de pyjama, qu'il perdait, était boutonnée et bien serrée à la taille. S'il se précipitait dans la pièce sans pantalon, ce serait le pompon. « Des chrétiens agressés par un pédé dément », titreraient les journaux, en expliquant pourquoi Daniel Silverman était tombé criblé de balles dans la salle des professeurs de Faith College. À l'intérieur de la salle à peine éclairée, il parvint à distinguer près de la table des silhouettes rassemblées autour d'une lampe tempête à pétrole. « Richard ? Swenson ? » appela-t-il du seuil.

Les silhouettes se retournèrent pour le considérer. Même sans ses lunettes – il n'avait pas pris la peine de les chercher – il reconnut Mrs. Bloore. Il ne pouvait distinguer l'expression sur son visage, mais il ne doutait pas que son regard était censé provoquer une mort instantanée. Les autres – ils étaient deux, trois, quatre, cinq – étaient des membres du corps enseignant qu'il se souvenait d'avoir vus à la conférence et dont certains avaient quitté la chapelle prématurément sans dissimuler leur dégoût. L'un d'eux était Jaspers, reconnaissable à son crâne chauve et à son corps rabougri. Ils étaient là, mais Swenson n'était pas du nombre.

Silverman pénétra dans la pièce. Comme il s'approchait, Mrs. Bloore se leva, la main cramponnée à son corsage dans un geste théâtral, comme si elle avait la Momie à ses trousses. Les hommes présents dans la salle se levèrent vaillamment, se dressant entre elle et le maniaque sexuel à demi dévêtu qui avait envahi les lieux. Le visage noir de colère, Mrs. Bloore lui parlait. Silverman la fixa d'un œil ahuri, incapable de saisir un mot de ce qu'elle disait. Le vent rendait impossible de capter plus que des paroles éparpillées.

« Partez, je vous prie ! Votre présence ici est indésirable, criait Mrs. Bloore en haussant son ton de commandement pour se faire entendre. Vous êtes *impur*. Partez immédiatement !

– Avec plaisir, répondit Silverman. Pourvu que vous m'en donniez les moyens.

– Il se peut qu'on ait coutume dans la ville d'où vous venez de faire un étalage éhonté de vos pratiques obscènes. Comment osez-vous apporter la fange dans cet établissement ! »

Comme il s'efforçait de faire le point malgré sa vision floue sur l'image de cette femme abjecte, avec la tête qui lui tournait, le cœur battant, son bas de pyjama tombant, Silverman se rendit compte qu'il se tenait en équilibre au bord d'une pente abrupte, prêt à lâcher au passage une bordée d'invectives. Mais était-ce vraiment souhaitable ? *Je suis trop groggy pour ça*, se dit-il en se frottant les yeux de sa main libre. D'une voix étonnamment digne, il répondit : « Je ne crois pas avoir fait preuve d'exhibitionnisme. Si je suis éhonté, c'est peut-être parce que je n'ai aucune raison d'avoir honte. »

Mrs. Bloore était à présent figée de rage. « Ben voyons ! Je ne doute pas que vous êtes même *fier* de vous. N'est-ce pas ce que les gens comme vous célèbrent à San Francisco ? Votre fierté ? La fierté de défier la loi divine ? »

Silverman s'effleura le front d'une main lasse.

« Je vous en prie, Mrs. Bloore, je veux seulement trouver Richard Swenson. Plus vite je le trouverai, plus vite je partirai d'ici.

– Ha ! Swenson ! s'exclama Mrs. Bloore avec un geste désinvolte de sa main libre. Vous devez vous sentir tellement malins, tous les deux, d'avoir abusé de notre confiance. » Puis, avec une fureur croissante : « Il ne vous sera pas permis de faire du prosélytisme dans cet établissement, vous avez compris ? Pas tant qu'il restera un souffle dans mon corps. Nous défendrons nos garçons. » Et là, elle se mit à hurler. Elle poussa un vrai hurlement, un cri bien perçant digne d'une diva d'opéra tandis qu'elle levait une main pour se couvrir les yeux.

« Pour l'amour de Dieu, mon garçon ! » s'écria un des professeurs, le doigt pointé vers le milieu du corps de Silverman. Celui-ci baissa les yeux. Dans sa distraction, il avait relâché sa prise, et son pantalon de pyjama avait glissé, révélant quelques centimètres de poils de son abdomen. « Bon sang ! » dit-il en remettant le vêtement en place. Puis, l'espace d'un bref instant, il fut tenté de le laisser glisser tout du long. Mais non. Les mains agrippées à la poitrine, Mrs. Bloore pivota sur son déambulateur et partit précipitamment en traînant les pieds vers la porte à l'autre extrémité de la pièce.

« Allons, l'interpella Silverman, qui sentait la moutarde lui monter au nez. Assez de mélodrame. Vous croyez vraiment que je suis venu pour... » Et là, il s'interrompit. À l'intérieur de sa tête, une voix l'avertit : *Gare ! Ne frappe que si tu peux prendre la fuite*. Exact. Il devait s'assurer qu'il avait un moyen d'évasion. À tout le moins, il devait voir Swenson. Quoi qu'il en soit, pourquoi perdrait-il son temps à se justifier auprès de cette vieille sorcière ? Se mordant la langue, il se tut assez longtemps pour la laisser sortir en clopinant. *Eh, pas mal !* se dit-il, admirant la maîtrise dont il venait de faire preuve. Mais à l'intérieur de son crâne, le reste de ce qu'il avait à dire défila à toute allure : *Vous croyez vraiment que je suis venu dans cet endroit infernal pour lever un de vos petits saints évangéliques ? Si c'était dans mes goûts – ce qui n'est pas le cas –, je ferais mieux d'aller dans la première librairie ou le premier café venu de Fillmore Street. Sans avoir à m'éloigner de chez moi.*

Quand Mrs. Bloore fut partie, Silverman se tourna vers la phalange de visages blafards qui le considéraient. « Écoutez, Richard Swenson doit me conduire à l'aéroport ce matin. Où est-il ? »

Le professeur Jaspers se leva pour lui répondre.

« Pas ici, comme vous pouvez le voir.

– Mais où est-il, alors ? insista Silverman.

– Chez lui, je suppose. Il ne vous a peut-être pas échappé que nous avons du blizzard. Comme tout l'ouest du Minnesota, le doyen Swenson est sans doute bloqué par la neige et, comme nous, privé d'électricité.

– Bloqué par la neige ? Mais il doit me conduire à Minneapolis !

– Il faudrait sûrement pour cela pouvoir utiliser les routes, vous ne croyez pas ? Ce qui n'est pas le cas, comme vous pouvez le constater en regardant par les fenêtres. D'ailleurs, même si vous parveniez à l'aéroport, tous les vols sont annulés. Il est fermé.

– Alors, il faut trouver un autre aéroport. N'importe lequel. Je paierai.

– Il n'y a pas d'autre aéroport, aucun ne fonctionne. Comme je vous l'ai dit, nous sommes en pleine tempête de neige. La visibilité est nulle, les avions sont collés au sol. Ça ne se lèvera pas avant demain.

– Demain ?

– Ce n'est pas ce qu'a dit la météo ? » s'enquit Jaspers auprès d'un autre professeur. Oxenstern, n'était-ce pas ce nom-là ? Silverman se rappelait qu'il avait affiché un sourire agaçant pendant toute la conférence de la veille.

« Demain au mieux », confirma ce dernier. De nouveau ce sourire, comme s'il se racontait une bonne histoire.

« Vous voulez dire que je suis coincé ici ? demanda Silverman d'un ton indigné.

– Nous sommes tous coincés ici, rétorqua Oxenstern.

– Si vous êtes ici, pourquoi Swenson n'y est-il pas ?

– Il se trouve que j'habite ici, répondit Jaspers. De même que les professeurs Oxenstern et Halsdadt. Quant au doyen Swenson, qui préfère avoir son intimité familiale, Mrs. Bloore lui a demandé de partir hier soir afin que nous puissions discuter de son avenir dans l'école. Il est parti, nous sommes restés, suffisamment longtemps pour nous trouver coincés par la neige.

– Il n'y a pas de chasse-neige ou de souffleuse ?

– C'est pour *après* le blizzard, répliqua Oxenstern comme s'il expliquait quelque chose à un demeuré. Maintenant, nous sommes *dans* le blizzard. D'abord la neige tombe. On ne peut pas la souffler ni la repousser avant qu'elle ait fini de tomber. Quoi qu'il en soit, il ne faut pas s'attendre à ce que l'État nous envoie du matériel lourd avant qu'on ait déblayé les routes principales.

– Et c'est pour quand ?

– Impossible à dire, répondit Jaspers. Peut-être deux ou trois jours après la fin de la tempête. Nous comptons mettre bientôt en marche le générateur électrique de l'école, on aura donc de l'éclairage.

– Et pour le téléphone ?

– Ça, fit Jaspers en haussant les épaules, le standard de l'école a eu des difficultés, comme toujours pendant une tempête. Vous avez essayé le téléphone de votre chambre ?

– Il marchait, puis il est tombé en panne.

– Vous avez peut-être un portable ? Je crois que le professeur Haseltine en a un. Mais je ne l'ai pas vu de la matinée. Vous avez un téléphone portable sur vous ? demanda-t-il à Oxenstern.

– Bien sûr que non », répliqua celui-ci en ricanant presque. Silverman commençait à se sentir comme un animal acculé. Entre lui et toutes les portes de l'évasion se dressait un Géant blanc qui ressemblait à Axel Hask. Le Géant avait conquis les routes, les terrains d'aviation, les véhicules. *C'est le monde moderne*, se répétait Silverman pour se rassurer. *On envoie dans l'espace des vaisseaux, des navettes, des sondes. Il doit bien exister un moyen de sortir d'ici.* Mais il n'arrêtait pas de faire chou blanc. Rien de ce qui aurait pu le transporter d'ici à Minneapolis – l'automobile, le traîneau à chiens, la marche à pied – ne paraissait faisable. La tête lui tournait, mais il n'arrivait pas à réfléchir. Il était complètement dans le cirage à cause de l'alcool et des tranquillisants, s'apitoyant sur lui-même et, à peine vêtu, il commençait à frissonner jusqu'aux os dans le froid matinal. La pièce était raisonnablement chauffée, mais l'étoffe de son pyjama avait l'épaisseur californienne. Il y avait aussi des boutons qui manquaient et des pressions qui ne pressaient plus. Il ne pouvait faire autrement que garder une main à la taille et serrer. De l'autre côté de la pièce, il repéra un buffet avec, apparemment, de la nourriture.

« Je peux avoir un petit déjeuner au moins ? demanda-t-il. Je n'ai rien mangé depuis hier à midi.

– Ce qu'il en reste, répondit Jaspers. Nous ne savions pas si nous devions vous attendre. Je peux demander à Mrs. Hask de nous apporter un supplément.

– Mrs. Hask ?

– La cuisinière.

– Laissez tomber, ça ira. » Rassemblant autant de dignité que sa tenue de fortune le lui permettait, il s'approcha du buffet. Il trouva des restes, des petits pains, du beurre et de la confiture, une crêpe froide avec du sirop figé, pas de jus, mais une grosse bouilloire d'eau chaude. « Je suppose qu'il n'y a pas de café ?

– C'est une boisson qui souille l'homme », répliqua Jaspers.

Silverman scrutait un petit bol de poudre brune.

« C'est quoi, ça ?

– De l'extrait d'orge torréfié, expliqua Oxenstern. De ma propre composition. »

Silverman mélangea un peu de poudre dans une chope d'eau chaude, fourra des tartines et des petits pains dans son unique poche, et fit demi-tour pour retourner dans sa chambre. Les deux mains occupées à retenir son pantalon de pyjama, il devait marcher presque en canard, jambes écartées, ses pieds nus effectuant des petits pas affectés. Malgré tout, son pantalon s'obstinait à glisser sur une fesse. Et, bon Dieu, il y avait des gens pour observer son exploit. S'apercevant dans la glace au-dessus du buffet, il tiqua. Il avait le regard brouillé et les cheveux dressés en épis sur le crâne. Quelle allure ! Pourquoi laissait-il ces gens-là le voir dans cet état ? *Swenson*, répétait inlassablement une voix dans sa tête. *Je dois entrer en contact avec Swenson.*

Comme il quittait la pièce, Jaspers l'apostropha. « Vous feriez peut-être bien d'emporter une torche avec vous. Nous éteignons le générateur pendant quelques heures d'affilée. »

Silverman remarqua un petit tas de torches posées sur une table près de la porte. Il parvint à en fourrer une sous son bras droit. Il sortit sans dire merci.

En montant l'escalier, il fit de son mieux pour boire le breuvage chaud, qu'il répandit plus qu'il n'en consomma. Cela avait un goût vaseux. Il avançait aussi vite que possible, mais à mi-hauteur des marches, le sale bonhomme hiver guettait dans l'ombre. Il lui sauta dessus comme un chat. Paf ! Un bon coup dans le pif. C'était toujours ainsi que la grippe démarrait chez Silverman. Le petit démon de la grippe lui envoya un direct percutant dans le nerf optique à travers les sinus. Après quoi, tout était réglé comme du papier à musique. La migraine, le nez qui coule, la fièvre. Il s'arrêta net pour laisser jaillir un éternuement herculéen. Et là, il paniqua. La grippe, cela voulait dire : *appeler le docteur Kirchner, prendre des antibiotiques, envoyer Marty chercher du bouillon de poule, autrement tu meurs.* Mais le docteur Kirchner et Marty et le bouillon de poule étaient à des millions de kilomètres de là, bloqués par le Géant blanc. Il ne lui restait que le Canadian Club. Dans sa chambre, il s'empara de la bouteille avant d'aller vers le téléphone. Une bonne lampée. Puis il se tourna vers l'appareil, en priant en silence pour qu'il fonctionne.

Il souleva le récepteur comme si c'était un petit animal blessé et écouta ses battements de cœur. Elle était là ! Une tonalité faiblarde et chancelante, mais un signe de vie incontestable. Après avoir reposé l'appareil avec douceur, il se mit en quête du numéro de Swenson, puis le composa. Il attendit, s'accrochant à chaque sonnerie comme si c'était un autre barreau sur l'échelle qui le conduirait hors de la fosse aux serpents.

Finalement, une voix se fit entendre. Il dit précipitamment : « Allô ! Allô ! » Mais la voix poursuivit : « Nous ne pouvons donner suite à votre appel. Veuillez vérifier le numéro de votre correspondant. Nous vous prions de bien vouloir nous excuser. Merci d'utiliser AT&T. » Il reposa le récepteur et recommença l'ensemble de l'opération avec le même résultat : « Ultérieurement. » Quand ? Il essaya de nouveau d'obtenir la communication. Puis il comprit que le problème tenait peut-être à la tonalité, qui allait et venait telle une faible palpitation. S'il appuyait sur chaque bouton jusqu'à ce que la tonalité revienne, il avait des chances d'y arriver. *Doucement*, se dit-il en attendant après chaque chiffre d'entendre à nouveau la tonalité. Cette fois, la sonnerie ne s'interrompit pas. Trois coups, quatre, cinq... puis une voix. « Allô. » C'était Swenson. Silverman sentit son sang s'échauffer aussitôt.

« Richard ! C'est Daniel Silverman. Où êtes-vous ? » Il remarqua qu'il commençait déjà à nasiller.

« Oh, professeur Silverman. J'ai essayé de vous joindre. La ligne est...

– Où êtes-vous ?

– Bloqué par la neige, je crains.

– Vous ne vous rendez pas compte qu'on était censés aller à l'aéroport ?

– Je sais bien. Mais tout est fermé, y compris le Minneapolis-St. Paul International. Le blizzard s'est abattu sur huit États. C'est un modèle du genre,

– Personne ne m'avait prévenu.

– Personne ne s'y attendait. Le temps est comme ça dans cette région. L'an dernier, on a été...

– Bloqués par la neige pendant quatre jours. Je sais, on me l'a déjà raconté. Eh bien, je m'en tape, nom de Dieu. Vous avez entendu ça ? Nom de Dieu. Et je ne cite pas le nom de Dieu en vain. Je veux que vous me tiriez d'ici. Je camperai à l'aéroport s'il le faut.

– Mais, comprenez-moi, je ne peux pas. Je ne peux même pas franchir ma porte. Il y a un mètre cinquante de neige sur les routes.

– Et alors ? On ne peut pas faire venir un chasse-neige ou autre chose ?

– On n'a pas de chasse-neige dans le secteur. Je suppose qu'ils sont tous sur l'autoroute. Il y a eu un carambolage épouvantable. On ne pourrait pas passer même sans la tempête.

– Et ça veut dire quoi, exactement ?

– Ben, ça veut dire qu'on est... bloqués.

– Et un hélicoptère ?

– Comment pourrais-je faire venir un hélicoptère ?

– Qu'est-ce que j'en sais ? Appelez le 911. Dites-leur que j'ai une crise cardiaque. J'ai besoin de secours.

– Vous avez une crise cardiaque ?

– Ça se pourrait. Peut-être bien. Je crois que oui.

– Mais dans ce cas, ils vous transporteront à l'hôpital de Fargo, j'imagine, pas à l'aéroport.

– Faites marcher votre imagination. Une fois à bord, on peut détourner l'engin. »

Il y eut une longue pause, manifestement horrifiée.

« Vous n'êtes pas sérieux.

– Est-ce que vous ne comprenez pas que je suis prêt à tout ? Écoutez, je me contenterais de simplement quitter cet endroit abominable. Je peux attendre chez vous.

– Nous en serions ravis, mais il n'y a aucun moyen d'arriver jusqu'ici. Je suis à quinze kilomètres et toutes les routes sont bloquées.

– Vous disiez que vous étiez juste de l'autre côté du lac. À un jet de pierre, vous avez dit.

– Oui, mais, voyez-vous, il y a du blizzard. On ne peut pas patiner dans le blizzard.

– Très bien, laissez tomber les patins. Je peux traverser à pied, comme Jésus a traversé la mer Morte.

– La mer de Galilée, en fait. Matthieu, XIV, 25. Mais c'était un miracle.

– Où se trouve le lac ? Dans quelle direction par rapport à la porte d'entrée.

– Je vous en supplie, ne faites pas ça ! Vous risquez de vous perdre. Il y a deux kilomètres à travers le lac. Il y a des courants où la glace ne résistera pas à votre poids. Il faut connaître....

– Préparez le café. À moins que vous ne veniez me chercher, je vais de ce pas traverser le lac. Je suis sérieux. J'arrive. Vous m'entendez ? Je pars. »

Il raccrocha d'un geste ferme, en puisant une satisfaction dans la peur qu'il avait inspirée à Swenson. Bien fait. D'ailleurs, si le vent se calmait, pourquoi ne pas essayer de faire du footing à travers le lac ? Deux kilomètres... ce n'était pas la mer à boire, tout juste une petite balade dominicale dans Golden Gate Park. Il se renversa en arrière en se consolant à l'idée qu'il pourrait s'évader par le lac telle Eliza fuyant à travers les glaces flottantes devant Simon Legree[1]. Comme

1. Dans *La Case de l'oncle Tom*, d'Harriet B. Stowe. (*N.d.T.*)

pour ébranler cet espoir, le vent lança une salve trépidante contre le mur, lui rappelant que la tempête soufflait encore à pleins poumons. À moins que le temps ne se dégage, il ne trouverait même pas le lac.

De nouveau, il prit le téléphone et passa de longues minutes à essayer d'appeler Marty en PCV. Le téléphone avait toujours représenté, à ses yeux, une sorte de gilet de sauvetage. En cas de problème, se jeter dessus d'abord. Il découvrait brusquement qu'à une époque où il existait je ne sais combien d'appareils, d'options et de services en tous genres, c'était un radeau qui prenait l'eau. Il composa le 0 pour appeler le standard sans espérer plus de succès que précédemment. La sonnerie retentit interminablement, pour produire en fin de compte une voix enregistrée sirupeuse. « Par suite d'un encombrement exceptionnel des lignes, nous ne pouvons donner suite à votre appel. Veuillez raccrocher et rappeler ultérieu... » L'accablement s'empara de lui. Mais comme il éloignait l'écouteur de son oreille, il perçut une autre voix. Une voix de femme.

« Vous avez appelé US West. Que puis-je pour votre service ? »

Une vraie voix ! Était-ce possible ?

« Il y a vraiment quelqu'un ? demanda Silverman. Vous êtes *réelle* ?

– Que puis-je faire pour vous ?

– Oui, oh oui, s'il vous plaît ! Je veux appeler San Francisco. Le numéro...

– Quel est votre opérateur pour les appels longue distance ?

– Pardon ?

– Quel est votre opérateur pour les appels longue distance ?

– Ce n'est pas vous ?

– Vous êtes en liaison avec US West. Nous ne sommes pas votre fournisseur pour les appels longue distance. Si vous voulez que nous soyons votre fournisseur d'appels, je peux vous mettre en contact avec notre service commercial.

– Vous ne pouvez pas me connecter et me facturer l'appel ?

– Certainement, si vous le souhaitez. Un moment, pendant que je vous transfère à l'opératrice pour les appels longue distance.

– Non ! Ne partez pas. »

Trop tard. La sonnerie reprit. De longues minutes interminables. Et puis, la voix familière sortie d'outre-tombe : « Votre appel ne peut aboutir. Veuillez vérifier le numéro de votre correspondant et rappeler ultérieurement. »

Il raccrocha et termina son breuvage refroidi avec toutes les miettes de pain qu'il réussit à récupérer dans sa poche. Le beurre qu'il avait étalé sur l'un des petits pains avait traversé l'étoffe et formait une grosse tache sur le devant de sa veste, alors que c'était son seul et unique pyjama. Combien de comprimés de Restoril avait-il avec lui ? Il trouva le petit flacon par terre à côté de son lit. Hum... huit comprimés. Il décida d'en prendre un avant de se réattaquer au téléphone. Avec un maximum de délicatesse, il tapa 9, puis 0, et attendit. Il y eut une sonnerie. Il patienta pendant une douzaine de coups. Finalement, il entendit une voix, une voix bien humaine, celle d'un homme qui s'ennuie, mais une voix incontestablement vivante et présente.

« À votre service ?

– Seigneur, je suis si content de vous entendre. J'essaie désespérément de joindre San Francisco.

– Vous pouvez l'appeler par l'automatique.

– Pas sur ce poste. Il est sur le point de rendre l'âme.

– Vous avez le numéro ?

– Absolument. Mais vous pourriez ne pas partir, je vous en prie ? ajouta-t-il. Pourriez-vous rester branché pendant que je parle à mon correspondant ?

– Rester branché ?

– Je veux rester en contact avec vous.

– Je regrette, monsieur, mais je dois prendre d'autres appels.

– Je vous en supplie ! Je suis coincé ici ! Je ne peux pas m'échapper. On est en plein blizzard.

– Racontez-moi ça. Je ne pense pas pouvoir rentrer chez moi ce soir.

– Où êtes-vous ?

– À Minneapolis, où, croyez-moi, c'est carrément l'enfer polaire dehors. Je déteste cette ville.

– Ça ne va pas se calmer ?

– Dans la région, quand le yéti des glaces débarque, ce n'est pas de la rigolade. L'an dernier, on est restés bloqués par la neige quatre jours durant et pourtant, ici, on est carrément dans une métropole civilisée où on a toutes les machines. Dans la cambrousse, ils ont pataugé dans la neige jusqu'au cul pendant plus d'une semaine.

– C'est ce qu'on m'a dit.

– Évidemment, ils s'en contrefichent, les autochtones. Certains adorent ça, la souffrance, le malheur. Ils prennent ça comme une mise à l'épreuve. C'est des Scandinaves, vous savez. Austères, très austères. »

Silverman sentit que l'alcool commençait à gagner son larynx. Il s'était à présent isolé dans le placard en tirant au maximum sur le fil du téléphone pour s'éloigner le plus possible des fenêtres secouées par le vent. Et malgré ça, pour entendre, il devait presser sa main contre son oreille libre afin de ne pas être assourdi par le vacarme de la tempête.

« Je n'aurais jamais dû venir, jamais, jamais, gémit-il.

– Vous êtes de San Francisco ? » La voix de l'homme devint plus douce, plus chaleureuse.

– Oui, Fran Sancisco.

– Seigneur ! Vous avez quitté San Francisco pour le Minnesota ? Qu'est-ce qui vous a pris ?

– Je suis venu donner une conférence.

– Où vous êtes ?

– Ça s'appelle Faith College, à North Fork. Ils me prennent pour un jumaniste zuif. C'est faux, je suis un imposteur. Mais eux, ils sont pires. » Et alors, ce fut un flot de paroles irrépressible. « Ils me détestent. Ils détestent les zuifs jumanistes. Ils veulent que je m'en aille. Moi, je veux m'en aller, mais je suis coincé. C'est une clique d'intégristes fanatiques, racistes, antisémites, fascistes et ultraréacs. Ils aimeraient m'écorcher vif.

– Et c'était sur quoi, votre conférence ?

– Rien d'important. Je l'ai faite pour le fric. Je suis écrivain.

– Ah oui ? Qui vous êtes ?

– Daniel Silverman. J'ai écrit...

– Daniel Silverman ? Je vous connais. J'ai lu un de vos bouquins la semaine dernière. Celui que vous avez écrit sur *Madame Bovary*. Oh, c'est vraiment le destin. » Silverman était sidéré. C'était comme la manne tombée du ciel en plein désert. Un de ses lecteurs. Quelqu'un qui avait vraiment lu ses romans. « Je l'ai acheté pour rien dans une petite boutique de bouquins d'occasion. Ils ont un super-rayon de poches. J'y achète tous mes livres. J'ai adoré *Moi, Emma.*

– Oh, merci ! »

La voix de l'homme devint un chuchotement. « Et j'ai reçu le message.

– Quel message ?

– Allez, Daniel. Ça ne vous embête pas si je vous appelle Daniel ?

– Pas du tout.

– Eh bien, pour être aussi convaincant dans la peau d'une femme... Vous êtes superbon. Vous devriez écrire un autre livre.

– J'en ai écrit. Plusieurs.

– Magnifique. Je vais aller voir à la boutique.

– Comment vous vous appelez ?

– Jerry Simon. J'étais à Frisco il y a trois ans.

– Nous ne disons pas Frisco.

– Je sais, mais je le fais. C'était super. Bon Dieu, c'était comme sortir de prison. Laissez-moi vous dire que si j'habitais à Frisco, jamais je n'en partirais, pas même pour un million de dollars.

– Vous avez bien raison ! Ce bon vieux Frisco ! Je ne vois pas pourquoi on a inventé le Nimesota.

– Encore que nous ayons bien nos petites distractions dans les Twin Cities[2]. Mais rien de comparable. Bien sûr, vous avez le pire là-bas, près de la bordure.

– La bordure ?

– La frontière. Vous êtes à un jet de pierre du Canada, vous savez. Plus vous vous rapprochez de la bordure, plus il faut faire gaffe. Ça devient très ethnique.

– J'ai eu la bêtise de leur dire que j'étais pour la liberté de l'avortement.

– Erreur fatale, l'ami. Dans cette région-là, on immole les filles qui tombent enceintes hors des liens sacrés du mariage. On les lapide dans les rues. Ou on le ferait si c'était possible. Bien sûr, je suis pour la liberté d'avorter, moi aussi. Comment ne pas l'être ? En fait, je n'ai jamais compris comment les femmes pouvaient supporter d'avoir ce corps étranger qui pousse à l'intérieur de leur corps. Beurk. C'est étonnant qu'elles ne choisissent pas toutes d'avorter, si vous voulez mon avis.

– Si elles le faisaient toutes, comment pourrions-nous exister ?

– Tiens, c'est d'une logique imparable. Je ne savais pas que les écrivains étaient aussi logiques.

– Écoutez, Jerry, je suis dans un sacré pétrin. Je vais rester bloqué avec ces cinglés d'évan-génicologistes pour Dieu sait combien de temps.

– Si vous voulez mon avis, ne laissez pas transparaître vos prédilections.

– Ils connaissent déjà mes prilédictions. Je les leur ai dites.

– Oh, oh, mauvais plan.

---

2. Saint Paul et Minneapolis. (*N.d.T.*)

– Je sais, je sais. » Comme il s'apitoyait sur son sort, sa voix se remplit de larmes.

« Pourquoi vous avez fait ça ?

– Je voulais leur montrer que je n'avais rien à cacher.

– C'est idiot. Quand on est entouré d'homophobes, on fait profil bas. C'est mon avis.

– J'aurais dû, j'aurais dû, vous avez absolument raison. » Sous l'effet de l'alcool, Silverman régressait, revenant à onze ans d'âge mental. « Je n'ai jamais rien vécu de pareil. J'habite à Fillmore Street, vous savez, à San Fran la magnifique, Fransan Frisco. J'ai des amis qui me trouvent sympa. Un brave type sympa. Mais, pour les bons chrétiens de Forth Nork, je ne suis qu'un cafard. Vous savez comment ils écrivent "juif[3]" ici ? Avec un *i*. JIW, JIW partout, partout.

– Oh, c'est là que vous êtes ? La tuile. Mais, écoutez, ne vous faites pas de bile. JIW, c'est pour « Jésus te surveille ». Ça n'est pas antisémite. C'est globalement révoltant, c'est tout.

– Je sais, je sais.

– On les appelle dans le coin l'Église du Jésus voyeur. Ils flanquent partout leurs affreux petits autocollants rouges, surtout dans les cabinets, vous vous rendez compte ? C'est très contreproductif, si vous voulez mon avis. Imaginez, vous êtes là en train de pisser sans penser à mal, ni à vous branler ni à lorgner le mec d'à côté. Et là, vous voyez ce JIW, vous commencez à cogiter à tout ce que Jésus cherche à voir. Et bingo ! Ça y est, vous êtes en train de le faire. » La voix de Jerry prit un ton confidentiel. « Et vous savez le plus rigolo ? C'est que Jésus lui-même et ses copains auraient sûrement été des nôtres. »

Le cerveau de Silverman, déjà sérieusement imbibé, eut besoin d'un moment de réflexion. « Ah bon ?

– Et comment ! Qu'est-ce qui se passait, d'après vous, avec tous ces délicieux jeunes gens en robe, qui mangeaient

---

3. En anglais : « *Jew* ».

et dormaient ensemble et célébraient l'amour et toutes ces choses-là ? Écoutez, dans les temps anciens, presque personne n'était hétéro.

– Qui c'est qui dit ça ?

– C'est d'après les recherches, vous savez. Il y a ces livres censurés, qu'on a retrouvés dans une grotte ou allez savoir. Ne me dites pas que vous n'avez jamais entendu parler de l'Église du Nouveau Testicule ?

– Non.

– Nous avons même une congrégation ici à Minneapolis. C'est vraiment marrant. Enfin, pas du tout comme la religion, qui est si austère, vous savez. Frère Jerome, le pasteur, c'était un prêtre catholique avant qu'ils le défroquent parce qu'il prêchait pour le Christ gay. Maintenant on se réunit et tout le monde se défroque. Je croyais que ça faisait un malheur à Frisco.

– Sans doute, pour autant que je sache. Franchement, je ne me tiens pas au courant des nouveautés.

– Eh bien, dites à ces barjos de chrétiens qu'ils ont dû clouer Jésus sur la croix pour qu'il marche droit. » Il ricana. « Frère Jerome a fait imprimer des contre-autocollants. Quand on voit un JIW, on colle le nôtre juste au-dessous, qui dit : "Et on espère qu'il jouit de ce qu'il voit." »

L'esprit de Silverman s'embrumait rapidement. « Tout ce que je sais, c'est que mon partenaire à SF doit être dans tous ses états à l'heure qu'il est en se demandant pourquoi il n'a plus de nouvelles de moi. J'ai essayé de le joindre mais le système n'arrête pas de se détraquer. Vous pouvez m'aider ?

– Bien sûr. C'est quel numéro ? » Silverman le lui donna, avec la gratitude d'un homme qui se noie et auquel on jette une bouée. Jerry se mit à taper les chiffres. « Et je vais rester branché pour être sûr qu'on a la communication. Quel est le nom de votre ami ?

– Martin Foxwell. C'est son nom de scène.

– Un acteur ?

– Oui.

– Un bon ami ?

– Très bon.

– Combien de temps ensemble ?

– Tellement longtemps qu'on ne compte plus. Plus de dix ans.

– C'est génial. Mon compagnon et moi, ça fait... »

Brusquement, ils furent coupés. Le silence, pas même un crépitement. Rien que le bruit des battements de cœur de Silverman qui se répercutaient dans l'écouteur.

Ahuri, il fixa l'appareil, puis cria dedans. « Allô ? Allô ? Allô ? » Aucune réponse. Jerry avait-il son numéro ? Pourrait-il le rappeler ? Évidemment. Mais quand ? Et si le réseau restait en panne pendant des jours ? Son message parviendrait-il à Marty ? Seigneur, comme Marty lui manquait ! S'il avait été chez lui en ce moment, il aurait été en train de frapper comme un sourd sur son vieux MacIntosh et, dans une heure, Marty lui aurait apporté du thé – ce délicieux thé indien qu'il adorait additionné d'une pincée de cannelle – et une madeleine fraîche. Et plus tard dans l'après-midi, ils se seraient pris une heure pour aller retrouver la bande à l'Annex et boire une bière. Il sentit les larmes au ras des paupières. Plus jamais, jamais, il ne quitterait San Francisco, fût-ce pour recevoir le prix Nobel.

Il se renversa contre les coussins, brusquement exténué. Il sentait une armée de petits germes brûlants lui picoter les os et les sinus. Il sentait que c'était le genre de grippe qui, normalement, le mettait hors circuit pour une semaine. Mais là, il ne pouvait se permettre d'être K-O pendant une semaine. Non, non et non. Il ne devait pas dormir. Il devait avoir un plan. Voilà, c'est ce qu'il allait faire. Et aussitôt, il sombra dans un sommeil profond, hébété, imprégné de maux divers causés par la fièvre.

Quand il se réveilla, il ne savait plus exactement où il était. Puis une bourrasque contre la fenêtre le lui rappela. Le sommeil lui avait clarifié un peu la tête, mais il avait toujours de la température. Quelle heure était-il ? 13 heures passées ! Il aurait dû avoir faim, mais ce n'était pas le cas. La grippe réduisait son appétit au minimum.

Malgré sa faiblesse, il n'allait pas rester prisonnier. Il se leva, se rasa et s'habilla. Voici ce que tu dois faire, se conseilla-t-il. Disons que tu as été jeté sur le rivage d'une île perdue. Tu te retrouves au milieu d'une tribu primitive, les adorateurs d'un dieu bizarre. Tu es la première personne du monde extérieur qu'ils aient jamais vue. Admettons que tu sois un anthropologue qui fait des recherches. Tu es chez des sauvages. Vous devez communiquer par des grognements et des gestes. *Houga-houga.* Tant qu'ils ne sont pas cannibales, ça ira, tu t'en tireras. Tu vas retrouver la civilisation. Sois zen. Les secours vont arriver. Dans l'intervalle, prends des notes. *Houga-houga.*

Il s'aspergea de lotion après-rasage et partit à la rencontre des indigènes.

14

Homme et femme Il les créa

La salle des professeurs s'était éclaircie, bien que très légèrement. Le jour derrière les fenêtres restait blême à cause de la tempête. Mais avec le générateur qui marchait à fond, les lampes s'étaient rallumées et le chauffage central ronflait presque assez fort pour couvrir le bruit du vent qui cognait contre les murs. À la table centrale, débarrassée de la nourriture, le professeur Jaspers était assis, plongé dans un livre. Il leva les yeux quand Silverman entra, renversa la tête pour regarder à travers ses verres à double foyer, puis jeta un œil à sa montre. « 2 heures. J'étais sur le point d'abandonner. » Et il se leva pour aller chercher une assiette, une pomme et une bouteille de jus d'orange dans le buffet. « Nous avons mis de côté votre déjeuner.

– Merci », dit Silverman qui s'assit devant son repas, lequel se résumait à un sandwich sec à la dinde et au pain blanc pâteux, avec des pickles d'un vert malsain et des chips ramollies. Malgré tout, c'était plus qu'il n'en avait espéré. Tandis qu'il attaquait son repas, Jaspers retourna s'asseoir en face de lui, croisa les mains et l'observa. Une fois qu'il était assis, on voyait seulement dépasser le buste du petit homme au-dessus de la table. Il était chauve comme une boule de billard avec un maigre collier de barbe planté sous le maxillaire, qui semblait avoir été fixé à la colle. C'était la barbe la plus moche que Silverman ait jamais vue. Au bout du compte, le bonhomme était complètement déconcertant.

« On m'a délégué pour vous parler », annonça Jaspers d'une voix grinçante qui crissait à l'oreille.

Tiens, se dit Silverman, *un émissaire de la tribu.*

« Voici ma mission, poursuivit Jaspers. Tant que nous sommes consignés ici, je dois vous demander de respecter nos règles. Mrs. Bloore souhaite que je vous demande de prendre vos repas dans vos appartements ou que vous attendiez qu'elle ait fini avant d'utiliser cette pièce, dans laquelle les repas seront servis jusqu'à la fin de la tempête. Elle propose aussi que, dans la mesure du possible, vous restiez dans votre appartement entre les repas jusqu'à ce que nous puissions vous emmener à l'aéroport.

– Premièrement, ce n'est pas un appartement, mais une chambre, rien qu'une chambre, protesta Silverman. Deuxièmement, ça revient pratiquement à me mettre à l'isolement. Il n'y a même pas de poste de télévision correct. »

Jaspers fronça les sourcils. « Il n'est pas censé y avoir de télévision du tout. Vous avez un poste dans votre chambre ?

– Pas question que je m'en sépare », répliqua Silverman avec emphase. Cette télévision était peut-être tout ce qu'il lui resterait pour préserver sa santé mentale, surtout s'il se retrouvait à court de tranquillisants.

« Vous avez apporté un poste avec vous ? » Un air de surprise dégoûtée passa sur le visage de Jaspers, comme s'il entendait un alcoolique avouer une dépendance irrépressible.

Prudence, se dit Silverman. Swenson lui avait demandé de ne pas révéler l'existence de l'appareil. « Oui, un appareil supercompact. Une Sony portative mini-mini-micro. Pas plus grande qu'une... télé minuscule. Même pas aussi grosse que ça.

– Vous transportez toujours cet engin avec vous ?

– Toujours. Je ne veux pas rater *Jeopardy*[1].

1. Un jeu télévisé. (*N.d.T.*)

– J'ignore de quoi il s'agit. Cela dit, si c'est votre appareil, vous pouvez le conserver, mais je vous demande d'économiser l'électricité autant que possible. Notre générateur a du fuel pour environ six jours. Si vous voulez la regarder, nous ne pouvons rien y faire, et nous n'y tenons pas. Nous essayons de mettre nos étudiants à l'abri de ces influences. Nous considérons la télévision comme un égout qui ne cesse de grandir. »

Silverman tiqua intérieurement. Ça le hérissait quand ils étaient du même avis. « Entendu, vous me mettez donc à l'isolement. Reconnaissons que je suis aussi désireux d'éviter votre chemin que vous le mien. Ainsi, nous sommes d'accord concernant les dispositions pour le repas. Mais soyez raisonnable. Je vais devenir frappadingue si je dois rester bouclé dans une pièce. »

Jaspers médita sérieusement la question. « Nous pourrions inclure la bibliothèque de l'école de l'autre côté du hall. Elle possède une jolie petite collection, principalement des classiques. Mais cela poserait un problème.

– Ah oui ? Lequel ?

– Il y a des toilettes à cet étage.

– Et alors ?

– Nous devrions vous en interdire l'accès.

– Ce qui veut dire ?

– Simplement que nous vous demandons d'utiliser les toilettes communiquant avec vos appartements, qui, à mon sens, conviennent à tous les besoins humains.

– C'est parce que Jésus surveille les toilettes du rez-de-chaussée ? »

Jaspers écarta la remarque d'une crispation méprisante de la lèvre. « Je pense que vous m'avez compris. »

Le visage empourpré, Silverman faillit foncer hors de la pièce sous l'insulte. Mais bon, *houga-houga !* se rappela-t-il. Il était en mission d'exploration. *Replie-toi sur l'anthropologie. Prends note de ce que te dit ce sauvage.* Aussitôt, la curiosité prit le dessus. Il s'efforça de voir le misérable avorton au visage lugubre devant lui comme un indigène en pagne végétal, un os planté dans les naseaux. Ce que le professeur Jaspers deviendrait peut-être un jour en passant par l'alchimie de son imagination littéraire. Pourrait-il être autre chose qu'un sujet de rigolade ? *Attendons de voir*, chuchota sa curiosité d'écrivain.

« Bien sûr, je comprends, répondit Silverman. J'étais sur le point d'aborder moi-même le sujet. Vous comprenez, je suis très pointilleux sur le chapitre de la propreté concernant les toilettes. On ne sait jamais ce qu'on peut attraper sur le siège de cabinets étrangers. Vous savez, on ne peut pas savoir quelles sont les habitudes sexuelles des gens de nos jours. J'aimerais donc que vous vous engagiez à ce que personne n'utilise mon pot de chambre tant que je suis ici. Surtout pas Mrs. Bloore. Et puisque nous parlons franchement de ces choses, j'espère que le personnel des cuisines se lave les mains avant de manipuler la nourriture. »

Le visage de Jaspers prit une expression de plus en plus narquoise.

« N'ayez aucune crainte à ce sujet. Quoi qu'il en soit, vos sarcasmes sont tout à fait déplacés.

– Très bien. Nous convenons donc d'être absolument, totalement purs. » Il se retourna vers les vestiges de son maigre déjeuner, qui piquait à présent sa curiosité anthropologique autant que le professeur Jaspers. Ce pain blanc qu'il mastiquait, il avait un goût de... eh bien, il n'avait strictement aucun goût. C'était comme mâcher une feuille de papier. De même que la tranche de dinde. Dans sa bouche, elle devenait aussi caoutchouteuse qu'une pâte. Ses dents étaient à présent enduites d'un résidu plâtreux qui lui rappelait le produit que les dentistes utilisent pour prendre une empreinte. Un souvenir d'enfance lui revint : la première fois où il avait pris conscience d'une des grandes différences entre juifs et non-juifs. Des gosses irlandais qu'il connaissait mangeaient une farine spongieuse comme celle-là. Alors que les juifs mangeaient du bon pain de seigle, de la *hallah*[2] et des *bagels*[3]. À présent, presque tout le monde mangeait des bagels. À San Francisco, on trouvait même des bagels au kiwi et à la cannelle. Beurk ! Peut-être cette étrange société tribale ne figurant sur aucune carte et perdue au milieu des vastes étendues neigeuses du nord du Minnesota était-elle le dernier endroit où l'on trouvât encore ce type de nourriture.

De l'autre côté de la table, le professeur Jaspers était toujours assis à sa place. Derrière ses verres épais, ses prunelles élargies avaient l'air de poissons exotiques regardant hors de leur bocal. Apparemment, il avait l'intention de compter jusqu'à la dernière de ses chips.

« Il y a autre chose ? s'enquit Silverman, dont le cerveau fiévreux devenait plus vaseux à chaque instant.

– Puis-je vous faire une remarque sur votre conférence d'hier ?

– Oui ? » Silverman sentit ses abdominaux se contracter.

« J'aimerais que vous sachiez qu'elle m'a beaucoup ému. »

Surprise !

« Ah bon ?

– J'espère que vous comprenez que nous ne remettons pas tous en cause la réalité historique de l'Holocauste juif. Je me rends compte que quelques membres de notre communauté – le pasteur Apfel et, bien entendu, Axel – ont des points de vue personnels sur la question. D'autres, comme moi-même, compatissent totalement. Surtout en ce qui concerne Israël. Nous comprenons qu'Israël fait partie des desseins du Seigneur. Le chemin et le lieu doivent être préparés.

– J'ai déjà entendu ce genre de réflexion, dit Silverman. Ce qui signifie... ?

2. La *hallah* est une tresse de pain brioché, qui peut être couverte de graines de pavot. (*N.d.T.*)

3. Petits pains en couronne traditionnellement recouverts de graines de pavot ou de sésame. (*N.d.T.*)

– Armageddon, répondit Jaspers comme si le seul mot suffisait. Apocalypse, XVI, 16. » Silverman le fixa d'un œil vide. Le visage de Jaspers se crispa comme sous l'effet d'une incrédulité douloureuse. « Vous avez sûrement entendu parler d'Armageddon. » Il détacha les mots avec soin.

« Seulement en rapport avec la fin du monde, répondit Silverman. C'est important ? »

Jaspers roula des yeux. « L'époque du second avènement. »

Silverman eut l'impression d'avoir placé la dernière pièce d'un puzzle. « Ah oui, je vois. Il ne s'agit pas des juifs. C'est de Jésus qu'il s'agit. Vous croyez qu'il va revenir. Et son premier arrêt, c'est quoi ? Tel-Aviv ? »

Jaspers retira ses lunettes pour les essuyer avec une serviette en papier. Apparemment, elles étaient embrumées par l'émotion. Sa voix prit un ton d'infinie résignation. « Je n'attends pas de vous que vous compreniez. J'aimerais simplement que vous sachiez que j'ai trouvé l'histoire de votre tante extrêmement touchante. J'avoue être incapable d'expliquer pourquoi le Seigneur a permis que de telles choses se produisent. C'est une façon d'éprouver notre foi. Cela nous oblige tous à nous poser la question de Job. Si vous vous en étiez tenu à ça, je ne crois pas que nous aurions eu quelque difficulté à communiquer pour la durée de votre séjour ici. Mais vous devez comprendre qu'introduire votre vie s... s... s... » Sifflant comme une machine à vapeur, Jaspers s'interrompit, ferma les yeux et reprit son souffle comme s'il était rompu à cet exercice. « ... votre préférence sexuelle personnelle dans cette situation était tout à fait déplacé. Quant à associer cette préférence au Livre saint, c'était extrêmement choquant.

– J'ai voulu faire preuve de franchise sur quelque chose qui finirait par se savoir.

– Vous auriez pu au moins vous montrer plus discret concernant votre compagnon.

– Plus discret ? Qu'est-ce que j'ai dit ?

– Vous le savez parfaitement. Vous l'avez fait exprès.

– J'ai fait quoi ? Vraiment, je ne vous suis pas.

– Oh, allez ! Vous avez parlé de cette personne comme de votre... a... amant. » Le mot eut du mal à franchir les mâchoires contractées de Jaspers. Après l'avoir sorti, l'homme fit une grimace comme s'il avait un goût âcre.

« Ah oui, dit Silverman sans bien comprendre. Ça vous a déplu ? Pourtant, c'est un terme courant.

– Courant ? Même si vous cohabitiez avec une femme, ce mot serait déplacé. Il se peut, bien sûr, qu'il soit d'un usage quotidien dans votre région, voire une source de fierté au point que vous le chantiez sur les toits.

– Non, je n'en suis pas spécialement fier, se hâta de lui assurer Silverman. Je ne crois pas qu'il y ait lieu de se féliciter de son orientation sexuelle. En ce qui me concerne, le sexe se situe au-delà de la honte ou de la fierté... tant qu'il concerne des adultes consentants. Il est simplement *là* comme le nez au milieu de la figure. Pour ma part, ça ne me préoccupe pas.

– Simplement là, ricana Jaspers. En effet, ça va encore plus loin que l'étalage de ses péchés. Les prendre pour acquis, comme une chose normale. J'espère au moins que vous gardez à l'esprit que rien de ce qui peut être considéré comme normal à San Francisco ne saurait être considéré comme normal ailleurs dans le monde. Et moins encore dans une communauté religieuse. Vous devez savoir que la sodomie est considérée par notre religion comme une faute d'une extrême gravité.

– Il y a une chose sur laquelle je me suis toujours interrogé, remarqua Silverman, cherchant à changer de sujet pendant qu'il terminait le reste de son déjeuner. Peut-être pourrez-vous m'éclairer. Le mot "sodomie" vient de la ville de Sodome, n'est-ce pas ?

– Oui. "Sodome et Gomorrhe, leur perversité est excessive." La Genèse, chapitres 18 et 19.

– Alors tous les habitants de la ville – de ces deux villes – étaient homos ? Mais s'ils étaient tous sodomites dans ce sens, comment se reproduisaient-ils ?

– Vous prenez ça à la légère, bien sûr. Le mal pour lequel ces villes ont été punies était une dégénérescence morale en général, et pas un acte en particulier. Cependant, la perversion sexuelle était la pire faute des sodomites.

– Je vois, c'est un terme générique. Alors, dans ce cas, pourquoi l'utilisez-vous toujours pour parler de l'homosexualité en particulier ? Enfin, peut-être que Dieu châtiait tous ces sodomites pour d'autres choses. Peut-être que ça n'avait rien à voir avec la sexualité. »

Jaspers soupira avec lassitude. « De nombreux commentaires ont été écrits sur la question, Mr. Silverman. Il se trouve que je suis justement la principale autorité de notre Église concernant la morale s-s-sexuelle, alors vous pouvez difficilement espérer que je clarifie une question d'une telle complexité au cours d'une brève conversation. »

V'lan ! Silverman eut l'impression d'avoir reçu un ballon de basket en pleine figure. C'était donc ça, l'autorité de Faith College en matière sexuelle ? Autrement dit, ce type était censé dire à tout un campus de gosses en chaleur ce qu'ils avaient le droit de faire ou de ne pas faire avec leur zizi ? Silverman eut du mal à ne pas glapir de mépris. S'il avait jamais existé un non-masturbateur compulsif, c'était bien cet homme. « Mais j'ai raison, poursuivit-il, de penser que la sodomie peut comprendre beaucoup de choses. Comme tricher aux cartes ou la contrefaçon.

– Non, jusqu'à la fin des siècles, cela désignera spécifiquement la fornication homosexuelle.

– Et qui en a décidé ainsi ?

– Nous nous guidons d'après les Écritures. “Homme et femme Il les créa.” Comment être plus clair ?

– Et vous ne pouvez pas considérer l'homme et la femme comme des rôles dans une pièce ? N'y a-t-il aucune place pour l'interprétation ? »

La mâchoire de Jaspers resta ouverte. Un frémissement d'indignation parcourut visiblement son corps. « Une interprétation ? Mr. Silverman, croyez-vous que la vie soit une espèce de farce ? Vous n'avez jamais entendu parler de l'obéissance ? »

Silverman opéra une retraite stratégique.

« Nous faisons tous de notre mieux, professeur.

– Oui, et cela n'est pas suffisant. Tous ont échoué. Dieu ne donne pas un B+ pour récompenser l'effort. Vous avez ici la différence entre le dévot et le dépravé. Je sais que j'ai péché. Apparemment, vous n'en avez aucune notion. » La voix de Jaspers grimpa brusquement jusqu'aux aigus. Il se tenait raide comme un *i* sur sa chaise, les yeux étincelants de conviction. « Même si on a des raisons, il y a péché. Il y a toujours péché. *Simul justus et peccator.* » Puis, comme s'il avait honte de cet éclat, il s'affaissa et se couvrit les lèvres de sa main.

« Alors qu'est-ce que doivent faire ceux qui sont gays ? Se tuer ?

– La règle est simple et miséricordieuse. Repens-toi, résiste et abstiens-toi. Nous avons des méthodes qui peuvent s'avérer utiles pour chacun. Si les efforts sont sincères, la rédemption suit.

– Et tout ça, dites-vous, parce qu'il y a un passage dans la Bible où il est dit que les rapports homosexuels, cet usage spécifique des organes sexuels, sont particulièrement inconvenants ?

– *Inconvenants ?* répéta Jaspers en reniflant avec dédain. Le mot est beaucoup trop tendre. La Bible parle d'"une abomination devant le Seigneur", autrement dit un acte abominable envers Dieu. Et je vous assure, le Livre saint ne laisse la place à aucune interprétation. Dans l'Épître de Jude – Jude VII, pour être exact –, la sodomie est mentionnée comme la "recherche d'une chair inconnue".

– "Une chair inconnue", c'est comme ça que c'est dit ? Je trouve ça plutôt poétique, mais ce n'est pas un peu vague... je veux dire comme base pour vouer quelqu'un à la damnation éternelle ? C'est la sentence, je suppose.

– "La vengeance du feu éternel", en effet. Si vous voulez plus d'éclaircissement, le Lévitique nous dit que "si un homme cohabite avec un mâle comme il cohabite avec une femme, ils commettent tous deux une abomination". Et le châtiment est, bien sûr, la mort. » Son regard était celui d'un chasseur de scalps, c'était indubitable.

« Évidemment. Ma foi, j'imagine que ça, c'est assez clair. Je ne me rendais pas compte que Dieu était entré dans les détails.

– La religion est dans les détails, justement », rétorqua-t-il, une étincelle agressive dans les yeux. Manifestement, sa tâche le remplissait d'aise. « J'aime à dire que la vraie foi se trouve dans les petites choses que la plupart des gens négligent de respecter. Quand il s'agit de morale, Dieu n'est pas prude. Il entre dans les détails sans laisser place à l'interprétation personnelle. "Une femme ne doit pas porter le costume d'un homme, ni un homme s'habiller d'un vêtement de femme." Deutéronome, XXII, 5. Comment être plus clair ?

– Vous voulez dire que se travestir voue à la damnation ?

– Dans ce cas précis, la sentence n'est pas spécifiée. Mais, pour des fautes plus graves, il n'y a pas de place pour l'interprétation. Ainsi, dans les premiers Corinthiens, Paul déclare que les deux participants d'un couple mâle portent également la faute, le giton comme le pédéraste... celui qui pénètre et celui qui est pénétré. Les deux seront damnés.

– "Pénétré" ? Pas possible ! La Bible dit vraiment "pénétré" ? »

Jaspers était content de voir qu'il avait suscité une réaction chez Silverman. « Dans l'original grec, la phrase est *arsenokoitoi* : celui qui entre par les fesses.

– Et c'est pourquoi Dieu a effacé une ville entière, deux villes ? Pour avoir pénétré par les fesses ?

– Exactement. Il fit pleuvoir un déluge de soufre et de feu sur les villes de la plaine, sur tous ceux qui y habitaient et tout ce qui poussait sur le sol. » Intérieurement, Jaspers rougit de son audace. Il présentait une vision de l'enseignement poussée à l'extrême, une lecture basée sur une interprétation alambiquée de saint Paul. Pourquoi l'apôtre s'était-il donné la peine de nommer le giton et le pédéraste parmi les âmes damnées ? Pas seulement l'actif, mais aussi le passif ? Jaspers avait toujours été sûr, absolument sûr et certain que cela impliquait – non, confirmait – que celui qui était pénétré était aussi coupable que celui qui pénétrait. Ce qui veut dire que les fesses sont bien là quelque part. Saint Paul n'aurait pas laissé place à l'interprétation. Tous les deux, tous les deux ! Le violeur et le violé, voués à l'enfer ! Et comment Dieu pourrait-il tolérer une conduite aussi répugnante ? Quoi qu'il en soit, cet ignare auquel il parlait n'était pas en situation de contester ce qu'il disait. À San Francisco, Jaspers soupçonnait que personne ne se souciait de savoir qui pénétrait quoi ni comment. Alors pourquoi ne pas en rajouter une louche ?

Silverman était sincèrement étonné.

« Il – nous parlons ici de Dieu n'est-ce pas ? – Il a détruit les habitants, les plantes, l'herbe et les insectes, tout le tremblement... et les enfants aussi ? Est-ce que ça ne s'appelle pas faire retomber les fautes du père sur l'enfant ?

– Jusqu'à la troisième et la quatrième génération. Le Mal exige un châtiment sérieux.

– Allons donc ! Anéantir toute une ville ? »

Penché en avant, Jaspers tendit le bras à travers la table et frappa de l'index contre la poitrine de Silverman pour souligner chaque mot.

« Mr. Silverman, vous ne connaissez pas les faits. Les événements qui ont conduit à la destruction de Sodome figurent parmi les actes les plus sombres de l'histoire de l'humanité. Il est dit que les hommes de Sodome, ces dégénérés sexuels, étaient devenus si effrontés dans leurs manières qu'ils assaillirent Loth et sa famille dans leur maison en leur criant de leur livrer les hommes pour pouvoir forniquer avec eux. Les hommes, et les hommes seulement.

– C'est le même Loth dont la femme s'est transformée en statue de sel ?

– Le même.

– Je me suis toujours demandé ce que ça voulait dire.

– La femme, comme les femmes sont sujettes à le faire, a désobéi à l'ordre de ne pas se retourner.

– C'était vraiment si mal que ça ?

– Et comment ! Elle n'a pas manifesté de véritable révulsion pour ce que la populace homosexuelle avait fait. Même quand Loth offrit ses propres filles à ces pervers pour leur satisfaction sexuelle, cela ne leur suffisait pas. Ils voulaient les hommes. Peut-on s'étonner que le Seigneur ait dirigé son courroux contre eux, tous sans exception.

– Loth leur offrit ses filles ?

– Il se trouvait acculé. De cela, nous pouvons conclure que le viol est un moindre péché que la sodomie. »

Silverman sentit la colère le gagner, mais il fit rapidement marche arrière. À quoi bon argumenter, après tout ? Sur un point scabreux de la mythologie qui ne s'était sans doute jamais produit ? Des femmes transformées en statues de sel, des villes détruites par un déluge de feu et de soufre. Cela revenait à discuter de Jack et le Haricot magique. L'observateur objectif se contente de prendre note du folklore local, il ne le critique pas. Cependant, il ne put résister à l'envie de lui agacer encore un peu les dents.

« Eh bien, c'est une consolation. J'ai quelques copines chez moi qui seront soulagées d'apprendre qu'elles n'ont pas à se faire du souci en matière de damnation. Vous seriez surpris de voir dans quelle colère ça met les lesbiennes qu'on leur plaque dessus le modèle des gays mâles. Mais, si je vous comprends bien, les gouines sont sans tache au regard de Dieu. »

Jaspers tressaillit d'étonnement. « Comment pouvez-vous dire cela ? Le l-l-lesbianisme tombe sous le même interdit sans aucune équivoque. Romains, I, 26 : "Car leurs femmes ont changé l'usage naturel en celui qui est contre nature."

– Mais je croyais que vous aviez dit que tout ça, c'était une question d'entrée interdite. »

Jaspers chercha ses mots. « Bien évidemment, étant donné que vous appartenez vous-même à cette communauté, vous devez connaître le tribadisme. »

Silverman prit un air complètement ébahi. « Le tribadisme ? C'est tout à fait nouveau pour moi. Vous pourriez m'expliquer ce que vous voulez dire ?

– Certainement pas. Nous sommes ici dans une institution religieuse. Des gens pieux mangent à cette table.

– Je ne vous demandais pas une démonstration. Juste me mettre sur la voie.

– Je veux parler de l'usage de... d'engins.

– Des engins ?

– Des instruments.

– Des instruments ? »

Pendant un long moment, les deux hommes se regardèrent fixement par-dessus la table. Silverman, l'air ahuri, se demandait combien de temps il pourrait tenir. C'était comme taquiner un vilain petit roquet. « Vous ne croyez tout de même pas que je vais vous faire un dessin ! » aboya finalement Jaspers.

Silverman tapota ses poches comme s'il cherchait un crayon. « En fait, ça pourrait m'aider. »

Jaspers lui coula un regard torve. « Allez. Je pense que vous me comprenez parfaitement. »

Comme si soudain ça faisait tilt, Silverman prit l'air de celui pour qui tout s'éclaire et il pointa un doigt sur Jaspers. « Je crois que je sais à quoi vous pensez. Des *sex toys.* C'est comme ça qu'on les appelle à San Francisco. Oui, oui, il y a des magasins qui en sont remplis. Bien sûr, vous en savez sûrement infiniment plus que moi sur la question, mais j'ai l'impression que les femmes ne sont pas vraiment chaudes pour les plus vilaines formes de la pénétration. Je suis sûr que là, vous faites fausse route.

– Quelle importance ! fit Jaspers d'un ton cassant.

– Mais vous disiez que ce sont les détails qui comptent, non ? Alors, si les femmes utilisent ces instruments d'une façon qui évite... »

Ça y est. Jaspers était à bout. Il se leva d'un bond et se redressa de toute la hauteur de son mètre cinquante. « Vous vous jouez de moi ! dit-il avec une grimace. Si, si, j'en suis sûr. C'est encore plus insultant qu'une opposition claire et nette. » Se drapant dans sa dignité offensée, le bonhomme se dirigea vers la porte.

Quel chien, se dit Silverman. *Cet avorton grotesque fait tout son possible pour me culpabiliser*. Avant que Jaspers ait effectué une sortie indignée, Silverman l'arrêta avec une question. Se rabattant sur son rôle de pseudo-anthropologue, il demanda :

« Puis-je vous poser une question, professeur Jaspers ? Suis-je le premier gay que vous rencontriez ?

– Face à face, oui. Pour autant que je sache.

– C'est une précision importante, bien sûr. "Pour autant que je sache." Parce que vous seriez peut-être surpris d'apprendre combien nous sommes nombreux dans votre entourage. Nous sommes partout, vous savez. Vous avez peut-être des amis qui sont gays et vous n'en savez rien. Votre médecin, votre épicier, votre mécanicien, votre coiffeur, n'importe lequel peut être gay. Des gens normaux qui vivent leur vie. »

La bouche de Jaspers s'incurva en un petit sourire amer, narquois. « Mais j'en conviens tout à fait. Vous *êtes* partout. Nous sommes encerclés, imprégnés et saturés d'homosexualité, par les lieux de plaisir des laïcs. Et nous n'osons pas même nous opposer au péché de peur de passer pour "insensibles", ou "homophobes", ou – Dieu nous garde – "quelqu'un qui s'érige en juge". Je reconnais de mon plein gré, quoique avec chagrin, que nous avons perdu les guerres culturelles comme nombre d'entre nous le redoutaient. La race humaine vouée au péché est simplement au-delà de toute rédemption. Je ne puis imaginer une seule institution dans notre société qui ne soit conquise par l'ennemi. Mais le fait que le péché soit devenu publiquement acceptable et abonde en tous lieux ne change rien en ce qui concerne la loi de Dieu. Cela ne sert qu'à nous rappeler que nous vivons les derniers jours. La sodomie est, en fait, une première mesure de notre déchéance. Vous pouvez applaudir à ce que vous appelez "*coming out*". Mais chaque homosexuel qui sort du placard pour étaler son vice prouve que nous avons fait un pas de plus vers le jour du Jugement. Le sort de Sodome est imminent. »

Je dois lui reconnaître une chose, se dit Silverman, *il ne fait pas seulement de la rhétorique. Il a vraiment la trouille*. « C'est tout de même bizarre, observa-t-il tout haut. À Sin City, nous passons beaucoup de temps à nous inquiéter de ce que l'extrême droite va encore réussir à récupérer. Nous pensons que vous êtes en train de fouler le pays aux pieds.

– Tiens ! ricana Jaspers. Vous vous complaisez peut-être dans la position de victime. Mais allumez votre télévision, regardez n'importe quel magazine, allez au cinéma. Vous croyez que c'est *nous* qui produisons les immondices que vous voyez partout ? Allons donc ! Vous devez vous souvenir qu'il n'y a pas longtemps, nous avons eu un président des États-Unis qui était un coureur de jupons, un pervers et un fornicateur avéré. Et qu'est-il advenu quand sa débauche s'est trouvée mise au jour ? Le grand public y a-t-il accordé de l'importance ? Ou a-t-il salivé en écoutant tous les détails croustillants ? Ce que vous prenez pour le pouvoir du peuple de Dieu est simplement le fait qu'on entend enfin celui-ci, qu'on l'entend pleurer de douleur. Le peu que nous avons fait pour nettoyer le cloaque du modernisme n'est rien comparé au flot qui va suivre et nous submerger. Que nous soyons obligés, malgré notre embarras, de nous élever contre des choses qui étaient jadis indicibles est déjà une victoire pour votre camp. Vous condamner revient à faire de la publicité à votre vice. »

Silverman fut frappé par le ton sincèrement peiné qu'il percevait dans la voix de Jaspers, mais plus encore par le désespoir à peine voilé. Comment pouvait-on supporter de vivre dans un tel état de désespoir moral ? « Avez-vous jamais été tenté d'en apprendre plus sur les gays ? s'enquit-il. Sur des gens comme moi, par exemple ? Je ne sais pas ce que les gays fabriquent d'après vous, mais je mène une vie plutôt banale avec mon partenaire Marty. On bosse, on fait les courses, on cuisine, on paie les factures, on a des prises de bec, on se rabiboche. C'est simplement une tendre amitié.

– Personne ne conteste l'amitié. Ce n'est pas la cause de la faute.

– C'est ce que nous faisons physiquement... ou ce que vous imaginez que nous faisons, non ?

– Comme C. S. Lewis l'a exprimé très judicieusement, le sexe hors mariage, c'est comme mâcher sa nourriture pour avoir le plaisir du goût et la cracher sans l'avaler. C'est encore pire, je dois dire, quand la sexualité est contre nature.

– Eh bien, c'est assez méchant. Mais quand il s'agit de ce qui est naturel et de ce qui ne l'est pas, est-ce que ça changerait quelque chose pour vous de savoir que l'homosexualité et la bisexualité sont plus courantes chez les animaux que l'hétérosexualité ? C'est un fait, professeur. Interrogez n'importe quel zoologue.

– Notre Église ne tire pas sa morale sexuelle de la zoologie. Quand je parle de "nature", c'est à la nature humaine que je pense. Et celle-ci, croyons-nous, provient d'un ordre supérieur. Bien sûr, si vous voulez fonder votre conduite sur celle des bêtes en rut de ce monde, libre à vous.

– Est-ce que vous trouveriez ça bien ou simplement correct que je me permette de juger votre comportement sexuel avec Mrs. Jaspers ? » Oh-oh, mauvaise question. Qu'est-ce qui pouvait être plus indélicat que de s'informer de la vie sexuelle de cet homme ? Et d'ailleurs, pouvait-il y avoir une Mrs. Jaspers ?

Jaspers répondit du tac au tac. « En l'occurrence, ce n'est pas mon jugement mais celui de Dieu, et il est incontestable. Un châtiment aux dimensions historiques. »

Silverman comprit ce qu'il avait à l'esprit. « Allez, le sida n'est pas une maladie spécifiquement homosexuelle.

– C'est un fléau partout dans le monde, soutint Jaspers. Pouvez-vous véritablement nier que ce sont les gens de votre espèce qui nous l'ont infligé ?

– Certainement pas. Pourquoi ne pas dire que le jugement en question porte sur la liberté des mœurs ? Là, je pourrais être d'accord avec vous. L'Afrique est ravagée par le sida. Les porteurs sont les prostitués des deux sexes. Si le sida avait existé à l'époque de la Seconde Guerre mondiale, une seule prostituée, une gagneuse telle que Mamie Stover, aurait suffi à anéantir toute la flotte du Pacifique. Elle offrait ses services à deux cents clients par nuit.

– Votre façon d'ergoter, c'est toujours le signe d'une conscience coupable. Le point que vous soulevez revient plutôt à débattre de qui fut le plus grand ennemi du Christ, à savoir Judas Iscariote ou Simon le Mage ? Mais si cela vous est d'un quelconque réconfort, pour ce qui est du sida, je vous accorde que la prostitution est une pire faute que l'homosexualité. Cependant, je soupçonne que cette question est pour vous purement académique, je suppose que, comme tout humaniste, vous êtes pour la légalisation de la prostitution. N'ai-je pas raison ?

– En effet, afin de protéger les femmes.

– C'est bien ce que je pensais. Alors, à quoi bon discuter ? Vous ne vous rendez peut-être même pas compte du véritable enjeu en l'occurrence, mais entre la prostituée et le sodomite – qui jouissent d'une haute opinion auprès de vous –, quelle chance le mariage chrétien a-t-il de survivre ?

– Le mariage chrétien n'a-t-il pas eu sa chance pendant des siècles ? demanda Silverman. Il nous a laissé avec le puritanisme, le refoulement et l'hypocrisie. » Il se gratta le front en se souvenant de quelque chose que Marty lui avait signalé deux ou trois mois plus tôt, un point qu'il avait vu mentionner dans la presse gay. « Les statistiques ne sont pas mon fort, mais je crois qu'il y a des études qui montrent que les couples lesbiens réussissent mieux à rester monogames que les hétéros. Alors, si nous légalisions le mariage entre personnes du même sexe... »

Jaspers émit un bruit. Il s'étranglait à nouveau, trébuchant à présent sur l'expression « mariage entre personnes du même sexe ». Incapable d'articuler les mots, il inclina la tête et fit un effort héroïque pour recouvrer son sang-froid. Silverman l'entendit murmurer tout bas. Priait-il ? se demanda Silverman. Enfin, levant les yeux, Jaspers répondit avec un calme admirable. « Vous avez peut-être raison. Beaucoup ont perdu espoir dans le mariage, peut-être même la plupart. Ce ne sont pas des questions que les statistiques peuvent régler. La simple vérité est celle-ci : vous êtes l'allié d'une malédiction – une malédiction ! – qui peut anéantir la civilisation corrompue tout entière. Si vous ne voyez pas ça, c'est que vous préférez fermer les yeux. »

Là-dessus, la patience anthropologique de Silverman fut réduite à zéro pour ce jour-là. Si quelqu'un devait quitter la pièce dans un accès d'indignation, autant que ce fût lui. « Merci pour le sandwich. J'imagine que je devrais être reconnaissant que vous ne me laissiez pas mourir de faim... en guise de châtiment sévère. »

Il s'efforça de refermer la porte en douceur sur ses talons, vraiment. Mais elle claqua avec assez de force pour que le bruit se répercute à travers tout le bâtiment.

15

Le maniaque poseur de bombes

N'ayant nul endroit où aller à part sa chambre, Silverman, le front de plus en plus fiévreux, partit en quête de la bibliothèque comme pour faire le tour du quartier d'isolement. En attendant que sa colère retombe, il examina les étagères de la petite pièce aux sombres lambris. Qu'avait voulu dire Jaspers en parlant de « classiques » ? Pas un titre qu'il connût, à part l'*Encyclopedia Britannica* et, bien sûr, la Bible, dont il y avait plusieurs dizaines d'exemplaires. Les autres étaient des œuvres théologiques et homilétiques obscures, dont beaucoup dataient du XIXe siècle. Il y avait plusieurs œuvres jaunies de Lucy Gundersen, toutes en rapport avec la question vitale du baptême par immersion. Il en prit un sur le rayonnage. *Une réfutation charitable de ceux qui enseignent que le baptême sans immersion peut éteindre les feux de l'enfer, suivie de Sept Joyeux Sermons sur la sanctification du baptême.* Un titre qui avait dû faire un carton. À l'intérieur, il trouva des pages et des pages d'exégèse de passages de la Bible, un genre qui l'ennuyait à mourir.

Sur une autre étagère, il découvrit que l'école publiait elle-même une série de monographies remontant aux années 1890 appelées *Lignes de combat de la guerre théologique.* À l'autre extrémité de la salle, il tomba sur une étagère remplie d'œuvres sur le terrible péché de sodomie. L'une, publiée en 1922 par les Presses du Sacré-Cœur-de-Jésus, à Dangerfield, Texas, était intitulée : *Convoiter la chair interdite :*

l'abomination de l'amour contre nature entièrement documenté dans la loi divine par un certain révérend Gideon L. P. Pickett. Le frontispice représentait deux gentlemen, habits victoriens et cheveux longs, se tenant par la main. Visiblement des sodomites. Tous deux, frappés de terreur, levaient les yeux au ciel. Au-dessus d'eux voltigeait un ange courroucé brandissant un glaive de feu. Au-dessous figuraient les mots : « Sinon je viendrai à toi et j'ôterai ton chandelier de sa place, à moins que tu ne te repentes. » (Apocalypse, II, 5). Où était ce chandelier ? se demanda-t-il. Impossible à voir. Une métaphore, très certainement. Il explorait les dédales d'une intelligence étrangère.

Il continua à promener son regard sur les étagères et, finalement, tomba sur un titre qu'il reconnut. *Le Voyage du Pèlerin*, dans plusieurs éditions, en fait. Bon, c'était mieux que rien. Il le glissa sous son bras et se dirigea vers l'autre bout de la bibliothèque. Là, il tomba sur une étagère qui contenait une collection des annuaires de l'école remontant jusqu'en 1874. Il tira quelques volumes au hasard. Sur la couverture de l'un, l'édition de 1992, se trouvait une photographie d'un événement sur le campus. Elle montrait une foule joyeuse d'étudiants avec des pancartes et des affiches, l'orchestre de l'école, des enseignants aux larges sourires épanouis. Sur la façade du Gundersen Hall – le bâtiment dans lequel il se trouvait à présent – il y avait une banderole : « Bienvenue, Axel ! Par la violence Babylone sera détruite. »

Il feuilleta le livre et trouva une coupure de presse collée à l'intérieur. Elle était datée du 16 mai 1992. L'article était illustré d'une photographie d'Axel Hask, la mine renfrognée, la lèvre retroussée, les yeux furibonds, l'air bon pour la camisole. Il y avait un titre : « Le concierge de Faith College acquitté dans une affaire d'attentat à la bombe. »

L'article relatait :

> Axel Hask, le gardien de Faith College à North Fork, accusé d'avoir mis une bombe à la clinique du

planning familial en mai dernier, a été acquitté de toutes les charges concernant cette affaire et libéré. Hask, 52 ans, est, depuis plusieurs années, une personnalité marquante de la campagne pour le Droit à la vie dans l'ouest du Minnesota. Il avait été identifié comme l'un des trois hommes qui avaient fait exploser un objet incendiaire à la clinique dans la nuit du 12 septembre de l'année dernière. Un médecin et trois membres du personnel soignant étaient morts au cours de l'explosion. Le procès, qui a eu lieu à Thief River comme l'avait instamment réclamé l'avocat de Hask, n'a duré qu'une semaine. Malgré les preuves contre Hask fournies par deux témoins, le verdict a été prompt et unanime : non coupable. Un responsable de la clinique, qui souhaite conserver l'anonymat, a dénoncé le verdict comme l'œuvre d'un jury partisan. Hask, qui a été arrêté à plusieurs reprises dans le passé pour avoir organisé des manifestations violentes contre des cliniques du planning familial, avait été détenu en raison de l'explosion d'une bombe dans un établissement de Duluth en 1988, explosion qui avait fait trois blessés. Aucune accusation n'avait été retenue contre lui dans cette affaire. Il va retrouver ses fonctions à Faith College, pour lequel il travaille avec sa femme Helga, depuis plus de vingt ans. Lors d'un rassemblement spontané devant le tribunal à la suite du verdict, Hask a souhaité recommencer à faire campagne contre ce qu'il appelle « le véritable Holocauste ». L'Association des étudiants de Faith College, qui a payé les frais de la défense, a fait une déclaration dimanche pour se réjouir de l'acquittement de Hask et lui souhaiter la bienvenue sur le campus. « Axel est depuis longtemps une figure populaire de notre école et une source d'inspiration morale pour notre communauté étudiante, a précisé Arnold Stitch, président de l'association étudiante de

Faith College. Nous sommes heureux de voir que justice a été rendue, non seulement à Axel, mais au mouvement contre l'avortement, qui continue de jouir du soutien de notre Église et de notre faculté.

Silverman avait les yeux rivés sur la page. *Bon Dieu ! Ce type est un poseur de bombes, un maniaque !*

Avant que le choc de cette révélation se soit dissipé, il entendit une porte grincer derrière lui. Il fonça derrière une chaise et se mit à chercher quelque chose – un tisonnier, un balai, un presse-papier – pour se défendre. Deux personnes entrèrent dans la bibliothèque, un homme et une femme, des membres de l'équipe enseignante qu'il avait rencontrés au déjeuner du Nouvel An, mais dont les noms lui échappaient. Il se souvenait qu'ils faisaient partie de ceux qu'il avait entrevus quand il avait surgi dans la salle des professeurs ce matin-là. Ils devaient être piégés comme les autres par la tempête. Quand ils l'aperçurent, ils s'arrêtèrent net, souhaitant sans doute pouvoir se retirer aussi vite.

« Vous avez vu le professeur Oxenstern ? s'enquit la femme. Nous devions avoir une réunion.

– Pas depuis ce matin », répondit Silverman. Puis, avant qu'ils puissent partir, il ajouta : « Puis-je solliciter votre aide ?

– Oui ? répondit la femme dont le visage se figea.

– Excusez-moi, je sais que nous nous sommes vus, mais j'ai oublié votre nom.

– Erika Halstadt », dit-elle. Frisant la cinquantaine, c'était une grande et belle femme au visage bien modelé, mais portant les cheveux tellement tirés en arrière qu'elle avait les yeux bridés. L'homme, sans doute proche de la quarantaine, déjà déplumé et corpulent, se présenta comme « John Hoff ». Aucun ne s'avança pour lui serrer la main. Silverman tendit l'annuaire qu'il était en train de lire. « Je suis tombé sur ce volume. Il y a un article là-dedans qui dit que votre concierge, Axel Hask, a été poursuivi pour meurtre.

– C'est vrai, reconnut la professeure Halstadt. Il a été acquitté.

– Pourtant, il y avait des témoins, s'étonna Silverman.

– Oui, mais les jurés ne les ont pas suivis. Ils étaient convaincus que l'avortement est un crime.

– Mais ce n'était pas la question, la corrigea Silverman. C'était un procès pour meurtre.

– Bien sûr, nous savons que, comme beaucoup d'humanistes, vous ne considérez pas l'avortement comme un meurtre.

– Mais je considère le meurtre comme un meurtre. Et quatre personnes, quatre adultes, ont été tués par l'explosion. Le procès portait là-dessus.

– Et comme je vous l'ai dit, il a été acquitté.

– Oui, par un jury partisan.

– La presse de gauche ne pouvait pas dire autre chose, répondit-elle.

– Mais vous avez bien vu comment il s'est comporté lors de ma conférence, lui rappela Silverman. Il avait l'air prêt à me tuer.

– Mais il ne l'a pas fait, n'est-ce pas ?

– Non, mais s'il l'avait fait, auriez-vous considéré que c'était un acte légitime ?

– Bien sûr que non, affirma-t-elle d'un ton blessé. Axel est un homme d'une grande ferveur religieuse et il ne s'en cache pas. Nous le considérons comme l'un des trésors de notre campus.

– Vous n'avez rien à craindre de lui, si c'est ce que vous voulez savoir, intervint le professeur Hoff.

– C'est exact, renchérit la professeure Halstadt. Cela ne devrait pas être si difficile pour vous de comprendre son point de vue. Après tout, vous nous avez dit à quel point vous vous sentiez touché par ceux de votre peuple qui ont péri dans l'Holocauste, comme on dit. Axel éprouve la même chose pour les innocents qui sont encore massacrés à l'instant même où nous parlons.

– Aux yeux d'Axel, précisa le professeur Hoff, vous êtes comme les Allemands qui sont restés les bras croisés pendant que des millions de gens mouraient. »

Acculé dans une impasse, Silverman essaya d'invoquer *houga-houga*. Mais sa situation commençait à devenir trop précaire pour qu'il joue au malin. Axel Hask avait réussi à l'ébranler dans la chapelle. La violence de sa fureur s'était manifestée ouvertement. Mais ce n'était guère qu'un épisode déplaisant. C'était tout autre chose de découvrir qu'Axel était probablement passé à l'action pour le même motif, avait prémédité son crime et avait mis en œuvre son plan sans remords – et cela, plus d'une fois. Et voilà que les professeurs Halstadt et Hoff lui disaient qu'Axel avait toutes les excuses du monde de traiter des gens de son espèce comme un sympathisant nazi – pourquoi Silverman ne comprenait-il pas ça ?

« Vous n'avez aucune raison d'avoir peur, le rassura la professeure Halstadt. Axel est un bon chrétien. C'est un croyant zélé, mais il ne vous ferait pas de mal. »

N'ayez pas peur, dit le propriétaire du brave toutou. Le pitbull qui grogne sur ses talons ne mord jamais. Silverman haussa les épaules et remit l'annuaire à sa place sur l'étagère.

« Je n'aurais jamais dû parler de fausse couche émotionnelle, marmonna-t-il tout haut pour que les professeurs l'entendent. J'aurais mieux fait de ne pas essayer de mettre le doigt sur quelque chose d'aussi complexe dans un endroit pareil.

– Oh ? fit la professeure Halstadt, piquée au vif. Avez-vous l'impression que la complexité est ce qui est en jeu ici ? Vous vous trompez.

– Ah oui ? demanda Silverman, sombre. Je voulais juste élargir un point de vue. Je ne crois pas qu'il y ait beaucoup d'amateurs pour ça à North Fork. Vous semblez être assez repliés sur vous-mêmes concernant certaines questions et – franchement – avoir l'esprit plutôt étroit.

– Vous êtes tout à fait injuste, protesta-t-elle. J'ai moi-même trouvé vos idées sur l'avortement fort intéressantes aussi pitoyables soient-elles. Professionnellement intéressantes, dirais-je. Je croyais avoir déjà entendu tout ce que les humanistes pouvaient dire d'intelligent sur le compte de l'avortement, mais vos réflexions étaient nouvelles pour moi. Le professeur Hoff et moi-même enseignons les valeurs familiales. J'aimerais en fait rediscuter de ça avec vous.

– Je ne suis pas une autorité, lui rappela Silverman.

– Ça n'empêche pas les gens de disserter sur de grandes questions morales. Puis-je vous poser moi-même une question ? » Le ton était agressif, manifestement c'était une question qu'elle avait sur le cœur depuis quelques jours. N'ayant rien qui l'attendît dans sa chambre à part l'histoire de Chrétien le Pèlerin, Silverman ne vit pas pourquoi il ne jouerait pas à l'anthropologue avec la professeure Halstadt. À vrai dire, il se sentait plus en sécurité en compagnie d'autres gens. Il s'écarta des fenêtres, où la tempête rendait leurs propos presque inaudibles, battit en retraite dans le coin le plus éloigné de la pièce et se laissa tomber sur une chaise, sans oublier de vérifier qu'il pouvait, de là, garder un œil sur la porte.

Les deux professeurs prirent place en face de lui. « Qu'entendez-vous exactement par cette idée remarquable de "fausse couche émotionnelle" ? » s'enquit la professeure Halstadt. Malgré sa curiosité, elle restait raide et distante.

Une fausse couche émotionnelle… Que pouvait dire Silverman sur le sujet ? Rien de très original. Il avait piqué l'idée chez sa voisine, Sally Weeks. Elle s'était trouvée en désaccord avec son Église sur la question. Son point de vue reposait sur une idée simple. Silverman se demanda s'il pouvait la développer. « Eh ben, voyons, dit-il pendant qu'ils prenaient place. Admettons que nous commencions par la grossesse. La grossesse n'est pas spécifique à l'espèce humaine, n'est-ce pas ? Je veux dire qu'elle existe chez tous les mammifères. Alors, quelle est la différence entre la grossesse d'une femme et la grossesse d'une chienne... je veux dire du point de vue de la femelle ?

– Une différence énorme, manifestement, affirma le professeur Hoff. Une femme sait qu'elle est enceinte et comprend sa responsabilité. C'est pourquoi la grossesse est une question de théologie morale. »

Sentant que les professeurs étaient assis un peu trop loin, Silverman se rapprocha de quelques centimètres. Il remarqua aussitôt et simultanément une expression d'inconfort sur les deux visages. « Exact. Et parce qu'une femme peut savoir qu'elle est enceinte, cela peut susciter chez elle des sentiments. Je le suppose du moins, n'ayant jamais été moi-même dans cette situation.

– Des sentiments ? Oui, de la joie, de l'espérance. » En répondant cela, le professeur Hoff recula sa chaise à peu près d'autant que Silverman avait avancé la sienne. La professeure Halstadt fit de même.

« De même que de la peur, de la honte, du dégoût, ajouta Silverman. Tout ça aussi, non ? Une femme peut savoir que la grossesse la tuera. Ou qu'elle aura honte parce qu'elle a été violée. La société fait que les femmes ressentent ça, vous savez. Comme si le viol était un péché qu'elles avaient commis. » De nouveau, sans vraiment s'en rendre compte, Silverman rapprocha un peu sa chaise. « Il y a des femmes qui se sentent trop fatiguées et accablées par la vie pour avoir un autre enfant. Ou le bébé peut avoir une malformation. Un tas de sentiments.

– C'est juste, convint le professeur Hoff, qui repoussa à nouveau sa chaise. Mais tout ça n'a rien à voir. Le seul sentiment qui compte, c'est notre gratitude envers Dieu. » L'air de rien, la professeure Halstadt repoussa aussi sa chaise de quelques centimètres. Cette fois, Silverman remarqua leur manège. Il se rendit compte que ses interlocuteurs maintenaient entre lui et eux un écart fixe. Il se demanda si c'était une sorte de zone de sécurité homosexuelle établie de façon intuitive : *pas moins de soixante-quinze centimètres.* Ou peut-être était-ce à cause de son rhume, mais il n'avait manifesté aucun symptôme.

« Alors, admettons qu'une femme fasse une fausse couche, poursuivit Silverman. Est-elle censée en éprouver de la reconnaissance ? Parce qu'il y a des femmes qui font des fausses couches, vous savez.

– C'est vrai et c'est très triste, reconnut le professeur Hoff. C'est la volonté du Seigneur.

– Est-ce que vous le reprocheriez à Dieu ou le traiteriez-vous d'assassin ? »

Les deux visages en face de lui se refroidirent notablement. « Bien sûr que non, fit la professeure Halstadt d'un ton sec. Nous ne devons pas contester la volonté divine. Jacques, IV, 15.

– Ou peut-être l'Épître aux Romains, XII, 2, proposa le professeur Hoff.

– Ah oui, approuva la professeure Halstadt. Encore mieux. »

Silverman pencha la tête sur le côté et plissa les paupières. « Vous inventez ces machins-là, n'est-ce pas ?

– Quels machins ? demanda la professeure Halstadt.

– Épître aux Romains, 1, 2, 3, Matthieu, 4, 5, 6, Pierre, Paul et Mary[1], 7, 8, 9. Vous n'avez pas quand même pas appris toute la Bible par cœur ?

– Ce sont des citations bibliques apprises grâce à de nombreuses années d'études. Non, nous ne faisons pas semblant. Ce serait un blasphème. »

Sentant croître sa curiosité anthropologique, Silverman demanda : « Alors quand vous balancez une de ces références fulgurantes entre parenthèses, ça veut dire quoi exactement ? »

Les professeurs parurent un peu irrités. « Nous citons la parole divine.

1. Groupe de chanteurs folk des années soixante-dix. (*N.d.T.*)

– Et ça veut dire que vous avez prouvé ce que vous avez avancé ?

– Manifestement.

– Bon, alors dites-moi, si ce que Dieu dit sur la question est si évident, comment se fait-il qu'il n'y ait pas une seule grande Église chrétienne à l'intérieur de laquelle tout le monde croie la même chose ? Pourquoi les chrétiens se bagarrent-ils depuis des siècles ? Vous savez ce que je veux dire, les inquisitions, les persécutions et tout le saint-frusquin.

– Malheureusement, expliqua le professeur Hoff, tous les pasteurs ne sont pas des instruments du Saint-Esprit. Nous sommes prévenus que même le diable peut citer les Écritures. »

Silverman décida de s'en tenir là sur ce front. « Entendu, revenons à la fausse couche. Est-ce que je suis naïf ? Dieu ne pourrait-il pas l'empêcher s'Il le voulait ? Ne pourrait-Il faire en sorte que chaque femme ait un accouchement parfait ?

– Et le fait que ce n'est pas le cas est un mystère qui nous échappe, répondit le professeur Hoff avant que Silverman ait même posé la question.

– Très bien, convint Silverman. Donc, nous ne reprochons pas à Dieu les fausses couches. Mais nous n'en faisons pas grief à la mère non plus, n'est-ce pas ? Nous ne la condamnons pas parce que son corps n'a pas mené la grossesse à terme ?

– Évidemment non », convint le professeur Hoff.

Quand on s'y met, on y prend goût, se dit Silverman. *C'est comme un jeu, non ? Parler de ce que Dieu pense, et de ce qu'Il fait, et de ce qu'Il veut.* Il ne se souvenait pas d'avoir jamais eu une conversation pareille. Mais là, il s'en tirait rudement mieux qu'il ne l'aurait cru. D'accord, il fallait voir la dégaine de l'opposition.

« Entendu, reprit-il. Maintenant, passons à l'avortement. Certaines femmes, la plupart des femmes peut-être, quand elles sont enceintes, se sentent rudement heureuses, ou du moins acceptent la chose sans se plaindre. Mais Dieu permet que certaines femmes éprouvent de gros doutes sur le fait d'avoir un enfant. Il les laisse éprouver de la peur, Il les laisse se sentir honteuses et fautives. Il les laisse éprouver des regrets, ou peut-être de la colère et du ressentiment. *Madame Bovary*, page 324.

– C'est quoi ? demanda la professeure Halstadt.

– C'est une citation littéraire. Je me suis dit que j'allais mettre ça à mon actif. En fait, je ne suis pas absolument sûr de la page, mais j'ai écrit une variation sur *Madame Bovary* qui s'inspirait du récit de sa grossesse par Flaubert. Elle aboutit à un avortement.

– Un roman ? Si vous comptez prendre cela à la légère, décréta la professeure Halstadt avec une pointe de causticité dans la voix, nous ferions aussi bien d'en rester là.

– Je m'excuse. Je vais éviter la littérature. Bref, des sentiments pareils – la peur, la culpabilité, la colère – peuvent être accablants. Ils poussent certaines femmes qui les éprouvent à mettre fin à leur grossesse. C'est là une sorte de fausse couche spécifiquement humaine. Une chienne ne peut éprouver ces sentiments, mais une femme, oui. Si une femme n'est pas prête sur le plan affectif à avoir un bébé, je pense que c'est la même chose qu'une fausse couche purement physique. C'est désolant, mais ce n'est pas un péché. C'est ce que j'entendais par une fausse couche émotionnelle. »

Les deux professeurs échangèrent des regards réprobateurs. Le visage de la professeure Halstadt afficha un sourire narquois. « Voilà qui est fort habile, Mr. Silverman. Je dirais même diaboliquement habile. »

Silverman prit secrètement cela pour un compliment, mais il dit tout haut : « Pas du tout. Juste de la miséricorde humaniste.

– Vous négligez le fait que tous ces doutes qui tourmentent une femme sont l'œuvre du démon, continua-t-elle. Ce sont des tentations. »

Elle dit cela aussi froidement que si elle lisait le bulletin météo : *et le Midwest reste sous la neige.*

« Bien sûr, je pourrais dire que c'est le démon qui vous encourage à prendre cet air supérieur et dur vis-à-vis des femmes dans le tourment dont nous avons parlé. J'ai tendance à croire que le diable est du côté de la méchanceté. Mais écoutez, supposons qu'une femme ait de bonnes raisons médicales de croire qu'elle va mourir en accouchant. C'est aussi le diable qui parle ?

– Absolument, intervint la professeure Halstadt. Une bonne chrétienne croit en Dieu.

– Qui parfois la laisse mourir en couches.

– Les voies du Seigneur sont impénétrables. Il faut avoir confiance. »

Était-ce son boulot de parler au nom des femmes de l'histoire humaine ? se demanda Silverman. Et pourquoi pas ?

« Vous voulez dire, en fait, vous pensez *vraiment* que des sentiments tels que l'angoisse, la honte ou le dégoût ne doivent pas être pris au sérieux ?

– Ils doivent être apaisés par la prière.

– Ainsi, ce que vous me dites, c'est qu'une femme tombe bien enceinte comme une chienne. Ou, du moins, vous croyez qu'elle le devrait. Se vider la tête et subir le processus de façon instinctive, sans s'autoriser aucune émotion personnelle.

– Il y a d'autres émotions, lui rappela Halstadt. L'allégresse et la fierté.

– Et être responsable de son propre corps, par exemple ? demanda Silverman.

– Mais ce n'est pas *son* corps, s'insurgea la professeure qui commençait à s'énerver. Surtout quand il est le réceptable d'une autre vie. Elle est alors consacrée à Dieu plus qu'à tout autre moment. Ces idées sur "son propre corps" sont simplement le langage du tentateur.

– Par opposition à quoi ? s'emporta Silverman. Le langage de son mari, ou de son père, ou de son pasteur ? Vous ne voyez pas la présence possible ici de ce que certaines femmes appellent un comportement “patriarcal” ?

– Bien sûr que c’est patriarcal, protesta le professeur Hoff. Ce terme n’a pas pour nous de sens péjoratif contrairement aux féministes. Le patriarcat est approuvé explicitement par les Écritures. Il est même décrété. L’homme est à l’image de Dieu, la femme est le complément de l’homme. C’est le fait le plus évident de notre religion. Professeur Silverman, le patriarcat est une chose normale. Il provient d’un acte créateur parfait qui a déterminé les rôles de l’homme et de la femme. Par ailleurs, l’unisexisme est strictement interdit.

– Vous croyez vraiment que Dieu est un homme ?

– Pas un homme, le corrigea Hoff. Masculin. Un être totalement masculin.

– C’est simplement parce que la Bible se réfère à Dieu comme “Il” ou “Lui” ?

– Devons-nous considérer cela comme une coquille ? Une faute de frappe ? Une erreur de traduction ? Difficilement. Quoi qu’il en soit, s’il existait l’ombre d’un doute sur la question, cela fut réglé par Notre-Seigneur Jésus, qui fut indubitablement un homme, comme cela fut révélé par la connaissance basée sur l’expérience, la vraie vie, la pratique. Ainsi, puisque Jésus était l’image délibérée de Dieu incarné, Dieu est masculin. »

La professeure Halstadt approuva en hochant fermement du chef. Silverman devait reconnaître que ces gens-là pourraient présenter une solide plaidoirie au tribunal le cas échéant. Il suffisait de reconnaître l’autorité du livre, de laisser de côté l’histoire, la sociologie et les caprices de la licence poétique, et le reste suivait comme une preuve mathématique. « Est-ce que ça veut dire que vous croyez que Dieu a un pénis et des testicules ? » demanda-t-il.

Le professeur Hoff répliqua d’un ton acerbe. « Bien sûr que non. Nous ne nous intéressons pas ici à des termes physiques grossiers. Le biologisme n’a aucun rôle à jouer dans ces questions-là, ce qui est une des principales raisons pour lesquelles nous refusons les mensonges que les évolutionnistes racontent sur notre propre nature. La masculinité de Dieu concerne les pouvoirs supérieurs – l'intelligence, la volonté, la domination, en particulier la paternité, avec toutes ses responsabilités disciplinaires. Comment tout cela pourrait-il être transmis par une image féminine ? »

Silverman se tourna vers la professeure Halstadt, qui avait ponctué de mimiques approbatrices chaque mot prononcé par son collègue masculin.

« Vous êtes d'accord avec tout ça ?

– Bien entendu, répondit-elle, apparemment déconcertée qu'il puisse en douter.

– Ça ne vous dérange pas d'être une citoyenne cosmique de seconde classe ?

– Ça alors ! explosa-t-elle. Vous en avez du mal à comprendre ! Il n'y a aucune notion d'infériorité ici. La femme est un membre à part entière de la race d'Adam. Mais il y a une distinction précieuse, dont les unisexistes ne font aucun cas. Si vous voulez savoir, je me délecte du statut de la femme en tant qu'épouse. C'est la forme supérieure de mon identité et de ma vocation. L'avortement me frappe au cœur même de ma féminité. »

Silverman laissa échapper un soupir exaspéré. « Écoutez, professeure, pour autant que je sache, personne ne pense que l'avortement est une bonne chose. Peut-être que les vôtres l'assimilent à la liberté sexuelle de sorte que ça vous paraît être un plaisir. Mais ce n'est jamais le cas. Les femmes que je connais qui ont choisi d'avorter ont énormément souffert d'avoir à prendre cette décision. Elles en ont souffert longtemps. Si je devais me sentir concerné, je pense que cela me rendrait très triste, autant qu'une fausse couche spontanée. De plus, je considère que le droit d'avorter fait partie de l'évolution de la situation des femmes, qui en ont assez de recevoir des ordres et d'être malmenées par les hommes. L'avortement est peut-être le prix à payer pour des siècles d'asservissement des femmes. Peut-être que quand nous aurons dépassé ça, les choses changeront. Peut-être que les femmes feront d'autres choix.

– Comme vous paraissez raisonnable, remarqua le professeur Hoff en hochant la tête. Et bon. Je suis sûr que vous ne vous rendez pas compte que ce que vous dites est diabolique.

– La théologie morale n'a jamais été mon fort, concéda Silverman. Je suis un romancier, professeur, un conteur d'histoires. Dire que c'est la faute du diable n'est pas une explication très intéressante. Ça n'a aucune substance humaine. Pour moi, il y a des fausses couches. Certaines sont physiques, d'autres émotionnelles. Si Dieu l'avait voulu, Il aurait pu changer tout ça d'un claquement littéral de Ses doigts littéraux. Pas de fausse couche, rien qu'une maternité heureuse garantie. Permettez-moi de le présenter ainsi : si vous étiez Dieu, est-ce que vous ne feriez pas en sorte que ça marche comme ça ?

– La femme qui pense de la façon que vous dites doute parce qu'elle est tentée, répliqua la professeure Halstadt. Elle se permet d'opposer son jugement au Sien. Vous semblez incapable de reconnaître la réalité de la tentation.

– Peut-être. C'est peut-être parce que je ne peux pas imaginer que Dieu Tout-Puissant puisse jouer des tours aussi cruels avec quelque chose d'aussi essentiellement humain qu'un accouchement.

– Vous oubliez la chute de l'homme, ajouta la professeure Halstadt. "Tu enfanteras dans la douleur." La Genèse, III, 16. Vous voyez, c'est nous qui nous sommes attiré ces souffrances, c'est le prix de la désobéissance. »

Silverman la scruta avec soin. « Vous ne trouvez pas ça dur à dire, en tant que femme ? Vous ne trouvez pas que c'est une vacherie ? »

Elle cilla sous l'effet de la surprise. « Une vacherie ? Au nom du ciel, professeur, nous parlons ici de la volonté souveraine de Dieu.

“Lui formé pour la méditation et le courage,
Elle pour la tendresse et la douce grâce séduisante,
Lui pour Dieu seulement, elle pour Dieu en lui[2].” »

Silverman poussa un soupir profond, résigné. « Je dois vous reconnaître une chose, professeure. Entre la version autorisée de la Bible et John Milton, vous avez de votre côté de grands textes mal inspirés. »

* * *

Vous semblez incapable d'accepter la réalité de la tentation, avait dit la professeure Halstadt. Et elle avait raison. Il se trouvait parmi des gens qui pensaient en catégories qu'il n'avait jamais apprises : la tentation, la damnation, la sanctification, le repentir. Même le péché, en fin de compte. Bien qu'il ait éprouvé la honte – qui y échappait ? –, il n'avait jamais pensé que ses transgressions étaient mises sur son ardoise par un Dieu courroucé qui tenait les comptes. Aussi étrangères que lui fussent ces choses, il percevait le drame qui se jouait à l'arrière-plan, donnant de la vie une image... tenez, le pèlerinage sous la forme duquel John Bunyan avait représenté cela : une quête, remplie à chaque tournant de terribles possibilités, des conséquences éternelles. Son esprit ne pouvait s'empêcher de retourner à l'époque où le monde était une scène au centre de l'univers, quand les êtres humains interprétaient le drame du salut sur cette scène. Mais il avait également appris autre chose. Même si les chrétiens occupaient le centre de la scène, cela n'avait rien à voir avec l'orgueil. Au contraire, ils se percevaient plutôt comme des marchandises avariées, bourrées de défauts. Certes, quelques-uns pouvaient réussir à se faufiler dans la cité céleste, mais la plupart, et de loin les plus nombreux, étaient si piteusement déglingués que le Dieu qui les avait

2. Extrait de *Paradis perdu,* de John Milton. Trad. Pierre Messiaen, Aubier-Montaigne, 1965. (*N.d.T.*)

créés était prêt à les vouer à la damnation éternelle. Silverman ne pouvait chasser de son esprit la célérité avec laquelle Erika Halstadt avait consenti à endurer les douleurs de l'enfantement, acceptant le châtiment pour une transgression légendaire qu'elle-même condamnait. Le sentiment de culpabilité semblait être inscrit dans sa nature. Elle était dans son élément, comme si c'était la colonne vertébrale de sa vie. Qu'on lui retire son sens du péché et elle risquait de s'effondrer comme un sac vide. Et, étant convaincue de sa propre faute, elle n'avait aucun problème à vilipender les autres pour leurs péchés. Les chrétiens savaient si bien vilipender ! Comme toutes les saintes gens qu'il avait croisées dans l'école, quand la professeure Halstadt le regardait, elle voyait une âme damnée, une âme damnée *à juste titre*, et pour laquelle elle n'éprouvait pas une once de pitié.

Peut-être était-ce une question incorrecte sur le plan théologique, mais... et l'amour dans tout ça ? Où se trouvaient la bonté, la pitié, la compassion, toutes ces vertus que les chrétiens aimaient à glorifier dans leurs cantiques ? *Jésus m'aime, oui, je sais, car c'est ce que me dit la Bible*. De telles paroles avaient un sens curieusement faussé pour ces gens-là. Alors que Silverman trouvait cela très simple. L'amour voulait dire ne pas blesser, cela voulait dire accepter, cela voulait dire comprendre. N'était-ce pas le sens du mot « compatir » : *souffrir avec ?* Quand on y songe, c'est ce que font les romanciers, leur seconde nature : ils se glissent dans la peau de quelqu'un dont ils vivent les tourments, les chagrins et la folie – *meshigue*, comme on disait chez lui – qui sont le lot de ceux qui se battent pour conserver autant de dignité que la vie le leur permet. Entendu, mais Daniel Silverman le romancier était-il capable de faire cela pour Axel Hask ? Pouvait-il compatir avec le maniaque poseur de bombes qui l'avait publiquement vilipendé et se trouvait peut-être en cet instant même en train d'imaginer comment planter sa hache de bûcheron dans son crâne de pédé ? Non, absolument pas. En cet instant, il voulait mettre autant de distance physique et émotionnelle que possible entre Axel et lui. Mais au moins ne prétendait-il pas qu'il y avait un semblant d'amour entre eux. Et c'était cela qui l'irritait chez ces chrétiens. Prétendre l'amour quand il n'y en avait aucun, voire souvent même le contraire. Quand vous faites tout pour que l'autre se sente de la crotte, n'essayez pas de vous faire passer pour Jésus sur la croix.

Peut-être ne saisissait-il pas les subtilités théologiques, mais comme il réfléchissait à ces deux derniers jours, Silverman ne put se rappeler avoir entendu à Faith College rien qui ressemblât même de loin à de l'amour, si « l'amour » était autre chose qu'un vocable dans un cantique. Au contraire, il avait entendu des paroles vindicatives, vestiges de rudes épreuves vécues à une époque lointaine où les gens s'attendaient à ce que la vie soit dure, brutale et brève. Une époque où il y avait peu de choses à partager, peu de choses pour vous remonter le moral. Une époque où des patriarches autoritaires devaient obtenir promptement de leurs enfants qu'ils se fondent dans le moule pour qu'ils puissent partir et à leur tour gagner leur pitance. Et, en remontant très loin, une époque où le pharaon accablait de coups son peuple pour le réduire à un état d'obéissance aveugle et de dégoût de soi afin de lui faire construire ces fameuses pyramides. Dans le monde tel qu'il apparaissait vu du quartier de North Beach, de Fillmore Street et du Castro[3], cet âge lointain de la misère noire et du désespoir paraissait se situer à des années-lumière. Pourtant, il se retrouvait là, à quelques heures seulement des avions qui décollaient de New York ou de San Francisco, avec le même enseignement austère, formulé avec la même conviction inébranlable : hais-toi, piétine-toi, repens-toi d'être en vie. La culpabilité : le grand surmoi flicard faisait toujours sa ronde dans North Fork.

Les choses lui revenaient, des voix qui s'élevaient, des fragments de dispute qu'il avait laissés derrière lui dans son

3. À San Francisco. (*N.d.T.*)

enfance, les nombreuses tirades amères de son père contre son propre père et contre la Bible de son père.

« Ce monument de pornographie morale, vitupérait le père de Silverman. Qui a écrit cette abomination, hein ? Des salauds, des parasites qui se croyaient supérieurs, qui n'ont jamais travaillé de leur vie. Qui s'intéresse à ce qu'ils pensaient pendant qu'ils erraient dans le désert avant qu'on ait inventé la roue ? Une bande de barbus bons à rien qui n'arrêtaient pas de taper sur les pauvres ploucs de la classe ouvrière tout en bas. Imagine leur satisfaction ! "Toi, tu ne vaux pas un clou ! Mais moi, hé-hé, je suis sacré, je grimpe au sommet de la montagne et je cause à Dieu en personne. Et Lui il m'a dit qu'il t'enverrait en enfer parce que tu as mangé des choses qu'il fallait pas, parce que t'as eu envie de la femme de ton voisin, que tu sais pas garder ta quéquette dans ton futal. Contrairement à ma sainteté, laquelle a une piaule réservée au Ritz Paradise." Tu sais ce que c'est, ce bouquin mal ficelé ? Du sadisme moral. Je vais te dire pourquoi Ézéchiel et sa clique de misérables collecteurs de doléances étaient toujours aussi ronchons. Ils avaient peur que, Dieu nous en garde ! quelqu'un, quelque part, soit heureux. Ils passaient des nuits blanches à cause de ça. "Efface ce sourire de ton visage, c'était ce que ton *zeide* me disait. Tu crois que la vie, c'est une vaste rigolade ?" La rigolade ! Dans ce livre misérable, il n'y a pas un seul truc rigolo. Pas un ! Y a rien à ajouter, petit. »

C'est peut-être pourquoi les gays choquaient autant dans des endroits pareils. Parce que, somme toute, les gays étaient gais ! Un mot curieux. Qui avait décidé que c'était le mot juste ? Peu importe qui, il avait fait fort. Il avait osé pousser un cri de joie, de cette forme de joie interdite par excellence. Surtout les drag queens, qui se comportaient comme si la vie était un grand éclat de rire. Un scandale ! Elles prenaient leur pied sans s'encombrer de promesses et d'excuses. Pour elles, le sexe voulait dire liberté, conscience de leur valeur, communauté. Elles se laissaient gouverner par leurs hormones, et non par des lois gravées dans la pierre. Il pensa à l'Église du Nouveau Testicule de Jerry Simon. L'humour dans la religion. C'était comme un pied de nez au vieux Jéhovah.

Quand Silverman était arrivé à San Francisco, la liberté sexuelle était devenue une cause quasi religieuse. Les quartiers gays grouillaient de fêtards dionysiaques venus de partout. Des croisés rabelaisiens se faisaient les champions des droits inaliénables de la queue. Il avait été emporté par cette frénésie, mais seulement pendant quelques semaines vertigineuses. Sortant de toute une vie de virginité frustrante et vexante, ce bref intervalle de sexe dans le néant moral avait été une véritable ivresse. Laisse-toi guider par ta queue. Jouis sans réserve, ni honte, ni engagement – et sans aucune conséquence. Ce fut la grande époque avant qu'on apprenne la mauvaise nouvelle, qu'on ferme les bains turcs, et que « *safe* » devienne le mot de quatre lettres le plus important de la ville. Autrement dit, peut-être y avait-il – et c'était là une pensée réellement troublante – Dieu ou la Nature ou quelqu'un là-haut qui riait le dernier.

Comme un type intelligent trouve plus de jouissance dans l'écriture que dans la perversité polymorphe, Silverman n'avait eu aucun mal à mettre en veilleuse sa vie trépidante sur la scène gay. La diminution de ses revenus, les rencontres éphémères, l'accent exagéré mis sur l'aspect physique et, pis encore, l'exploitation mutuelle, cela le dépassait. Avec du recul, il se rendait compte à présent qu'il en avait réchappé de justesse. À peine six mois après son arrivée à San Francisco, de sombres rumeurs de peste avaient commencé à circuler et, peu après, le froid était tombé. Dieu merci, il avait trouvé Marty qui, de son côté, avait eu son content de drague et de liberté sexuelle. Ils s'étaient rencontrés et avaient passé un pacte. Marty, qui avait deux ans de plus que Silverman d'après le calendrier et pour qui les rues du quartier du Castro n'avaient pas de secrets, trouva les bons mots au bon moment. « Mon tendre ami, dit-il un soir, toi et moi l'avons échappé belle. Les lumières s'éteignent dans tout le Castro. Ou nous restons fidèles l'un à l'autre ou nous mourrons. En ce qui me concerne, le choix est vite fait. J'ai tout vu, j'ai tout fait et, bordel, j'adore la vie. Et toi ? »

Cette folle période faisait figure à présent d'un âge d'or mythique, si obscurcie par les nuages de la nostalgie qu'il était impossible de dire si elle avait réellement existé. Mais après deux jours passés parmi le peuple grincheux du Seigneur, Silverman commençait à voir avec plus de lucidité que jamais l'intérêt de ce moment bizarre dans l'histoire moderne. Cela avait été l'exode des méprisés, des parias, des opprimés. Qui pouvait dire ce que cela représenterait dans cent ans ? Sans doute une grosse erreur, ou peut-être un chapitre nécessaire de l'histoire humaine, quelque chose qui trouverait sa place à côté de la déclaration d'indépendance et de choses comme celle-là. Un Symposium du Tout, c'est ainsi que le bon poète gay de San Francisco Robert Duncan nomma un jour cet étrange épisode de l'histoire de sa cité, une époque où « tous les anciens ordres exclus doivent être inclus, les femmes, le prolétariat, l'étranger, l'animal et le végétal, l'inconscient et l'inconnu, le criminel et le raté. Tout ce qui a été exclu et errant. » Bienvenue à tous. Même si, auparavant, il n'avait pas vu les choses ainsi, Silverman était content d'avoir fait modestement partie de la fête.

16

Le Pèlerin troublé

Cinq pages de John Bunyan, comme le découvrit bientôt Silverman, constituaient un tranquillisant presque aussi puissant que le Restoril. Il lisait, il sommeillait. Plusieurs fois, il se réveilla pour lire de nouveau, puis essaya d'écrire, mais il avait l'esprit trop agité. Le vent à lui seul était en permanence déconcertant. Il gémissait, gémissait, se jetant contre les fenêtres tel le monstre d'un film d'horreur bien décidé à entrer pour massacrer tous les habitants. Il avait vite acquis l'habitude subliminale d'écouter le vent, de prêter sans cesse une oreille au moindre changement dans l'intensité de la tempête. Encore qu'il n'y eût guère de variation à écouter. La vitesse du vent semblait s'être bloquée à cent soixante kilomètres à l'heure, avec de rares fluctuations. Tant que cela dura, il fut trop paralysé par l'angoisse pour poser le stylo sur le papier.

Écrire, du moins pour Silverman, exigeait sérénité et bien-être. Un lieu tranquille pour travailler à son rythme, son fauteuil à lui, sa musique à lui en sourdine – les *Préludes* de Debussy pour déclencher un certain état d'esprit, Errol Garner pour un autre. Et aussi, son café à lui (le Charlie's Choice, un mélange de jamaïcain et de kenyan, à la boutique de fromages et de café au bout de la rue) préparé et servi dans sa tasse à lui, la chope en porcelaine raku que Marty lui avait achetée à Tokyo quand il tournait une publicité pour Toyota, le premier cadeau sérieux qu'il lui avait fait. Comme tout cela lui manquait ! De même que les madeleines fraîches de sa pause du matin, cet intermède de détente durant lequel il passait en revue avec Marty les nouvelles et les potins du jour.

En une vingtaine d'années, écrire avait pris pour lui un caractère fondamental, homogène, une texture bio-psychologique intrinsèquement liée à un moment et à un lieu. Silverman faisait partie d'un tissu d'affection et de respect qui sous-tendait tout son quartier. Aussi aberrant et corrompu que le monde lui parût parfois, il y avait un chouette endroit sur la planète où il était « Danny l'écrivain », où on l'aimait pour ce qu'il était. C'était le revers de la médaille du fait qu'il n'était pas très connu et nanti, ce qui lui aurait permis depuis belle lurette de s'installer chez les célébrités. Au contraire, il était Danny l'homme de lettres de Fillmore Street, celui qui bouffait de la vache enragée et que chacun était fier de connaître comme s'il participait à son œuvre. Ce qui était le cas. Quand Silverman sortait un nouveau roman, Lisle et Jason du Midnight Bookshop, la dernière librairie indépendante du quartier, remplissaient toujours la vitrine de ses bouquins et organisaient même des signatures avec vin et fromage, qui ne vendaient pas cinq exemplaires. Et Angus, de l'Annex, son bistrot préféré, donnait un cocktail pour célébrer ce qu'il tenait à appeler « le dernier best-seller » de Danny. Kathy, à la bibliothèque, ne manquait pas d'exposer des critiques de ses livres (mais seulement les bonnes) sur le tableau d'affichage de la partie fiction. Bob, derrière le comptoir du bureau de poste, réduisait parfois de quelques grammes le prix des manuscrits que Silverman expédiait, une sorte de subvention tacite de la NEA[1] à la cause de la bonne littérature. Greta, à la banque, l'avait même laissé tranquille en dépit de quelques chèques sans provision, parce que, après tout, c'était « notre romancier ».

1. National Endowment for the Arts, fonds créé dans les années 1960 pour aider l'art contemporain. (*N.d.T.*)

Chaque jour, il vivait parmi des gens qui pensaient qu'un écrivain était quelqu'un d'assez remarquable. Et c'était pourquoi, même s'il tirait le diable par la queue, il refusait de se bagarrer comme beaucoup de ses collègues pour qui écrire était comme aller au charbon. Marty et lui ne s'en sortaient pas si mal. Pas super bien, mais pas mal. À vrai dire, entre ses avances et les honoraires de ses conférences qui s'amenuisaient à peu près à la même allure que les gains de Marty à la télévision, ils devenaient encore plus dépendants de sources de revenus précaires, notamment les ateliers d'écriture à l'université et les madeleines de chez Maurice. Mais au fil des mois, par une étrange alchimie, la littérature, la comédie et la pâtisserie fine leur maintenaient la tête hors de l'eau. Il aurait adoré rentrer du Minnesota avec assez d'argent pour finir de rembourser les frais astronomiques du bridge de Marty mais, malgré tout, ils se débrouilleraient. C'était ce qu'il ressentait quand il travaillait au bon endroit au bon moment. Ce qui n'était absolument pas le cas ici et maintenant.

S'efforçant de ne pas entendre le rugissement incessant du Géant blanc, il se frotta les yeux et reprit l'exemplaire du *Voyage du Pèlerin.* C'était un vieux grimoire impossible, une allégorie enfantine de la vie religieuse qui détonnait à tous les niveaux avec les goûts modernes. Entre lui et le vieux John Bunyan, le chaudronnier inspiré, il y avait, semblait-il, une distance de plusieurs millénaires. N'était-il pas incroyable qu'il y ait eu un temps où ce bouquin ringard figurait parmi les ouvrages les plus lus du monde, reposant à côté de la Bible dans chaque foyer chrétien de langue anglaise. Des générations de vrais croyants avaient grandi avec les aventures spirituelles de Chrétien, le pèlerin troublé. Deux ou trois des métaphores de Bunyan, il fallait le reconnaître, valaient le détour. Le Bourbier du Désespoir, bon, il était en plein dedans. Et la Foire aux Vanités, c'était précisément l'endroit où il vivait avec Marty, entouré par le stupide tourbillon des plaisirs et des engouements de la mode que chaque ville moderne était devenue. Que ferions-nous sans une expression pareille ? Bunyan le puritain aurait considéré comme une infâme idolâtrie la plupart des choses qui plaisaient à Silverman, et peut-être à juste titre. Il y avait des fois où Silverman avait l'impression que toute cette foire d'empoigne idiote pour la reconnaissance et le succès était une épreuve d'endurance. Pourrait-il s'en passer ? Le pouvait-il ?

Non. C'était trop grisant. Il y avait donc une divergence claire et nette entre Silverman, dont les yeux étaient fixés sur les contrats et les critiques, et Bunyan, dont les yeux étaient levés vers la Cité céleste. Par ailleurs, la préface au volume que Silverman avait pris dans la bibliothèque racontait comment Bunyan et les siens avaient souffert pour leur foi. Les évangéliques que fréquentaient Silverman avaient apparemment oublié combien leurs ancêtres pieux avaient été naguère détestés et rejetés. L'histoire du christianisme semblait être une régression interminable de minorités persécutées subissant l'oppression du groupe dominant sûr de son bon droit. Et souvent, le point de divergence était si bête que personne ne le comprenait plus. Du sang avait été versé pour des vétilles, un mot, une phrase, un geste rituel. Comme pour ou contre le baptême par immersion. À son crédit, Bunyan le martyr s'était battu pour la liberté religieuse. Il avait évidemment payé son dû. Douze ans sous les verrous dans une cellule à peine assez grande pour faire trois pas. C'est alors qu'il avait écrit le livre. Une sacrée vie.

Bunyan avait-il pensé une seule fois qu'il pouvait être homo ? s'interrogea Silverman. Aurait-il pu imaginer qu'un jour quelque chose d'aussi banal que l'usage intime des organes génitaux donnerait lieu à la même controverse enflammée, aux mêmes actes de cruauté bornée ? Sans doute pas. Quand on croit être du côté de Dieu, on devient le critère de la normalité, même en tant que minorité.

Vers les 6 heures, on gratta à la porte. Silverman attendit de ne plus entendre de bruit dans le couloir, puis il entrebâilla la porte et jeta dehors un œil précautionneux. Personne. Mais sur le seuil se trouvait un plateau couvert. Il l'emporta dans la chambre et passa son dîner en revue. Une soupe épaisse et pâteuse avec des crackers, de la charcuterie avec du pain, un petit godet de mayonnaise, un autre de ketchup, une salade défraîchie, un petit gâteau Hostess, du jus de pomme. Avec quelques extras tirés du sac à provisions de Syl, cela irait. Il n'avait pas vraiment faim.

Comme il déposait le plateau, il s'arrêta pour jouer au jeu du téléphone. Le jeu du téléphone était devenu une pratique rituelle. Dans sa chambre, quand il passait à une certaine distance de l'appareil, il se postait devant, adressait une incantation au dieu impénétrable des télécommunications, puis tout doux, tout doucement, portait le combiné à son oreille en espérant détecter la tonalité. Mais cette fois, il n'y avait rien et quand il tapota le support du combiné, encore rien, et quand il refit la manœuvre, toujours rien. Le silence. Il rectifia donc la position du plateau sur ses draps de plus en plus froissés, dégagea son gros orteil et se disposa à passer une autre soirée à survoler les touches. Un talk-show – rien que des têtes inconnues –, des publicités, des publicités, des publicités, une vente aux enchères, un film à peine regardable (un truc avec Rock Hudson et, comment elle s'appelait déjà ? Ah oui, Dorothy Malone), une course de voitures, retour au talk-show...

Minute papillon ! Fais marche arrière ! Il « pédipula » le bouton pour revenir à la chaîne qu'il venait d'entrevoir. Voilà, ça y est. La course automobile ! Un brouillard fantomatique vidé de ses couleurs, mais dans lequel il parvenait à discerner la rediffusion d'un épisode de *Hélico de patrouille*, la vieille série dans laquelle Marty avait joué. Insipide histoire de gendarmes et de voleurs, on y voyait Marty dans le rôle du lieutenant Mel Collier, l'incontournable flic noir. Après avoir tenu trois saisons, la série, abandonnée il y a cinq ans, représentait pour Marty le boulot précaire le mieux payé qu'il eût jamais décroché. Il percevait encore des droits sur des rediffs comme celle-là. La caractéristique principale du feuilleton tenait à la présence de l'hélicoptère. Chaque épisode était construit autour de lui. Sauts périlleux, poursuites, collisions, multiples numéros de haute voltige exécutés par une équipe de cascadeurs. Marty apparaissait principalement dans les plans rapprochés, l'air farouche ou préoccupé à l'intérieur d'une fausse cabine d'hélicoptère. Il devait transpirer beaucoup quand il faisait semblant de manœuvrer l'appareil au-dessus de voitures en mouvement sur l'autoroute, sous des ponts ou entre des tours d'habitation. Il ouvrait la scène, puis la caméra filmait un plan long et le cascadeur prenait la suite. Les répliques de Marty, gueulées dans le micro d'un casque, allaient rarement au-delà de « Tirons-nous d'ici ! », « On se barre ! », « Fais gaffe ! », « Il me faut plus de portance », ou « On perd de la hauteur ». Et, ah oui, « Go, go, go ! » qui était devenu une de leurs formules préférées pendant leurs ébats.

Affinant autant que possible l'image de la télévision, Silverman attendit que Marty surgisse, puis il haussa le son. Ah ! Le voilà sur l'écran : les manches retroussées pour montrer ses magnifiques biceps, grinçant des dents, le front luisant de glycérine en bombe, hors de lui et gueulant : « Rapproche-toi pour que je puisse sauter. » On passe à un plan américain de la blonde superdécolletée qui interprétait sa copilote – Silverman n'arrivait jamais à se rappeler son nom –, qui grimaçait aux commandes, jouant son rôle de son mieux. Puis le plan long du double saut périlleux de Marty sautant de l'engin sur le toit d'un camion fonçant sur l'autoroute de Santa Monica. Et puis un plan de Marty accroché au toit du camion, chemise ouverte, cheveux ébouriffés par le vent. Silverman se souvenait de cet épisode ; il se souvenait de chacun des épisodes. Marty se penche par la vitre pour coller son Magnum .45 dans l'horrible tronche du chauffeur de camion. « Arrête-toi ou t'es mort ! »

Si seulement il avait pu mettre la télévision sur pause ou repasser le feuilleton. Il aurait pu regarder Marty encore et encore pendant la nuit. Avec cette carrure, ce regard inflexible, cette voix hargneuse de baryton, Marty avait l'air d'un superdur. C'était le rôle pour lequel il était toujours recruté : un Noir intimidant et dur comme la pierre. Marty pouvait prendre un air qui stoppait net un rhinocéros en train de charger. Qui aurait pu imaginer qu'il passait le plus clair de la semaine dans leur chouette petite cuisine riquiqui de Fillmore Street à fabriquer les meilleures madeleines de San Francisco ?

« Comment tu peux jouer si bien ces rôles ? » lui avait demandé Silverman un jour, au début de leur amitié. Ils avaient regardé un téléfilm où Marty tenait le rôle du patron brutal d'un réseau de crack-cocaïne. Dans la scène précédente, il avait descendu quatre rivaux, ensuite il avait bâillé. « Ça ne te ressemble pas du tout.

– Bien sur que si, le reprit Marty. Parce que je joue un rôle. Et le macho, lui aussi il joue un rôle, non ? C'est peut-être pareil pour les femmes, mais c'est plus dur pour les hommes, parce que le machisme, c'est vraiment con. Tu dois faire gaffe à ne pas te piquer au jeu. Aucun animal aussi bête que le vrai supermacho n'aurait pu survivre dans le zoo de l'évolution, crois-moi. Alors, sous le macho, il faut bien qu'il y ait un minimum de cervelle, même si parfois tu rencontres des mecs dont tu te demandes... comme ces joueurs de football qui aiment se filer des coups de boule les uns aux autres. Putain, c'est vraiment débile. Tu vois, le machisme, ce n'est que de l'esbroufe, de la poudre aux yeux. Tu sais : le regard furieux, la démarche chaloupée, débiter des conneries, se marteler la poitrine. Pour quoi faire, au fond ? On le sait bien, non ? Arriver à bander. Il y a des mecs, ils n'arrivent pas à bander à moins que tout ce qui est en vue, et surtout les femmes, ne se mette à plat ventre devant eux. C'est un rôle, mec. Il faut être acteur pour ça. Jusqu'à ce que je comprenne ça, j'étais un petit garçon effrayé, je rentrais chez moi en courant après l'école tous les jours. Puis, à partir de l'âge de onze ans, j'ai commencé à devenir baraqué.

Aussitôt, j'ai compris que si je me musclais et si je disais des gros mots, je pouvais être aussi viril que n'importe quel mec. Tu sais quel a été le premier truc macho que j'ai appris ? Comment cracher. Sans blague. En CM1, je pouvais cracher plus loin que n'importe qui dans l'école. Je pouvais aussi pisser plus loin. Ça méritait vraiment le respect. C'est tout comme ça, tu vois ? Des conneries. Tu te fais des muscles et tu te conduis comme si tu avais douze ans d'âge mental. Et là, tu seras un homme, mon fils. »

Mon Dieu, comme il me manque, gémit Silverman tout bas pendant que défilait le générique de fin sur la dernière image, la plus importante, du film : le capitaine Mel Collier triomphant serrant très fort dans ses bras la jeune première aux formes rebondies. Marty lui avait dit un jour : « À chaque fois que je la prends dans mes bras, je me dis que c'est toi. » Cela suffit pour le faire chialer.

Mais aussitôt, avec le bon whisky canadien qui commençait à crépiter dans ses veines, un fou rire jaillit de nulle part, puis un autre. « Tu te rends compte, mais tu te rends compte un peu », articula-t-il en s'enfonçant dans un état comateux. Un souvenir fané parvint à remonter à la surface de son esprit, un fragment d'enfance ressurgi du fin fond des profondeurs tel un bout de vêtement qui serait parvenu à s'arracher au cadavre d'un noyé. « Pour cela, s'entendit-il articuler, couvre-toi d'un cilice et de cendres, lamente-toi et pleure : car le courroux du Seigneur ne se détournera pas de nous. » Et de nouveau, il fut secoué d'éclats de rire. *Ticha be-Av*. Entre tous, il avait fallu que ce soit de *Ticha be-Av* qu'il se souvienne et fort inopinément, il fut plié en deux par un fou rire hystérique. *Ticha be-Av* était le jour désigné pour commémorer toutes les brutalités, les mauvais traitements, les humiliations, les atrocités infligés aux enfants d'Israël, à commencer par la destruction du grand temple de Jérusalem, qui avait été réduit en un tas de décombres non pas une fois, vous savez, mais deux. Qui à part les juifs pouvait avoir pareille fête ? *Ticha be-Av* était considéré comme le jour le plus sombre du calendrier hébraïque. À l'origine, il suffisait de se lamenter sur le sort du temple. Mais ensuite, comme pour parer à tout, on avait ajouté d'autres calamités à l'événement central. Persécutions, massacres, expulsions, viols, déprédations, révoltes avortées, défaites aux mains des croisés et des infidèles, de même que la mort et les tourments de martyrs célèbres. Après tout, si on est au fond du désespoir, pourquoi ne pas en profiter pour se faire un maximum de *tsoures*[2] tant qu'on y est ?

Une fois, à l'âge de douze ans, Silverman était sorti clandestinement de la maison avec son oncle Seymour ultra-orthodoxe pour célébrer *Ticha be-Av*. Avec son Papi Zvi, l'oncle Seymour était le plus grand adversaire de Silverman aîné au sein de la famille. L'oncle Seymour n'aurait jamais réussi à emmener le petit Danny à un office religieux si le père de celui-ci avait su ce qui se tramait, mais ils avaient monté un bateau. Une fois l'an, l'oncle Seymour emmenait son neveu pour une sortie éducative, tantôt au zoo du Bronx, tantôt au cinéma ou pour un spectacle à Radio City Music Hall. Silverman aîné savait que son frère profitait de ces occasions pour parler religion, mais comment l'en empêcher ? Il était l'oncle du gosse. Cette année-là, Daniel s'était vu promettre un film. Mais l'oncle Seymour avait décidé qu'il était temps pour Danny d'apprendre que la vie n'est pas une partie de plaisir. Aussi, au lieu de voir John Wayne dans *Cent Dollars pour un shérif* et les girls levant haut la jambe, l'oncle et le neveu avaient atterri dans une synagogue étouffante du Bronx où les fenêtres avaient été recouvertes d'épais rideaux noirs. La salle suffoquait dans la canicule du mois d'août. Dans le noir presque total, les gens étaient accroupis sur le sol, la tête recouverte d'un tissu grossier pour lire des prières à la bougie. Devant l'assemblée, un chantre se lamentait en hébreu. Sans explication, un tissu fut drapé autour de Daniel et on lui remit un livre.

2. Yiddish : « soucis ».

Les Lamentations, indiquait le titre sur la couverture. C'était une traduction anglaise pour les analphabètes en hébreu comme lui. « Nous faisons ça pour commémorer nos malheurs, lui dit l'oncle Seymour, l'air solennel. Lis ça tout bas. Lis-le avec ton cœur et laisse jaillir le chagrin. » Et il posa un doigt sous un passage : « Couvre-toi d'un cilice et de cendres, lamente-toi et pleure : car le courroux du Seigneur ne se détournera pas de nous. » À part cette seule phrase, Silverman avait oublié depuis longtemps le reste de l'épisode. Il n'aurait pu se souvenir de la kyrielle de catastrophes passées en revue ce jour-là, mais il retint la *gestalt* confuse d'une détresse sans pareille. S'agissant de tribulations, il n'aurait jamais l'ombre d'un doute quant à ceux qui détenaient le record du monde. Les chrétiens pouvaient arguer de pré-, mid-, post-tribulations, quand les juifs étaient déjà des vétérans des extra-, hyper-, multi- et ultra-tribulations. Et cependant, le neveu de l'oncle Seymour était là, complètement beurré, à se tordre de rire sur son lit dans les appartements du Fondateur de Faith College. Car qui aurait pu imaginer qu'avec le temps, Daniel Silverman, si tristement déchu de sa foi, apporterait son propre tribut à *Ticha be-Av* ? Assurément, s'il réchappait de cette situation fâcheuse, il se porterait candidat pour figurer dans la longue litanie des martyres et infortunes diverses. « Parole d'honneur, fit-il en se marrant. Si on croit que quatre cents ans à Babylone, c'était galère, qu'on essaie de passer une nuit à North Fork. »

17

Concernant la réalité de Satan

Le deuxième matin à Gundersen Hall, Silverman avait compris qu'il était important de descendre de bonne heure dans la salle des professeurs pour faire main basse sur toutes les provisions qu'il pouvait transporter. Avec un peu de chance, il pourrait entrer et sortir sans avoir à croiser le chemin de quiconque en dehors de Mrs. Hask. Mrs. Hask pouvait bien être un monstre mais, Silverman devait le lui accorder, elle faisait des crêpes au babeurre géniales, surtout si on les mangeait chaudes. Et il ne pouvait rien espérer de mieux de Faith College. Après le petit déjeuner, on mangeait blanc le reste de la journée. Pain blanc, purée de pommes de terre, sauce blanche, viandes blêmes de diverses nuances, légumes blanchis, génoise à la vanille.

Au déjeuner, éviter le corps enseignant devint plus problématique. Le buffet pouvait être dressé à n'importe quel moment entre midi et 1 heure. Essayant d'éviter des rencontres, Silverman attendit sur le palier devant sa chambre jusqu'à ce qu'il entende des bruits caractéristiques derrière la porte close indiquant qu'on s'activait. C'était Mrs. Hask déposant la nourriture. Puis, vérifiant dans toutes les directions, il se rua dans la salle.

Mais il arriva avant que Mrs. Hask ait terminé. Elle ne fit pas mystère de ses sentiments à son égard. D'instinct, elle se posta entre le buffet et lui comme si elle voulait lui barrer le passage. Elle aurait pu le faire. C'était une forte femme, dépassant Silverman d'une demi-tête et faisant deux fois son volume. Malgré tout, il ne voulut pas se laisser intimider par elle. Il la contourna d'un pas désinvolte pour accéder au buffet et commença à se bourrer les poches.

« Vous partez bientôt ? demanda-t-elle entre ses dents.

– Non, en fait, je pensais que je pourrais m'installer et ouvrir une clinique du planning familial ici même à North Fork. Vos étudiantes n'auraient plus besoin de quitter la ville pour réparer les dégâts de leur vie sexuelle.

– Ça vous fait rire ? » Son visage devenait cramoisi. « Vous croyez... »

Il l'interrompit. « Je ne réponds pas par principe aux questions des employés de maison. Vous comptez mettre aussi des viandes froides ? »

Elle prit un air mauvais, tourna les talons et fonça dans la cuisine en claquant bruyamment la porte.

En attendant le retour de Mrs. Hask, il engloutit rapidement des crackers et du fromage. Il commençait à bourrer ses poches de fromage, de fruits et de biscuits quand le professeur Oxenstern fit son entrée et s'arrêta pour le considérer avec un mépris amusé. Silverman ralentit, puis se contint. Il étala une rasade de mayonnaise sur une tranche de pain, disposa quelques tranches de tomate sur un futur sandwich et attendit. Oxenstern fit passer des aliments sur une assiette et s'assit à une table. « Inutile de faire des provisions, professeur, dit-il. Notre établissement a déjà traversé ce genre de situation. Nous avons un cellier bien pourvu. Nous pourrions tenir un mois.

– Ça fait du bien à entendre, répondit Silverman. Mais si jamais on doit rationner, ne serai-je pas le dernier de la file ? »

Mrs. Hask apporta enfin un plateau de viandes froides, qu'elle disposa sur la table. Aussitôt, Silverman entassa plusieurs tranches sur une assiette et se prépara une tasse de boisson à l'orge grillé.

« Vous aimez notre infusion d'orge ? demanda Oxenstern. C'est un mélange de ma composition. Une recette de famille originaire de la Forêt-Noire.

– On s'y fait, répondit Silverman. Surtout si on arrête de vouloir la prendre pour du café.

– Très bien. C'est exactement l'attitude à avoir. Ce n'est pas un ersatz mais une vraie boisson. » Il remarqua que Silverman avait du mal à jongler avec toutes les provisions qu'il avait amassées. « Vous croyez qu'on pourrait vous laisser mourir de faim ? s'enquit-il.

– Professeur, je ne suis sûr de rien. Je suis à votre merci. »

Oxenstern était le plus curieux de tous. C'était la seule personne de l'école dont le visage ne se durcît pas instantanément à la vue de Silverman. Au contraire, sa bouche semblait perpétuellement incurvée en un sourire narquois qui était plus arrogant qu'amical. C'était un homme sec et nerveux, voûté et au crâne dégarni. Il aurait pu avoir l'air d'un vieux schnock bon à rien n'eût été, de temps à autre, la lueur malicieuse qui scintillait au fond de ses yeux pâles. Elle était là, justement. « Je me demandais, professeur, est-ce que vous avez un calendrier chargé, cet après-midi ?

– Pas vraiment.

– Aimeriez-vous disputer une partie de dames ?

– Les dames ? On a le droit ?

– Pourquoi pas ?

– Je ne croyais pas que le jeu était autorisé dans cette région.

– Pas les jeux de hasard, ce serait un blasphème. Mais les jeux de réflexion sont autorisés, bien entendu. »

Silverman ne se rappelait pas quand il avait joué aux dames pour la dernière fois. Ce pouvait être dans son enfance. Se souvenait-il encore des règles ? Se déplacer en diagonale, sauter les pions pour les prendre – ce genre de chose. « Je vous préviens, ajouta Oxenstern. Je suis le champion du nord du Minnesota. »

C'était une mince, une curieuse offre d'amitié. Silverman se demanda ce qui se cachait derrière. « D'accord, pourquoi pas ? dit-il. Le blizzard n'est pas près de se calmer. »

Oxenstern proposa qu'ils emportent leur repas dans la bibliothèque. Il transporta le damier sur une table bien à l'écart des fenêtres, où le vent déchaîné rendait toute conversation difficile. L'éclairage, remarqua Silverman, était parcimonieux et chiche cet après-midi-là. « Le générateur marche à mi-régime, expliqua Oxenstern. Il se peut qu'on le coupe pour économiser du fuel. Il vaut mieux parer à toute éventualité. » Il posa une lampe tempête à côté du jeu et l'alluma.

La plupart des premières parties furent disputées en silence. Silverman dévora son modeste déjeuner en essayant de se souvenir des règles. Il avait toujours cru que le jeu de dames était une version enfantine du jeu d'échecs. Ce qui voulait dire que ça lui convenait parfaitement. Il pouvait prétendre au titre du plus mauvais joueur d'échecs, régulièrement battu par des gamins de neuf ans. Un jour, quand un gosse de cet âge lui avait proposé une partie à Golden Gate Park après qu'il eut fait une séance d'aérobic avec Marty, ce dernier avait menacé de disparaître. « Mec, t'es trop mauvais. Tu es tellement mauvais que c'en est gênant. Je parie cinq tickets que le môme te fait échec et mat en trois coups. » Silverman ne le voyait jamais venir. Cette fois-là non plus, après quoi il avait fait le vœu de ne plus jamais toucher aux échecs. Mais les dames... ça devait être facile. Cependant, à la cinquième partie, bien qu'il connût à présent toutes les règles, il se faisait encore battre à plates coutures par un Oxenstern tout sourires.

Au commencement de la sixième partie, Oxenstern demanda négligemment, les yeux sur le damier : « Je me demande si vous avez déjà entendu parler de la preuve ontologique de l'existence de Dieu. »

Était-ce l'idée qu'il avait vraiment en tête, songea Silverman. La question le prit au dépourvu.

« La quoi ?

– On l'attribue à Anselme, un théologien catholique du XIe siècle. L'argument soutient que l'essence de Dieu nécessite l'existence. Mais quelle est l'essence divine ? » Un saut, deux sauts. Oxenstern s'empara de deux des pions de Silverman. À présent, il le dévisageait d'un air avide.

« Je ne sais absolument pas de quoi vous parlez, répondit-il d'un ton maussade comme s'il avait perdu ses pions parce que Oxenstern avait détourné son attention.

– Je parle de la perfection, professeur Silverman. La perfection est, bien sûr, l'essence de Dieu. Alors, qu'implique la perfection ? » Il attendait vraiment une réponse, cet insupportable crétin. Il était assis, ses grands yeux bleus exorbités fixés sur Silverman avec une exubérance jubilatoire. En regardant à peine le damier, il sauta de nouveau un de ses pions. « Dame, je vous prie », annonça-t-il.

Silverman couronna le pion qui avait atteint sa dernière rangée en deux coups.

« Franchement, je plaide l'ignorance, dit-il en faisant semblant de se concentrer sur le jeu.

– Voyons, *l'existence*, bien sûr. Car, après tout, qu'est-ce qui est le plus proche de la perfection, un être qui existe ou un qui n'existe pas ? » Silverman fixait les pions, refusant de répondre. Bordel ! Il ne voyait pas une case qu'il pouvait sauter. Par ailleurs, il était sûr – sûr et certain – qu'il n'y avait pas une seule pièce qu'Oxenstern pouvait lui prendre. « Mais, bien sûr, un être qui existe, poursuivit ce dernier, faisant les questions et les réponses. D'où le fait que Dieu, qui est la perfection de l'être, *doit* exister. » Comme le bonhomme était content de lui ! Toc, toc. Il lui rafla deux pions.

Pourquoi ne l'ai-je pas vu ? s'étonna Silverman. « Ce n'est pas une espèce de sophisme, ça ? commenta-t-il d'un ton morose. Définir quelque chose par son existence ne me paraît pas convaincant. Pourquoi ne pourrais-je pas définir la perfection d'un second gardien de base par l'existence ?

Un second gardien de base parfait est un second gardien de base qui existe, d'accord ?

– Parce que, manifestement, un second gardien de base n'est pas un être *nécessaire*. Mais Dieu étant nécessaire à l'existence même du monde... » Un, deux, trois pions. « Je crois que vous avez perdu », ajouta Oxenstern. De son côté de la table, il avait un petit carnet sur lequel il notait le résultat des parties. Il y avait à présent six marques pour Oxenstern, zéro pour Silverman. Il se faisait remonter les bretelles ! Et aux dames ! Par un plouc intégriste ! Comment avait-il pu se laisser prendre ? Il était en train de passer pour l'imbécile national.

Silverman se demanda si le professeur Oxenstern avait terminé. S'était-il prouvé à lui-même qu'il était et un philosophe et un génie du jeu de dames ? « Ainsi donc... » Non, hélas ! Il poursuivait. « ... Réfléchissez au diable. Le diable n'est-il pas la perfection du mal ? » Il avait promptement préparé le damier pour une nouvelle partie.

Silverman attendit. Il attendit longtemps. Il réfléchit prudemment à son premier coup, ce qui lui donna l'impression d'être d'autant plus stupide. À présent, il aurait dû au moins savoir comment commencer. Oxenstern déplaçait invariablement ses pièces dès que Silverman retirait le doigt du damier. « Je repose la question, répéta Oxenstern. Le démon n'est-il pas la perfection du mal ?

– Si vous le dites, marmonna Silverman.

– De même, le mal parfait ne doit-il pas exister ?

– Très bien, disons que oui... » Ha ! Silverman sauta un pion et puis un autre. Sa première double prise.

« Mais vous, bien sûr, en tant qu'homme moderne ayant reçu une éducation conventionnelle, vous ne croyez pas au malin, n'est-ce pas ? » Un, deux, trois, quatre pions. « Dame, s'il vous plaît. » Il commandait.

« Mon éducation n'a guère été conventionnelle. » Silverman couronna la dame, l'air maussade. « Je suis allé à Brandeis.

– Mais sous ce rapport le plus important, je parie que si. Car je serais prêt à parier n'importe quoi – si j'étais homme à parier, ce que je ne suis pas, le pari étant une forme d'idolâtrie – que vous ne croyez pas à l'existence de Satan.

– Vous voulez dire l'existence physique, littérale de Satan : avec les cornes, les sabots fourchus et la queue ?

– La Bible ne parle pas de sabots, de cornes ni de queue. Ça, c'est du folklore. Pensons à Satan comme à une personne, de même que nous parlons de Dieu comme d'une personne. » Un, deux pions.

Merde ! Pourquoi je ne remarque pas ces choses ? se demanda Silverman. « N'est-ce pas un peu abstrait pour des gens qui croient que Dieu se promenait à la fraîche dans le jardin d'Éden, le pied gauche, le pied droit, flip, flap, flip, flap...

– Nous n'avons pas besoin d'être aussi précis, mais gardez en tête que croire à l'infaillibilité des Écritures n'exclut pas les métaphores ni les comparaisons. Je suis prêt à concéder – à titre d'exemple – que ni Dieu ni le diable ne sont des entités charnelles. Et, par cette concession, je n'entends pas impliquer que ce sont simplement des inventions symboliques. Je veux dire que ce sont des personnes dans le même sens que nous sommes des personnes. Ce sont des entités spirituelles réelles. Dans le cas de Satan, je veux dire un intermédiaire par lequel survient le mal, quelqu'un dont la tentation peut s'entendre comme une voix qui parle à l'oreille de quelqu'un.

– Non, professeur, je ne crois pas qu'il y ait une personne appelée Satan par laquelle le mal arrive et qui nous parle à l'oreille.

– Fort bien ! Alors me laisserez-vous vous montrer l'erreur de votre raisonnement ? Vous avez dit que nous étions partis pour un long blizzard. Ah ! On dirait que j'ai de nouveau gagné. » Il fit une huitième marque sur son petit bloc. « Encore ? » Haussant les épaules en silence, Silverman accepta une autre partie. Oxenstern poursuivit. « Je ne me tromperais pas beaucoup, n'est-ce pas, si je supposais que vous tenez Satan pour une superstition flagrante ? N'hésitez pas à parler franchement.

– Oui, je crois que c'est de la superstition.

– Et même une superstition flagrante ?

– Absolument, une superstition flagrante.

– Alors, réfléchissez maintenant : la plus parfaite de toutes les entités du mal ne serait-elle pas aussi la plus rusée ? Pouvons-nous en douter ?

– Comme il vous plaira. » Il vit une prise possible, mais oserait-il la faire ? Ou était-ce un piège ? Il renonça à prendre le pion.

« La règle veut que vous sautiez le pion », annonça Oxenstern. Silverman s'exécuta. « Et maintenant, pour finir, dites-moi : quelle serait la chose la plus rusée que la plus rusée des entités du mal pourrait faire ? » Oxenstern effectua une triple prise, apparemment sans jeter un regard au damier.

« Je n'en sais fichtre rien.

– Ben voyons, convaincre tous les idiots d'intellectuels qu'il n'existe pas, qu'il n'est qu'une simple superstition. Et puisque c'est exactement l'avis unanime de tous les esprits modernes éclairés de façon conformiste, CQFD ! » Il frappa même des mains en jubilant.

L'idiot d'intellectuel, je suppose que c'est moi, se dit Silverman. Il vit un pion à sauter et le prit. À son tour, Oxenstern lui rafla quatre pièces d'un coup. « Entendu, dit Silverman comme s'il remontait ses manches au sens intellectuel du terme. Permettez-moi de réfléchir tout haut avec vous, professeur. Si le diable existe, quelle serait sa meilleure stratégie pour obscurcir la gloire de Dieu ? »

Son interlocuteur plissa le front avec une curiosité sincère. « Dites-le moi.

– Eh bien, le mec serait bel et bien dépassé, pas vrai ? Voyons, regardez-moi toutes ces merveilles de la nature, les étoiles, le soleil, la lune. Que pourrait faire ce pauvre Belzébuth comparé à ça ? La meilleure solution pour lui ne serait-elle pas de détourner l'attention en gardant, disons, le nez des gens enfoui dans un très vieux grimoire rempli de quelques bonnes histoires et d'un tas de foutaises ? Et ne pourrait-il pas leur dire que c'est Dieu qui a écrit le livre ? »

Oxenstern fit une grimace dédaigneuse. « C'est habile, professeur Silverman, mais absolument pas convaincant pour ceux d'entre nous qui trouvent dans la Bible sa propre validation.

– De quelle façon ?

– Par la prophétie, bien sûr. La prophétie apporte la preuve de l'autorité divine de la Bible. »

Silverman était prêt à en rester là. « Si vous pouviez me trouver dans la Bible une prédiction claire de celui qui va gagner le Superbowl l'an prochain, je serais impressionné, professeur. Je pourrais même adhérer à votre Église. »

Comme s'il prouvait la supériorité de ses connaissances théologiques, Oxenstern ramassa les trois derniers pions de Silverman sur le damier. « Je n'ai pas la tête à jouer, j'imagine, avoua Silverman, l'air morose. Ce doit être ce rhume. » Et il éternua pour mieux prouver ses propos. « En fait, je suis plutôt un joueur d'échecs.

– Ah oui ? Nous pouvons essayer quelques parties, si ça vous dit, même si je dois reconnaître que je n'y suis pas très fort.

– Non, non, je n'y joue jamais comme simple passe-temps.

– Dans ce cas, avez-vous encore un peu de temps à consacrer au malin cet après-midi ? » interrogea Oxenstern. Il levait en l'air une clé accrochée à une chaîne. La lueur dans son œil était devenue inquiétante.

« Dans quel sens ? » s'enquit Silverman. L'homme jouait avec lui. Il lui en voulait mais, en même temps, sa curiosité était piquée au vif.

« Je m'intéresse tout particulièrement à la démonologie. J'ai une petite collection dans mon bureau. Aimeriez-vous la voir ?

– Une collection de quoi ?

– Mais voyons, de démons. Les âmes perdues, les terreurs de la damnation, le feu et le soufre. La façon idéale de s'échauffer l'esprit un jour comme celui-ci, vous ne croyez pas ?

– Où se trouve votre bureau ?

– Allons donc ! Dans la crypte, bien sûr. »

18

Les enfers

Oxenstern était d'humeur facétieuse. Par le mot « crypte », il entendait le sous-sol. Emportant la lampe tempête qui avait présidé à leur jeu de dames, il lui fit traverser la cuisine, descendre une volée de marches, puis l'entraîna dans un couloir chichement éclairé.

« La tradition nous dit qu'il y a eu 133 306 668 anges qui ont quitté l'état de grâce avec Lucifer, ergota Oxenstern qui ouvrait le chemin. Un autre recensement théologique en compte des milliards. De sorte que, bien sûr, ma petite collection ne fait pas vraiment honneur à leur diversité. Mais elle atteint son but. ».

Le sous-sol était bien chauffé, mais le générateur laborieux donnait de plus en plus de signes de défaillance, tandis que la lumière déclinait. Oxenstern déverrouilla la porte qui portait une plaque en argent à son nom et fit entrer Silverman dans un bureau encombré et sans joie qui avait dû être pris sur une réserve dans le bâtiment originel. Les murs en vieille brique étaient restés bruts, sans enduit. En tant que bureau, la pièce était assez vaste, mais elle avait une forme curieuse et était mal éclairée. Ses fenêtres hautes et étroites à imposte en éventail l'auraient plongée dans un clair-obscur même si elles n'avaient pas été recouvertes d'un amas de neige. Les faibles ampoules du plafond, tremblotant de façon précaire, ne faisaient rien pour dissiper l'atmosphère funèbre. Oxenstern releva la lampe tempête et la tint aussi haut qu'il le put. La première chose que vit

Silverman à sa lumière jaune chancelante fut une gravure sur bois démesurée qui occupait tout le mur au-dessus de la table de travail d'Oxenstern. Elle représentait une affreuse silhouette cornue avec la partie inférieure d'un corps humain pendant de sa mâchoire. *Lucifero* était le nom gravé en lettres gothiques qu'on pouvait lire sous le monstre. En y regardant de plus près, Silverman s'aperçut que le personnage avait trois faces, chacune serrant une forme humaine qui se tortillait.

« Une acquisition récente, expliqua le maître des lieux. Début du XVIe siècle allemand. C'est un agrandissement que j'ai fait faire à partir de l'original. » Il montra un carré de bois noirci fixé au mur à côté de l'image. « Mrs. Bloore a eu la bonté d'en faire l'acquisition. Satan dévorant Judas, Brutus et Cassius, les grands traîtres historiques. »

Derrière Oxenstern portant la lumière, Silverman s'avança dans la pièce. Il y avait une demi-douzaine de bibliothèques. Entre elles, des œuvres d'art couvraient tout l'espace disponible sur le mur. « Quel but ?

– Hein ?

– Vous avez dit que la collection avait un but.

– Ah oui. Littéralement, flanquer une trouille d'enfer à nos étudiants, si je puis me permettre d'utiliser une expression aussi vulgaire. »

Partout où Silverman portait le regard, il tombait sur des représentations de démons infligeant un châtiment à des âmes damnées. Certaines avaient l'air d'interprétations primitives, puériles d'une période plus innocente. Dans celles-ci, les diables étaient des sales types façon bande dessinée avec oreilles pointues et fourches. D'autres, des images plus tardives, étaient des représentations sadiques d'une cruauté diabolique. Sur un mur étaient accrochées plusieurs illustrations familières de Gustave Doré pour *L'Enfer* de Dante, toutes richement encadrées. « Nous avons dix-huit gravures originales de Doré, lui apprit Oxenstern. Je les ai achetées à un marchand de Genève il y a une dizaine d'années.

– C'est rudement morbide », remarqua Silverman.

Oxenstern ricana. « C'est aussi le point de vue de Mrs. Oxenstern. Elle m'a demandé de retirer la collection de la maison. Elle avait toutes les raisons pour ça. Ce n'est pas un décor d'intérieur. » Il se pencha plus près des gravures de Doré, les scrutant une à une. « Oui, en voici une qui peut valoir la peine d'être examinée. » Il tapota une jointure contre l'une d'elles. Silverman se rapprocha pour regarder. L'image représentait un paysage lugubre rempli de corps se tordant sous une incessante pluie de feu. « Ce personnage-là, c'est Brunetto Latini, expliqua Oxenstern. Un des professeurs de Dante. Remarquez combien Dante semble se montrer amical envers ce personnage. On pourrait se demander pourquoi le signore Latini fut condamné à un sort si terrible. »

Silverman savait pourquoi.

« J'ai passé ma deuxième année de fac à Florence. Je m'intéressais particulièrement à Dante, dit-il. C'est le septième cercle de l'enfer. Les âmes damnées étaient condamnées pour leur *mal potesti nervi*. Cela pourrait se traduire par "leur méchante bite". Ce sont des homosexuels... des sodomites, comme vous préférez dire.

– Exact, pontifia Oxenstern d'un ton docte. "La violence contre la nature." Voyez comme l'image reproduit bien la douleur et le désespoir de leur état.

– Je connais un peu la façon dont Dante parle de l'homosexualité, remarqua Silverman en examinant le dessin. Il tenait vraiment Brunetto pour une âme noble. Il avait de bons souvenirs de lui en tant que poète et philosophe.

– Mais il le condamne tout de même aux tourments éternels.

– Oui, mais Dante aborde tous les péchés de l'amour et de la passion comme s'il pensait que Dieu est un peu trop sévère. Ce sont des péchés commis dans le feu de la passion, des péchés du cœur. Je suis d'accord avec lui. Les péchés de la passion méritent une certaine indulgence. Aucune de ces personnes n'a fait de mal à une autre.

– Sauf à Dieu, qui a été profondément offensé par leur lubricité contre nature. Et, vous devez le reconnaître, le châtiment auquel est soumis Brunetto est assez épouvantable. Vous imaginez-vous subissant ces flammes ne serait-ce que cinq minutes sans hurler de douleur et probablement implorer votre pardon ? Mais ce serait en vain. Les flammes continueraient à jamais.

– Alors, espérons que Dieu a compris depuis. Je parie que si Dante écrivait aujourd'hui, il permettrait aux gays d'aller au moins au purgatoire.

– Ces questions concernent la loi éternelle, insista Oxenstern. Nous devons nous souvenir que Dante n'est pas Dieu. S'il pardonnait à des gens tels que Latini, *errare humanum est*, n'est-ce pas ?

– Pas plus qu'aucun de nous n'est Dieu, professeur. Ni vous, ni moi. Pas même les types qui ont écrit la Bible. » Il traversa la pièce pour contempler une autre gravure qui frisait la pornographie. Elle représentait une femme nue, voluptueuse, sur laquelle s'acharnaient sexuellement une nuée de démons. Ils ne négligeaient aucun orifice. « Je comprends pourquoi Mrs. Oxenstern n'en voulait pas chez elle. Elle fait preuve de bon goût. »

Oxenstern lui fit signe d'approcher d'une des étagères. « C'est là une des plus grandes bibliothèques de démonologie d'Amérique du Nord. J'ai passé quarante ans à rassembler ce que vous voyez ici. » Les livres étaient manifestement des pièces de collection, beaucoup d'entre eux étaient reliés cuir et usés par l'âge. Silverman prit certains volumes et en feuilleta quelques pages. C'étaient plusieurs études de magie et de sorcellerie, des œuvres de possession et d'exorcisme, des monographies sur les pratiques sexuelles contre nature. L'une d'elles, intitulée *L'Abomination de l'onanisme*, était remplie des images les plus bizarrement contorsionnées que Silverman ait jamais vues. Les illustrations étaient censées être des formes de masturbation, toutes rondement condamnées dans le texte, comme pour enfoncer le clou, genre : « Et n'essayez pas de vous en tirer comme ça ! » Mais une bonne partie de ce que montraient les représentations était, du point de vue de Silverman, physiquement impossible.

« Est-ce que ça ne devrait pas être un péché d'imaginer des péchés qu'on ne peut manifestement pas commettre ? demanda Silverman en montrant une des images à Oxenstern. Personne ne pourrait faire *ça*.

– Je crois savoir, répondit le professeur, que l'étude du yoga, si populaire dans votre région, est destinée à permettre aux gens d'adopter ces positions-là. Et dans ce but même. C'est pourquoi notre Église en condamne la pratique.

– Ça, c'est nouveau, reconnut Silverman. Je croyais que le yoga était destiné à soigner la constipation. » Il feuilleta quelques autres livres. Pour la plupart, les illustrations étaient des représentations grotesques des horreurs de l'enfer, certaines tellement excessives qu'elles en étaient comiques, mais aucune n'était agréable à voir. Comme il se déplaçait dans le bureau sinistre d'Oxenstern, il se demanda s'il avait fait un bond dans le passé. On était au début du XXIe siècle mais, dans ce sous-sol ténébreux du Minnesota, il passait en revue une iconographie qui remontait au temps des catacombes romaines, quand des gens appelés chrétiens se rassemblaient au milieu des décombres culturels de l'époque pour adresser leurs incantations à leur dieu étrange. Il se trouvait en compagnie d'un homme qui aurait été parfaitement à l'aise parmi eux à prier Jésus et à pourchasser les démons.

« La collection est beaucoup plus à l'étroit que chez nous, s'excusa Oxenstern. Mais je peux en faire un meilleur usage ici, sur le campus.

– Quelle sorte d'usage ?

– J'y vois un moyen éducatif pour transmettre le sens véritable de notre foi. »

Silverman pressentit qu'il était sur le point de comprendre la raison pour laquelle Oxenstern l'avait invité à visiter la chambre des horreurs.

« Comment ça ? demanda-t-il, impatient de faire avancer les choses.

– Considérez ce que la foi signifie pour la plupart des gens, ratiocina Oxenstern. Croire en Dieu, exact ? Mais croire en

Dieu est à peine plus que le minimum et ce n'est pas un défi de taille. Après tout, nous sommes là, nous existons de même que le soleil et les étoiles, preuve manifeste de la puissance divine. J'ai toujours pensé que les athées déclarés aussi doivent être capables d'apprécier plus ou moins le miracle de la création, même s'ils refusent de l'admettre. Ne pensez-vous pas que c'est vrai ? Mais croire en Dieu ne suffit pas, pas du tout. Ce n'est pas même un commencement. Cela n'amène pas le repentir et la vraie conversion... à moins qu'on ne redoute les souffrances de l'enfer. Pour que la foi touche le cœur, il faut qu'il y ait la peur, la peur de la damnation, la peur de l'angoisse éternelle, la peur de la ruse du diable. Ah, mais croire au démon, comme j'espère vous l'avoir montré, est beaucoup plus difficile que croire en Dieu. Pour la plupart des gens modernes comme vous, c'est pratiquement impossible. Satan est si absurde, la damnation est si absurde. "Dieu, dit l'humaniste raisonnable, s'il y a un Dieu – car il n'est même pas sûr de ça –, Dieu ne permettrait jamais qu'il y ait un diable. Dieu est gentil, Il est raisonnable, Il est correct." Même pour les chrétiens libéraux, Satan est gênant, un vestige de l'ancienne superstition. Fi de tout ça ! C'est presque comme si Satan nous chuchotait nuit et jour à l'oreille : "Ne crois pas en moi ! Ne crois pas en moi ! Seul un idiot peut croire en moi." Et pourtant, notre foi exige que nous croyions au mal comme au bien, au diable comme à Dieu. »

Le regard de Silverman tomba sur une série de gravures qui auraient pu sortir d'une revue sadomaso : un enchevêtrement de corps mâles et femelles subissant des souffrances atroces, beaucoup étant manifestement sexuelles. En l'occurrence, les démons œuvraient apparemment pour Jésus, qui était représenté tout en haut, les poussant à l'action. « C'est balèze, ça, commenta-t-il. Mais je crois comprendre que Jésus approuve.

– Ça date de la période de la Contre-Réforme, expliqua Oxenstern. Le Jugement dernier vu par un artiste espagnol. Ce personnage pourrait vous intéresser particulièrement. »

Il indiqua une femme aux formes voluptueuses, à demi dévêtue. Voici Belphégor, qui est en fait un homme. Autrement dit, un démon travesti. Il passe pour être le gardien de Paris, en son temps une cité du péché encore plus grande que San Francisco. Les damnés sont tous, pour des raisons évidentes, des protestants.

– Ainsi, au temps jadis, les gens de votre religion ont été mis au rang des réprouvés.

– Oui, par une Église apostate dirigée par la putain de Babylone.

– Ça ne vous perturbe jamais que les chrétiens soient aussi portés à se condamner et à se punir les uns les autres ? Enfin, vous ne pouvez pas tous avoir raison parce que vous jurez par la Bible et jurez être chrétiens. Ça ne vous inquiète pas de penser que votre jugement peut être aussi faux que celui de cet artiste espagnol ?

– Du tout. La foi exige que nous luttions contre de tels doutes. C'est pourquoi notre Église insiste sur la nécessité de rester aussi proche que possible du sens clair et simple des Écritures. Il n'y a pas de base plus sûre pour la croyance.

– Donc, vous faites un cours sur tout ce... toute cette souffrance, ce sadisme ?

– Plus qu'un cours. Ce que vous voyez ici, c'est ma façon d'inculquer la réalité de Satan. Nous exigeons que chaque étudiant de notre établissement consacre une journée à étudier ces gravures. Ils doivent écrire une dissertation sur une forme de supplice qu'ils voient ici, de préférence celui qui leur paraît le plus intolérable. Nous voulons qu'ils sachent le prix de l'incroyance. Nous voulons qu'ils tremblent d'effroi en se demandant si leur foi est assez forte pour les sauver du châtiment éternel.

– Et est-ce que ça marche ? s'enquit Silverman. Est-ce que ces choses-là leur enseignent l'amour chrétien ?

– Oh non, pas l'amour. Vous vous méprenez. L'amour est tout à fait une autre leçon. Mais l'amour n'est pas une véritable gageure. Avez-vous entendu quiconque refuser ou vilipender l'amour ? Le monde moderne est amoureux de l'amour. L'amour est chaleureux et apaisant. Ce que les étudiants apprennent ici, c'est la crainte. Comme dans l'expression "dans la crainte de Dieu". Ils apprennent le sens du jugement et le prix du péché. Et ils apprennent encore autre chose, quelque chose qui a toujours beaucoup compté pour moi. Ils apprennent la satisfaction de savoir que tous ceux qui doutent et raillent, ceux qui, comme vous, sont si fiers de leur intelligence et de leurs succès temporels... eh bien, ils seront tous réduits à ça. » Il s'avança vers une des gravures et tapota une représentation de corps noyés dans les flammes. « À ça, et vous ne serez plus qu'un amas hurlant de loques et d'os. Tous les ennemis de Dieu finiront dans un lac de feu, nul n'y échappera, pas même le païen vertueux ou l'humaniste le plus sage. Voici votre avenir pour l'éternité, professeur.

– Et vous croyez ça ? Ça ne fait aucune différence si les gens ont été bons ?

– Pas l'ombre. Parce qu'ils ont tous péché et échoué. Personne ne s'acquitte du péché de son âme. C'est le soubassement de notre foi. "L'Écriture a tout renfermé sous le péché – *tout !* – afin que ce qui avait été promis soit donné par la foi en Jésus-Christ à ceux qui croient."

– Attendez, laissez-moi deviner, l'interrompit Silverman. Romains, deux pour le prix d'un ? Matthieu, 7, j'annonce 11 ? »

Pendant un quart de seconde, le sourire d'Oxenstern s'évanouit, un soupçon de colère apparut, vite maîtrisé. « Épître aux Galates, III, 22, en fait. Bien sûr, il y en a qui croient autrement, les chantres de la religion facile et du salut garanti. Il en existe jusque dans notre propre Église, comme votre jeune affidé Swenson, et ils semblent gagner du terrain tous les jours. Mais c'est une apostasie, pour laquelle ils seront sévèrement châtiés comme les infidèles et les hérétiques. Ceux qui ne s'abandonnent pas à la miséricorde de Dieu et n'acceptent pas la promesse salvatrice du Christ brûleront tous. Vous brûlerez. » Il n'y avait pas un soupçon de colère dans les propos d'Oxenstern. Il les prononçait comme allant de soi. Pendant qu'il parlait, un petit rictus suffisant qui lui donnait un air étrange restait figé sur place. À présent, Silverman comprenait ce que signifiait ce sourire. C'était le signe d'un profond réconfort intérieur. Il voulait dire : « Vous irez en enfer et pas moi. Ha ha ha ! »

Houga-houga, se rappela Silverman qui était sur le point d'exprimer une vive indignation. *J'apprends les articles de foi des sauvages.* « Est-ce que les chrétiens ont le droit d'exulter ? demanda-t-il.

– Si par exulter vous voulez dire se réjouir de voir appliquer la justice, oui, tout cela fait partie des récompenses de la foi. D'où Luc, XVI, 22-26.

– Je regrette, je ne connais pas ce numéro-là, répondit Silverman.

– Tenez, laissez-moi vous montrer. » Oxenstern chercha sur une des étagères. Il trouva le livre qu'il voulait et l'ouvrit à une page illustrée. L'image représentait un homme se tordant dans les flammes, tendant les bras vers un autre homme qui était apparemment au ciel entouré par les anges. L'âme céleste regardait en bas avec un froid dédain. « C'est l'histoire de Lazare le mendiant et de l'homme riche. Tous les deux meurent. Lazare est emporté dans le sein d'Abraham. Le riche, qui est un pécheur, va en enfer où il souffre toutes les horreurs de la damnation. Les flammes consument la chair sur ses os, mais la chair revient pour brûler à nouveau le lendemain. À un moment donné, il lève les yeux dans sa détresse et voit Lazare qui jouit de la béatitude éternelle. Il supplie Lazare de tremper son doigt dans l'eau et de lui en offrir une goutte. Une seule goutte. À ce moment-là, notre père Abraham intervient : "Le temps est venu pour Lazare d'être consolé et pour toi, d'être tourmenté". Il rappelle au riche qu'"entre nous et vous il y a un abîme infranchissable". Vous voyez, le riche a eu sa chance de gagner le paradis. Doit-on avoir pitié de lui s'il s'est damné lui-même ?

– Vous avez lu *Le Voyage du Pèlerin* ? » interrogea Silverman comme si une idée venait de lui traverser l'esprit, quelque chose qui pourrait prendre l'homme au dépourvu et au moins interrompre cette logorrhée.

Oxenstern en eut presque le souffle coupé. « Si je l'ai *lu* ? Je le connaissais déjà par cœur à douze ans. Je vois encore les pages comme si elles étaient devant mes yeux. Page 67 : "Dans ce combat que nul homme ne peut imaginer à moins de l'avoir vu et entendu comme moi, les hurlements et les hideux rugissements que poussa Apollyon durant tout le temps de la lutte, il parlait tel un dragon." »

Silverman faillit s'arrêter net de pitié. Il imaginait ce petit gamin obligé d'apprendre Bunyan par cœur. Il soupira et reprit : « Bref, je l'ai feuilleté, faute de trouver mieux dans votre bibliothèque qui, soit dit en passant, laisse à désirer comparée à la librairie des sciences religieuses de mon quartier. Bien sûr, Bunyan est sans doute rangé maintenant au rayon de la littérature enfantine et ne vaut pas l'analyse. Mais, du moins de mon point de vue saugrenu, l'homme avait tout compris de travers. »

Oxenstern avait l'air de plus en plus amusé comme s'il regardait un animal faire un numéro de cirque : un chien ou un chat faisant semblant de donner un cours d'algèbre.

« Comment cela ?

– Eh bien, c'est une allégorie, vous savez.

– Ah oui, j'avais remarqué.

– On rencontre chez Bunyan tous ces personnages allégoriques démodés : Fidèle, Évangéliste, Saint Homme. Eh bien, vous savez quoi ? Je trouve pour ma part ces braves gens durs à supporter. Ils sont imbus d'eux-mêmes. Mais j'aime plusieurs de ses méchants : ceux comme Insouciant, et Tourne-Autour, et Facile. Sans parler de Madame Dévergondée et de Luxure, pour lesquelles j'ai une tendresse particulière. Parce que leur seul problème, c'est qu'ils jouissent d'une certaine liberté humaine. Vous savez, la faiblesse, l'indécision, le doute. C'est peut-être là que vous autres, vous faites fausse route. Vous ne voyez pas que la gentillesse fondamentale peut marcher de pair avec la faillibilité humaine. »

L'expression d'amusement de son interlocuteur déclinait rapidement vers une profonde tristesse. « La gentillesse, soupira-t-il en écartant cette idée d'un mouvement de tête. Quel usage Dieu peut-il faire, d'après vous, d'une aussi piètre marchandise ? L'homme gentil ne peut même pas imaginer le véritable prix de la rédemption. Vous souvenez-vous d'un passage du livre concernant un personnage appelé Ignorant ?

– Pas à froid.

– Eh bien, c'est un des meilleurs passages. Même vous pourriez être capable de le comprendre. Et on n'y trouve pas la moindre trace de vitupération. D'après mes souvenirs, le Pèlerin demande à Ignorant pourquoi il est si sûr qu'il sera sauvé quand il a refusé délibérément la chance de guérir de sa faillibilité. Et Ignorant lui dit : "Mon cœur et ma vie sont en accord entre eux, et c'est pourquoi mon espérance est bien fondée." Et le Pèlerin lui demande : "Qui t'a dit que ton cœur et ta vie étaient en accord entre eux ?" Ce à quoi Ignorant répond : "Mon cœur me le dit." » Après une pause, Oxenstern ajouta : « Très pénétrant, vous ne trouvez pas ? »

Silverman soupira. Abandonnant son apparente objectivité anthropologique, il secoua la tête avec résignation. « Ce sont les chrétiens qui font du christianisme ce qu'il est, je suppose. De quel droit vous dirais-je que vous avez tout faux ? Moi, un non-croyant, je pense à Jésus comme à un brave type qui voulait que les gens soient bons les uns envers les autres. "Si je devais revivre ma vie, j'essaierais d'être un peu meilleur." C'est d'Aldous Huxley.

– Huxley ? médita Oxenstern. Le romancier ? Une espèce d'hindou, je crois ?

– Un védantiste, plutôt. Et un excellent romancier, ce qui est plus proche de ma religion à moi. Bref, j'aime à penser que c'est ce que Jésus croyait. Mais à un moment donné de l'histoire, ses adeptes ont décidé qu'un type gentil, ça ne suffisait pas. Ils voulaient un faiseur de miracles. Alors, ils en ont fait un dieu. Et dès qu'il est devenu un dieu, il est devenu de moins en moins humain et de moins en moins bon. Professeur, tout ce que je peux dire, c'est que je trouve votre religion obscène. »

Oxenstern resta imperturbable. « Je n'en doute pas. L'humanisme est une foi faible. Il lui manque la force pour accepter Dieu dans son entier. Mais cela ne change rien. Dans mon esprit, cette petite visite est une faveur que je vous fais. C'est peut-être la plus grande bonté dont on ait jamais fait preuve à votre égard. Quelque chose est en train de vous arriver ici, dans cette pièce, en ce moment, alors que vous êtes chez un étranger. C'est peut-être le moment le plus important de votre vie. Je vous demande seulement de vous rappeler ce que vous avez vu ici. Acceptez-le comme la preuve tangible de la réalité de l'enfer. Pesez l'autorité derrière cet enseignement. Si vous vous trouvez en train de dire : "Cela ne se peut pas", souvenez-vous : vous entendez la voix du malin. Mais quand vous entendrez cette voix, sachez qu'il y a un moyen d'éviter le feu, même pour vous. Cela pourrait arriver si vite. Je ne m'attends pas à ce que vous le compreniez, mais comment pourrais-je témoigner d'une plus grande bonté qu'en vous offrant une chance de vous racheter avant de rentrer chez vous ? Prenez votre temps, le temps qu'il vous plaira. Je ne suis pas pressé.

– Prendre mon temps ? Pour quoi faire ? demanda Silverman.

– Choisissez.

– Choisir quoi ? »

Oxenstern montra d'un geste large les images autour de lui. « Un des supplices. Choisissez la torture que vous pourriez le moins supporter, même pour un quart de seconde. Les flammes, les immondices, la suffocation, le fouet, le glaive. Ce soir, quand vous vous retirerez, gardez cette image devant vous. Essayez de vous imaginer en train de subir cette torture pour l'éternité. Pour l'éternité, professeur. Et là, sachez-le : c'est ce qui vous attend. Mais vous pouvez être absolument certain aussi qu'il y a un moyen d'échapper à ce sort. Quel baume ce sera pour votre âme troublée ! Je vous offre la chance de vous sanctifier. Je vous en prie, regardez autour de vous. Choisissez. »

Silverman se leva de sa chaise et recula. Il y avait un éclat jubilatoire dans les yeux d'Oxenstern qui à la fois le dégoûtait et l'effrayait. « Vous êtes un vrai sadique.

– Oh, non, je vous en prie, répondit Oxenstern calmement. Je suis peut-être l'homme le plus aimant que vous ayez jamais rencontré, la seule personne qui s'intéresse à votre âme éternelle. D'autres que vous avez rencontrés peuvent vous mépriser. Certains, je le sais, vous trouvent personnellement répugnant. Un de nos professeurs assure qu'elle n'a pas pu avaler quoi que ce soit depuis votre arrivée sur le campus. Mais je ne fais pas partie de ceux qui ont oublié leur mission dans ce monde. Je me sens *concerné*, professeur Silverman... Daniel, si je puis me permettre. Mon appel est sincère et sans réserve. N'écoutez pas votre amour-propre, pas de précipitation. C'est simplement votre esprit charnel qui vous aveugle. Tandis que nous sommes assis ici, nous luttons pour votre âme. Ce n'est jamais trop tard. “Repens-toi et convertis-toi afin que tes péchés soient effacés.” »

Instantanément, Silverman battit en retraite vers la porte. S'il ne partait pas sur-le-champ, il savait qu'il allait avoir la nausée. « Ne me suivez pas, l'avertit-il. Si jamais vous vous avisez de m'adresser de nouveau la parole, je le jure, je vous aplatis. »

Oxenstern, le même petit sourire supérieur collé aux lèvres comme un tatouage, se leva pour le rappeler. « Je vous offre votre sanctification. C'est peut-être votre seule et unique chance. Daniel, ne partez pas ! Ne partez pas, je vous en supplie ! C'est votre chance d'entrer dans le royaume. »

Déjà, Silverman s'éloignait avec l'estomac qui se tordait au point de faire un double nœud. En un instant, il franchit la porte – mais pas avant d'avoir photographié mentalement Oxenstern. Comment ce visage et cette voix referaient-ils surface un jour dans ses écrits ? Un Grand Inquisiteur, peut-être. Ou un membre de la Gestapo. Puis il fut dans le couloir et grimpa quatre à quatre les marches conduisant à la cuisine, fuyant comme s'il était poursuivi par une horde de démons.

* * *

Une demi-heure plus tard, il était dans la bibliothèque en train de chercher à comprendre sa descente aux enfers. Oxenstern croyait avoir fait preuve de bonté à l'égard de son visiteur. Mais Silverman avait peut-être fait preuve d'une bonté plus grande encore à l'égard d'Oxenstern. C'était peut-être la première fois qu'Oxenstern avait eu le plaisir d'essayer son raisonnement tordu sur quelqu'un qu'il considérait comme un véritable humaniste laïc. Et il avait eu la satisfaction grisante d'humilier totalement l'adversaire. Bien sûr, il était libre de le penser. C'était comme s'ils avaient, Silverman et lui, parlé deux langues différentes, chacun étant libre d'attribuer le sens qu'il souhaitait à ce que l'autre disait. Silverman s'étonnait devant l'abîme d'incompréhension qui le séparait des gens qu'il rencontrait. Un « grand gouffre immuable » !

Mais pourquoi, se demandait-il, Oxenstern, ce type complètement stupide, voulait-il avoir l'air malin ? Comment quelqu'un d'aussi bête pouvait-il avoir seulement l'impression qu'il était capable de penser ? D'un côté, il y avait Silverman, un homme cultivé, un écrivain qui en connaissait un rayon, qui avait voyagé, rencontré des penseurs d'un certain poids, fréquenté un certain nombre de milieux, mais qui connaissait aussi ses limites. Il y avait des millions de choses qu'il ne connaissait pas, des millions de choses qu'il n'était pas en mesure de juger. Il l'acceptait. Il ne prétendait pas connaître les plus profonds secrets de l'univers. Mais voilà qu'il y avait ces crétins – Oxenstern, Jaspers – qui se comportaient comme s'ils avaient une cervelle et comme si leur cervelle était le réceptacle privilégié de la vérité. L'anti-intellectualisme, c'était déjà dur en soi. Mais le pseudo-intellectualisme, c'était nettement pire.

Pourtant, s'il résistait à son premier mouvement qui était de tourner en ridicule et de rejeter, Silverman apprenait quelque chose de ces rencontres bizarres. Sa brève conversation avec Oxenstern l'amenait à réfléchir sur les temps qu'il vivait. Tant de choses bouillonnaient dans sa tête. Il n'était pas très politisé. En fait, la politique lui apparaissait d'un charlatanisme écœurant. Pourtant, il s'était souvent interrogé sur les politiciens ultraconservateurs qui ravageaient le pays depuis quelques années en parlant de « guerre culturelle », des hommes des cavernes tels que Jake Dawes, qui voulaient à tout prix faire rentrer les gays dans le sol à coups de marteau et les femmes dans la cuisine à coups de savate. Était-il possible qu'ils se laissent guider par des gens tels qu'Oxenstern et Jaspers ? Était-ce là le brain-trust derrière les grandes gueules réactionnaires qu'il entendait parfois pérorer à la radio ?

Quand la minorité aisée et idiote commence à prétendre à l'intelligence, cela ne s'arrête pas à la méchanceté égoïste. Comme à Herr Rosenberg et Herr Goebbels avant lui, il importait à Oxenstern d'avoir raison. Et quand il s'agissait d'avoir raison, Dieu était sa carte maîtresse. À la réflexion, Silverman se sentit nauséeux à l'idée qu'il vivait peut-être une époque où des enfoirés de politiciens essayaient de recruter Dieu pour leur programme.

Et d'où leur venait cette confiance en leur croisade ? Des contes à dormir debout sur Sodome et Gomorrhe, des raisons en faveur de l'existence – au sens littéral – d'un démon qui vous chuchote à l'oreille. Peut-être était-ce pour cela que lui et ses amis étaient jetés aux gémonies par les élites au pouvoir dans le pays. Il avait toujours supposé que les conservateurs n'étaient que des fils de pute arrogants, des parvenus, des profiteurs qui ne pensaient qu'à frauder le fisc et à baiser le peuple. Les quelques rares richards qu'il avait rencontrés dans les cocktails du monde de l'édition étaient des fils à papa pourris qui n'avaient pas lu un livre depuis l'université. À quoi bon ? Ils n'avaient pas besoin d'intelligence. Au besoin, ils engageaient quelqu'un pour être intelligent à leur place. Il supposait que la minorité nantie passait son temps à déjeuner dans des restaurants huppés, à boire le meilleur scotch, à tirer les ficelles et à sauter les femmes des autres dans des hôtels de luxe. Mais peut-être que cela allait plus loin. Peut-être que le richard en maraude avait acquis des prétentions intellectuelles. À présent, il voulait avoir ses propres idées en plus des dollars. Cela rendait le pseudo-intellectualisme du professeur Oxenstern vraiment effrayant... à la façon dont les nazis devinrent effrayants quand ils commencèrent à élaborer les théories de la race des seigneurs et à mesurer les crânes et les nez. Son père avait dit un jour : « Ça ne leur suffisait pas de nous massacrer comme par le passé. Non, ces crétins d'Aryens devaient en plus se convaincre qu'ils avaient le droit scientifique de nous exterminer. Ils avaient besoin de s'appuyer sur des livres ! »

Des *livres*. Silverman tiqua sur ce terme. Tant de choses contre lesquelles il s'élevait concernaient les livres. Ou plutôt un livre, un seul texte, inégal, un méli-mélo d'écrits qui méritait des critiques variables. C'était peut-être ce qui lui causait ce bouillonnement maladif dans l'estomac. Les livres étaient sa vie. Pas une fois il n'avait trouvé l'occasion de remettre en cause leur valeur. Mais il y avait là des gens pour qui le mot écrit avait un objet totalement différent. À North Fork, les choses écrites sur du papier étaient encore entourées d'un sentiment de crainte primitif qui prêtait aux mots une autorité surnaturelle. Citez les mots et vous détenez l'autorité. C'était pourquoi ils étaient tous aussi prolixes quand il s'agissait de citer les Écritures, Jaspers, Apfel, Oxenstern et les autres. Bunyan aussi – la repartie toujours facile pour citer le chapitre et le verset, plus rapide que Silverman ne le serait avec... eh bien, avec tout ce qu'il avait lu. Il n'avait appris par cœur que quelques poèmes... « Dover Beach[1] », par exemple, et quelques-uns d'A. E. Houseman. Même les textes qu'il aimait de tout son cœur, les grands passages de ses auteurs préférés... il ne lui était jamais venu à l'idée de les mémoriser, moins encore de les sortir de sa manche comme un atout en réserve pour clouer le bec à un adversaire. Cela semblait être un usage si dégradant de la littérature, surtout de la grande littérature : s'en servir pour marquer des points ! Qui songerait à faire pareil usage de Proust ou D.H. Lawrence ? Mais, bien sûr, si vous croyiez que Dieu Lui-même avait écrit tout ce fatras, ça faisait une différence. Une différence que jusqu'ici, Silverman n'avait pas été obligé de prendre au sérieux.

Ce qu'il aurait appelé de la colère un moment plus tôt commençait à prendre une allure de peur nauséeuse. Le genre de peur qu'il aurait pu éprouver pour un être cher pris en otage par un ennemi sans pitié. Mais, en l'occurrence, ce n'était pas une personne, c'était la littérature qui était en danger, la population entière de Livreville, les compagnons de toute sa vie. Les prophètes butés de North Fork, cette belliqueuse tribu au milieu de laquelle il se trouvait, le faisaient douter de tout ce qui lui était cher dans l'écriture. Ils avaient transformé ce qu'ils appelaient la « parole de Dieu » en un objet de culte. À l'intérieur de la couverture de cette seule œuvre, ils prétendaient trouver toutes les réponses que chacun devait donner aux grandes questions de la vie. Tout ce qui était arrivé ou arriverait un jour avait été prophétisé par une petite bande de *schnorers*[2] sous-alimentés à qui on ne la fait pas, qui erraient dans les déserts de Palestine il y a cinq mille ans. Pour ce qu'il en savait, les Frères évangéliques croyaient pouvoir trouver les résultats du championnat national de base-ball cachés dans Isaïe ou Ézéchiel. Pour eux, il n'y avait rien qui ne fût

---

1. Du poète anglais Matthew Arnold, 1867. (*N.d.T.*)
2. Yiddish : « mendiants ».

connu, rien d'étrange, rien de nouveau, rien d'étonnant. Leur livre était toute la science, toute l'histoire, toute la loi, toute la politique conservées pieusement par les théologiens à l'anglais vieillot, souvent impénétrable, du XVIIe siècle, dont la plupart pensaient encore que le monde était plat comme une crêpe et que les femmes étaient les réceptacles de Satan.

Silverman se souvenait de livres qu'il avait lus et qui l'avaient laissé ébahi, des livres qui l'avaient laissé haletant d'une joie inattendue. Et il y avait d'autres livres, des histoires qui avaient menacé de pulvériser toutes ses convictions. *L'Étranger* de Camus l'avait envoyé dans un désespoir en chute libre qui avait vidé sa vie de tout sens jusqu'à la dernière goutte. Et Joseph K. de Kafka lui avait appris que la vie pouvait être un cauchemar éveillé. C'était ce qu'il attendait de la littérature : le risque. Pas comme ces frénétiques de la Bible. Les Écritures représentaient leur dispositif de sécurité cosmique. Ils se tournaient vers elle pour trouver une certitude garantie par la plus haute autorité. Au lieu d'ouvrir leur esprit à l'expérience, leur seul livre leur verrouillait portes et fenêtres. Ils avaient isolé le doute et, avec lui, tout ce qui faisait de la vie une aventure. C'est là où ils puisaient leur assurance pour vilipender, condamner et rejeter. Les paroles d'un livre, des livres écrits par les hommes. *Cela aussi, la littérature pouvait le faire*. Cela pouvait vous dévorer l'esprit et le réduire en bouillie, endurcir le cœur et légitimer le meurtre. Pire qu'une menace physique qu'il pourrait ressentir, cette idolâtrie imbécile du livre l'amenait à se demander si le mot écrit, aussi cher lui fût-il, valait toutes les souffrances qui étaient nées de lui.

19

L'Alliance des gays et des lesbiennes de North Fork

Comme il quittait la bibliothèque, il fut pris d'une salve d'éternuements. Son rhume avançait inexorablement vers son destin physiologique, descendant des sinus à la gorge avant de lui tomber sur la poitrine. L'explosion avait dû couvrir de virus la moitié de la pièce. Parfait. La guerre bactériologique. Il aurait voulu pouvoir en tartiner chacun de ces volumes moralisateurs. Il devenait méchant.

« Dieu vous garde ! » fit une voix minuscule.

Silverman tourna sur ses talons. Tandis qu'il éternuait à s'en décrocher la tête, il avait été rejoint dans la bibliothèque par les trois humanistes en herbe de Faith College. La fille lui avait dit *Gesundheit*[1], et les deux garçons renchérirent d'un hochement de tête.

« Professeur Silverman ? demanda la jeune fille, attendant l'autorisation de s'approcher.

– Oui ?

– Je suis Tilly Schurz. Voici Alex et Jack. Vous vous rappelez ? Nous formons le comité. » Ils entrèrent dans la salle en se débattant pour retirer leurs manteaux et leurs écharpes poudrés de neige. Silverman pouvait sentir l'aura glacée qu'ils avaient apportée avec eux dans la pièce. Le

1. Allemand : « À vos souhaits. »

froid avait rougi leurs visages comme des pêches mûres. À la place où ils s'étaient tenus pour retirer leurs vêtements chauds, une flaque s'étalait rapidement sur le sol.

« Quel comité ?

– Pour le programme d'études de l'humanisme religieux.

– Ah oui ?

– On voulait vous dire qu'on vous a trouvé génial, pépia Tilly en frottant ses doigts gelés. Vous avez été si courageux et si fort. Exactement tel que nous l'espérions. »

Silverman la regarda d'un air totalement ébahi. « Je ne comprends pas, dit-il. Hier, vous étiez la première à applaudir cette brute d'Axel. Aujourd'hui, vous me jetez des fleurs ? »

La jeune fille resta bouche bée.

« Moi ? Applaudir Axel ? Vous avez cru ça ?

– Parce que ce n'était pas le cas ? »

Elle piqua un fard.

« Ce sale crétin ? Mais c'est vous que j'applaudissais. Vous ! »

Silverman lui adressa un regard sceptique.

« Ce n'est sûrement pas ce que j'ai cru voir. Vous applaudissiez dans sa direction, pas la mienne.

– C'était nous, expliqua Jack. On l'a tournée comme ça, en quelque sorte pour qu'on ne voie pas ce qu'elle faisait.

– Ça ne vous regardait pas, protesta-t-elle.

– C'est pourquoi on a dû la faire sortir, dit Alex, avant qu'elle prenne la parole. Elle explosait. »

Tilly avait l'air d'être encore sur le point d'exploser.

« Je voulais attraper cette sale banderole pour... pour... Je ne sais pas quoi. La mettre en morceaux avec mes pieds.

– Ouais, et là, on était tous cuits, dit Alex.

– On est cuits de toute façon, ajouta Jack. Personne ne croira jamais que nous trois, on pourrait acclamer Axel.

– Oh, je parie qu'ils avaient tout réglé à l'avance, insista Tilly. Axel, Apfel et Oxenstern. Ils étaient décidés à avoir votre peau dès le départ.

– Si quelqu'un m'avait prévenu qu'il allait se passer ce genre de choses, je ne serais pas venu, pour quelque montant que ce soit, dit Silverman.

– Mais ça aurait été affreux, s'écria Tilly. Peu importe ce qui s'est passé, nous ne regrettons pas de vous avoir fait venir. Nous savons que Richard pense comme nous.

– Je n'en serais pas si sûr. La dernière fois que je lui ai parlé, il avait l'air plutôt morose.

– Ouais, bon, reconnut Alex. Quand on se fait virer...

– *Virer ?* Il a perdu son boulot ?

– Ouais, hier soir, confirma Alex. Les membres du conseil d'administration ont tenu une réunion spéciale. C'était assez horrible. Ils l'ont mis sur le gril, enfin, surtout Mrs. Bloore. Ils veulent récupérer sa maison et tout. Alors qu'il a passé toute sa vie dans l'Église.

– Bon sang, gémit Silverman. C'est un vrai désastre.

– On n'est pas d'accord, contesta Tilly, l'air de vouloir en découdre.

– C'est vrai, renchérit Alex. C'était notre idée. On est contents que vous soyez venu.

– Mais pourquoi moi ? demanda Silverman.

– On a vu votre émission, répondit Jack.

– Mon émission ? Je n'ai pas d'émission.

– Celle que vous avez faite sur Castro Street.

– Ce n'était pas *mon* émission. On m'a juste interviewé, et encore, ils n'ont pas utilisé la majeure partie de ce que j'ai dit.

– Eh bien, vous y étiez, répliqua Jack. C'était vraiment cool. »

Silverman secoua la tête, incrédule. « Mais c'était il y a des années.

– On l'a vue sur cassette, expliqua Jack. On se l'est repassée un tas de fois. C'est là qu'on a décidé de vous inviter. »

Silverman était sidéré. « Son » émission, comme ils l'appelaient, consistait en plusieurs minutes disséminées d'une interview qui datait de cinq ou six ans pour la station locale de PBS à San Francisco. C'était loin d'être « son » émission, il figurait au milieu de plusieurs personnes qui avaient accepté de parler du célèbre quartier gay de la ville. Il était curieux qu'on ait voulu l'interviewer. Il n'avait jamais habité dans le quartier du Castro. Jusqu'à sa conférence impromptue à Faith College la veille, il n'avait jamais fait étalage de son homosexualité. Mais l'émission sous-entendait clairement que tous les participants « en étaient ». Toutes les questions tournaient autour du même sujet : le style de vie gay de San Francisco. Face à la caméra, Silverman s'était appliqué à parler d'une manière aussi impersonnelle que possible. Il avait expliqué comment la communauté du Castro participait à la tolérance, le rôle qu'elle avait joué dans la lutte contre le sida, son influence politique et culturelle dans le pays, bref, ce genre de choses. Il n'avait pas même été l'un des principaux participants, ce qui était normal puisqu'il n'avait pas d'activité militante. Il considérait qu'on l'avait si peu vu à l'écran que cela ne valait pas la peine d'en parler. L'émission n'avait certainement pas boosté les ventes de ses livres. « Je ne comprends pas, dit-il. Je croyais que j'étais invité ici à cause de mes romans.

– Ça aussi, bien sûr, lui assura Alex. On a lu tous vos bouquins... enfin, la plupart. C'est difficile de se les procurer.

– Mais c'est l'émission qui nous a vraiment ouvert les yeux, précisa Tilly.

– Sur quoi ?

– San Francisco. Comment ça pourrait être, répondit-elle.

– Ouais, renchérit Jack. San Francisco. » Il prononça le nom de la ville avec exactement l'intonation nostalgique qu'un réalisateur aurait pu solliciter pour dire « Shangri-la ! » dans un remake d'*Horizons perdus*.

– Alors, ce que vous vouliez surtout, c'était entendre parler du Castro ? insista Silverman.

– C'est ça, avoua Alex.

– Par moi ? Parce que j'étais dans cette émission ? » Il voulait qu'on remarque sa rancœur, mais il était coincé par leur stupidité. Peut-être étaient-ils trop jeunes pour comprendre combien il était blessant de voir sa créativité reléguée au second plan, passer pour un détail aussi négligeable que la couleur de ses cheveux ou la pointure de ses chaussures.

« Exact, ajouta Tilly. L'émission n'a jamais été diffusée par ici, encore qu'aucun de nos enseignants ne regarde la télévision de toute façon. Pour eux, elle est satanique. Donc personne ne pouvait être au courant, vous voyez ? À part nous.

– Et puis, une fois que vous seriez ici, poursuivit Alex, on pourrait vous avoir rien que pour nous... c'est ce qu'on espérait. Et vous pourriez tout nous dire. »

Tiens, tiens, voyez-vous ça ! Ce fut l'expression dans le regard d'Alex qui lui envoya le message. Solitaire, nostalgique, effrayé, proche de l'embarras, mais d'une curiosité trop entêtée pour reculer. Ça ne pouvait pas être plus évident. Silverman se tourna vers Tilly. « Vous aussi ? »

Elle rougit superbement et se retira sous le voile de ses cheveux. « Je crois... plus ou moins.

– Plus ou moins ?

– Je n'en suis pas complètement sûre.

– Si, intervint Alex. Elle l'est.

– Je n'ai jamais essayé, avoua-t-elle. Enfin, comment le pourrais-je ici ? Mais ces deux-là sont les seuls types avec lesquels je me sente bien, alors j'imagine...

– Et vous deux ? demanda Silverman en passant d'Alex à Jack. Vous êtes ensemble ? » Alex acquiesça. Le veinard, songea Silverman. Il s'écroula dans le fauteuil le plus proche en demandant : « Alors qu'est-ce que j'ai là ? L'Alliance des gays et des lesbiennes de North Fork ?

– En quelque sorte, fit Tilly en riant.

– San Francisco, c'est ce qu'on veut découvrir, expliqua Alex. On y fait vraiment des défilés, là-bas... pour les gays ?

– Et ces bars, renchérit Jack. Vous les connaissez tous ? On peut vraiment y traîner sans que personne vienne vous embêter ? Comme cet endroit, l'Elephant Walk ?

– L'Elephant Walk ? répéta Silverman. Il a fermé il y a quatre ou cinq ans.

– Ah bon ?

– Ne vous inquiétez pas. Il y en a un tas d'autres pareils.

– Eh, c'est cool. » Ils se regardèrent tous les trois, radieux.

Silverman se sentit épuisé. Chez lui, il faisait figure de vieux ronchon sur ces questions-là. Même Marty le traitait de vieux ronchon. « Considère-moi comme le troisième sexe, disait-il, celui qu'on appelle "c'est pas vos oignons". » Il avait longtemps considéré le comportement plus ostentoire des gays comme une théâtralité détestable. « Oui, ils font des défilés, dit-il à Alex. Et des carnavals, des festivals, et des fêtes de quartier, et Mardi gras, et des banquets, et des remises de prix. Et ça, c'est seulement de janvier à mars.

– C'est incroyable, s'extasièrent Jack et Tilly en chœur.

– Les femmes aussi ? demanda Tilly. Il y a des bars aussi pour les femmes, non ? Ils en ont montré un, le Chi Chi Club. Vous y êtes allé ?

– Des bars pour femmes ? Bien sûr. Tu parles ! répondit Silverman. Mais c'est totalement dépassé. Maintenant, nous avons raffiné la sexualité divergente en cinquante-sept variétés. Voyons, la dernière catégorie officielle qui a reçu, à ce que je sais, un droit de représentation au conseil municipal, c'est celle des grand-mères transsexuelles indiennes. Elles ont leur propre défilé en avril, je crois.

– Vous ne trouvez pas ça bien ? s'étonna Tilly, déconcertée par le ton désinvolte de sa réponse.

– Comment je vois les choses ? dit Silverman avec un soupir. Défiler pour votre propre orientation sexuelle, c'est comme se glorifier du fait qu'on a les jambes arquées, ou qu'on est gaucher ou rouquin. C'est idiot.

– Oh, je ne sais pas, fit entendre Alex. Ils vous obligent pratiquement à être ostentatoire.

– Qui ça ?

– Des gens, comme le professeur Jaspers, qui voudraient que les gays n'existent pas, précisa-t-il. Dans leur esprit, si vous êtes un gay "normal" et si vous ne faites pas partie du défilé, eh bien, c'est que vous avez honte.

– Si vous voulez venir à San Francisco pour faire partie d'un défilé, c'est une bien piètre raison, souligna Silverman.

– Non, c'est pour être libre, insista Tilly comme si ça devait être évident. C'est pour être avec des gens qui ne vous prennent pas pour un phénomène de foire. On pensait que vous comprendriez ça. »

Se rendant brusquement compte du ton condescendant qu'il avait eu, Silverman battit en retraite.

« Voyons, bien sûr. Je suis peut-être trop gâté ou blasé. J'imagine que si je vivais ici comme vous...

– Ça vous laisse imaginer ce à quoi on est confrontés, dit Jack.

– Alors, vous comprenez, poursuivit Alex, quand Richard a reçu cet argent pour le programme et les conférences, on lui a dit qu'on voulait vous faire venir en premier. Bon, lui, il voulait avoir Gore Vidal pour démarrer. On ne pensait pas que ça marcherait. Et ça n'a pas marché.

– Seigneur ! Ça a bien failli tuer le programme dans l'œuf, intervint Tilly. On a dû verser 20 000 dollars pour rien. Mrs. Bloore a grimpé au plafond. Après ça, il fallait faire attention. Ce qui était bien avec vous, c'est que vos livres sont rudement plus durs à trouver.

– Ben, tiens, c'est une bénédiction, non ? renchérit Silverman. Un livre épuisé. C'est presque aussi bien que de ne pas être publié du tout. » Il oscillait douloureusement entre l'indignation et la compassion. Il se trouvait coincé chez les chasseurs de scalps évangéliques et ce n'était pas même ses livres qui l'avaient fourré dans le pétrin. C'était son orientation sexuelle dont il avait toujours affirmé que ça ne regardait personne, pas même les autres gays. Mais comment pouvait-il rester aveugle face au désespoir de ces gosses ? Debout devant lui, ils lui faisaient penser à Anne Frank essayant de s'échapper de sa mansarde. « Alors, qu'est-ce que vous attendez de moi ? Un conseil ?

– Non, juste de pouvoir parler, répondit Jack. Seigneur ! Parler, c'est tout !

– Mais pourquoi moi ? Je ne suis pas un croisé.

– C'est pour ça, expliqua Jack. On n'aurait jamais réussi à faire venir ici quelqu'un avec ce genre de réputation. Vous, on pouvait vous faire passer pour un romancier. »

Les yeux de Silverman lancèrent des éclairs. « Mais je suis un romancier, putain !

– Oui, bon, bien sûr, convint Jack. Mais vous comprenez, on pouvait vous mettre dans le programme d'humanisme religieux, du fait que vous êtes juif et tout. »

Silverman fit sa remarque avec une grimace extravagante. « Je ne suis pas juif. Enfin, pas pour ce qui est important. Remarquez que je n'ai pas dit "*Oï*".

– Mais ce n'était pas le plus important pour nous, en fait, expliqua Tilly. Il y a des juifs par ici qu'il nous arrive de rencontrer. Il y a un dentiste juif à Flat Rock. On a déjà rencontré des juifs, quoi. Être juif n'est pas notre problème, et ce n'est pas tellement un problème, de toute façon.

– Oh, je pense que si, contesta Jack. J'ai entendu pas mal d'antisémitisme par ici depuis tout petit.

– Oui, mais on pourrait dire que c'est un ordre de cruauté inférieur, non ? avança Tilly. Personne ne pense aux juifs comme aux gays. Enfin, il n'y a rien de comparable au "démon de l'homosexualité" pour les juifs. »

Silverman les interrompit. « Attendez voir. Je suis d'accord, je suis plus gay que juif. Mais je suis plus romancier que je ne suis gay ou juif. En fait, quand j'écris sur quelque chose de juif, il y a des gens pour dire que je suis antisémite. Allez comprendre ! »

Alex le regarda de travers. « Ça veut dire que si vous écriviez sur les gays, ce que vous écririez serait homophobe ?

– Je n'en sais rien. Ça ne s'est pas présenté. Je n'ai jamais créé de personnage gay.

– Pourquoi ? » insista Tilly.

C'était une bonne question. Si bonne que Silverman ne trouva rien à répondre. « Quelle question stupide !

– Excusez-moi, dit Tilly. Mais pourquoi ?

– Bienvenue à l'atelier d'écriture niveau un, fit Silverman, narquois. "Écrivez sur ce que vous savez." Exact ? Bon, je connais un tas de choses au-delà de mon identité sexuelle. De toute façon, qu'y a-t-il à dire sur le fait qu'on est gay ? À part l'angoisse, la culpabilité, les luttes et les persécutions.

– ... et l'amitié ? suggéra Jack d'un ton interrogateur. Sûrement, les plaisirs, les joies...

– L'amour, ajouta Tilly.

– Entendu, convint Silverman.

– La tragédie, si tu ne joues pas *safe*, remarqua Alex.

– Bien sûr, enchaîna Silverman à son tour. Le chagrin, la mort, le deuil.

– Et la colère qu'éprouvent tant de gays qui se disent, bon Dieu, pourquoi ne nous fiche-t-on pas la paix ? intervint Tilly.

– C'est juste, dit Silverman. Il y a ça aussi. La colère, la fureur, l'indignation. »

Après une pause, Jack demanda : « N'est-ce pas à peu près tout ?

– C'est juste, répéta Silverman. Il y a beaucoup de choses. Entendu. D'accord. » Et alors ? Ils attendaient, mais il garda sa réponse pour lui. La vérité, c'est qu'il avait commencé un jour à écrire une histoire qui épousait au plus près les traits essentiels de son identité. Elle avait pour cadre une de ces manifestations débridée de San Francisco : la Gay Pride, la Gay Life, le Gay Achievement. Deux hommes, en couple depuis quelques années, un Blanc, un Noir, vont à une fête, en ont assez, décident de partir, vont au cinéma. Et plus rien. C'était le problème. Passé ce point, il ne trouva rien à dire qui ne fût aussi l'histoire d'un couple hétéro. Aucune étincelle. Rien ne prit corps. Il avait attribué le problème à un manque d'inspiration passager, mais maintenant, il devait se demander si ce n'était pas plus profond qu'il n'avait voulu l'admettre. Comme Shenandoah Fish l'aurait dit, il savait trop bien prendre de la hauteur. Une position commode. « Écoutez, dit-il enfin. Je ne suis pas venu pour discuter de ma carrière littéraire. Enfin, à vrai dire, si... j'étais venu ici pour discuter de ma carrière littéraire... mais pas en ces termes. Et de toute façon, je n'en ai plus envie maintenant. Le point important, c'est que je ne fais pas commerce du fait que je suis juif ou gay. Je suis romancier. C'est ce que je veux être et rien d'autre. Vous m'avez fait venir sous des prétextes fallacieux, nom de Dieu ! Pourquoi Swenson a-t-il accepté d'entrer dans votre jeu ?

– Il savait qu'on avait besoin de rencontrer quelqu'un comme vous, quelqu'un du dehors, répondit Alex.

– Il comprend à quoi on est confrontés, précisa Jack.

– Ah oui ? Et pourquoi ? »

Alex eut un sourire ironique. « Vous ne vous en doutez pas ? »

Non, apparemment non. À moins d'y réfléchir à deux fois. Or, Silverman n'avait pas accordé une seule pensée à Swenson. « Allez ! fit-il. Il est marié, il a un enfant.

– Et alors ? demanda Alex. Est-ce que ce n'est pas ce qui arrive quand on se cache ?

– Vous comprenez, dans l'Église, on ne peut pas être gay, expliqua Tilly. C'est hors de question. Richard est aussi libéral que l'Église le permet... ou prétend le permettre. Il s'est battu pendant des années pour créer un programme de Réconciliation dans le Christ, comme en ont les méthodistes. C'est dire...

– J'en ai entendu parler, oui, oui, l'interrompit Silverman. "Dans" le Christ, hein ? Pas "avec" ni autre chose. Une sorte d'amnistie pour les homosexuels, je crois.

– C'est ça, dit Alex. Et même s'il obtenait le feu vert pour son programme, ce qu'il n'aura jamais, il y a tout ce truc dégueulasse à propos de "guérir la souffrance du doute" et "témoigner pour Jésus". D'après moi, tu finis toujours par te sentir un monstre.

– Épargnez-moi ça, implora Silverman.

– Pauvre Richard, poursuivit Tilly. Il a fait semblant toute sa vie. Il a dû faire semblant jusqu'au bout, vis-à-vis de lui-même compris. Jusqu'à ce qu'il n'y arrive plus.

– Et Syl ? interrogea Silverman.

– Syl, c'est une sainte, dit Alex avec une franche admiration.

– Depuis combien de temps le sait-elle ? »

Les trois étudiants se regardèrent comme s'ils échangeaient leurs impressions.

« D'après moi, juste après leur mariage probablement, il y a huit ou neuf ans.

– Sans doute », approuva Alex.

Et voilà. Dès lors, Silverman fut certain que Syl allait figurer dans un de ses romans. Cette attitude allait au-delà de l'endurance. C'était le championnat du masochisme, catégorie A.

« Alors c'est qui, Swenson ? Votre protecteur ?

– Non, il en serait incapable, expliqua Tilly. Pas ouvertement. Aucun de nous ne peut être ce qu'il est. North Fork est un grand placard. Si jamais ils se doutaient de quelque chose, ils nous obligeraient à faire pénitence.

– C'est quoi, ça ? »

Ils se regardèrent pour voir qui devait parler. Se tournant vers Alex, Jack dit : « Ça t'est déjà arrivé. À toi de raconter. »

Alex déglutit avec difficulté. « Ce n'était pas parce que j'étais gay. C'était, bon... » Il détourna les yeux, puis reprit : « Entendu, disons que c'était pour, enfin bon, la masturbation. Je me suis fait prendre et j'ai dû faire pénitence. J'avais onze ans. C'est censé être un conseil charitable, mais ce n'est pas ça.

– Que s'est-il passé ? insista Silverman.

– Vous devez vous asseoir avec vos parents, le pasteur et quelques autres étudiants plus âgés – qui soi-disant ne le font jamais – et implorer le pardon de Dieu en leur présence. Le pire est que vous devez raconter tout en détail, dire tout ce que vous aviez dans la tête. C'est pour chacun l'occasion de vous condamner au nom des Écritures et puis de vous ramener au sein du troupeau. Seigneur, c'était affreux.

– On fait ces choses-là ici ? s'enquit Silverman.

– Et comment ! assura Tilly. C'est pourquoi on appelle cet endroit *Persecution U.* Et il y a pire.

– Pire ?

– L'Église a ses psychiatres, dit-elle en prenant un air grave. Ils font des choses pour vous exorciser. Ils utilisent l'électricité et des produits qu'on vous donne à boire pour vous faire vomir.

– On appelle ça la "cure de dégoût", précisa Alex. C'est censé vous faire haïr la vue de vos propres organes sexuels.

– Ils le pratiquent toujours ? s'enquit Silverman, sidéré. C'est illégal en Californie.

– Bon, ça l'est peut-être ici aussi, admit Tilly. Mais ils le font quand même. Je sais que si on me faisait ça, je craquerais, je craquerais complètement.

– Non, certainement pas, assura Alex. Tu es plus coriace que tu ne le crois. » Il se tourna vers Silverman. « Son père l'a enfermée une fois. Pendant deux semaines pratiquement sans nourriture.

– Pour quoi faire ? » s'étonna Silverman.

Tilly prit un air de martyre. « Un grand moment de mortification pour moi. Je prenais un bain avec une amie. Je n'avais que dix ans. Bien sûr, ça me plaisait, mais vous savez, on n'a rien fait. On ne s'est pas touchées. Pourtant, mon père a piqué une colère noire. Pour lui, je ne devais même pas me voir nue dans un miroir. » Elle baissa la voix et ajouta : « J'ai entendu dire que le professeur Jaspers a été en thérapie quand il était au lycée.

– Parce qu'il était homo ? demanda Silverman.

– Hin-hin. Je ne sais pas si c'est vrai. »

Silverman secoua la tête, incrédule. « C'est médiéval.

– Non, contesta Alex, ce qui est médiéval, c'est de faire des exorcismes diaboliques. S'ils découvraient la vérité sur l'un de nous, c'est probablement ce qu'ils feraient. Et nos parents seraient d'accord, au moins les miens.

– De quoi vous parlez, bon sang ? interrogea Silverman.

– D'une sorte de rituel pour chasser le malin.

– Qui en est chargé ? insista Silverman qui croyait connaître la réponse.

– Le professeur Oxenstern, confirma Alex. C'est une autorité en matière de diables et de démons et tout le saint-frusquin. Il connaît toutes les règles sur la damnation. Il a ce...

– Oui, je sais, coupa Silverman. J'en ai encore la tête qui tourne. Je reviens justement d'une visite dans le musée noir du professeur Oxenstern. »

Ils échangèrent des regards inquiets. « Oh, je vous plains ! compatit Tilly.

– À vrai dire, c'est très éclairant, la rassura Silverman. Cela m'a donné une idée lumineuse de ce qui passe pour de la religion dans l'aile vertueuse de notre société.

– On doit faire le tour des lieux une fois par an, expliqua Alex. J'essaie toujours de me faire porter pâle.

– Ce qui me rend vraiment malade, ce sont les jeunes qui s'excitent sur ces horreurs.

– Et Oxenstern est le grand exorciste ?

– Il met une chasuble, expliqua Jack. Et c'est le grand jeu, vous savez, avec les cloches et l'encens.

– Vous y avez assisté ? demanda Silverman.

– Non, mais Richard a dû aider à exorciser deux ou trois étudiants. Il m'a raconté comment ça se passait. »

À présent, Silverman ressentait des ondes de sympathie pour les trois gamins qui pataugeaient aux confins de son esprit. Oui, il les comprenait, mais il se répétait que North Fork était leur problème, il n'avait pas à s'en mêler. En fait, il n'avait qu'un seul conseil à leur donner. Ce qu'il fit.

« Pourquoi vous ne fichez pas le camp d'ici ? Vous en avez l'âge.

– À peine, dit Jack. Quand j'ai eu dix-huit ans, j'ai commencé à y penser. Mais c'est un grand pas à franchir. Et on a nos familles. Tous seraient horrifiés. Je vais vous dire la vérité. Je ne sais pas comment m'y prendre. C'est pour ça qu'on s'est dit que vous pourriez nous aider.

– Moi ? Comment ça ?

– Vous devez savoir comment faire. Vous n'avez pas fait votre *coming out* ?

– Il y a des années de ça. C'était complètement différent à l'époque. » Il était clair qu'il n'en dirait pas plus. Point barre.

« Bon, quand on partira un jour, reprit Alex, on se disait que vous pourriez nous aider à trouver un point de chute.

– Où ça ? À San Francisco ? Vous croyez que je dirige une filière d'évasion clandestine ? Lâchez-moi un peu. »

À cet instant, on entendit grincer des gonds. Ils sursautèrent tous les quatre comme si un courant électrique les avait parcourus simultanément. La porte s'ouvrit et Gloria Dawes entra dans la bibliothèque. Elle fut aussi surprise de voir Silverman que les étudiants le furent de son apparition. Elle hésita une seconde, puis entra d'un pas décidé. « Veuillez m'excuser, je suis venue chercher un livre. » Elle portait à nouveau une robe terne et informe mais, cette fois, ses cheveux étaient tirés en arrière en un petit chignon serré. Elle s'approcha d'une étagère à l'extrémité de la salle. Le silence l'accompagnait. Puis Silverman se rendit compte à quel point ce silence devait paraître suspect. Dans l'intérêt des étudiants, il se hâta de le meubler par une conversation innocente. « Normalement, je mène de front deux ou trois livres jusqu'à ce que l'un d'eux parvienne à une sorte de moment culminant et là, je ne le lâche plus. Apparemment, mon prochain roman à voir le jour se... »

Miss Dawes s'attardait près de l'étagère, prenait un livre, puis un autre.

« ... s'intitulera *Vendredi.* Il raconte l'histoire de Robinson Crusoé. Mais cette fois, c'est Vendredi le narrateur.

– Ouais, super, fit Alex. C'est une idée géniale. Il est noir, non ?

– Je ne précise pas, sauf que c'est un autochtone, mais oui, indiscutablement une personne de couleur. »

Enfin, Gloria descendit un gros volume, feuilleta quelques pages et tourna les talons. Elle retraversa la pièce en évitant de croiser leurs regards. Sans la quitter des yeux, Silverman poursuivit : « Après tout, c'est l'île de Vendredi, non ? On a donc ces connotations de colonialisme. » Puis, à mi-voix : « On ne risque rien en continuant à parler ? »

Alex fit la grimace. « C'est vraiment pas de veine.

– Pourquoi ? demanda Silverman.

– C'est la professeure Dawes. C'est peut-être la pire rencontre que Tilly pouvait faire ici.

– Elle donne un cours sur la femme, non ? » s'enquit Silverman.

Tilly émit un petit ricanement sarcastique. « Un cours sur la femme ? Ce qu'elle enseigne aux filles, c'est la soumission chrétienne. "Mariez-vous, restez mariées à tout prix, faites des enfants, soutenez votre mari." Elle et moi, on est comme chien et chat. L'an dernier, elle m'a donné un D en dissertation parce que j'avais demandé pourquoi Dieu avait formé Ève à l'aide d'une vieille côte pourrie. Après tout, c'est une partie du corps dont on peut se passer. Pourquoi Dieu n'a-t-il pas fait la femme au moins à partir d'un rein ? Elle a cru que je voulais rigoler.

– Mais tu voulais rigoler, non ? demanda Alex.

– Si tu veux mon avis, toute la Bible est une vaste rigolade. Voilà ce que je pense.

– Avec ta façon de la harceler, tu as de la chance qu'elle ne t'ait pas encore envoyée en pénitence, remarqua Alex.

– Elle me gonfle, fit Tilly en soupirant. Je ne pense pas qu'elle croie la moitié de ce qu'elle enseigne. Mais elle n'a pas les couilles de se battre contre son connard de père... Je crois qu'elle sait pour moi, ajouta-t-elle à mi-voix. Elle m'a posé des questions, vous savez, sur mes fréquentations. Mes parents lui ont tout raconté sur l'histoire de la baignoire. Elle est censée m'avoir à l'œil. Beurk !

Silverman claqua la langue. « Eh bien, je regrette qu'elle vous ait repérée. Vous allez avoir des problèmes !

– Nous avons déjà des problèmes pour vous avoir fait venir, dit Jack. Peut-être que vous n'avez pas su ce qui a fait exploser Tilly dans la chapelle hier, mais tous les autres le savent. Ils savent que, pour nous, Axel est un monstre. Je doute qu'aucun d'entre nous ait un brillant avenir par ici. »

Alex reprit précipitamment le fil de leur conversation d'une voix étouffée. « Je me contrefiche maintenant de ce qu'ils pensent ou disent, du moment qu'on ait un endroit où se réfugier en cas de besoin. C'est pourquoi on devait vous parler aujourd'hui. Quand vous serez rentré, ça ne vous ennuiera pas si on passe vous voir un jour ? » Sa voix avait pris un ton implorant. « Au moins, si vous pouviez nous aider à nous orienter. Même s'il y a beaucoup de gens à San Francisco qui pourraient nous aider, je suppose. »

Et comment, se dit Silverman. *Vous faites défiler Jack chéri sur Castro Street et vous aurez toute l'aide qu'il vous faut, de vrais chiens de traîneaux affamés derrière de la viande crue.* Les innocents ! Ils avaient connu la honte qui allait de pair avec leur identité, ils se préparaient aux réactions de rejet qu'ils allaient rencontrer. Mais il leur restait à découvrir le côté sombre, prédateur, de la vie qu'ils choisissaient. L'orientation sexuelle, comme ils n'allaient pas tarder à l'apprendre, ne garantit pratiquement rien quant au caractère. Ils étaient trois amis liés par l'affection et la confiance. Ils devaient encore rencontrer un voyou ou une crapule qui partageraient leur intérêt pour "une chair inconnue". « Ça va, écoutez, je fais un marché avec vous. Vous trouvez un moyen pour me faire sortir d'ici. Louez un chasse-neige, n'importe quoi. Et je vous accueillerai à bras ouverts quand vous viendrez.

– Mais il n'y a aucun moyen, protesta Tilly. Pas avant la fin de la tempête.

– Et si je partais à pied ?

– Oh non, surtout pas. Vous gèleriez sur place.

– Vous avez des bottes ? demanda Alex.

– J'ai des caoutchoucs.

– De simples bottes en caoutchouc pour la pluie ? Hors de question. »

Silverman agita l'annuaire scolaire sous leur nez. « J'ai le choix, d'après vous ? Aux yeux d'Axel, je suis un homme marqué. Ce type est un tueur fou.

– Ah oui, Axel. Gare à lui, soyez prudent, l'avisa Tilly.

– Je vous conseille de ne pas l'énerver, ajouta Alex.

– Ne pas l'énerver ? Il est énervé un max. Il est déjà prêt à me tuer.

– Je suis sûre que Mrs. Bloore saura le tenir, affirma Tilly. Il l'écoute, un peu comme un gros molosse. Elle dit "couché, Médor !" Et il obéit.

– Il obéit ? Il faut l'attacher. Je préfère encore geler que d'attendre qu'il vienne m'abattre. À propos, comment, vous trois, avez-vous réussi à venir ici dans le blizzard ?

– Les dortoirs ne sont pas très loin. Dans cette direction de l'autre côté de la cour. Malgré tout, on a dû suivre les cordes.

– Les cordes ?

– Quand on a une grosse tempête comme ça, expliqua Alex, ils installent des cordes entre les bâtiments. Et la règle, c'est de ne jamais sortir seul dans la tempête.

– La neige vous aveugle, précisa Jack. On ne voit plus sa main devant sa figure. Et il fait moins vingt-cinq.

– On a eu une tempête comme celle-là il y a deux ou trois ans, ajouta Tilly. Miss Henreid – un des professeurs, elle enseignait la biologie créationniste – a essayé de rentrer chez elle à environ un kilomètre par la route. Elle n'a jamais réussi à quitter le campus. Elle a gelé carrément sur place près du portail. Vraiment gelé. On l'a enterrée dans la cour. Elle avait vécu ici toute sa vie et pourtant, elle n'a pas pu trouver sa route.

– Et si j'allais chez les Swenson en coupant par le lac... si la neige se calme un peu ? »

Tilly secoua la tête avec conviction. « Je vous en prie, ne faites pas ça. Il faut connaître la glace. C'est traître. Il y a des courants où la glace ne prend pas.

– Très bien, je vous crois, admit Silverman. Mais dès que vous voyez que le temps se calme, promettez-moi de venir à mon secours. » Ils promirent vaguement de faire ce qu'ils pourraient, mais Silverman sentit qu'il n'avait pas avancé d'un pouce. « Entre-temps, l'un de vous a-t-il un téléphone portable ? »

Alex en avait un, mais il expliqua en le lui tendant : « Il ne va pas marcher. Les téléphones cellulaires sont les premiers à tomber en panne. Toutes les antennes sont sur des poteaux téléphoniques. »

Cependant, Silverman lui arracha le téléphone et composa vivement le numéro de Marty. À son oreille, le mobile resta muet. Il se détourna des trois étudiants, s'éloigna vers un coin de la bibliothèque et chuchota dans l'appareil : « Si tu peux m'entendre, je suis là, je suis coincé. Continue d'appeler, tu me manques tellement. »

C'était comme lancer une bouteille à la mer. Il rendit le téléphone en luttant contre une vague d'émotion. « Y a-t-il un moyen pour que vous m'attachiez une corde d'ici jusqu'à Golden Gate Bridge ? » demanda-t-il.

Ils lui adressèrent un regard compatissant : trois paires d'yeux tristes, trois bouches tristes. Puis : « Vous pourriez nous donner un autographe ? » demanda Alex comme pour égayer l'atmosphère. Silverman opina d'un air pas trop grognon avant de voir, sidéré, les « livres » en question. À eux trois, les étudiants avaient presque ses œuvres complètes, en édition reliée et en poche. Et tous ses livres avaient l'air d'avoir été lus et relus par quelqu'un. « Bien », dit Silverman, et de nouveau « bien » quand il commença à signer la petite pile de livres posée sur le sol à côté de lui.

« J'ai lu aussi toutes les critiques, souligna Alex et il sortit un classeur rempli de coupures de presse photocopiées. Vous en avez plein de bonnes.

– C'est vrai. Et quelques moins bonnes. Mais on apprend à accepter le mauvais avec le moins bon.

– Il y en a une que je n'ai pas vraiment comprise, expliqua Alex. Dans le *New York Times*. Ça s'intitulait : "Tout ce gras-là." C'est censé être sarcastique ?

– Je le crains, marmonna Silverman en signant.

– Ça dit quoi ? » interrogea Tilly.

Alex lut le début. Et continua la lecture. « Admettons que Daniel Silverman ait été obligé de commencer sa parodie de *Moby Dick* par la phrase : "Appelez-moi Shirook-Han-Omura (heureusement abrégé par la suite en Shirook), ce qui, dans une traduction libre de la langue des cétacés, veut dire, nous assure-t-il, Montagne de neige." Et c'est là, je pense, qu'il veut être vraiment méchant. Il dit... »

Silverman s'arrêta de signer. Il ne pouvait en croire ses oreilles. Alex lisait cette sale critique qui démolissait son roman. Il la lisait du début à la fin. Quand il parvint à « ... indiscutablement la phrase la plus mauvaise qu'on puisse trouver dans un roman cette année », Silverman prit la parole : « Vous voyez, il a sorti une phrase de son contexte. Sortez n'importe quelle phrase de Hemingway ou, tenez, Faulkner, de son contexte et vous verrez qu'elle paraîtra ridicule. Allez, essayez. Évidemment, la phrase qu'il cite paraît absurde : "Si ce n'était tout ce gras-là." Mais le contexte indique clairement qu'elle est censée être absurde, vous comprenez. Et, soit dit en passant, le livre n'est pas une parodie. » Pourquoi, mais pourquoi donc fallait-il qu'il s'explique devant cette bande de jeunes philistins ?

« Ce qu'il dit, en fait..., reprit Alex.

– Je vous en prie. Arrêtez », lui intima Silverman. Il finit de signer. Les trois étudiants le remercièrent et, se levant, commencèrent à remettre leurs manteaux et leurs bottes.

« C'est une chouette idée, à propos de Robinson Crusoé, remarqua Jack.

– Laquelle ? demanda Silverman.

– *Vendredi*, le bouquin que vous êtes en train d'écrire.

– Oh, ça ! répondit Silverman. Je l'ai inventé pendant que Miss Dawes était dans la pièce. Je ne travaille pas là-dessus.

– Vous voulez dire que vous l'avez inventé sur le coup ? s'étonna Alex.

– Ouais.

– Oh, là, là, vous êtes génial ! Ça ferait un super bouquin.

– Ah, vous trouvez ?

– Oh, absolument, intervint Tilly à mi-voix. Vous pourriez même y introduire une espèce de thème gay. Un mec blanc avec un mec noir, ils pourraient devenir des amis intimes. »

Silverman écarta l'idée d'un haussement d'épaules. « Je suis sûr que ça a déjà été fait. De toute façon, j'ai d'autres choses sur le feu. »

Quand il eut fini de signer, les étudiants enfilèrent leurs pelisses. « Laissez-nous sortir d'ici en premier, d'accord ? dit Tilly en lui adressant un petit clin d'œil. Déjà que la professeure Dawes nous a vus ensemble

– Bien sûr », convint Silverman en se renversant dans son fauteuil.

Quand les étudiants furent partis, il songea avec tristesse au poids du désaveu auquel allait être confrontée l'homosexualité naissante qu'ils affichaient de façon si émouvante. C'était – ou cela devrait être – si ordinaire, voire banal, en fait la même éruption hormonale qu'on rencontre chez n'importe quel adolescent. Il se demanda combien d'auteurs gays avaient maquillé, au fil des siècles, leurs passions considérées comme coupables sous une forme hétérosexuelle. Sans doute des centaines, en remontant jusqu'au temps des troubadours, chacun renforçant par son silence l'idée fixe que seuls les hétéros éprouvent les tourments de l'amour.

Il était sur le point de partir quand la porte s'entrouvrit de nouveau. C'était Alex. Il se faufila jusqu'à Silverman.

« Bon sang, c'est vraiment gênant ! articula-t-il à voix basse.

– Ah oui ?

– C'est complètement impossible d'acheter des préservatifs par ici, chuchota-t-il tout contre l'oreille de Silverman. Je ne peux pas supplier les autres types de m'en filer pour des raisons évidentes. Et l'école fait soigneusement la ronde de tous les marchands.

– Il est interdit aux étudiants de les acheter ?

– Non, mais il faut aller très en dehors de la ville avant de trouver un magasin qui ne vous dénoncera pas au doyen.

– Ah oui ? Alors Big Christian Brother vous a tout le temps à l'œil.

– En fait, ils fouillent votre chambre quand vous avez été signalé.

– J'aimerais vous aider, dit Silverman, mais vous êtes allé à la mauvaise adresse. J'ai une relation stable, totalement monogame. Je n'en utilise plus depuis six ou sept ans.

– Pas possible ! fit Alex, impressionné. Vous et votre partenaire, vous vous faites confiance à ce point ?

– Ouais.

– C'est vraiment cool.

– Mais dans votre position, vous avez raison. »

Alex s'apprêta à repartir, puis fit de nouveau demi-tour. « C'est épouvantable, la façon dont on est traités, mais, vous savez, c'est rudement exaltant.

– Ah bon ?

– On fait céder le dernier bastion, non ? On s'en prend à l'ultime tabou. C'est presque historique.

– On peut le voir comme ça, admit Silverman. Accrochez-vous bien à la corde. »

Il écouta la porte extérieure s'ouvrir sur la tempête rugissante et se claquer bruyamment. Puis, assailli par ses réflexions, il retomba sur la chaise la plus proche. Ils l'avaient interrogé sur sa sortie du placard. Il avait écarté la question d'un revers de main, mais pas parce que c'était un souvenir douloureux. C'était plutôt tellement mignon qu'il avait peur de s'étrangler en racontant ce qui s'était passé. C'était en rapport avec Marty.

Comme Silverman aimait à se le rappeler, il n'était pas « sorti du placard ». Son histoire, quand il la racontait – ce qu'il faisait rarement –, n'avait presque rien de dramatique. Au lieu de faire sa sortie, il avait simplement déménagé... de New York à San Francisco. Il avait rencontré Marty à un dîner après une de ses lectures, c'était le dernier arrêt avant la fin de sa tournée de signatures à travers le pays. Au cours d'une conversation à bâtons rompus, il avait découvert que Marty avait grandi dans le Bronx, non loin de là où lui-même habitait encore avec ses parents, un quartier près de Grand Concourse qui était passé d'une population juive à une noire pendant son enfance. Ils s'étaient demandé si, gamins, ils avaient pu se croiser dans la rue ou se trouver côte à côte dans le même magasin de bonbons. Bref, une chose en avait entraîné une autre : depuis les séances de l'après-midi au Loew's Paradise – ils étaient presque sûrs et certains d'avoir été là le même jour pour la sortie de *Lawrence d'Arabie* ; ils avaient même dû s'enticher simultanément de Peter O'Toole pendant la scène de l'accident de train – aux mêmes goûts pour les livres, le théâtre, l'art... Un long dialogue sans queue ni tête qui avait englobé deux vies en une seule nuit. Marty connaissait les mots qui comptaient. Lecteur avide, il en savait autant sur le roman que Silverman. Voire plus.

« Tiens, je vois l'influence de Bellow sur ta façon d'écrire, avait-il remarqué. Un style assez libre, argotique. J'adore ce type. Augie March ? Il a été mon premier héros blanc.

– Le mien aussi, fit Silverman, frémissant jusqu'aux orteils. Enfin, bon, pour moi, le fait qu'il était blanc n'entrait pas en ligne de compte.

– Tu saisis l'idée. C'est dire si c'était radical. C'est dire si j'ai craqué. J'ai même rebaptisé mon chien Caligula. »

Silverman était transporté. Il était en train de se passer quelque chose qui l'embrasait comme une torche. Quelque chose dans son esprit, dans son corps... il ne pouvait dire lequel. L'amour intellectuel, c'était ça... et il commençait à sentir avec une anticipation délicieuse que cela n'allait pas s'arrêter là.

« Augie March, disait Marty. C'est ce qui m'a permis de dépasser ma période Malcolm X. » Il fit une grimace renfrognée. « J'étais comme ça. Et comment ! Mais bon, tu te rappelles ce que Bellow fait dire à Augie à propos de l'être rieur qu'il veut être ? C'est ce que je me suis dit. Je serai un être rieur. C'est comme ça que je veux vivre.

– Je vais te dire un secret, dit Silverman en prenant un air sombre. Devant un grand écrivain comme Bellow, on se sent presque... »

Marty l'interrompit au milieu de sa confession. « Mais tu es rudement meilleur que Bellow, rudement meilleur que tous ces autres juifs.

– Allez ! protesta Silverman en rougissant du compliment.

– Et comment ! s'enflamma Marty. Enfin, quoi, ces types sont bons, mais ils sont tellement coincés, tu vois ce que je veux dire ? Il y a quelque chose de coincé dans tout ce qu'ils écrivent. Tiens, prends Salinger. Un écrivain génial, mais ce type est un bêcheur. Sa famille Glass est censée être à moitié irlandaise. Tu parles ! Quelle moitié ? Ce type ne peut pas s'empêcher d'être juif à chaque mot. Tu presses le livre, ça dégouline de *Weltschmerz*. On a l'impression d'aller pique-niquer dans un cimetière. Tu vois, dans ce que tu écris, toi, il y a de l'esprit et de la *joie de vivre*. Ça a un élan vital, mec. Tu sais sortir de toi et savourer le monde. Ça réchauffe le cœur de te lire. Tu es un sacré conteur. C'est ce que j'ai toujours aimé chez Frank Yerby. »

C'était la première fois qu'il entendait cette comparaison. « Frank Yerby ? » Il ne se souvenait pas d'avoir relu Frank Yerby depuis qu'il était gosse. « Tu parles du Yerby[2] de *Foxes of Harrow* ?

2. Romancier noir populaire, originaire d'Atlanta, il a écrit une trentaine de romans qui s'inspirent du Sud et de l'histoire américaine. (*N.d.T.*)

– Tout à fait. Combien de gens savent que Frank Yerby est noir ?

– Ah bon ?

– Tiens, tu vois ! Tu ne le savais pas. C'est ce que je veux dire. Qui sait que Frank Yerby est noir ? Qui sait que Silverman est juif ? Enfin, le nom, peut-être. Mais sinon, tu as le pouvoir de transcender. Et l'art, c'est ça, non ?

– Transcender ?

– Exact. Tu vois le monde sous tous ses autres angles, comme si tu étais tous ceux dont tu parles. Ça te rend carrément mystérieux. » Il eut un rire en cascade. « Évidemment, tu peux aller trop loin. Comme moi. Quand j'ai commencé à jouer la comédie, je voulais aller contre les stéréotypes. Jouer, ça voulait dire sortir de ma peau. Je m'étais juré de ne jamais me laisser coller l'étiquette d'acteur noir. Quand j'allais auditionner, tu sais ce que j'apportais pour mon bout d'essai ? Blanche DuBois.

– Non ! Blanche DuBois ?

– Blanche DuBois.

– Tu veux dire celle d'*Un tramway nommé désir* ?

– Tu en connais une autre ? Je ne changeais pas de voix ni rien. Ce que je cherchais, c'était l'essence du personnage, tu piges ? En fait, je jouais la scène en macho. En tee-shirt, en exhibant mes muscles. Je disais : "Je vais lire un passage d'*Un tramway nommé désir*." Alors, bien sûr, tout le monde s'attendait à ce que je fasse Stanley. Et je faisais Blanche. J'étais là, grand et noir, à creuser le rôle d'une fragile petite pépée blanche du Sud. Putain, ça retenait l'attention. C'est ce que j'appelle transcender. L'ennui, c'était que ce genre de bout d'essai ne me menait nulle part en termes de casting. Je faisais trop excentrique. Et j'avais beau placer ma voix dans le registre de Paul Robeson, je passais pour gay. Le seul rôle que ce passage m'ait jamais rapporté, eh bien, c'est Blanche DuBois.

– Allez ! Tu as interprété Blanche DuBois ? »

Marty éclata de rire. « C'était une espèce de troupe gay. Je ne m'en suis pas rendu compte jusqu'à ce qu'ils me disent qu'ils comptaient monter le *Tramway* et qu'ils me voulaient pour le rôle. Putain, j'ai pris mes jambes à mon cou. Parce que ce n'était pas mon but. Mon but, c'était la liberté de création, larguer les amarres. Et c'est ce que tu fais. Personne en lisant tes livres ne peut savoir qui est Silverman en tant que personne. Il embrasse le monde et le monde fait partie de lui. »

Pendant que Marty parlait, une voix à l'intérieur de la tête de Silverman disait : *Continue de me mentir*. S'il n'en croyait pas un mot, il était sûr que Marty, si, et ça lui faisait chaud au cœur. « Tu le penses vraiment ?

– Eh, ce premier livre que tu as écrit, mec, tu as vraiment mis dans le mille de la psychanalyse. Combien de temps tu as été en analyse ?

– Jamais, répondit Silverman.

– Non, c'est pas vrai ? T'as jamais été en analyse ? C'est fabuleux.

– Et toi ?

– Moi ? Trois longues, sinistres années, mec. J'ai claqué tout le pognon que je gagnais en jouant, je me suis retrouvé presque complètement à sec avant de comprendre que ce bouffon qui me tambourinait sur le crâne était plus barjo que moi. Tu sais ce qu'on dit des analystes ? À l'école de médecine, le gars qui commence à dire aux gens que le pape lui parle à travers son matelas, on l'envoie se spécialiser en psychiatrie. Alors, le mec était en train de me filer un complexe de castration comme tu n'en as jamais vu. Je devais vérifier trois fois par jour pour voir si elle était toujours là, tu vois ce que je veux dire ? Il était tellement phallocentré que je me suis mis à penser à lui comme à une grosse érection sur pied, tu sais, comme la tour du Coït penchée sur moi. Je te jure, j'étais sûr que quand ce mec sortait sous la pluie, il s'enfilait un préservatif sur la tête. »

Silverman savourait chaque propos de cette soirée dont il se souvenait, chaque parole flatteuse, drôle, chaleureuse que Marty lui avait dite tandis qu'ils marchaient dans les rues de

North Beach, s'arrêtant pour prendre un verre et manger jusqu'à ce que la ville commençât à fermer pour la nuit. Avec le recul, Silverman se rendait compte à présent plus clairement qu'à l'époque qu'ils n'avaient pas arrêté de flirter au cours de cette première conversation qui avait duré jusqu'au matin. À la fin de cette longue nuit, Marty proposa de lui montrer la ville le lendemain, une visite touristique qui avait enchaîné avec grâce sur une idylle échevelée. Quand il était rentré à New York à la fin de la semaine, c'était simplement pour boucler sa valise et s'envoler vers l'Ouest. Telle était l'histoire de son *coming out*, qui se résumait en somme à tomber amoureux et à écouter son cœur.

Quelques années plus tard, comme il était revenu voir ses parents, sa mère trouva l'occasion de lui demander : « Comment va ton ami, comment il s'appelle déjà ? C'est bien ton petit ami, non ? » L'inflexion qu'elle prêta à la phrase indiquait bien le sens qu'elle entendait donner à cette expression. Tranquillement surpris d'entendre sa mère parler de ce genre de « petit ami », Silverman répondit : « Oui », et cela lui suffit. Pas une goutte d'*angst*, pas l'ombre d'une douleur.

Il ne sut jamais comment sa mère avait subodoré qu'il était prêt pour ce genre de relation et n'essaya pas de le découvrir. Durant ses années de lycée, elle l'avait interrogé plus d'une fois sur les filles, les rendez-vous, ses activités, comme si elle pensait qu'une mère devait s'occuper de ces choses-là, sans jamais le presser. Au lycée, il avait réussi à totaliser trois rendez-vous agréables mais sans résultat notable. À chaque fois, il s'était montré poli au point d'apparaître rasoir. Oui, répondait-il quand sa mère venait aux nouvelles, les filles lui plaisaient, absolument. Mais en secret, il savait que ce qui lui plaisait, ce n'était pas ce qui plaisait aux autres garçons, ni, semblait-il, ce qui plaisait aux filles de cet âge chez les garçons de cet âge. Ce qui lui plaisait, c'était la sensibilité des jeunes filles, leur gentillesse, leur douceur, du moins, chez le genre de filles avec lesquelles il était sorti. Mais il n'était pas allé plus loin avec sa mère. Qu'elles lui plaisent lui suffisait. Une fois, il l'avait entendue raconter à une amie de la famille que Daniel n'était pas du genre « précoce ». Cela parut suffisant pour elle, de même que pour Silverman durant ses années de faculté. *Je suis un bûcheur, c'est tout.* Voilà comment il expliquait ses habitudes solitaires. Aucun rendez-vous et aucun rendez-vous et aucun rendez-vous en pleine révolution sexuelle. *Bon, je vais m'y mettre,* se promettait-il. *Il n'y a pas le feu.*

En vérité, son père et sa mère étaient des gens cultivés, l'un avocat, l'autre professeur. Mais des gens de leur génération auraient dû être choqués de découvrir qui il était et comment il vivait. Au contraire, sa mère ne manifesta ni tristesse ni surprise ni honte. Peut-être parce qu'elle vivait sa vie dans une sorte de rêverie, l'esprit ailleurs – un livre, des mots croisés, une profonde méditation personnelle. Elle n'attendait rien de lui. Elle écrivait de la poésie, mais ne lui montra jamais un seul de ses vers. Peut-être que dans un tiroir s'entassait un monceau de poèmes maculés de larmes à propos de son fils gay, mais il en doutait. Son esprit partait toujours à la dérive et il fallait le ramener dans la cuisine ou la salle de séjour. Elle semblait avoir eu son seul enfant dans un moment de distraction. Des années plus tard, elle avait une façon de le scruter qui semblait dire : « Tiens, tu es là. Donc, tu existes vraiment. »

Silverman s'étonnait encore des trésors de tolérance dont il avait joui de la part de ses parents. Ne s'intéressaient-ils pas à ce qui lui arrivait ? Si, bien sûr. Il en était certain, parce que, des années plus tard, quand ils vinrent le voir à San Francisco, sa mère avait soulevé la question sensible. Le jour où elle et son père avaient quitté Los Angeles pour visiter Disneyland, elle s'était arrêtée sur le porche pour lui demander discrètement : « Vous deux, vous pouvez vous faire confiance ? Tu fais attention ? Parce que, tu sais... » De nouveau, il avait répondu oui. De nouveau, elle avait été satisfaite. « C'est un jeune homme charmant, avait-elle dit en l'embrassant pour prendre congé. Sois heureux. »

Quant à son père, sa placidité était plus facile à comprendre. Des années auparavant, quand le jeune Daniel était encore au lycée, Silverman père avait déclaré clairement qu'il se contrefichait de ce que ferait son fils pourvu qu'il ne devienne pas un juif pratiquant. Daniel aurait pu décider de se livrer au cannibalisme que son père n'aurait pas sourcillé. En fait, il suspectait que son père se frottait les mains à l'idée que Papi Zvi aurait été dans tous ses états d'apprendre ce que son petit-fils était devenu. Le temps que Silverman se mette en ménage avec Marty, son grand-père était mort et enterré, mais il savait que son père aurait jubilé d'annoncer la chose au vieil homme. « Ton petit-fils est une tantouze, une pédale. Qu'est-ce que tu dis de ça, vieille punaise ? » Une chose était sûre. Quoi qu'il ait pu éprouver, jamais, au grand jamais, le père de Silverman n'aurait reconnu que son fils gay l'avait déshonoré cent fois. Parce que cela aurait été reconnaître que la malédiction de Papi Zvi avait prévalu.

Une soudaine bourrasque contre les fenêtres de la bibliothèque le ramena au présent. Le blizzard ne faiblissait pas. Il frappait et poussait. À présent, il poussait contre les fenêtres tel un voleur bien décidé à entrer. Silverman s'assit et regarda les panneaux de verre fléchir dans leur cadre. Allaient-ils se briser ? Et puis le vent céda, revenant à une simple tempête. Il se rendit compte qu'il attendait, retenant son souffle.

À la porte, il tendit l'oreille pour vérifier si la voie était libre, puis il se dirigea vers les marches. En chemin, *Vendredi* lui revint à l'esprit. Un mec blanc et un noir, deux parias qui se mettent ensemble. Bon, il en connaissait un rayon sur la question. Mais quelqu'un avait déjà dû le faire.

20

Assassiner Mrs. Bloore

Bien que sa plongée dans l'enfer de Faith College lui eût laissé un mauvais goût dans la bouche, Silverman était hanté par l'histoire que le professeur Oxenstern avait signalée à son attention, la rencontre allégorique entre le Pèlerin et le personnage Ignorant. De retour dans sa cellule de fou, il feuilleta son exemplaire de Bunyan jusqu'à ce qu'il la trouve, une partie d'un dialogue beaucoup plus long qui comportait quelques procédés curieux. Ignorant était en fait un brave bougre, une des nombreuses âmes égarées de Bunyan qui soient attachantes. À la fin du bouquin, ce pauvre Ignorant est le dernier gars à être voué à la damnation éternelle. Silverman y voyait le moment le plus cruel de l'histoire. Après tout, quel était le grand péché du bonhomme ? Ignorant avait bonne opinion de lui. Il avait bonne opinion des autres. Il cultivait les bonnes pensées et les bonnes actions. Il ne pouvait penser qu'il était mauvais. Et c'était exactement cela que le Pèlerin lui reprochait. « Les pensées du cœur de l'homme sont mauvaises dès sa jeunesse. »

Fichtre. Qui pouvait croire de pareilles balivernes ? Eh bien, manifestement, Bunyan. Et, tout aussi manifestement, si Silverman n'y croyait pas, il était la seule et unique exception locale à la règle.

Comment savoir ce qu'il faut croire ? Qu'est-ce qui n'allait pas avec la réponse d'Ignorant ? « C'est ce que mon cœur me dit. » À quoi d'autre peut-on s'en remettre ? Bunyan répond :

la parole de Dieu. Mais comme tous les auteurs le savent, les mots ne parlent jamais d'eux-mêmes, moins encore La Parole. Les mots se retournent et se tordent dans l'esprit des gens. Après tout, pensez à cette critique infecte que lui avait consacrée le *Times* pour *L'Œil des profondeurs*. Comme Silverman aurait voulu que le critique fît preuve d'un peu plus de cœur ! Tu parles d'un malentendu. Normalement, à ce moment-là, Silverman poussait un bouton mental et la cassette de l'autojustification numéro 25 tournait pendant quelques heures. Au contraire, une autre pensée lui vint. *Tiens, je pourrais réécrire ce passage sur Ignorant et il en sortirait complètement autre. Ne serait-ce pas intéressant ?*

Mais un petit bout de Bunyan représentait le maximum de ce qu'il pouvait ingurgiter. De même, l'heure suivante de mauvaise télévision. Pareil à la douleur d'une dent cariée, l'ennui ressurgit. Silverman alla fouiller dans sa pharmacie. Un seul tranquillisant en réserve. Il préféra le conserver à la manière dont les pionniers gardaient leur dernière balle pour s'en servir avant d'être pris par les Apaches. À la place, il avala quelques gorgées de Canadian Club – il restait moins de la moitié de la bouteille –, s'allongea dans le noir et se mit à passer en revue ses ressources émotionnelles.

À quoi, seul dans cette chambre inconnue, dans cette ville inconnue, au cœur de l'hiver – à quoi pouvait-il s'accrocher ? Bien sûr. Comme Bunyan dans sa prison, il avait l'imagination de l'écrivain. Partons d'ici. Des films qui se déroulaient dans sa tête, un de ses passe-temps préférés, habituellement réservé au fauteuil du dentiste ou aux longues files d'attente à l'enregistrement de l'aéroport.

Alors qu'est-ce qui prédominait dans son esprit ce soir-là, sur qui affûter ses facultés de conteur ? Mrs. Bloore ! Il voyait encore son visage aigri, hautain, le fixant comme s'il avait la lèpre. « Une grande partie de ce que vous avez écrit est profondément choquant », avait-elle dit. *Entendu, espèce de grenouille de bénitier ! Je vais te tuer. Je vais tordre ton cou de poulet déplumé.*

Et il se mit à l'œuvre.

En imagination, un scénario s'esquissa. Ses romans commençaient souvent ainsi, des stars de cinéma interprétant ses personnages et l'œil de la caméra accompagnant l'action. Même si peu d'écrivains le reconnaîtraient, Silverman soupçonnait que beaucoup travaillaient de cette façon, en espérant que, comme la magie du vaudou, cela ferait affluer vers eux l'argent de l'industrie du film. Dans son cas, il n'y avait aucun effet magique. Malgré tout, il en avait pris l'habitude.

Cette fois, le film qui était projeté sur l'écran à l'intérieur de son crâne était très noir, très hitchcockien, une étude du mal au féminin. Il tenait le parfait méchant. Pouvait-il y avoir le moindre doute – dans l'esprit d'un observateur farouchement hostile et paranoïaque tel que lui – que Mrs. Bloore, la matriarche vénérée au service des Frères évangéliques des libres sévices, ait buté son époux ? Non, forcément. Retournons au moment où elle rencontre Big Burt pour la première fois. Qui était-elle alors ? C'était une fille de pasteur ayant le diable au corps, une petite poule de province au cœur glacé. Aucun doute, Big Burt avait mérité son sort. L'homme était un salaud avec les femmes, un briseur de ménages et un mufle. Non sans raison, elle le détestait. Finalement, après des années d'humiliation, elle était à bout.

Par une froide nuit d'hiver à la résidence Bloore, la propriété la plus riche du nord du Minnesota, Big Burt rentre chez lui complètement beurré – « rond comme une bourrique », n'était-ce pas ce que Swenson avait dit ? Mrs. B., insomniaque et bouillant de rage contenue, avait arpenté sa chambre en fumant cigarette sur cigarette. Puis, bien après 3 heures du matin, elle repère une lumière au garage. Son homme est de retour après avoir fait la java avec ses pouffiasses. Elle se faufile au rez-de-chaussée et sort par la porte de derrière, pieds nus et vêtue seulement de son déshabillé de soie, que le vent, bien sûr, plaque contre sa chair. La nuit est froide, mais son sang plus froid encore. Engourdie par la haine, elle ne sent rien. En observant par la fenêtre du garage, elle voit Big Burt qui bricole. Elle entre à pas de loup et l'assomme à l'aide d'une clé à molette. Puis, avec une force née d'un courroux vengeur, elle le coince sous sa Tomahawk préférée et allume le moteur de la BMW. De retour dans sa chambre, elle regarde, l'air impitoyable, le garage se remplir de gaz d'échappement.

Qui interprète le rôle de Mrs. B. ? Silverman passe en revue la liste de ses actrices préférées pour jouer *la femme fatale*. Oui, voilà ce qu'il voulait : quelqu'un dans le genre de Barbara Stanwyk dans *L'Étrange Passion de*... Comment c'était ? *Martha... Martha*[1] *?...* Ça y est ! le choix idéal. Rebecca De Mornay. Et pour Big Burt, la grosse brute, le voyou, le coureur de jupons à moto : Bruce Willis ? Ou peut-être Alex Baldwin. *Bon sang*, se dit Silverman, *je suis vraiment fait pour le cinéma. Comment se fait-il que ça n'intéresse personne à Hollywood ?*

Entendu, donc Mrs. B. trucide son don Juan de mari, hérite de ses millions et s'en tire. Personne à North Fork n'ose dire tout haut ce que tout le monde soupçonne concernant la mort de Big Burt. Après tout, Mrs. B. distribue la fortune des Bloore. Ça, c'est le détail qui tue ! Elle achète l'âme de la population locale et corrompt toute la paroisse. Le temps passe. Un an, deux ans, cinq ans. Mrs. B., devenue le despote de la ville, devient de plus en plus vieille et méchante avec les années, mais pas moins belle. (Il s'agit d'un film, après tout. Peut-être que Faye Dunaway conviendrait mieux.) Puis, un jour, un étranger débarque à North Fork. Un jeune clergyman venu de l'Ouest qui prêche dans les églises de la région. Les habitants ont entendu parler de lui. Calme, doux, très pieux et louant Dieu – le genre Montgomery Clift, de grands yeux, l'air innocent et un peu inquiétant. (Bien qu'il ne se souvînt de Montgomery Clift – sa bouche sensible, son front expressif – que par les vidéocassettes, Silverman lui donnait systématiquement tous les rôles qu'il s'attribuait à lui-même dans

1. *L'Emprise du crime*. (*N.d.T.*)

son théâtre mental.) L'ecclésiastique mystérieux est invité à prêcher. Il y a une grande scène : le sermon du dimanche sur le péché et la délivrance et tout le tremblement. « Nous portons tous le meurtre au fond de notre cœur », déclare le prêtre d'une voix douce, mystérieuse. Et ses yeux survolent la congrégation pour se poser sur Mrs. B. Les femmes sont en larmes. Les hommes crient « Alléluia ! » North Fork s'attache au jeune pasteur. Tout le monde... sauf Mrs. B., qui le trouve dangereux. Et non sans raison. Car il n'est pas ce qu'il paraît être. En réalité – voilà, ça y est –, il est l'amour caché de Big Burt venu de San Francisco.

Là, on assiste à un rebondissement. Flash-back sur Big Burt et son partenaire à San Francisco en des temps meilleurs, arpentant la ville, partageant de tendres moments. C'est pourquoi Big Burt remettait en état la vieille Tomahawk. Le lendemain matin, il devait laisser tomber Mrs. B., filer vers l'Ouest sur sa moto préférée et s'installer avec son véritable amour. Mais au lieu de ça... pan !

Là-bas à San Francisco, l'amant – Montgomery Clift-Silverman – s'est toujours douté que Burt a été assassiné. Il est anéanti. Il broie du noir, il pleure. Enfin, bien qu'il soit un ange de douceur, il décide de le venger. Œil pour œil, une vie pour une vie. Il s'en va, part en reconnaissance, furète, dresse des plans, parfait son déguisement. Il n'est pas pressé. Il repère quelques petites églises du Midwest, feint une conversion, devient prêcheur itinérant. Montgomery Clift y serait arrivé. Ses yeux expressifs pouvaient duper n'importe qui. Finalement, au plus profond de l'hiver, il se rend à North Fork. Quand il rencontre Mrs. B., il sait qu'il a vu juste. C'est exactement la salope au cœur glacé dont Big Burt lui parlait. Il le voit dans ses yeux. Et elle peut voir qu'il le voit. Mais que peut-elle y faire ? C'est un homme de Dieu. La congrégation l'adore. Mais ce qu'elle entend dans sa voix, c'est sa perte.

Enfin, bien à l'abri dans sa chambre de Gundersen Hall – dans cette chambre même, dans ce lit même, dans ce blizzard même –, Montgomery-Silverman prépare sa vengeance. Le crime parfait. Il trouve un instrument contondant. Le tisonnier. Il attend que tout le monde dorme dans la grande bâtisse, puis il se glisse dans le couloir ténébreux et grimpe l'escalier qui conduit à la chambre de Mrs. B. La porte est-elle ouverte ? Fermée à clé ? Frappe-t-il ? Entre-t-il de force ? Laissons tout cela de côté. Il entre. La salope est au lit, des bigoudis sur la tête et du cold cream tartiné sur sa tronche vieillissante. Elle lit *Mein Kampf*. Elle lève un regard terrifié. Sa voix s'étrangle dans sa gorge. Bing ! Bing ! Bing ! Il la matraque à mort.

Le bien que ça fait ! Les plaisirs de la littérature.

Pendant l'heure suivante, il revient encore et encore sur le plan, modifie le scénario, affine les détails. Quand il s'agissait de monter une histoire, Silverman se montrait pointilleux. Il vénérait la cohérence narrative – trop, au goût de certains critiques. Ainsi, admettons que la porte de Mrs. Bloore soit fermée à clé. Comment entrerait-il ? Il pourrait frapper et la supplier d'une voix étouffée de le laisser la voir. Allons donc ! Pourquoi ouvrirait-elle sa porte en pleine nuit à un pédé qu'elle déteste ?

Ah, voilà l'idée. Admettons qu'il déguise sa voix afin de se faire passer pour l'ange Gabriel – une voix profonde et lugubre –, qu'il se poste devant la porte de la dame et annonce tranquillement que la parousie est imminente, la voici qui arrive ! Tiens, ça semblait assez loufoque pour marcher. Il avait affaire ici à une engeance suffisamment superstitieuse pour ça. Tout le monde sur le campus allait sans doute se coucher la nuit en s'attendant à entendre l'ange Gabriel souffler dans sa trompette.

Il s'écrivit un petit laïus. « Helena Bloore, c'est l'ange de l'Apocalypse. Hou-hou ! » C'était censé représenter le bruit d'une trompette. Pas très convaincant, laisse tomber. « Je suis venu pour t'annoncer l'avènement du Seigneur. La fin est proche. L'heure a sonné, Helena. La parousie approche. Le sauveur Jésus t'attend... toi... t'attend dans le hall du rez-de-chaussée. Ouvre la porte. Le salut est imminent. »

Ça, ça lui plaisait, surtout le passage où il se faisait passer pour l'ange. Bien sûr, elle risquait de glisser un œil avant d'ouvrir la porte en grand. Il devait se faire convaincant. S'octroyant généreusement trois des biscuits aux pépites en chocolat de Syl, il revint à plusieurs reprises sur ce morceau. Mais admettons qu'elle ait un entrebâilleur sur sa porte ? Ce serait tout à fait son genre. Il ne serait pas surpris qu'elle dorme avec un fusil à côté d'elle pour défendre sa vertu.

Peut-être que s'il s'enveloppait dans un drap, il pourrait passer pour un ange dans le couloir obscur. Il tira le drap du lit et, l'enveloppant autour de lui et sur sa tête, il posa devant le miroir de la commode. Il compléta sa mise par une bougie qu'il leva en l'air et essaya de nouveau sa tirade sur un ton légèrement plaintif. « Helena Bloore, c'est l'ange de l'Apocalypse... » Alors là, ça avait un côté Hitchcock tout à fait macabre. Notre vieille punaise coule un regard par la porte, elle distingue la silhouette fantomatique sous le drap. Les yeux lui sortent de la tête. Ciel, un ange ! « Sois le bienvenu, mon Seigneur ! » glapit-elle. Elle ouvre grand la porte pour accueillir son sauveur et v'lan ! Tiens, la voilà, ton extase, espèce de vieille salope sans cœur et desséchée. Non, ne la tue pas tout de suite. Fais-la souffrir. Ah-ah. Silverman jubilait. Ce misérable voyage dans le Minnesota en valait presque la peine.

Mais, sans crier gare, survient l'inévitable grain de sable à la Hitchcock. Et tout dérape. Miss Bjork. Silverman l'avait laissée complètement en dehors. Bien sûr, Miss Bjork partageait sa chambre à coucher avec Mrs. Bloore. Et merde ! Elle assisterait à toute la scène. Il revint sur le scénario. Il frappe Mrs. Bloore, la torture à mort, la plonge dans la baignoire puis, comme il s'apprête à faire sa sortie, il se retourne, et là, s'aperçoit que Miss Bjork se tient au milieu de la pièce. Gros plan de l'infirmière, yeux exorbités, raide de peur, qui hurle à pleins poumons. En fait, l'histoire est meilleure de cette façon.

Assassiner mentalement Mrs. Bloore, qu'il s'en tire ou non, avait un effet tonifiant. Cela lui redonnait confiance en lui. Et réveillait son appétit. Il regarda sa montre. Minuit cinq. Le meilleur moment pour un petit en-cas. Les friandises de Syl tiraient à leur fin. Bon, pas moyen de faire autrement. Il allait devoir exercer ses prérogatives d'invité en faisant une razzia sur le réfrigérateur.

Où avait-il planqué la torche qu'il avait empruntée dans la salle des professeurs ? Ah oui, sous le lit. Enfilant son imper par-dessus son pyjama froissé, il avança dans les ténèbres. Pas un chat à l'horizon. Dans le corridor du rez-de-chaussée, une veilleuse éclairait suffisamment l'escalier pour lui permettre d'avancer d'un pas rapide et en silence. En fait, pas tant que ça. Il avait oublié à quel point le sol sous ses pieds avait vieilli au cours du siècle dernier. Il couinait à chacun de ses gestes. Vérifier chaque pas le ralentissait. Il avait l'impression de traverser un champ de mines. Chaque fois que les planches grinçaient sous son pied, il restait figé pour voir si on l'avait entendu. Non, non, non... et il parvint enfin à la cuisine. Jusqu'ici, ça va. Mais la cuisine, où il se tenait à présent, était une *terra incognita*. Il n'en avait eu qu'un bref aperçu quand Oxenstern l'avait conduit au sous-sol. La pièce n'était pas grande, mais il ne savait pas du tout où trouver les choses. Il faudrait qu'il utilise sa torche. Cela risquait d'attirer quelqu'un, mais il n'avait pas le choix. Il repéra le réfrigérateur de l'autre côté de la pièce, entrouvrit la porte et la lumière s'alluma à l'intérieur. Il était bien pourvu. Il y avait du fromage, du beurre, du lait, des œufs, du jus de fruit, des fruits et de la confiture. Ah, du beurre de cacahuète, un de ses péchés mignons. À l'aide de la lumière du frigo, il dénicha une boîte à pain et des couverts dans l'évier. Il étala du beurre de cacahuète et de la confiture sur quelques tranches de pain, se coupa du fromage, fourra une pomme dans sa poche et décida de s'approprier ce qu'il restait d'un carton entamé de jus d'ananas. Il aurait préféré se cuisiner des œufs au bacon, mais c'était vraiment tenter la chance. Il entassa ses provisions dans un saladier, coinça le jus de fruit sous son bras, ajusta le tir pour tracer jusqu'à la porte et battit en retraite.

« Silverman ! »

Il était en train de quitter la salle des professeurs quand il fut certain d'avoir entendu quelque part une voix aiguë lancer son nom. Cela semblait venir de l'autre côté du hall d'entrée du bâtiment. Il était sûr que quelqu'un avait dit « Silverman ! » À moins que ce ne fût le vent ? Le blizzard se déchaînait toujours au-dehors, en faisant entendre parfois un gémissement presque distinct. Non, c'était indiscutablement une voix. Et maintenant, en tendant une oreille très attentive, il pouvait entendre qu'elle disait des choses. Il fit une pause, ferma les yeux et s'efforça d'aiguiser son ouïe. La voix disait... *quelque chose... quelque chose...* « Silverman. » D'instinct, il se retourna vers l'endroit d'où venait son nom. Un pas, un autre, puis il fut dans l'entrée de Gundersen Hall, s'avançant vers la voix. Mais avant qu'il eût traversé le vestibule, la voix aiguë se tut. À présent il entendait d'autres voix qui se contredisaient. Une dispute. La porte à l'autre bout du hall était ouverte. Il y jeta un coup d'œil furtif. À l'extrémité de la pièce obscure, il vit une autre porte, laquelle était fermée, le chambranle souligné d'un rai de lumière. Les voix provenaient de derrière celle-ci, s'élevaient et retombaient. Puis la voix perçante se fit à nouveau entendre. C'était indubitablement Mrs. Bloore. Elle vociférait contre les autres qui essayaient de se faire entendre. « Qu'il fiche le camp. Je veux qu'il déguerpisse d'ici, ouste, bon débarras ! N'essayez pas de m'embrouiller. Comment pouvez-vous supporter de l'avoir sous ce toit une seconde de plus ? »

Ma foi, il était impossible de se tromper sur l'objet de cette messe basse en pleine nuit. Il n'avait pas besoin d'en écouter plus. Apparemment. les puissances dirigeantes de Faith College s'apprêtaient à réviser leur stratégie politique concernant Silverman. Il murmura pour lui-même : *Ficher le camp ? Madame, je serais heureux de ficher le camp. Dites-moi juste comment...* Il s'approcha de la porte à pas de loup en avançant à tâtons, une main tendue, pour éviter de se cogner contre les meubles dans la pièce qui ne lui était pas familière. À mi-chemin de la traversée, il fut figé sur place par une voix tonitruante. « Elle a raison. Il n'y a rien d'autre à faire. Pourquoi on discute ? On a sous notre toit l'abomination de la désolation. »

Axel !

Axel fut interrompu par trois ou quatre voix rivales dont émergèrent les accents retentissants du révérend Apfel. « C'est absurde. Le risque n'en vaut pas la chandelle. D'après la météo, dans un jour au plus, la tempête va se calmer. Il y a même une chance qu'elle passe demain. Nous pouvons bien supporter... »

Une autre voix : « On ne peut être sûrs de rien. Et même, il faudra encore des jours avant qu'on dégage les routes. Cette personne peut nous rester sur les bras pendant... »

Une autre voix, celle d'une femme : « Exactement. Combien de temps je vais devoir continuer à vomir à chaque fois que je pense à lui ? Je meurs de faim. »

Une autre voix, celle d'un homme : « J'ai remarqué que l'eau avait un goût très bizarre depuis que cette personne se trouve parmi nous. Vous croyez ?... »

Axel : « Oui, rien ne les arrête, les homos. On est attaqués. »

Mrs. Bloore : « On ne peut pas exposer les garçons. S'il déshonore un de nos jeunes, pensez à ce qu'il peut arriver. Le suicide. Quelqu'un pourrait finir noyé. »

Axel : « Lui, le sodomite, qu'il se noie. On s'en contrefout. »

Apfel : « Axel, soyez raisonnable. S'il y a le moindre accident sur la glace, il y aura une enquête, peu importe celui qui s'est noyé, même si c'est Silverman. » Enfin, une note de compassion chrétienne. Apparemment, le pasteur était le principal supporteur de Silverman. Mais que proposaient les autres ?

Axel : « Et alors ? Quoi ? Qui ne se mettrait pas à notre place ? Si on dit qu'il cherchait à séduire les étudiants. Et il le fait, il le fait. Il les transforme tous en avorteurs pédés. »

Une autre voix, celle d'Oxenstern : « Vous négligez le pouvoir représenté par le poids politique des homosexuels dans ce pays. S'il se passe quelque chose sur le lac, s'il lui arrive un malheur quelconque, c'est le FBI que nous aurons sur le dos. »

Mrs. Bloore : « Je me contrefiche de la politique. La pureté de notre Église et de notre école est mon unique souci... tout comme cela devrait être le vôtre. Je veux que cette personne, ce pestiféré, cette infestation disparaisse... »

Une autre voix, une femme : « Je suis absolument d'accord. Le lac est notre seule solution. Ce n'est pas comme si nous cherchions à faire du mal à quelqu'un. Personne n'oserait prétendre une chose pareille. Nous apportons une solution à un problème. Nous protégeons nos étudiants. »

Mrs. Bloore : « Exactement. Cet homme est une menace pour la santé publique, C'est un agresseur d'enfants. Nous n'avons pas le choix. »

Une autre voix, celle de Jaspers : « En fait, je crois que nous pourrions amener Silverman à faire lui-même ce que désire Mrs. Bloore. Je lui ai parlé. Je lui ai montré la honte de sa condition. Il est aussi désireux de s'en aller que nous de le voir partir. Il saisira la première occasion qui passera à sa portée. Je suis sûr qu'il sera disposé à en courir le risque, surtout si nous n'exagérons pas le danger. »

Apfel : « Mais le danger est très grand. »

La femme : « Il y en a qui ont réussi à traverser. »

Apfel : « Pas avec un blizzard pareil. »

Une autre voix : « S'il décide de partir de lui-même, si c'est lui qui décide de traverser le lac, comment pourrions-nous en être tenus pour responsables ? »

Apfel : « Mais il ne serait pas le seul à prendre des risques, il y aurait aussi les garçons. »

Mrs. Bloore : « Les Fantômes des neiges se proposeraient eux-mêmes pour accomplir cette mission. Ce sont de valeureux soldats du Christ. Et ils connaissent la glace. »

Une autre voix : « On pourrait demander des volontaires. Puis on pourrait leur dire que si quelque chose cloche, s'ils se perdent en route, s'ils doivent faire demi-tour, c'est leur sécurité qui doit passer avant tout. »

Apfel : « Vous voulez dire qu'ils devraient abandonner Silverman ? »

Axel : « Oui. Dites-leur simplement : laissez-le. Qui le saura ? Ça intéresse qui ? »

Une autre voix : « Il y a eu d'autres malheurs sur Beaver Lake dans le passé. »

Mrs. Bloore : « Dans ce cas, ce serait bon débarras. »

Apfel. « Je refuse de prétendre que nous ne serions pas responsables. De toute façon, nous ne pourrions pas nous en tirer à si bon compte. Vous oubliez qu'il a des alliés parmi les étudiants. Ils ne manqueraient pas de dire ce qu'ils ont sur le cœur. »

Oxenstern : « La clique sodomo-sioniste refuserait de croire à un accident. Nous serions une cible de choix pour les récriminations. Nous savons tous que nous avons des ennemis qui seraient enchantés d'enquêter sur nous pour mieux nous faire sombrer dans l'oubli. Je n'ai pas besoin de vous dire à quelles sources nos ennemis font appel. »

Jaspers : « Nous n'avons rien à craindre tant que nous combattons au côté du Seigneur. »

Mrs. Bloore : « Absolument. »

Apfel : « N'avons-nous pas déjà suffisamment d'ennuis avec le fisc ? Vingt-sept ans d'arriérés. Si nous attirons plus l'attention sur nous, on pourrait nous confisquer carrément toute l'école. »

Mrs. Bloore : « Je ne verserai pas un penny aux coureurs de jupons et aux débauchés. »

Apfel : « Une bataille à la fois, Helena. Nous pouvons supporter le sodomite jusqu'à ce que le temps s'améliore... quelques jours de plus. »

Mrs. Bloore : « Nous perdons notre temps. Je ne suis pas venue ici pour discuter. Je veux que vous alliez trouver les Fantômes des neiges. Dites-leur que nous voulons qu'on nous débarrasse de ce fléau. Dites-leur que c'est ce que je veux et que c'est leur devoir de chrétiens. »

Axel : « Ils vont le faire. Ils vont adorer ça. J'irai avec eux. »

Apfel : « Si vous êtes du nombre, Silverman ne voudra jamais y aller. Il se méfie de vous. »

Axel : « Et pourquoi on lui demanderait seulement son avis, à ce fornicateur californien ? On prend les devants. On va dans sa chambre et on l'embarque, un point c'est tout. Là, maintenant. »

Apfel : « Hurlant et se débattant ? Vous avez l'intention de le tirer à travers le lac dans cet état ? »

Axel : « Il ne se débattra pas avec moi. Il ne criera pas. » Quelqu'un frappa un coup retentissant sur la table.

Mrs. Bloore : « Axel, vous voulez bien la fermer ? Nous n'avons pas besoin de ce genre de numéro ici. »

Jaspers : « Je crois que nous nous égarons. Silverman ne demandera pas mieux que de partir. Mais je suis convaincu que vous feriez mieux de ne pas vous en mêler, Axel. S'il se passait quelque chose pendant que vous êtes avec lui, sous seriez le premier à être soupçonné. »

Debout dans les ténèbres, Silverman se rendit compte qu'il ruisselait de sueur à force de tension nerveuse. Il commença à reculer dans la pièce en direction de la porte qui se trouvait dans son dos. Avec l'adrénaline qui lui fouettait le sang, il se montrait moins prudent. Au lieu de tâtonner pour traverser le plancher grinçant, il bougeait trop vite. Sous ses pieds, même les planches de Gunderson Hall semblaient l'apostropher. *Pééé, pééé... pédé*, semblaient-elles miauler. *Tuez, tuez le pédé !* Soudain, alertées par le bruit, les voix dans la pièce voisine se turent. *Ils avaient entendu !* Dans moins d'une minute, ils seraient dans la pièce et lui fonceraient dessus. Non content d'être un agent fédéral sodomo-sioniste, il se révélerait être un indiscret. Et un cambrioleur de réfrigérateur. Il fut figé sur place, non par la prudence mais par la terreur. Il les imaginait déjà le collant sur la table à côté de laquelle il se tenait et... et... quoi ? Oh, ces chrétiens avaient quelques tortures pas piquées des vers dans leur manche. Ils étaient passés maîtres. Étirer, écarteler, étriper. Il n'aurait pu dire si les gouttes qui coulaient sur son visage étaient de la transpiration ou des larmes de peur. Et puis, heureusement, les voix reprirent, glapissant aussi fort qu'auparavant.

Avec la prudence d'un condamné qui s'évade, il parvint à sortir de la pièce, mesurant chaque pas qu'il faisait, marchant au ralenti, s'immobilisant à chaque fois que son pied trouvait appui sur une planche silencieuse pour se poser. Comme c'était étrange ! Daniel Silverman, les mains pleines de nourriture volée, traversait lentement, lentement, aussi lentement qu'une danseuse indienne, les froides ténèbres des salles de *Persecution U.* Il regagna la porte, parcourut l'entrée, puis, d'un pas dangereusement précipité, grimpa l'escalier qui conduisait à sa chambre. « Tu t'en es tiré cette fois, couinèrent les marches. Mais attends un peu ! »

Il ne ferma pas simplement la porte à clé, il coinça une chaise sous la poignée et alla chercher le tisonnier, seule semblant d'arme à portée de main. Le posant sur ses genoux, il adressa son incantation au téléphone et souleva l'écouteur. Rien. Il réessaya trois fois au cours des deux ou trois heures suivantes.

Bien après 2 heures du matin, il était encore assis raide comme un *i* dans sa chambre obscure, le tisonnier à côté de lui, l'oreille tendue pour guetter le bruit de pas malgré les bourrasques. « Emparez-vous de lui... tout de suite, avait dit Axel. Qu'il se débatte et qu'il crie ! » Sur la commode se trouvaient les provisions qu'il avait rapportées de la cuisine. Ce qu'il avait entendu lui avait coupé l'appétit. Il avait l'estomac noué par l'angoisse. Et ce fut là, au milieu des ouailles du Seigneur, que, pour la première fois de sa vie, il regretta de ne pas être armé.

21

La voix du malin

À un moment donné de la nuit, il s'assoupit malgré lui. Quand il se réveilla dans l'aube grise et brumeuse, il espéra que les souvenirs qu'il conservait de la veille n'étaient qu'un mauvais rêve. Mais non. Là, sur la commode, attendaient toujours les victuailles qu'il avait fauchées à la cuisine. Tout cela était vraiment arrivé. Mais il était là, bien vivant et claquemuré dans sa chambre. Apparemment, Axel avait perdu aux voix. La lumière du jour lui rendit la certitude que rien d'affreux ne pouvait se produire. N'était-il pas obligé de croire qu'il existait un minimum de santé mentale chez ces gens-là ? Quoi qu'il en soit, il ne quitterait pas sa chambre tant qu'il ne se sentirait pas en sécurité.

Il avait suffisamment faim pour dévorer jusqu'à la dernière miette la nourriture qu'il avait chapardée pendant la nuit. À présent, son lit, sur lequel il s'asseyait pour manger, était devenu une vraie porcherie avec un amas de draps chiffonnés couverts de taches et de débris. Cela le préoccupait moins que cette triste réalité : les petits gâteaux de Syl avaient fait long feu. Il ne restait plus que quelques-uns de ses biscuits et ils commençaient à rancir. Quand il rentrerait à San Francisco – car un jour, il rentrerait à San Francisco, absolument –, il lui en commanderait d'autres, s'il pouvait la retrouver. D'ici là, sans aucun doute, les Swenson auraient été chassés, forcés de s'enfuir aux confins des ténèbres, exilés de leur Église pour avoir apporté la malédiction divine à North Fork. Quelle tristesse ! Silverman avait un lieu où aller dans le vaste monde loin des aliments blancs et de la crainte de Dieu. Mais Swenson et Syl étaient des fleurs délicates. Ils avaient besoin de cette serre évangélique (à la température présentement polaire) pour rester en vie. Il avait beau essayer, Silverman ne pouvait les imaginer déambulant dans les rues de San Francisco ou de New York – ou d'une autre ville de sa connaissance. Chaque panneau d'affichage, chaque kiosque à journaux, chaque vitrine de magasin sur lesquels ils poseraient les yeux leur apparaîtraient comme l'œuvre du démon.

Cherchant à se distraire, il se mit à feuilleter Bunyan. Il avait fini le livre, mais il avait une curieuse idée en tête. Alors que la plupart des aventures du Pèlerin l'ennuyaient à mourir, il se demandait s'il y avait un moyen de ressusciter un classique aussi ringard. Le genre allégorique conservait-il une once de vie ? Ou n'était-ce que la relique d'une époque naïve et révolue ? Peut-être que le mieux, ce serait d'en faire une parodie – à la façon dont Max Beerbohm se moquait des grands maîtres du passé – en forçant le trait. Par ailleurs, si l'image de la Foire aux Vanités parlait encore aux gens, qu'en était-il des autres inventions de Bunyan ? Qui connaissait la Cité de la Destruction, le Sage temporel ou le Désespoir géant ? Et puis il y avait la merveilleuse innocence et la sincérité de la grande lamentation du Pèlerin : « *Que faut-il que je fasse ?* » Combien de fois Silverman s'était-il posé lui-même la question du tréfonds de son âme ? La vie n'était-elle pas toujours ainsi, à bien y réfléchir ? Et en admettant que nous soyons tous confrontés au sort que le Pèlerin a affronté jadis ? Et si les chrétiens – en particulier ce troupeau méprisant parmi lequel il se trouvait pris au piège – reconnaissaient ce fait, rendant hommage au véritable labeur de l'âme au lieu d'exiger des références ?

Pour passer le temps, il avait essayé d'imaginer un *Voyage du Pèlerin* remis au goût du jour. Pas facile à faire. Si encore le minuscule guichet de cricket – la porte étroite à partir de laquelle le Pèlerin entreprend son voyage – avait pour nom « Tolérance » au lieu de « Salut » ! Voire « *Glasnost* », pour emprunter à Swenson son image originale d'un projet humaniste : Ouverture. Poussez les grilles, tentez votre chance, voyez ce qui arrive. Peut-être que la terrible Cité de la Destruction en deviendrait un peu plus accessible à l'infirmité de notre humaine condition. Évidemment, partir de la tolérance bouleverserait la structure allégorique fondamentale de l'œuvre parce que la voie du salut du Pèlerin doit être une route, *une* route seule et unique – et qui plus est, une route très étroite. Papi Zvi aurait été d'accord : juste assez de place pour le peuple élu. Le Pèlerin de Bunyan se met en route accablé par le lourd fardeau de ses péchés. Mais *Un*... tel est le fardeau que nous portons tous dans notre pèlerinage moderne. L'idée qu'il y a un Dieu, un peuple, une loi, une voie.

Il laissa son esprit vagabonder par des chemins de traverse qu'il n'avait encore jamais explorés. Curieux à dire, il se sentait impliqué dans son propre dilemme. Il partageait la faute qu'il condamnait. Quelque part, des milliers d'années auparavant, l'unicité de Dieu avait été l'exploit de son peuple, son orgueil, sa bannière, son réconfort. *Un* était l'idée à laquelle Papi Zvi et tous les membres fidèles de la tribu n'auraient jamais renoncé. Guère difficile à comprendre. Formant un peuple meurtri et martyrisé en quête d'un peu de dignité en ce monde, ils avaient rassemblé leurs esprits et opté pour la seule chose dont ils pouvaient revendiquer la paternité. Le vrai Dieu, le seul Dieu qui existe. Combien de fois avait-il entendu ses grands-parents réciter la fameuse prière avec une conviction venue du fond du cœur ? « *Shema Israel*[1], Dieu est un. »

Bon sang, si une idée avait jamais eu des retours de flamme, c'était bien celle-là. En effet, regardez qui prétend

1. En hébreu : « Écoute, Israël... »

être le peuple élu aujourd'hui ? La petite bande de fanatiques qui dirigeaient Faith College et des tas d'autres intégristes tout aussi sectaires. *Un* était devenu une hache aux mains des pires. Depuis Bunyan, *Un*, revu et corrigé par les *goyim*, se transformait en une voie encore plus étroite que celle de Papi Zvi. La route de son grand-père avait été assez large pour accueillir toute une nation – ou du moins tous ceux dont le zizi avait la forme nécessaire. Et les femmes qu'ils emmenaient avec eux, elles n'avaient pas à être excisées – n'était-ce pas généreux ? Le temps que Bunyan et ses puritains prennent la relève, la route avait été recalibrée en format réduit par plusieurs siècles de zèle inquisitorial. À présent, elle était à peine assez large pour les élus, tout juste une poignée. Avant de subir les douleurs de l'enfantement, Bunyan n'était pas sûr qu'il méritât lui-même de faire partie de cette poignée.

Silverman réfléchit : ça vous rend méchant et sans pitié de voir le monde de cette façon. Vois tout le *tsoures* qu'on se fait quand on croit qu'il n'y a qu'une seule façon d'aller d'ici à là. Seuls les plus paranoïaques et les plus présomptueux étaient convaincus qu'ils avançaient dans la bonne direction. Si on part de ce principe, la majeure partie du monde vous paraît déviée de son axe – ce qui peut bien être le cas. Silverman était disposé à croire que ses frères humains étaient un troupeau de pauvres brebis égarées, errantes. Autrement dit, arrêtons ici la métaphore ! on était tous embarqués dans le même bateau percé et à tout péché miséricorde.

Au milieu de la matinée, quelqu'un frappa. Silverman sursauta et se raidit. « Qui est-ce ? demanda-t-il, puis il s'approcha à pas de loup de la porte.

– Le professeur Jaspers. Pouvons-nous avoir une entrevue avec vous ?

– Nous ? » interrogea Silverman. Le nez aplati contre la porte, il essayait de voir dans le couloir à travers l'entrebâillement.

– Le pasteur Apfel et moi-même.

– À quel sujet ?

– Je crois que nous avons peut-être trouvé un moyen pour que vous puissiez vous en aller.

– Par un temps pareil !

– Je vous en prie, pourrions-nous parler ? Nous pouvons aller chez moi. Chambre 6, au rez-de-chaussée.

– Pas si Axel est là.

– Axel ? il ne sera pas là, évidemment.

– Jurez-le sur la Bible.

– Je ne comprends pas.

– Jurez, c'est tout.

– Nous jurons. »

Une demi-heure plus tard, Silverman était dans la chambre du professeur Jaspers, une pièce sombre d'érudit tapissée de livres qui sentait comme si les fenêtres étaient restées closes depuis cinquante ans. Il avait apporté le tisonnier. Jaspers et Apfel lorgnèrent l'objet qu'il déposa ostensiblement sur ses genoux. Il ne fournit aucune explication. Bien qu'il tremblât intérieurement, il faisait de son mieux pour se donner l'air coriace. Il tenta de se rappeler comment Marty avait joué des scènes de ce genre dans sa série télévisée : pris au piège par des méchants, ficelé sur une chaise, roué de coups, mais sans perdre de sa superbe. D'après le scénario, Marty recevait généralement quelques gnons pour avoir tenu tête. *Oh, une grande gueule ! V'lan. Alors on la ramène, hein ? V'lan.* Silverman ne pensait pas qu'il courait ce genre de risques ici tant qu'Axel le maniaque de la bombe ne débarquait pas.

« Alors ? grogna-t-il d'un ton de dur à cuire. J'espère que vous ne comptez pas me faire sortir dans ce blizzard pour me noyer dans le lac. » Les visages de ses interlocuteurs se figèrent. « Je suis un être humain, vous savez. Il y a un commandement dont je me souviens. C'est lequel ? Le numéro quatre ou cinq ? Peu importe. “Tu ne tueras point les pédales non plus.” Je suis sûr que c'est écrit quelque part, n'est-ce pas ?

– Mais de quoi parlez-vous ? susurra Jaspers, dégoulinant de feinte innocence.

– Nous nous demandions simplement si vous ne préféreriez pas attendre la fin de la tempête chez Richard Swenson, de l'autre côté du lac, intervint le révérend Apfel qui luttait manifestement contre ses nerfs. Vous y seriez beaucoup mieux.

– De l'autre côté du lac ? s'exclama Silverman avec une surprise exagérée. Et comment suis-je censé traverser le lac par ce temps ? Il y a eu des accidents sur Beaver Lake, à ce que je crois savoir.

– Nous ne voulons pas que vous y alliez par vous-même, assura Jaspers.

– Ah bon ? Qui me servirait d'escorte ? Un groupe kamikaze des Fantômes des neiges, les fidèles soldats du Christ ? Ben voyons ! »

À nouveau, les deux hommes parurent déconcertés.

« En fait, nous pensions à...

– Demander des volontaires, je parie. C'est leur devoir envers l'école de conduire le pédé sur le lac gelé et de l'y abandonner jusqu'à ce qu'il se transforme en glaçon.

– Professeur Silverman ! objecta Jaspers. Que voulez-vous insinuer ?

– Qu'il vous tarde de vous débarrasser de moi... l'abomination de la désolation, une menace pour la santé publique, répliqua Silverman. Surtout Mrs. Bloore. Je ne crois pas que cela la chagrinerait beaucoup si je m'enfonçais dans la glace et disparaissais à jamais. Elle dirait bon débarras.

– Allons donc ! dit Apfel.

– Je veux que vous vous rappeliez une chose, dit Silverman en mettant dans sa remarque toute la conviction qu'il pouvait trouver. Nous autres, homos, nous avons plein de relations aux bons endroits. La filière des sodomo-sionistes – vous en avez peut-être entendu parler ? Si je disparaissais sur ce lac, le FBI viendrait fouiller partout. Et le NEA[2]. Et le

2. National Education Association.

ACLU[3]. Et le Bnai Brith. Mes amis au *New York Times* cherchaient justement un prétexte pour faire leur enquête et vous casser. Comme vous le savez peut-être, mon oncle Isaac est le propriétaire de CBS. Il est parfaitement au courant des petites fraudes fiscales que vous trafiquez ici depuis vingt-sept ans. Vous devriez avoir honte. »

À chaque fois qu'il répétait une phrase dont il se souvenait de la nuit précédente, il voyait ses interlocuteurs tressaillir, l'air dérouté. Visiblement ébranlé, Apfel s'expliqua :

« Nous pensions juste qu'il y avait des chances pour qu'un groupe de notre équipe de motoneiges puisse vous faire traverser jusque chez les Swenson. Ce sont de solides gaillards. Au moins, ça vaudrait la peine d'essayer.

– Ah bon ? Et admettons qu'on soit à mi-chemin et que le blizzard devienne trop fort ? Alors quoi ? Vous pouvez garantir ma sécurité ? Allons donc !

– Eh bien, si c'est ce que vous pensez, nous ferions peut-être mieux de laisser tomber, lui assura Apfel précipitamment.

– Peut-être bien, dit Silverman. Souvenez-vous, je vous prie, que je ne manque pas d'amis en haut lieu. Chaque pièce de cette bâtisse peut être sur table d'écoute. Maintenant, si ça ne vous dérange pas, j'aimerais déjeuner. »

De retour dans le couloir, Silverman était aux anges. Cela avait été un grand moment. Il leur avait tenu tête, et leur avait flanqué une sacrée frousse. Il les avait bluffés en deux coups de dés. Pour eux, il était doué de télépathie. Ils avaient cru qu'il lisait dans leur tête.

Voilà qui lui rendait l'appétit. Un bon signe. Malgré un petit déjeuner conséquent quoique inhabituel, il avait de nouveau faim. Il était trop tôt pour déjeuner, mais il restait généralement des fruits dans la salle des professeurs. Ou il pourrait peut-être faucher quelque chose dans la cuisine. Il avait commencé à s'enhardir dans ses rapports avec les

3. American Civil Liberties Union : Union américaine des libertés civiles, datant de 1920. (*N.d.T.*)

membres du personnel et le corps enseignant, surtout maintenant qu'il savait combien sa présence pouvait être intimidante. Soutenu par les forces conjuguées de la conspiration sodomo-sioniste, qu'avait-il à craindre ?

Il y avait bien une coupe de fruits divers dans la salle des professeurs. Pas de la plus grande fraîcheur, bien sûr. Mais il pourrait tirer deux ou trois bouchés de la dernière banane. Il y avait un plateau de gâteaux secs au gingembre, des longuets, des bretzels. Et de l'eau chaude qui frémissait sur une plaque. Il prit la banane, ramassa une poignée de choses à grignoter et se fit infuser une tasse de l'ersatz du professeur Oxenstern.

Comme il quittait la salle des professeurs, il entrevit une silhouette reculer d'un bond pour rentrer dans la bibliothèque afin d'éviter de le croiser. Mais elle n'avait pas été assez prompte pour qu'il ne la reconnût pas. C'était Gloria Dawes. Comme elle échappait à son regard, il entendit deux ou trois coups sonores : des choses tombant sur le sol.

S'il s'était agi de quelqu'un d'autre, Silverman se serait volontiers passé de la rencontre. Mais il était curieux d'en savoir plus sur la professeure Gloria Dawes, licenciée de l'université du Minnesota avec félicitations du jury. On sentait en elle un malaise qui laissait percevoir une vulnérabilité, qualité rare à Faith College où la conviction s'affichait telle une armure sans faille. Sous sa peau d'anthropologue improvisé, il était convaincu que quelqu'un d'aussi jeune et vivant ne pouvait supporter de tenir compagnie à des hommes des cavernes comme Jaspers et Oxenstern. Il avait également supposé, avec une logique assez sexiste, il fallait bien le reconnaître, qu'une jeune et jolie femme serait sans doute la seule personne à l'horizon dont il pût espérer gagner la sympathie. Elle n'avait pas assisté à la réunion nocturne, pour autant qu'il pouvait l'affirmer. Il pourrait au moins en faire un témoin utile. Il allait lui dire qu'il n'avait nullement l'intention de partir tant que le blizzard ne se serait pas calmé.

Il poussa la porte de la bibliothèque pour y glisser un œil. Juste derrière la porte, il découvrit Gloria à genoux en train de ramasser les livres qu'elle avait laissés tomber dans sa hâte.

« Puis-je entrer ? demanda-t-il un pied déjà à l'intérieur de la salle. Tenez, je vais vous aider.

– Non, ça va », protesta-t-elle en faisant glisser vers elle tous les volumes sur le sol, comme pour les protéger.

Rien à dire. Plus il s'approchait de Gloria, plus il la trouvait jolie. Elle avait des traits délicats et un regard indolent qui pourrait passer pour séducteur en tout autre lieu que Faith College. Ses cheveux lui tombaient dans la figure pendant qu'elle s'agitait pour récupérer les ouvrages. Elle repoussa les mèches derrière son oreille de ce geste charmant, futile et féminin que Sirverman considérait comme aguicheur. À peine la mèche fut-elle repoussée qu'elle retomba. Gloria portait à nouveau des vêtements ultra-ringards, mais pendant qu'elle se démenait sur le sol, sa jupe s'était relevée haut sur ses cuisses. Agenouillé à côté d'elle pour l'aider, Silverman ne put s'empêcher de remarquer ses genoux bien dénudés, et elle ne put s'empêcher de remarquer qu'il les avait remarqués. Cela soulevait une question qu'il était curieux d'approfondir. Une femme était-elle gênée – devait-elle être gênée – si elle se trouvait nue sous le regard d'un homosexuel ? Manifestement, Gloria, oui. Ce qui créa une étrange dynamique entre eux, une sorte d'érotisme impossible, incompatible, rempli d'erreurs et de faux signaux. Mais putain, quel pied ! Il y avait quelque chose d'extrêmement divertissant pour lui dans le fait de se trouver à l'intérieur de ses défenses, bien que ce fût minable de sa part, il devait le reconnaître, de jouer ainsi avec elle. Cela le plaçait plus ou moins dans la catégorie de types qu'il connaissait – généralement des body-builders beaux gosses – qui s'offraient ainsi un petit frisson sadique en draguant des femmes, puis en révélant qu'ils étaient gays. C'était peut-être du même ordre. Il était sans doute en train de flanquer une trouille bleue à la pauvre Gloria. Mais il fallait l'avouer : si l'hétérosexualité avait été son rayon, il aurait craqué pour elle. Alors que là, son intérêt se situait ailleurs.

« Puis-je vous poser une question ?

– Oui ? » Son manque d'enthousiasme était flagrant. Elle se remit sur ses talons pour l'écouter.

« Je ne fais pas erreur en supposant que c'est vous qui avez écrit cette présentation pour votre père.

– Oui. Il a si peu de temps...

– ... pour se rendre compte de quoi il parle. Je comprends. C'est un homme très occupé. Mais vous l'avez plutôt inquiété avec – comment a-t-il exprimé ça ? – mon "langage grossier" dans *Moi, Emma.* À mon avis, c'était injuste. Je ne comprends absolument pas ce que vous aviez à l'esprit. »

Elle secoua la tête. « Oh, rien, vraiment. Rien du tout.

– Allons donc. Il faut bien qu'il y ait eu quelque chose. De vous à moi, entre professeurs, de quoi s'agit-il ? » Aucune réponse. Elle recommença à empiler les livres. « Dites-le moi, la pressa Silverman. Faites comme si c'était un commentaire de texte. "Certains critiques trouvent que Daniel Silverman utilise trop de propos licencieux dans son roman *Moi, Emma.* Qu'en pensez-vous ?" Donc, vous devrez commencer par trouver les mots, n'est-ce pas ? Ce sont lesquels ? »

Elle déglutit péniblement. « Chatte », chuchota-t-elle. Et elle piqua un fard comme seule une vraie blonde, jolie, peut le faire. Un cramoisi profond, flamboyant. Ceux qui rougissent comme ça sont pris dans un cercle vicieux. Se rendant compte qu'elle rougissait, elle s'empourpra encore davantage. Elle se détourna vivement et se cacha derrière ses cheveux.

Mon Dieu, elle rougit ! se dit Silverman. Il n'avait jamais fait rougir une femme. Quelle curieuse expérience.

« La chatte ? C'est ça ? *Chatte ?*

– Ça ne vous suffit pas ?

– Mais "chatte" n'est pas un mot licencieux.

– Bien sûr que si.

– Allons donc ! Chatte ? La plupart des gens ne savent même plus ce que chatte veut dire. C'est préhistorique. Quand je l'ai mis dans le livre, je n'étais même pas sûr que le mot fût courant dans les années 1880.

– Le contexte rend le sens évident.

– Ah oui ? Tout ce qu'il est dit, dans mon souvenir, c'est que Rodolphe demande à Emma si elle aimerait qu'il lui touche la chatte. Et elle dit oui. Et il dit quelque chose comme : "Oh oh, alors tu sais ce que ça veut dire, petite coquine." Mais je parie que la plupart des lecteurs ne le savent pas.

– Comment serait-ce possible ? Rodolphe et Emma sont couchés et...

– ... et nus, c'est vrai. Mais "chatte", c'est un mot assez innocent.

– Pourriez-vous arrêter de le répéter ?

– Arrêter de dire "chatte" ? Entendu. Mais vous ne pouvez vraiment pas considérer ce mot comme licencieux. Curieux, peut-être, mais pas licencieux.

– C'est une obscénité d'après tous les critères chrétiens.

– Enfin, bon, d'après ces critères-là, même le vocabulaire précis de la gynécologie doit être obscène. Parce que les organes sexuels sont obscènes, n'est-ce pas ?

– Vous exagérez, bien sûr. Dans les circonstances adéquates, il n'y a rien d'inadéquat à utiliser le... mot adéquat.

– Mais là, il s'agit de deux amants nus dans un lit. Quel est donc le mot adéquat ?

– Il s'agit de personnes non mariées, c'est un adultère. Toute la scène est inadéquate d'un point de vue strictement chrétien.

– Mais comme je suis un humaniste mécréant...

– Exactement.

– Je vous en prie, sachez que je ne tiens pas "chatte" – oh, excusez-moi ! –, ce mot-là pour obscène. Il est censé être mignon tel qu'il est utilisé entre Emma et Rodolphe. Un badinage amoureux, si vous voulez. Vos petits amis n'utilisent pas un langage plus osé que ça ? » Elle lui adressa un regard offensé. « Oh, je m'excuse de nouveau. Je ne devrais pas être aussi impertinent. Mais je suis sûr que vous avez lu pire dans un tas de livres.

– Je ne lis pas ce genre de livres.

– Une licenciée en littérature comparée, et vous ne lisez pas de livres comportant des gros mots ! Vous devez travailler sur une liste très restreinte.

– Je ne crois pas que la bonne littérature ait besoin de sensationnel. »

Avec l'aide de Silverman, Gloria avait réussi à ramasser ses ouvrages. Assise, elle les tenait serrés contre sa poitrine. Il jeta un coup d'œil sur le dernier qu'il lui tendit. C'était une des œuvres de la révérende Lucy : *Compagne de son époux : Instructions édifiantes des Écritures pour la femme chrétienne moderne*. Un vrai plaisir. « J'imagine que par "moderne" il faut comprendre 1890 », remarqua-t-il avec ce qu'elle était censée prendre pour un gloussement amical. Point s'en faut. Gloria fronça les sourcils. Elle avait l'air consternée. Les bras remplis de livres, elle ne savait comment tirer sur sa jupe et se relever en même temps. « Je vais vous les tenir », proposa Silverman. À contrecœur, elle lui tendit les livres et se releva promptement.

« Merci, lâcha-t-elle avec le minimum de reconnaissance quand elle récupéra les livres.

– Vous habitez dans ce bâtiment ? demanda Silverman.

– Oui. Au dernier étage.

– Alors vous êtes bloquée comme moi par la neige ?

– Tout à fait.

– Bon Dieu de... ! Oh, excusez-moi. Je vais surveiller mon langage. Bref, j'espère tomber sur quelqu'un qui sait comment sortir d'ici.

– Il n'y a pas moyen... pas avant que la tempête soit passée.

– Vous avez une idée du moment où ça va arriver ?

– Demain, je crois. Ou même peut-être plus tard dans la soirée.

– Dieu merci ! Vous savez, j'ai vraiment envie de partir... mais pas par ce temps. Il est hors de question que je tente de traverser le lac dans le blizzard, tâchez de vous rappeler ce que je vous dis là. Même si j'étais accompagné par toute une escouade de motoneiges, je n'essaierais pas de traverser le lac. » Il souligna de la voix cette dernière phrase.

Elle lui adressa un regard déconcerté. « Quelqu'un vous l'a-t-il proposé ? Ne faites surtout pas quelque chose d'aussi dangereux. »

Elle allait avoir besoin qu'on l'aide à ouvrir la porte. Silverman posa la main sur la poignée.

« Puis-je vous poser une autre question ? demanda-t-il.

– Oui ? répondit-elle en tordant le poignet pour regarder sa montre comme pour préparer sa fuite.

– Il y avait une étudiante ici hier, une dénommée Tilly. Elle me racontait combien elle aimait votre cours sur... c'était quoi, déjà ? La soumission de la femme ?

– Ah oui ? » Même ton, même coup d'œil au cadran.

« Je n'avais jamais entendu parler de ce sujet. Vous pourriez m'en dire deux mots ?

– Je n'en ai vraiment pas le temps maintenant.

– Ce doit être un cours difficile à faire de nos jours. Vous ne trouvez pas que les femmes deviennent très insoumises ?

– Tilly Schurz vous a dit qu'elle aimait mon cours ? demanda-t-elle, l'air suspicieux.

– Oh, énormément. Elle m'a dit que c'était le plus cool. » Il espérait intervenir en faveur de Tilly. Mais sans doute faisait-il fausse route. Gloria n'avait pas l'air convaincue.

« J'ai du mal à le croire, dit-elle.

– Eh bien, franchement, moi aussi. Mais bon, je suis de San Francisco, vous savez. Je n'ai pas rencontré une seule femme soumise depuis au moins vingt ans. Même ma mère n'était pas soumise, d'ailleurs. Bien sûr, c'était une enseignante. Elle avait sa carrière.

– La soumission n'interdit pas de faire des études ou une carrière, répondit Gloria.

– Ah oui ? Les femmes soumises peuvent tout de même travailler ?

– Bien entendu.

– Alors, dans quel sens sont-elles soumises ? » Assis à califourchon sur une chaise, il s'était installé entre elle et la porte. Gloria faisait de son mieux pour éviter de croiser son regard.

« La Bible nous enseigne qu'une femme doit placer ses intérêts après ceux de son mari. Cela ne veut pas dire qu'elle ne peut pas avoir d'intérêts.

– Mais ils doivent passer en second.

– Oui. Mais c'est vrai de toute relation, non ? Je veux dire, vous avez une relation... vous l'avez dit lors de votre conférence.

– Oui, c'est exact.

– Et elle dure depuis longtemps ?

– Près de quinze ans. »

Cela parut l'impressionner. Elle plissa de nouveau le front, mais cette fois, c'était un signe de concentration. « Avec une fidélité absolue ? »

Pourquoi voulait-elle savoir ça, se demanda-t-il.

« Absolue.

– Comment pouvez-vous en être sûr ? »

Silverman se tapota le cœur. « Il y a des choses qu'on sait. On peut parier sa vie dessus.

– Mais pouvez-vous en être vraiment sûr ? »

Comme ses questions reflétaient une curiosité sincère, il fit de son mieux pour ne pas répondre avec désinvolture. « Prenez les choses comme ça. Il y a les hétérosexuels et il y a les homosexuels. C'est une différence. Et puis il y a les monogames et ceux qui ont des mœurs légères. C'est une autre différence. Il se trouve que je sais avec certitude que ces quatre possibilités ne s'accouplent pas de façon prévisible. Puis si vous ajoutez à ça qu'il y a les intelligents et les crétins, les prudents et les imprudents, voire les sados et les masos, regardez toutes les combinaisons que vous obtenez. Et chaque personne, chaque couple se retrouve avec un cocktail différent. Pour ma part ? Je suis homosexuel, monogame, intelligent, prudent et, bon, je ne figure pas du tout dans la catégorie sadomaso.

– Mais n'y a-t-il pas toujours... ? » Elle secoua de nouveau ses cheveux comme pour retrouver son chemin. « Enfin, dans votre relation, ne placez-vous pas les intérêts de quelqu'un en premier ?

– Pas du tout. Marty est acteur. Il s'occupe de ses affaires. Je travaille à la maison, j'écris, je m'occupe de mes affaires. Nous nous entraidons. C'est un ménage à part égale.

– Et vous ne vous disputez jamais ?

– Bien sûr que si. Mais pas pour savoir lequel domine et lequel est dominé. Nous trouvons une solution à cinquante-cinquante.

– Cela dit, votre relation n'est pas sanctionnée par la Bible.

– Pardon ?

– Ce que je voulais dire, c'est qu'elle n'est pas reconnue par la loi divine. »

Sa voix avait un accent interrogateur qui révélait un véritable désir de comprendre. Et pour des raisons qui ne lui étaient pas très claires non plus, il voulait qu'elle comprenne. « Je ne connais pas la loi divine, dit-il, mais je sais qu'il existe dans le monde une relation qui s'appelle amitié, amitié amoureuse. Cela n'a rien à voir avec le fait d'élever des enfants ou les droits de propriété – bien que certains militants aimeraient voir ces amitiés se transformer en une sorte d'union civile. Quoi qu'il en soit, cela peut vous engager autant que le mariage. L'homosexualité n'est peut-être rien d'autre que ça : l'amitié poussée au maximum, ou, du moins, ce peut être ça. C'est le cas pour Marty et moi. Vous êtes-vous déjà demandé si le mariage, la famille, et tout ce qui vient avec ces institutions... peut-être que ça fait obstacle à d'autres possibilités ? La possibilité que deux personnes peuvent simplement avoir une immense affection l'une pour l'autre. »

Elle parut troublée par cette idée. « Mais c'est quelque chose que les laïcs ont inventé. Mari et femme sont liés par la parole divine.

– Et la femme doit passer au second plan ?

– Comme Ève par rapport à Adam, subalterne mais égale.

– Une chose dont je me souviens à propos de ce passage de la Bible. Vous savez combien de temps ils ont vécu, ces deux-là ?

– Adam a vécu neuf cent trente ans. On ne dit pas combien de temps Ève a vécu.

– Peut-être que, comme elle était secondaire, ça n'a intéressé personne. Mais supposons qu'elle ait vécu aussi longtemps. Cela veut dire une relation de neuf cents ans. Et combien la Bible nous en dit-elle sur ce qui est arrivé ? Quelques pages. Il y a donc probablement un tas de choses qui sont passées sous silence, non ? Pour autant qu'on le sache, ils pouvaient se disputer tous les jours. Et peut-être qu'Ève n'en faisait qu'à sa tête la plupart du temps.

– Ce n'est pas ce qui est dit », lâcha-t-elle sèchement. Elle recommençait à s'énerver.

« La Bible ne dit rien. Ça veut peut-être dire que c'est à nous d'imaginer le reste.

– Il est dit qu'Ève a été créée en second, qu'elle a été faite à partir d'Adam. Adam a été créé par Dieu en premier. Et quand Ève s'est trouvée livrée à elle-même, elle a désobéi parce qu'elle était faible et stupide. Est-ce que ça ne montre pas clairement que la femme était destinée à se soumettre ?

– Cela vous plaît de penser ça de vous-même ?

– La question n'est pas de savoir ce qui nous plaît.

– J'imagine que vous n'avez jamais entendu raconter l'histoire de Lilith.

– Ce n'est pas dans la Bible. C'est une invention apostate.

– Comme vous voulez, répondit Silverman avec un soupir résigné. Mais si j'étais une femme, je chercherais d'autres règles. Écoutez, Gloria, vous êtes là, une fille intelligente, instruite. Les hommes que j'ai rencontrés dans cet endroit sont des vieux schnocks sans cervelle – passez-moi l'expression. Si vous vous retrouviez avec un type comme Apfel ou Swenson ou – à Dieu ne plaise ! – Axel Hask, combien de temps pourriez-vous supporter d'être soumise ? Comment pourriez-vous infliger ça à votre intelligence, avec votre vitalité et tout ce qui en vous est jeune et plein de vie ? Dans le monde en dehors de North Fork, ces idées que vous véhiculez sont un objet de risée. Vous croyez que quelqu'un va perdre son temps à se demander si nos ancêtres avaient une queue ? Ou si le monde a été créé en six jours ? Vous recevez vos ordres de quelques tables en pierre vieilles d'un million d'années. Vous avez déjà lu *Le Voyage du Pèlerin* ?

– Oui.

– Vous vous souvenez comme le pauvre Pèlerin erre dans le monde, plié en deux sous le poids du péché ? Eh bien, c'est vous, errant avec quelques tonnes de superstition *drek* sur le dos. "Drek", vous savez ce que ça veut dire ? Chez moi, ça veut dire de la merde. Comment pouvez-vous supporter la vie que vous menez ? Elle est tellement étriquée ! »

De nouveau elle rougit, mais cette fois sans aucun embarras.

« Je ne peux pas entendre ça, fulmina-t-elle.

– J'aimerais que si. Et si ce n'est pour vous, au moins pour ces gosses. Ce que vous infligez à Tilly Schurz, c'est de la maltraitance. Vous fermez toute possibilité d'avenir à cette jeune fille. »

Ses yeux avaient perdu leur expression nonchalante. Ils lançaient des éclairs de fureur. « Comment osez-vous dire ça ! Tout ce que veulent faire les gens comme vous, c'est séduire l'innocent et le contaminer. Mon père a raison. On devrait enfermer chacun d'entre vous. L'enfermer et... et... » Trop furieuse pour poursuivre, elle le repoussa vers la porte. De nouveau, les livres commencèrent à glisser avant de dégringoler par terre. Cette fois, elle ne fit pas un geste pour les ramasser et il la laissa passer. À la porte, elle se retourna, le visage en feu : « Vous êtes la voix du malin. »

Comme elle se ruait hors de la pièce, son talon se prit sur le pas de la porte. Elle sortit de la bibliothèque en abandonnant sa chaussure gauche derrière elle, telle Cendrillon s'enfuyant du bal. Silverman la ramassa et se lança à sa poursuite. Mais elle était déjà à mi-hauteur de l'escalier avant qu'il soit dans le couloir. Il envisagea d'utiliser la chaussure pour la suivre, mais renonça à cette idée quand la porte de la salle des professeurs s'ouvrit. C'était Mrs. Hask qui voulait voir quelle était la cause de ce vacarme ; elle tenait un grand plat fumant. Son regard se porta en haut des marches sur la professeure Dawes qui s'enfuyait, puis sur Silverman. Celui-ci tenait toujours la chaussure à la main. En montant les marches, il laissa tomber au passage la chaussure dans le plat de Mrs. Hask. « C'est à la professeure Dawes, déclara-t-il. Elle a perdu pied. »

22

Le sang

Silverman regagna sa chambre, convaincu qu'il allait vite oublier sa conversation avec Gloria dans la bibliothèque. Un autre affrontement stérile. Un autre mur de préjugés. Mais une heure plus tard, il se trouva à repasser en revue, encore et encore, leur rencontre, se sentant à chaque fois plus déprimé. Enfin, cela devint clair dans son esprit. *Qu'il soit pendu s'il n'avait pas essayé de faire du prosélytisme !* Et pour quoi ? Non pas pour la cause gay, mais pour la vie, la liberté, la joie. Là encore, dans ses pensées, il continuait de vouloir la persuader. Mais il avait échoué lamentablement. Au mieux, il avait confirmé ses pires frayeurs et renforcé ses convictions les plus sottes. *Et merde*, se dit-il. *Je suis un piètre missionnaire.* Il lui avait débité ses convictions les plus fortes et elle était désormais plus que jamais persuadée qu'il était la créature du démon.

Pourquoi cela comptait-il à ce point pour lui ? Peut-être n'était-ce que vanité. Il avait voulu marquer des points contre un adversaire corseté dans sa bonne conscience, mais il n'avait pas su se montrer suffisamment convaincant, pas même avec une licenciée qui avait reçu les félicitations du jury. Elle avait lu ses livres, mais ce qu'elle en avait retenu, ce n'était pas de la densité humaine, de la sagesse, la profondeur psychologique des personnages. Juste des gros mots. Lui restait-il un Xanax ? Naaan, plus un seul. Et le Paxil ? Ouf, trois comprimés. Eh bien, c'était une déprime qui en méritait un.

Cela ajouté à quatre ou cinq pages de Bunyan suffit à provoquer un bon roupillon. Il aurait pu dormir jusqu'à l'heure du dîner derrière sa porte fermée à clé et barricadée, mais quelque chose le réveilla. Pas le bruit, mais le silence. Un grand trou vide de silence béait autour de lui. Pour la première fois en quatre jours, il n'y avait plus de vent. Même dans son sommeil, c'était ce qu'il guettait. Il remarqua le silence dès qu'il cilla des yeux : un calme assourdissant. Il se précipita à la fenêtre pour regarder dehors. Il y avait encore beaucoup de neige dans l'air, mais elle ne tourbillonnait pas. Elle tombait. Neige qui tombe n'est pas blizzard. Un blizzard est un vent qui vous fait basculer à la renverse. Le blizzard n'était plus là. Le Géant blanc était en train de repartir.

De peur de se tromper, il décida de consulter son seul contact avec le monde extérieur. Il pressa le bouton de la télévision pour voir la météo. Les prédictions de la veille n'avaient pas annoncé la fin de la tempête. Il lui fallut vingt minutes pour tomber sur un bulletin. Pendant ce temps, le vent gémit et grogna deux ou trois fois, mais sinon resta tranquille. Une présentatrice météo blonde et pleine d'entrain montrait à l'écran des cartes qui situaient le blizzard plus à l'est, sur les Grands Lacs. On prévoyait le maintien du froid, quelques rafales de neige, mais un vent faiblissant et des précipitations. « Nous allons donc pouvoir commencer à dégager les routes – surtout les grosses congères sur l'autoroute – et rouvrir les aéroports », conclut Miss Coco Bel-Œil au sourire hollywoodien.

Le temps s'arrangeait. D'ici peu, il pourrait quitter North Fork pour rentrer chez lui. Mais cela voulait dire une chose encore plus immédiate. Il pourrait sortir de l'école. Il lui suffisait de gagner la maison de Swenson de l'autre côté du lac. Un kilomètre et demi, plus ou moins. Combien de temps ça pouvait prendre, si le vent restait calme, lui permettant de marcher sur la glace ? Même si la neige continuait de tourbillonner, il n'avait qu'à suivre le rideau d'arbres le long de la rive jusqu'à ce qu'il arrive en vue de la maison de Swenson. Une heure au plus. Il pouvait laisser ses bagages et venir les récupérer plus tard.

Il enfila tous les vêtements qu'il avait pour se tenir chaud et se faufila au bas de l'escalier dans le hall d'entrée. Il y avait là plusieurs paires de grosses bottes, mais aucune qu'il pût mettre par-dessus ses caoutchoucs. Devait-il les troquer contre des bottes ? Cela lui prendrait du temps. Mise sur tes caoutchoucs. Allons, s'il avait les pieds mouillés, il les sécherait en arrivant chez les Swenson.

Il respira à fond, ouvrit la porte et sortit à l'air libre. Le froid le saisit. Il l'attaqua telle une lame qui tailla en pièces tout ce qu'il portait sur le dos. Avant qu'il ait traversé la cour et gagné la rive du lac, il ne sentait plus ses pieds dans ses chaussures. Il fit une pause sur la petite pente de la berge au-dessus du lac, regardant la neige qui virevoltait encore de tous côtés. Quelque part, plus loin qu'il ne pouvait voir, il entendait des voix qui s'élevaient et retombaient, portées par le vent. Des gens batifolaient sur le lac. En clignant des yeux, il ne pouvait pas discerner plus loin qu'à quelques pas. Chercher à distinguer la rive opposée était inutile. Mais s'il allait dans la bonne direction, cela ne serait-il pas suffisant ? Il n'avait qu'à se repérer aux arbres et rester à égale distance par rapport à eux. Si le vent soufflait par la gauche, il obliquerait à droite. Et inversement, s'il soufflait sur la droite.

Descendant pas à pas la rive en pente, il sentit le sol bosselé devenir lisse sous ses pieds. Cela signifiait-il qu'il était sur le lac, debout sur la glace ? Il avança prudemment d'un pas, puis d'un autre, comme pour vérifier si le sol tenait bon. Espérant éviter à ses orteils de geler, il sortait une chaussure de la neige et la secouait, puis la replongeait dedans, tâtant à chaque fois alentour pour voir si la glace était bien ferme sous son poids. Il n'avait dû faire que quelques mètres quand il prit brusquement conscience du danger de sa situation. Une forte bourrasque lui taillada le dos. Suivie d'un autre coup de vent, et d'un autre. Le Géant blanc revenait-il sur ses pas ? À présent, dans la neige tourbillonnante, il avait perdu tout sens de l'orientation. Et l'air glacé, déjà cruel, affûtait sa lame. Chaque respiration provoquait maintenant une douleur qui se prolongeait jusqu'au diaphragme. Aucune chance qu'il puisse tenir plus d'un kilomètre et demi sur la glace dans ce froid.

Renonçant, il opéra ce qui lui parut être un demi-cercle à 180 degrés, tête baissée, plié en deux. Sous lui, ses pieds glissaient et trébuchaient tandis qu'il luttait pour chaque centimètre de terrain qu'il parcourait. Mais après avoir effectué une ou deux minutes de marche, il n'avait toujours pas regagné la pente qui lui aurait permis de quitter la surface du lac. Il tenta une direction légèrement différente. Comme si cela lui apportait plus de sécurité, il se mit à genoux et tenta de tâter tout autour de lui. La berge ne pouvait être à plus de quelques mètres dans un sens ou un autre. Il se traîna en avant contre le vent, puis légèrement à gauche, puis à droite. Aucun signe de la rive. Il se mit à ramper plus vite dans ce qu'il croyait être la bonne direction. Rien. Alors, s'il ne se rapprochait pas du bord, c'est qu'il s'en éloignait. Il fit demi-tour et se traîna dans la direction d'où il était venu, accélérant à mesure que la panique le gagnait.

Puis, derrière lui, il perçut un grondement étouffé. Il se retourna. Une forme fila comme un boulet devant lui dans la neige. Une voix, pas nécessairement humaine, s'éleva, un hurlement : « You-hou ! » Puis une autre silhouette passa en trombe de l'autre côté. De nouveau, le même glapissement se fit entendre. « You-hou ! » Ensuite lui parvint un cri porté par le vent. « Tu as vu ça ? Putain d'enfer, c'était quoi ? » Quelqu'un d'autre criait : « C'était un ours. Eh, les mecs, je crois qu'il y a un ours sur le lac ! »

Le vent tomba et, pendant quelques secondes, la neige devint moins dense. Il distingua des formes, des silhouettes casquées sur des véhicules lancés à fond de train, qui tournaient en rond, zigzaguaient, gueulaient. Ils étaient six, sept, huit sur des motoneiges. Silverman se redressa pour les regarder. Ils allaient et venaient à toute allure en opérant une manœuvre qui semblait avoir un sens. Puis il vit un des engins foncer sur une petite forme immobile couchée sur la glace, quelque chose qui ressemblait à une toile de sac marron. Le sac bougea, se dota de jambes et décampa, en gardant le ventre près de la glace. Un chien ? Ou peut-être un renard, à en juger par la queue ébouriffée. La motoneige, en faisant des écarts et des embardées, le prit en chasse. L'animal se retourna et détala pour s'échapper, mais une autre motoneige se lança à sa poursuite, le rabattant vers l'endroit où les autres motards attendaient en rond. À présent encerclé, l'animal se tassa sur lui-même, puis courut à l'aveuglette. Un des motards lui fonça dessus, lui coupa la route et lui rentra dedans. Le renard vacilla et dérapa pendant que s'élevait un cri de triomphe humain. La bête étourdie, qui se traînait maintenant sur la glace, fit de son mieux pour s'échapper, mais il n'y avait pas d'abri. Une autre motoneige s'élança et l'envoya valser sur la surface gelée. Cette fois, il ne bougea plus et resta inerte jusqu'à ce qu'un des motards, visant soigneusement la forme immobile, le charge. Un autre fit de même. Tandis que les motards poussaient un hurlement triomphant, la forme éclata. Un morceau roula vers Silverman et atterrit à quelques pieds de lui, sur sa gauche. Il se pencha pour voir ce que c'était. C'était la tête de l'animal, un renard en effet. Là où la tête avait touché la neige et rebondi, il y avait une trace sanglante.

Il avait beau faire, il ne trouvait pas de sens logique à la scène. Plusieurs hommes sur des motoneiges fonçaient sur un cadavre de renard qu'ils déchiraient en morceaux sanguinolents. La folie du spectacle le fit brusquement frissonner plus encore que le froid. Il était en présence de déments qui se livraient à un affreux rituel. Ne sachant dans quelle direction courir, il se détourna de la scène et s'éloigna en glissant et en dérapant dans l'espoir de s'échapper avant que les hommes sur les motoneiges ne s'aperçoivent de sa présence.

Trop tard. Un des motards fonça vers lui et, faisant une erreur de jugement, faillit le cogner sur sa gauche. S'écartant d'un bond, Silverman tomba brutalement, se rattrapant à la dernière minute sur une main et un genou. Il ressentit le choc dans son épaule, mais pas dans sa main rendue insensible par le froid. Le motard tourna autour de lui et s'arrêta. « Eh, mec ! gueula-t-il derrière la visière sombre du casque. Vous êtes dingue ou quoi ? Qu'est-ce que vous foutez ici ? C'était vous qui rampiez là-bas ! Bon sang, j'aurais pu vous emboutir.

– Ma main ! glapit Silverman. Vous êtes sur ma main. » Le motard le tenait coincé sous un des patins de la motoneige.

– Vous avez mal ? » demanda le motard en reculant.

Silverman était trop engourdi pour savoir s'il avait mal. Il dégagea sa main et la glissa aussitôt sous son manteau. « De quel côté se trouve l'école ? » s'enquit Silverman avec à peine assez de souffle pour se faire entendre. Il claquait si violemment des dents qu'il avait du mal à parler. « Je me suis perdu. »

Enfourchant son véhicule, le motocycliste s'approcha d'un pas et releva sa visière. « J't'ai jamais vu à l'école.

– “*Je ne vous* ai jamais vu...”

– Hein ?

– Je ne vous ai... Bref, laissons tomber ! Je gèle. »

Le motard l'observa avec attention. « Oh, mais c'est vous. C'est vous, le type, le conférencier. De Frisco. Qu'est-ce que vous fichez par ici ?

– Je croyais pouvoir traverser le lac », répondit Silverman. Il voyait maintenant les mots qui s'étiraient sur la poitrine du motocycliste : *Fantômes des neiges, Escouade des motoneiges de Faith College – Championnat national.* « De loyaux soldats du Christ », les avait appelés Mrs. Bloore. Sombres, sinistres et sans visage derrière leur visière noire, opaque, les hommes casqués qui l'entouraient ressemblaient à la Gestapo de Faith College.

Le motard fit une moue incrédule. « Traverser le lac à pied ? Par cette tempête ? Impossible.

– Je croyais que le blizzard était tombé.

– Peut-être, mais ça veut pas dire que c'est le printemps. Il fait moins vingt-cinq. Eh mec, t'es pas équipé pour !

– C'est ce que je vois. Vous pourriez me ramener ? Je crois que je vais tourner de l'œil. » Il tenta de se recroqueviller sur lui-même, enfonçant ses doigts gelés dans les poches de son imperméable au point d'en déchirer la doublure. À l'arrière-plan, il entendait des bribes de conversation portées par le vent. « C'est le pédé, le mec de San Francisco, qu'est-ce qu'il fabrique ici ? Il pourrait nous créer de sérieuses emmerdes. » Quelqu'un, derrière, se demandait s'ils n'avaient pas trouvé quelque chose « de mieux que le renard ».

Avec l'énergie du désespoir, Silverman cria à ceux qui se trouvaient le plus près de lui : « Sortez-moi d'ici, espèce d'enculés !

– Eh, répondit le visage furieux le plus proche de lui. Ne viens pas nous traiter, nous, d'enculés. C'est toi, l'enculé, et t'as qu'à ramener tes fesses toi-même à Pédéville, mon grand. On peut très bien te laisser là, tu sais. » L'étudiant se tourna pour crier aux autres : « Qu'est-ce que vous en dites ? Et si on laissait le professeur La Pédale ici ? » Quelques voix dirent : « T'as raison, entendu... »

Tremblant de froid, Silverman s'efforça de réfléchir. *Concentre-toi !* s'exhorta-t-il. *Tu es aux mains de l'ennemi. L'important, c'est d'en réchapper*. « Je regrette, s'excusa-t-il. Je gèle. Je n'arrive plus à réfléchir. Je vous en prie, aidez-moi.

– Surveille ton langage, l'avertit l'étudiant. On t'a pas demandé de venir.

– J'ai dit que je m'excusais. Personne n'a de couverture ? » Un des étudiants s'avança pour envelopper de sa parka les épaules frissonnantes de Silverman. C'était un geste généreux, même s'il était fait à contrecœur. « Oh, merci, merci », articula Silverman qui se sentait faiblir. Un autre Fantôme des neiges approcha sa machine pour lui offrir de mauvaise grâce de grimper à l'arrière du traîneau. Il y avait juste assez de place pour ses pieds. Il enfonça ses chaussures derrière les bottes du conducteur et passa les bras autour du torse de l'étudiant. Il entendit siffler tout autour. « You-hou ! Attention, Anderson ! N'en laisse jamais un se mettre dans ton dos. » Un autre lança : « Eh, Anderson a la trique, les gars ! Regardez-le. » Un autre cria : « Anderson, eh, mec ! Tu veux que je te prête du gel ? »

Anderson, le chauffeur, se retourna pour beugler : « La ferme ! Fermez-la ! » Puis, se tournant vers Silverman, il marmonna : « Tiens-toi à carreau, pigé ? Et garde tes distances. »

Ses *distances* ? Silverman était bien obligé de s'appuyer contre lui pendant qu'ils avançaient. En attendant, pendant qu'il s'accrochait à la vie, il se demanda s'il arriverait à rester en place sur le traîneau. « Je vous en prie, roulez doucement », supplia-t-il. L'étudiant fit ronfler le moteur et démarra en trombe avec une secousse qui faillit jeter Silverman à bas du scooter. Terrorisé, il mit ses dernières forces à s'agripper au blouson du conducteur en se serrant contre lui. L'engin crachotant les emporta au bord du lac en quelques instants. Soutenu de part et d'autre par deux étudiants et la parka rabattue sur les oreilles, Silverman se laissa ramener, marchant à moitié et traîné sur le reste du trajet, jusqu'à Gundersen Hall, le perron et le hall. Il avait l'impression d'être un fugitif de l'île du Diable qu'on reconduisait dans sa cellule.

Le temps que les Fantômes des Neiges l'aient ramené à l'intérieur, ses lèvres tremblaient trop pour qu'il puisse parler. Le brouhaha dans le hall d'entrée alerta rapidement tous ceux qui se trouvaient encore dans le bâtiment. Sur le palier du premier étage, Silverman aperçut Mrs. Bloore qui regardait en bas tel un vautour, le visage rempli de haine pour la scène qui se déroulait sous ses yeux.

« Allez savoir pourquoi, expliqua un des conducteurs, il essayait de traverser le lac. On a failli le percuter. Il aurait pu être tué. »

Le professeur Jaspers fixa Silverman d'un regard plus glacial que le temps à l'extérieur. *Fauteur de troubles*, disaient ses yeux. *Quand serons-nous débarrassés de vous ?*

Les étudiants défirent Silverman, lui retirant la parka déjà gelée. Ce faisant, l'un d'eux glapit comme s'il avait été mordu. « Du sang ! Il saigne ! Il m'a mis du sang dessus ! » En effet, il y avait un filet de sang frais sur le dos de la main de l'étudiant. Aussitôt, les jeunes gens bondirent en arrière, si vite que Silverman, qui se tenait au milieu, perdit l'équilibre et tendit la main pour s'accrocher à l'épaule la plus proche. Sa main, en tâtonnant, effleura le cou et la joue de l'étudiant qu'il avait agrippé. Ce dernier se passa la main sur le cou et s'écria aussitôt : « Moi aussi ! Il m'a mis du sang dessus, bon Dieu de bon Dieu ! J'ai reçu du sang sur moi. » À peine eut-il proféré ce blasphème que l'étudiant affolé se flanqua la main sur la bouche comme un vilain garnement. Sur la manche où Silverman l'avait empoigné se trouvait une marque rouge. L'étudiant se mit à frotter avec son écharpe comme si une étincelle incandescente avait atterri là.

Encore trop frigorifié pour parler, Silverman considéra les étudiants l'un après l'autre, puis baissa les yeux sur son propre corps. Oui, il y avait une entaille sur le côté de sa main gauche à la suite de la chute qu'il avait faite sur la glace. Jusqu'ici trop engourdie par le froid, elle commençait juste à saigner à la faveur de la chaleur ambiante.

Livide de terreur, le professeur Jaspers laissa échapper : « Au nom du ciel, voyons, vous saignez. Regardez-moi ça. »

De tout en haut, entendant cette annonce, Mrs. Bloore poussa un cri aigu. « Emportez-le ! Pas de sang ! Pas de sang ! »

À ses pieds, Silverman vit une, deux, trois gouttes de sang. Sa première réaction fut un mouvement de gêne, comme une lycéenne surprise inopinément par ses règles. Encore hébété et muet, il tomba à genoux et, à l'aide d'un coin de son imperméable, il frotta les gouttes. Il ne réussit qu'à étaler le sang. Il tenta d'envelopper sa main blessée dans son manteau pour arrêter l'écoulement, mais cela perturba son équilibre. Il glissa en avant et faillit cogner sa joue contre le sol, se reprit et leva les yeux. Autour de lui se trouvait un cercle d'étudiants et de professeurs, le visage figé de dégoût, pour beaucoup sur le point de quitter la salle. Lentement, dans ce qui aurait pu être une chorégraphie, ils s'écartèrent de lui, un pas, deux pas, trois pas. Il tourna, dessinant lentement un arc pour observer le cercle grandissant. Jaspers, Oxenstern, Apfel, Mrs. Hask, tous étaient là. Et Gloria, elle aussi, regardait le spectacle, une expression proche de la nausée sur son joli visage. Reflété dans leurs yeux, il était devenu un monstre de l'espace tombé sur la Terre. Non, pire que ça. Il était l'agent secret de Satan, un véritable rebut humain. Il leur faisait horreur, ils avaient peur de lui. Il ne put s'empêcher de se sentir coupable sous leur regard, mais il était également révolté. Au-dessus de lui, il entendait Mrs. Bloore qui continuait de réclamer qu'on l'emmène. « Pas de sang, répétait-elle. Nettoyez derrière lui. Nous allons tous mourir.

– Je vous en prie, j'ai besoin d'aide, demanda Silverman avec calme. Aidez-moi à regagner ma chambre. »

Mais personne ne bougea, personne ne parla. Le deuxième étudiant qui avait été taché de sang était encore figé de terreur. Se précipitant en tête de la foule, il lui lança : « Personne ne vous aidera, pédé pourri ! Je vais mourir par votre faute.

– Vous ne mourrez pas, répondit sèchement Silverman. Croyez-moi. »

Évidemment, ils ne le croyaient pas. Très bien. Il monterait seul l'escalier. Il avança en titubant, puis s'immobilisa le temps de reprendre contenance. Quand il sentit que ses lèvres lui obéissaient de nouveau, il se retourna. « C'est vrai. Je suis un pédé juif et libéral. Je suis sûr que d'autres mots vous viennent à l'esprit. Tantouze, peut-être. Ou enculé. Un libéral d'enculé juif. Ou peut-être que vous préférez un youpin d'enculé libéral. À votre aise. Faites votre choix. Et oui, je suis aussi quelqu'un qui croit qu'il y a eu un Holocauste. Et oui, je suis quelqu'un qui croit qu'une femme a le droit d'avorter. Et oui, je suis quelqu'un qui croit que nos ancêtres s'accrochaient aux branches par la queue. Et non, je ne suis pas quelqu'un qui croit que nous avons besoin de Satan pour propager le Mal dans le monde. Nous sommes parfaitement capables de nous en charger nous-mêmes. Mais je suis aussi, que ça vous plaise ou non, votre hôte. Et tant que je serai ici, j'exige que vous gardiez vos sales putains d'opinions pour vous, parce que... parce que... » *Parce que quoi ? Réfléchis, crétin ! Les intellos d'envergure nationale sont censés être capables de réfléchir.* Mais son esprit était pris de vertige. À bout de forces, il renonça à tout scrupule. « Parce que *Jésus te surveille.* » Pour la première fois de sa vie, il eut envie de se mordre la langue.

Mais, bon Dieu, ça marchait. L'air totalement déconfit, l'étudiant fou furieux recula comme s'il avait reçu une gifle. Puis, peu à peu, la foule qui l'entourait s'écarta, refluant telle une marée de visages renfrognés.

Après avoir fait demi-tour, avec tout le sang-froid qu'il put rassembler, Silverman gravit les marches, faisant preuve d'une agilité dont il se croyait incapable. Et il eut de la chance. Il réussit à ouvrir la porte de sa chambre et à atteindre le lit avant de s'évanouir.

23

En quarantaine

Exténué et encore souffrant après avoir perdu conscience pendant plusieurs minutes, Silverman trouva à peine assez d'énergie pour laver sa main blessée et l'envelopper d'un gant de toilette avant de s'effondrer sur le lit. En retirant ses caoutchoucs, il s'aperçut que ses chaussures, comme son manteau et son pantalon, étaient complètement trempées. Il se frotta les pieds, mais c'est à peine s'il parvint à déclencher un brin de sensation. Bien qu'il se sentît comme un bloc de glace, il brûlait intérieurement de rage. Ils l'avaient vu humilié. Cela le faisait plus souffrir que sa main meurtrie.

Furieux mais impuissant, il se laissa gagner par le sommeil. Ses efforts futiles pour traverser le lac l'avaient épuisé. Il dormit. Quand il se réveilla, il entendit de nouveau le vent qui martelait les murs. Le Géant blanc... Le Géant blanc était de retour. Mais non, ce n'était pas le vent qu'il entendait. Quelqu'un frappait à la porte. Il se laissa tomber au pied du lit et alla ouvrir. Un homme portant un plateau de nourriture se tenait sur le seuil. C'était un jeune homme mince, aux traits fins, intelligents, mais il arborait la mêmc expression impassible, glaciale que ceux que Silverman voyait depuis quatre jours. « Je suis le docteur Sorensen, dit-il. On m'a demandé de venir. »

Silverman le fit entrer, puis il renifla l'air dans le couloir. Il y avait une odeur piquante : manifestement, on avait entrepris un ménage d'envergure dans le bâtiment. Il retourna au lit, où il remarqua plusieurs traces de sang. Le médecin aussi, qui posa le plateau sur la commode et s'approcha du chevet. « Puis-je voir la blessure ? demanda-t-il.

– Quelle heure est-il ? répondit Silverman en lui montrant sa main.

– À peu près sept heures et demie, dit le docteur Sorensen. Votre genou a l'air de saigner aussi », observa-t-il.

Silverman baissa les yeux. Son pantalon était déchiré au genou et collé par le sang. « Je n'ai rien senti », dit-il. En baissant son pantalon il se rendit compte que l'entaille sur le côté de sa jambe semblait pire que la blessure à la main.

Le docteur avait apporté un petit sac. Il l'ouvrit et en sortit des pansements. « Il y a de l'eau chaude dans la chambre ? » Silverman indiqua la salle de bains. Le docteur y alla et revint avec de la gaze humide. Enfilant ostensiblement des gants en latex, il se mit à l'œuvre sur la main et le genou, les nettoya, puis y appliqua une lotion astringente.

« D'où venez-vous ? s'enquit Silverman.

– J'habite à quelques kilomètres de l'école. Je suis le médecin du campus.

– Vous venez du monde extérieur. La tempête s'est calmée ?

– À peine. Nous avons eu une accalmie cet après-midi. On est venu me chercher en motoneige. C'était dangereux. Néanmoins, la météo dit que ça devrait se lever d'ici demain.

– Dieu merci. Il faut absolument que j'arrive à partir d'ici.

– Ne vous faites tout de même pas trop d'illusions. La fin d'un gros blizzard peut être traître. De toute façon, c'est la pagaille dans tout le Midwest. On va passer des jours à déblayer. » Pendant qu'il faisait ses pansements, il demanda : « Vous avez fait le test du VIH ?

– Absolument. Ça fait partie de ma visite médicale annuelle. Négatif, négatif, toujours négatif.

– Mais vous êtes un homosexuel actif, je crois ?

– Je vais vous répondre parce que j'ai déjà fourni ces explications lors d'une conférence il y a quatre jours. Oui, tout à fait, mais dans le cadre d'une relation stable et digne de confiance depuis de nombreuses années. J'espère que vous allez m'aider à calmer les craintes de tous ces gens. Cet endroit est un bouillon de culture de clichés et de préjugés. On a frôlé l'émeute cet après-midi.

– Une inquiétude légitime, vous ne trouvez pas ? » Une note de froideur clinique perça dans sa voix.

« Ce n'était pas de l'inquiétude, le reprit Silverman. C'était de la panique, le tout basé sur une bigoterie idiote. »

Le docteur Sorensen colla un dernier morceau de sparadrap. « Il se peut que, dans votre région, on prenne ces choses-là avec plus de détachement, que ce soit justifié ou non. Ici, je pense que l'inquiétude est légitime, en dehors de tout jugement moral. »

Silverman sentit la moutarde lui monter au nez. *Hougahouga*, se dit-il tout bas. *Je parle au sorcier de la tribu. Il croit aux démons.*

« On m'a demandé d'apprécier votre situation, poursuivit le médecin. Je vais recommander que vous soyez confiné dans cette chambre jusqu'à ce qu'on vous conduise à l'aéroport. J'ai déjà lancé un appel pour qu'on nous envoie un transport d'urgence, mais je n'ai eu aucune réponse jusqu'ici. Il y a toujours beaucoup de confusion dans nos services publics, donc nous risquons d'avoir à attendre un certain temps. Mrs. Bloore a même accepté de louer un hélicoptère sanitaire privé, bien que cela me paraisse excessif. De toute façon, cela risque d'être encore plus difficile à trouver.

– Je vous en prie, ne la découragez pas. J'en serais reconnaissant.

– Nous verrons. »

L'air acide à l'extérieur de la pièce lui piquait les yeux. « J'ai l'impression qu'il sont en train de faire le ménage à fond dans la maison.

– Sur mes conseils. Par précaution.

– Je vous ai dit que ce n'était pas la peine.

– Malgré tout, on n'est jamais trop prudent. Ne serait-ce que pour rassurer les habitants des lieux. » Il se leva pour partir. « Je vous ai apporté votre dîner. Vos repas continueront de vous être apportés dans votre chambre. Vous avez des serviettes et des draps propres devant la porte. Il y a une sonnette. Si vous avez besoin de quelque chose, vous devez appuyer sur la sonnette près de la porte. Quelqu'un sera là pour vous servir à n'importe quelle heure. Inutile de quitter votre chambre.

– Je suppose que quand je partirai, on va brûler la maison. » Le médecin s'abstint de réagir à ce sarcasme. « Avant que vous partiez, puis-je vous demander ce que vous pensez de la façon dont on me traite ? Je suis curieux de le savoir.

– Il se trouve que je suis diacre, expliqua l'homme de l'art. Je partage le même point de vue moral sur l'homosexualité que notre congrégation tout entière, bien que j'essaie de ne pas mélanger mes convictions avec l'exercice de ma profession. Puisque vous êtes un étranger à notre communauté, un homosexuel reconnu, et que vous avez des plaies ouvertes, je crois que les restrictions qu'on vous impose relèvent du principe de précaution. L'école doit placer en premier la sécurité des étudiants. Les deux étudiants sur qui vous avez saigné feront le test du VIH, ne serait-ce que pour calmer les esprits. Je ne vois rien de déplacé à tout ça. La réputation de notre maison risque de souffrir énormément du simple fait de votre présence ici. Si nous avions eu la moindre idée de ce que tramait le doyen Swenson, tout cela ne serait jamais arrivé. Quatre familles ont déjà fait savoir qu'elles avaient l'intention de retirer leurs enfants de Faith. Je crois comprendre que vous connaissez deux d'entre eux. Alex Peterson et Jack Shaw. Peut-être votre présence a-t-elle eu un effet positif en nous alertant, malgré vous, du danger spirituel que couraient les deux garçons.

– L'homosexualité est-elle totalement inexistante à North Fork ?

– Bien sûr que non. J'ai actuellement deux patients homosexuels. Il y en a eu d'autres dans le passé. Nous n'en faisons pas étalage, bien sûr, mais nous sommes extrêmement conscients de l'importance grandissante de l'érotisme homosexuel. Je peux vous dire sans hésiter que la pratique n'est pas bien vue à North Fork.

– Vous croyez que le sida est le jugement de Dieu ? »

Le médecin répondit sans ciller :

« Oui.

– Et vous arrivez à exercer la médecine avec ce genre d'idées ?

– Je crois que cela fait de moi un meilleur médecin. Je n'ai pas d'arrière-pensées libérales, politiquement correctes, qui m'empêchent de reconnaître que la sodomie est une pratique contre nature et de conseiller qu'on guérisse le malade avant qu'elle ne lui coûte la vie, de même que son âme.

– Le guérir ?

– Il y a des méthodes.

– La cure de dégoût ?

– Si elle est appliquée promptement, elle peut faire des merveilles. Je l'ai vu de mes yeux.

– C'est comme ça que vous vous y prenez avec les étudiants qui vous avouent leur homosexualité ?

– C'est aux parents de décider. Mais il est probable que je recommanderais le traitement... comme un acte d'amour rédempteur.

– Docteur, ce genre de pratique sort tout droit du Moyen Âge. »

Pour la première fois, un semblant d'émotion entra dans la voix du praticien :

« Allons, dites la vérité. Vous n'auriez pas aimé qu'à un moment donné de votre vie, quelqu'un vous aime suffisamment pour vous enseigner comment vous réfréner avant que l'habitude ne s'ancre en vous ?

– Résiste, repens-toi et abstiens-toi. N'est-ce pas la formule ?

– Exactement. Et cela peut se faire... peut-être même n'est-il pas trop tard, Mr. Silverman.

– Merci, je vais y réfléchir. » Le médecin remballa ses affaires et se prépara à partir.

« C'est le problème ici, vous savez, remarqua Silverman.
– Quoi ? »

Silverman montra du doigt la petite épingle rouge que le docteur portait à son revers. « JIW. Je ne vois pas la différence entre *Jésus te surveille* et *Big Brother te surveille*. C'est difficile pour les gens de se montrer humains les uns envers les autres quand ils sont sous l'œil des autorités.

– Et qu'entendez-vous par "se montrer humains" ? Je me le demande. Éviter la honte, sans doute.

– C'est une très bonne façon de le dire. Je ne crois pas que la honte fasse beaucoup de bien. »

Le docteur Sorensen haussa un sourcil réprobateur. « Nous venons de mondes très différents, n'est-ce pas ? »

Il était à la porte quand Silverman pensa à lui rappeler : « Je vous en prie, demandez une évacuation sanitaire. Je suis prêt, je ne demande pas mieux que de partir. C'est ce qu'il y a de plus sûr à faire. Dieu le veut, croyez-moi. » Sorensen lui adressa un dernier regard glacial, mais ne dit rien.

À nouveau seul, Silverman se jeta sur le téléphone. Il entendit la tonalité. Aussitôt, il composa le numéro de Marty. Après plusieurs sonneries, une voix enregistrée se fit entendre, mais ce n'était pas celle de Marty. C'était une femme, cette femme robot payée par la compagnie du téléphone pour rester clouée sur place à vous débiter la même litanie. « Par suite d'encombrement, votre appel ne peut aboutir. Veuillez raccrocher et réessayer ultérieurement. » *Ultérieurement.* Après la fin du monde. Quand vous serez mort et enterré. Silverman avait une image mentale de cette femme. Elle était en acrylique transparent qui laissait voir tous ses fils et ses commutateurs électroniques. D'autres appels. Il devait passer d'autres appels. Mais à qui ? L'école ferait sûrement tout son possible pour l'évacuer. Hanna ? Pourquoi l'inquiéter ? Swenson ? Oui, c'est ça. Mais à présent, il n'arrivait plus à retrouver le numéro de Swenson. La pièce était devenue un vrai foutoir, avec des papiers et des vêtements éparpillés partout. *Calme-toi*, se dit-il. *Il n'y en a plus pour longtemps.*

Et puis, de lui-même, le téléphone sonna. Silverman se jeta dessus avec une telle vivacité qu'il faillit le renverser. Il ne reconnut pas la voix à l'autre bout, une voix de femme qui chuchotait.

« Professeur Silverman ?

– Oui ?

– C'est Tilly. Vous allez bien ?

– Je saigne un peu. C'est la nouvelle apocalyptique du jour dans la région. "Les pédés saignent ! Tous aux abris !" À part ça, ça va, merci.

– J'ai appris ce qui s'était passé. C'est à vomir. Les Fantômes des neiges sont les pires, des vrais machos homophobes. Je suis sortie avec l'un d'eux. Il a commencé à m'embêter dès que j'ai refusé de, bon... je ne vous dirai pas ce que j'ai refusé. Alors, comme je n'étais pas prête à coucher sur demande, ce type m'a mise en garde : "Si tu continues à te comporter comme ça, les gars vont te prendre pour une gouine." Comme je n'ai pas bronché, ça lui a semblé évident.

– Les braves petits chrétiens de Faith College se conduisent de cette manière ? »

Tilly souffla bruyamment d'une façon sarcastique. « Allons donc ! Si vous saviez ce qui se passe.

– Je croyais que l'abstinence était de rigueur dans le secteur.

– Seulement si, par "abstinence", vous entendez toute pénétration d'un orifice à l'exclusion des rapports fécondants. » Il y eut une pause. « Ils savent pour Alex et Jack. Tous les deux sont confinés dans leurs chambres. Gloria Dawes a dû les dénoncer dès qu'elle nous a vus ensemble dans la bibliothèque. En fait, on avait déjà commencé à jaser sur leur compte.

– Alors qu'est-ce qu'ils comptent faire à propos d'Alex et Jack ?

– Ça dépend de ce que veulent leurs parents. Ceux d'Alex sont hyperstricts. Ils peuvent vouloir le faire exorciser. Ce qui est sûr, c'est qu'ils seront expulsés.

– Expulsés ? Mon cœur ne va pas saigner pour ça. C'est comme se faire renvoyer de Buchenwald. Et vous ?

– Ils me cherchent aussi, mais je me cache.

– Où peut-on se cacher ? »

Sa voix devint un chuchotement. « J'ai un endroit. Un grenier hanté. Dès qu'il y a une éclaircie, je fiche le camp d'ici.

– Bravo.

– Sauf que je ne sais pas où aller.

– Vous n'avez pas des gens bienveillants dans votre famille ?

– Toute ma famille est dans l'Église. Je crois que ma tante Sue, à Bemidji, pourrait au moins essayer de comprendre. J'avais l'habitude d'aller me cacher chez elle quand j'étais petite, pour éviter les corrections. Elle est un peu simplette. Je ne pense pas qu'elle ait jamais entendu prononcer le mot lesbienne. Mais dès que j'aurai vendu la mèche...

– Tilly, vous n'êtes même pas sûre qu'il y a une mèche.

– Oh, que si. Je sais ce qui se passe dans ma tête. Et je n'en ai absolument pas honte. »

Silverman réfléchit rapidement. « Je ne connais pas la loi dans la région. Si je vous disais que vous pouvez venir me retrouver à San Francisco, je risquerais – techniquement – qu'on m'accuse d'avoir poussé une mineure à la délinquance, si vous êtes mineure, ou de quelque autre délit. Je ne vais donc pas vous dire ça, vous comprenez ? Si vous avez cru que c'était ce que je vous disais, je ne vous dirai pas si vous avez tort ou raison.

– Ça va, j'ai pigé, merci.

– Bonne chance.

– Vous aussi.

– Eh ! Vous connaissez le numéro de téléphone de Swenson ?

– Ouais. » Elle le lui donna et raccrocha.

Silverman composa aussitôt le numéro. La sonnerie retentit dans le vide. Aucune réponse, personne à la maison, pas même un répondeur.

Mieux valait renoncer pour ce soir. Après une bonne gorgée de whisky canadien, il s'installa pour piquer un somme. Et se retrouva les yeux grands ouverts dans le noir, tout son corps en alerte. Il était réveillé. Il avait entendu quelque chose. Ou plutôt rien. Le vent avait cessé, la tempête était terminée. Il se rua sur la fenêtre et regarda. Oui, le monde extérieur était calme et limpide sous une pleine lune éclatante. *N'attends pas, pas une minute. Saute sur l'occasion. File vers la route ou la maison de Swenson. Mais sors d'ici, va-t'en, va-t'en !* Il chercha ses vêtements, puis se rendit compte qu'il s'était endormi tout habillé. Il avait encore ses chaussures aux pieds. Il passa à toute allure son écharpe, son imper, attrapa sa valise et se faufila hors de la chambre.

Il régnait dans la bâtisse un silence de mort. Il descendit les marches à pas de loup jusqu'à la porte d'entrée, envahi par un sentiment d'exaltation. À côté de la porte, il trouva des manteaux et des bonnets. Il enfila quelque chose de plus chaud par-dessus son imper et sortit dans la cour. Remarquable ! Il ne faisait même pas tellement froid. Il partit en direction de la route qui menait à la grille du collège. Ça y est, il s'évadait.

À mi-chemin de la cour, il entendit une voix, une voix plaintive. Il s'arrêta et se retourna. Personne. La voix semblait venir du sol. Il regarda à ses pieds. La neige remuait. Quelqu'un avait été recouvert par la neige. Il vit une main sortir et une autre. Une silhouette voûtée déblayait la neige qui la recouvrait. Une femme. Elle se redressa et se tourna pour le regarder. Son visage était aussi froid et luisant que la glace. C'était Miss Henreid, la professeure de biologie qui était ensevelie dans la cour. Mais comment savait-il cela ? Il n'avait jamais rencontré Miss Henreid. Elle marmonnait quelque chose. « Il n'y a qu'une seule issue. Laissez-moi vous conduire. » Elle voulut lui prendre la main. *Cours !* Il se retourna, trébucha. Alors, il se réveilla sur le sol de sa chambre. Le vent au-dehors soufflait, plus fort que jamais.

24

Arme notre bras, Seigneur, contre l'ennemi

En quarantaine. Cela voulait dire cette chambre et nulle autre, sans rien dedans à part une télévision minable, une bible et un exemplaire du *Voyage du Pèlerin* qu'il avait déjà lu deux fois. Le lendemain matin, il appuya sur la sonnette, mais pas pour réclamer à manger. C'était son cerveau qui était affamé. Deux jeunes gens musclés répondirent à son appel, aucun n'étant disposé à pénétrer de plus d'un mètre à l'intérieur de la chambre. Il remarqua qu'ils portaient des gants en latex. Ils semblaient être des membres des Fantômes des neiges, prêtant à sa mise à l'isolement une aura clairement paramilitaire. Ce n'était pas des garde-malades, mais des geôliers.

« Il y a un exemplaire de l'*Encyclopedia Britannica* dans la bibliothèque en bas, déclara Silverman. Vous pourriez m'apporter les cinq premiers volumes ? » Ils le fixèrent d'un œil bovin. « J'ai besoin de quelque chose à lire, n'importe quoi.

– Il y a une bible dans votre chambre, non ? demanda un des jeunes gens.

– Je connais déjà la Bible par cœur, répliqua Silverman. En juif, dans la langue. J'ai besoin de quelque chose de nouveau à lire. Je vous prie d'apporter les livres sinon je vais me mettre à saigner abondamment d'un ennui en phase terminale. »

Une heure plus tard, il avait fini un article sur Abélard et en commençait un autre sur le grand philosophe tantrique Abhinavagupta, dont il n'avait jamais entendu parler.

Finalement, il y avait pire moyen de tuer le temps. Afghanistan, Afrique, et au moment où il allait aborder Agathocle, il entendit des pas traînants et un cliquetis dans le couloir. Il était parvenu à l'heure du dîner. Jetant un coup d'œil furtif par la porte, il découvrit le plateau du prisonnier déposé sur le sol par les bons petits lutins. C'était le régime habituel, à peine plus que des rations de survie. Il fit durer le plus longtemps possible le modeste repas, mais se trouva bientôt aussi affamé qu'auparavant.

Il était sur le point d'allumer de l'orteil la télévision quand il entendit des voix quelque part dans le bâtiment. Plusieurs voix, un grondement sourd, tel un chœur prononçant une incantation. Il posa l'oreille contre la porte et écouta. Il pouvait juste distinguer les mots « Satan », « Mal », « Jésus ». On psalmodiait une prière.

Il ouvrit le verrou, entrebâilla légèrement la porte et regarda dehors. Gundersen Hall était plongé dans le noir. On n'avait pas allumé les lumières. Les voix en prière montaient du hall d'entrée. Il voyait la lumière vacillante des bougies trembloter sur les murs. Il se faufila hors de sa chambre et jeta un coup d'œil par-dessus la rampe. À cet instant, il se sentit dans la peau d'un des éclaireurs de Custer, qui regarde par-delà la hauteur et voit cent mille Indiens dans la plaine. Le hall en dessous était bondé au maximum de gens dont beaucoup avaient conservé leur gros manteau ou leur parka. Tous étaient à genoux, une chandelle à la main. Devant la foule agenouillée se tenait Oxenstern, revêtu d'une longue chasuble noire. Les autres répétaient après lui. Maintenant, Silverman pouvait comprendre les mots.

« Seigneur Jésus, défends-nous contre l'adversaire. Sois notre forteresse en cette heure de péril. Arme-nous de ta grâce salvatrice. Mets-toi derrière moi, Satan. Béni soit celui qui endure la tentation, car quand il sera mis à l'épreuve, il recevra la couronne de la vie. »

Quelqu'un dans la foule aperçut Silverman qui regardait par-dessus la rampe et, en un instant, tous les regards convergèrent vers lui. Les voix s'élevèrent. Silverman repéra le révérend Apfel, Mrs Bloore à ses côtés appuyée sur son déambulateur. Le pasteur présentait une image particulièrement menaçante. Il semblait être au bord de l'hystérie, prêt à entrer en transe. Il se balançait d'avant en arrière comme une énorme colonne sombre qui risquait à tout moment de chanceler et de s'écrouler. Ses cheveux se dressaient sur sa tête comme s'il avait tiré dessus et il était au comble de l'émotion, les yeux révulsés. Au fond étaient agenouillés les Fantômes des neiges au complet, alignés sur une rangée. Et au bout de la rangée se trouvait Axel Hask, le visage brillant de fureur.

« Arme notre bras, Seigneur, contre l'ennemi. Condamne et fustige au nom de la vertu. »

Là, ça va beaucoup plus loin que houba-houba, se dit Silverman.

Couvert de sueur froide, il se rua dans sa chambre et ferma la porte à clé. Pour ce que ça changeait ! Il tenta de pousser la commode devant la porte, ce qui le laissa pantelant. Elle refusait de bouger. Il empila à la hâte contre la porte ce qu'il put déplacer. Deux chaises, la télévision, les cinq tomes de l'*Encyclopedia.* C'était pitoyable. Mrs. Bloore elle-même aurait réussi à se frayer un chemin à travers une pareille barricade. Le téléphone ! Est-ce qu'il y avait le 911 dans le Minnesota ? Est-ce que ça changerait quelque chose de demander des secours ? Il souleva l'écouteur. Il y avait la tonalité, mais quand il composa le 911, il obtint une sonnerie interminable. *Il faudrait un 911 pour joindre le 911*, songea-t-il. Après plusieurs minutes de sonnerie, une voix guindée préenregistrée déclara : « Tous les services d'urgence sont actuellement surchargés en raison de la tempête. Veuillez raccrocher et rappeler ultérieurement. » *Ben voyons, si tu es toujours en vie.*

Le chant devenait plus fort. Peut-être gravissaient-ils l'escalier. Qu'est-ce qui frappait ? Cela venait d'une autre partie de la pièce. Il s'aperçut en se retournant que quelque chose bougeait derrière la vitre qui lui faisait face. Quelqu'un se trouvait là, sur le toit. On venait le chercher. Silverman éteignit les lumières, puis traversa la chambre en rampant. C'était un homme à la fenêtre. Il portait des lunettes de ski. Silverman voulut se sauver vers la porte, mais se rendit compte qu'il ne pouvait fuir par là. L'homme à la fenêtre était muni d'une torche. Il avait relevé ses lunettes et dirigeait la lampe vers son visage, projetant sur ses traits un jeu d'ombre abominable. C'était Swenson.

Silverman se jeta sur la fenêtre pour l'ouvrir. Des espèces de raquettes de tennis bondirent aussitôt dans la pièce. Elles furent suivies par Swenson, qui dégringola dans la chambre au milieu d'une rafale de neige tourbillonnante. « Qu'est-ce qu'ils fabriquent, putain ? cria Silverman. Ils font des rites vaudous en bas. » Il claqua la fenêtre à cause du froid.

Swenson était couché par terre, suffoquant. « J'ai essayé de venir jusqu'ici en 4 x 4, souffla-t-il. Je pensais que je pourrais vous emmener sans que personne s'en rende compte. Je ne suis pas le bienvenu ici. La route est impossible. Des congères de trois mètres de haut. J'ai dérapé sur le bas-côté. Me suis planté dans un talus. J'ai dû finir à pied. De toute façon, l'autoroute est bloquée.

– Nom de Dieu ! Il faut que vous me tiriez d'ici. Ils se préparent à me lyncher. »

Swenson s'assit et tendit l'oreille. « Non, c'est juste un exorcisme. C'est peut-être une bonne chose. Ça leur servira d'exutoire.

– Tiens, vous trouvez ? Je suis sûr que me pendre au clocher serait une méthode encore plus radicale. À quelle distance se trouve la camionnette ?

– À cinq ou six kilomètres peut-être. À la hauteur de l'intersection. Une veine que j'ai eu les raquettes. Pas moyen d'escalader ces congères.

– Emmenez-moi avec vous jusqu'à la camionnette.

– Vous avez des raquettes ? demanda Swenson en indiquant celles qu'il avait fait basculer par la fenêtre.

– Bien sûr que non. Mais tirez-moi d'ici !

– Je ne peux pas. Pas sans raquettes. On peut s'étouffer dans des congères pareilles. Je suis sûr que vous ne risquez rien ici.

– Et comment ! Les Voyous des neiges sont en bas. Avec Adolf Eichman Hask. Tout ce cirque ne fait que les exciter. Ce que je devrais faire, c'est m'ouvrir une veine et menacer de leur saigner dessus.

– La météo dit que...

– Je me fous de la météo ! Retournez chercher la camionnette et restez-y jusqu'à ce que le vent tombe. Aussitôt que vous pourrez bouger, venez. Ce soir.

– Je suis exténué. Peut-être que je peux leur parler. Peut-être que je peux les calmer. »

Mais tandis qu'il prononçait ces paroles, la mélopée, qui avait conservé un rythme régulier, incantatoire, commença à céder la place à une nouvelle variante. Des lamentos aigus se firent entendre, des plaintes, des grognements et des vagues de bafouillements.

« Ça alors ! dit Swenson. C'est inhabituel.

– Quoi ?

– Quelqu'un a une expérience charismatique. Ça ne fait pas partie d'un exorcisme normal.

– Un exorcisme *normal* ? Alors l'exorcisme est une chose *normale* et là il se passe quelque chose d'*anormal* ? C'est quoi ?

– Je peux me tromper, mais on dirait le baptême du Saint-Esprit. Dans d'autres langues. Ça arrive dans des circonstances très spéciales – comme la Pentecôte, principalement – bien que les Frères aient tendance à ne pas l'encourager. Certains y voient une seconde grâce divine. Chez les évangéliques, il y a une forme plus structurée qui... »

Un nouveau laïus malvenu. Pendant ce temps, peu importe ce que c'était, mais cela continuait au rez-de-chaussée. Il y avait maintenant plusieurs voix qui traversaient la mélopée, gémissantes et bredouillantes. « Épargnez-moi le charabia théologique, voulez-vous ? s'écria Silverman. Qu'est-ce qui se passe exactement ?

– Ma foi, ils ont l'air de s'exciter.

– Ah bon ? Tiens, tiens, je n'avais pas remarqué. Et ça veut dire quoi, plus précisément ?

– C'est la forme chrétienne de l'extase. S'ils trouvent leur satisfaction dans la descente de l'Esprit, il se peut qu'ils vous oublient.

– Ce que vous voulez dire, c'est qu'ils deviennent hystériques, ils entrent en transe. Ils disjonctent. Ça vous paraît être un progrès ?

– Tant que ça ne va pas trop loin.

– Et qui va faire en sorte que ça n'aille pas trop loin ?

– Je pense vraiment que je devrais aller leur parler.

– Bien sûr, vu que vous jouissez de leur confiance pleine et entière. Je suis sûr qu'ils vont être ravis de vous écouter, vous, l'homme par qui la peste est arrivée dans le Minnesota.

– Je connais ces gens, professeur Silverman. Je sais comment leur parler.

– Je l'espère, parce que, mon vieux, j'ai l'impression d'être un missionnaire chez les cannibales, et que les indigènes commencent à s'agiter sacrément. Si vous voulez vous porter volontaire pour assurer les hors-d'œuvre, libre à vous.

– Je vais leur parler, décida Swenson en commençant à déboutonner son manteau. C'est le meilleur moyen. De toute façon, je ne pourrai jamais retrouver mon chemin jusqu'à la camionnette. » Avant qu'il eût retiré ses bottes et sa parka, les bruits d'en bas n'avaient plus rien d'une prière. Il y avait des cris de joie et des hurlements. Au milieu de l'hystérie collective, Silverman était sûr d'entendre prononcer son nom.

« Peut-être qu'on devrait simplement se barricader ici, proposa-t-il.

– Absurde, affirma Swenson. C'est moi qui vous ai mis dans ce pétrin. À moi de vous en sortir.

– Je vous en prie, n'y allez pas, supplia Silverman. Ils vont vous faire du mal. »

Swenson le regarda avec un air d'innocence sur le visage. « Professeur Silverman, c'est ma communauté. Je n'ai aucune raison d'avoir peur de ces gens. » Il fit un pas vers la porte et se faufila dans le couloir. Un moment plus tard, des hurlements de rage se firent entendre. « Judas », criaient les uns. « Apostat », vociféraient les autres. « Qui pactise avec le démon », glapissaient d'autres encore. Swenson tendit les mains pour réclamer le silence, puis il esquiva rapidement quand un objet vola près de sa tête. Celui-ci cogna contre le mur et tomba par terre. Une botte. Un début pas très encourageant.

« Revenez ! » lui cria Silverman.

Swenson se tourna pour lui faire signe de se retirer. « Je vous en prie, dit-il. Laissez-moi faire. »

Désemparé, Silverman s'efforça de nouveau de faire glisser le buffet derrière la porte et cette fois, avec l'énergie du désespoir, y parvint. Adossé à la barricade, il ferma les yeux et chuchota *houba-houba*. Rien à faire. Les sauvages se préparaient à dévorer l'anthropologue. Ouvrant les yeux, il vit la parka et les bottes laissées par Swenson. Là s'offrait une nouvelle possibilité. Des vêtements chauds, autrement dit : la fuite. Il se mit aussitôt en devoir d'enfiler les habits de Swenson, qui semblaient être démesurément grands pour lui. Et les raquettes ? Il ne savait pas du tout comment s'en servir et encore moins comment descendre du toit avec. Mais si Swenson avait pu parvenir jusqu'au campus, pourquoi ne pourrait-il pas trouver le chemin du retour jusqu'au croisement ? Et après ? Il n'avait aucune idée. Mais du hall en contrebas ne lui parvenait qu'une vague montante de fureur outragée, des voix qui s'élevaient pour condamner et exprimer une haine féroce. « C'est vous qui l'avez fait venir ici, grognait une grosse voix, manifestement celle d'Axel. Vous avez apporté la peste. » Miser que Swenson pourrait ramener le calme sur ces eaux troublées ne semblait pas très malin, pas du tout même. Bien sûr, c'était risqué de partir dans le noir. Il pourrait peut-être patienter encore un peu.

Et puis, avant de se rendre compte de ce qu'il faisait, il fut sur le toit, se ruant vers un escalier d'incendie à l'autre bout du bâtiment. Il parvint à descendre et fit le dernier mètre en se laissant tomber dans une congère molle. Il se dégagea et prit promptement une décision. Il allait se faufiler dans le premier bâtiment venu pourvu qu'il fût ouvert et s'y cacher pour la nuit. Et le matin ? Le matin, il trouverait un nouveau plan. Maintenant, il fallait agir vite. Demain matin, il y avait au moins une chance que l'hystérie collective qui s'était emparée de Gundersen Hall se soit calmée. Peut-être que le docteur Sorensen aurait réussi à faire venir l'hélicoptère ou que Swenson retournerait chercher la camionnette là où il avait calé. En attendant, le simple fait d'entrer en action le rendait euphorique.

À travers l'obscurité et la neige tourbillonnante, il devina la présence d'un bâtiment et se dirigea vers lui. Il repéra une courte volée de marches descendant vers l'entrée du sous-sol. La porte n'était pas cadenassée. Il se glissa dans une vaste salle chaude en contrebas. Au centre se trouvait une grosse chaudière rugissante. Au-dessus, un labyrinthe de tuyaux et de conduites. Au bout d'un couloir faiblement éclairé, il découvrit une niche sombre tapissée d'étagères et de placards, une réserve quelconque. Il se glissa sous un établi et guetta, pendant plusieurs minutes, d'éventuels poursuivants. Aucune voix, seul le ronflement de la chaudière et de l'eau entrant dans les tuyaux. Il s'autorisa alors à respirer à fond. Enfin, il se sentait en sécurité. Et, n'ayant rien de mieux à faire, il s'assoupit bientôt.

* * *

Il dormit, pas profondément mais par à-coups. Sa position recroquevillée l'avait réveillé à intervalles réguliers pour tendre l'oreille. Et il avait rêvé. Il avait rêvé de Papi Zvi. *Zeide* avait une leçon qu'il tenait absolument à lui apprendre. La bouche du vieil homme avait beau s'acharner, Silverman n'arrivait pas à comprendre les mots. Parlait-il en hébreu ? Quelle que fût la langue, Silverman savait que la tirade concernait « le Dieu unique » qui, chose assez appropriée, se révélait être un gigantesque chiffre Un, aussi haut qu'une tour et aussi menaçant que l'érection grandiose sous laquelle Marty avait un jour imaginé son psychiatre phallocentrique. Papi Zvi implorait son petit-fils dévoyé d'apprécier la valeur du chiffre Un. Après tout, c'était son héritage. « Nous, les méprisés, les persécutés, les derniers des derniers, c'est *nous* qui avons inventé le Grand Un. » Oui, il réussit au moins à saisir ça, qui lui resta à l'esprit. Et tout allait de pair : un Dieu macho, un Un macho, le pouvoir macho d'une bite qui bande. Mais ce n'était pas un bon rêve. Silverman décida de l'effacer.

Quand il vit les premières traces de lumière sale sur les minuscules vitres du sous-sol, il sortit de sa cachette sous la table et découvrit que toutes ses articulations étaient raides. Sa montre indiquait à peine plus de 7 heures.

Il regagna la porte par laquelle il était entré la veille au soir et jeta un coup d'œil au-dehors. Une neige fine comme du sable tombait, sèche et crissante, mais le vent s'était calmé. Dès que la porte fut ouverte, il comprit que le temps était en train de changer. Le froid tranchant était parti. Derrière la porte, il remarqua les outils de jardinage. Il s'arrêta pour prendre une pelle et un seau. Il se ferait moins remarquer en les portant. En outre, la pelle pourrait servir d'arme.

Il n'avait qu'une idée en tête : fuir. Il n'avait d'autre solution que de tenter de nouveau la traversée du lac. Cette fois, avec des vêtements chauds et un temps plus propice, il pourrait sûrement y arriver. Comme il passait entre les bâtiments, il prit conscience de la présence d'un bourdonnement au-dessus des nuages bas. Un avion tournait autour du secteur, un hélicoptère plutôt, à en juger par les vibrations saccadées du moteur. Le docteur Sorensen avait-il réussi à faire venir un engin pour l'évacuer ? Raison de plus pour aller sur le lac. Si les nuages se levaient, on l'y apercevrait, en plein air, loin des arbres. Il pourrait sauter et agiter les bras.

Plus il s'éloignait du bâtiment où il avait passé la nuit, plus il prenait conscience d'une tension perceptible dans l'air autour de lui. On percevait une activité ambiante. Tantôt ici, tantôt là, il entendait des voix, des groupes de gens qu'il ne pouvait voir d'un côté ou de l'autre. Bien qu'il ne pût comprendre les mots, l'agitation donnait une impression d'urgence. Il aperçut un groupe de silhouettes emmitouflées galopant à travers le domaine. Puis des cris plus forts que d'autres lui parvinrent. « On a vérifié la chapelle, disait quelqu'un. Retournez dans le bâtiment principal. Revérifiez. » C'était lui, très certainement, qu'ils cherchaient. Une autre voix sonore, autoritaire, lança : « Rassemblez tout le monde dans le dortoir des femmes. Retenez-les dans le hall pour les questionner. » Puis il saisit le nom de « Swenson », quelque chose comme « vous avez trouvé Swenson ? ». On sentait l'affolement, comme s'il s'agissait d'une course contre la montre.

Il se mit à courir, longeant les murs et passant derrière les arbres quand il quitta à nouveau la cour. Un autre groupe d'hommes passèrent au trot, tous équipés de masques de ski. Il ne pouvait en être sûr, mais ils semblaient porter des fusils, des fusils qui faisaient un bruit – ta-ta-ta-ta – sinistre. D'autres voix, rendues graves par l'autorité et l'inquiétude : « Ne laissez personne passer par ici. » D'une autre direction, il entendit approcher des véhicules : des motoneiges, plusieurs. Quatre, cinq, six. Des gens criaient, de la colère dans la voix. « Arrêtez les motards ! dit quelqu'un. Swenson ! Ils ont Swenson. » Silverman se mit à transpirer d'angoisse sous sa lourde parka trop grande pour lui. Il sentait une menace planer autour de lui. Et au-dessus, le vrombissement de l'hélico qui devenait plus fort, puis plus distant, et revenait. Les hélicoptères, c'était toujours source d'ennui, non ? Leur vibration était un signe annonciateur, tel un ange des ténèbres planant dans le ciel.

À présent, il distinguait le lac entre les deux derniers bâtiments de l'aile ouest de l'école. Dans un moment, il pourrait prendre son élan et foncer. Mais il serait alors visible tant qu'il ne serait pas assez éloigné pour aller vers les arbres. C'était un risque qu'il prenait, mais c'était la seule solution. *La seule solution...* Il se souvenait de ces mots. Il s'arrêta et déposa la pelle et le seau pendant qu'il s'efforçait de rassembler le courage nécessaire pour prendre son élan.

Comme il s'écartait prudemment du dernier bâtiment, la cloche du clocher se mit à tinter, un ding dong, ding dong chaotique. Puis une voix qu'il eut du mal à reconnaître retentit à travers le campus. C'était Axel Hask dans une rage noire. « Frappe-les ! » criait-il. *Frapper ?* Disait-il vraiment *frapper* ? Frappe-les, ô Seigneur ! » Oui, incontestablement. Et puis un coup de feu retentit, très fort. Un chœur de voix affolées s'éleva de toutes les directions. « Ça vient du toit », cria quelqu'un. D'autres pressèrent les gens de se mettre à l'abri. Mais pas Silverman. S'il y avait quelque chose qui pouvait lui faire accélérer l'allure, c'était bien l'idée d'Axel Hask en possession d'un fusil. Il allongea le pas, il courut. Et puis, dégringolant presque la pente de la berge, il atterrit sur le lac, avançant à une vitesse étonnante pour un simple amateur d'aérobic, même si les snow-boots qu'il avait empruntés à Swenson étaient beaucoup plus lourds que les chaussures de jogging dont il avait l'habitude. Il savait qu'il ne pourrait conserver ce rythme longtemps, mais il était résolu à courir jusqu'à épuisement. Il fonçait vaguement en direction de la lisière des arbres qui avançait dans le lac sur sa droite. Il réussirait peut-être à ne pas se faire repérer. En regardant devant lui, il apercevait l'autre rive. Il distinguait même la maison de Swenson.

Un bon début, mais cela ne dura pas. Il entendit une voix venant de la rive derrière lui, puis une autre. « Le voilà, c'est lui ! » Il se retourna et revint sur ses pas en courant. Des gens étaient rassemblés sur le bord du lac. Ils agitaient la main et le montraient du doigt. Il était sûr qu'ils étaient armés. Certains étaient déjà sur le lac. Derrière lui, il aperçut quatre Fantômes des neiges qui descendaient leurs véhicules sur la glace et mettaient le contact. Deux silhouettes masquées, qui précédaient les autres, fonçaient vers lui à toute allure. Il ne pourrait jamais les distancer, mais du diable s'il n'allait pas tout faire pour essayer. Il tourna de nouveau et fit de son mieux pour accélérer le pas. Il était déjà à bout de souffle. *Plus vite, plus vite*, s'exhortait-il à l'intérieur de sa tête. *Est-ce que vous êtes en train de surveiller, Jésus ? Si oui, faites le 911 !*

« Silverman ! Arrêtez ! » hurla une voix. Son poursuivant gagnait rapidement du terrain. Silverman allait de nouveau essayer de faire demi-tour, mais deux motoneiges fonçaient vers lui sur sa gauche, puis décrivirent un cercle pour revenir. Il obliqua à droite, se dirigeant vers les arbres dont il savait à présent qu'il ne pourrait les atteindre. Puis il se passa quelque chose d'étrange. Il glissa une fois puis, à nouveau, fut sur le point de chuter. Ses bottes pataugeaient sous lui. À la surface du lac devant lui, il aperçut un énorme demi-cercle d'eau, une flaque répandue sur la glace, et il fonça vers elle. Un des conducteurs de motoneiges lui cria : « Pas par là ! Évitez le courant ! » Il rectifia sa trajectoire, obliqua à gauche pour retrouver la glace ferme, mais avant qu'il ait changé de direction, la surface sur laquelle il courait devint souple. À l'intérieur, son estomac se souleva. Avant qu'il ait pu revenir en arrière, un craquement se fit entendre. Comme si une main invisible l'avait tracé sur la glace, un trait noir émergea entre ses pieds et courut devant lui. La ligne s'élargit et devint béante. Il fit un pas de plus sans rencontrer de résistance sous lui. Au contraire, il sentit l'eau s'ouvrir pendant qu'il portait son poids dans la foulée.

Alors il fut dans l'eau. Elle se refermait au-dessus de sa tête, lui remplissant la bouche et la gorge. Il était au mieux un piètre nageur. Mais même un champion olympique aurait eu du mal à barboter avec le poids des lourdes bottes qu'il portait. L'air emprisonné dans la parka servit à le ramener une fois à la surface, comme s'il avait rebondi dans l'eau. Un instant, son visage ressurgit à la surface. Il songea qu'il voyait des gens à quelques pas de lui qui lui faisaient des gestes. Un souvenir lui revint : une voix disant : « C'est lui ! le sodomite, qu'il se noie ! On s'en fout ! » Puis il sombra à nouveau, assez profondément pour sentir le fond du lac sous ses semelles. Il donna de toutes ses forces un coup de pied et mit toute son énergie à se frayer un chemin vers la surface et, enfin, juste comme il était à bout de souffle, il réussit à retrouver la lumière. Mais, cette fois, sa tête rencontra un obstacle. Il était sous la glace, aspirant l'air qui ne s'y trouvait pas. À cet instant, il se sentit si épuisé qu'il cessa de lutter. Allez, pauvre *schlimazel*[1], se dit-il avec un calme qui l'étonna. Ça veut dire que tu te noies. Prépare-toi. Ça y est, tu es prêt ? Entendu, on va voir ça. Levant les yeux vers le ciel gris tandis qu'il s'enfonçait sous la glace, il se rendit compte qu'il n'avait qu'une seule pensée en tête : les dernières paroles de Silverman. *Merde ! Dire que je ne pourrai pas utiliser mon billet de retour en première classe.*

Clic ! fit sa mémoire d'écrivain, enregistrant instantanément cet instant de vérité éphémère. *Mais quand est-ce que je pourrai coller ça dans un roman ?* se demanda-t-il.

Et quand cette pensée disparut, ce fut le néant.

1. Yiddisch : « malchanceux ».

25

Le Monde à Venir

« Mon chéri, baby, reviens à toi ! »

Je connais cette voix, se dit Silverman dans la chambre noire de sa tête aux sons étouffés. *C'est la voix de Marty. Ce bon vieux Marty ! C'était mon ami quand j'étais en vie.*

« Oh, baby, je t'en prie... tu m'entends ? »

En fait, c'était beaucoup plus qu'un ami. Il était mon... il était mon... Et il commença à s'étrangler. *Tiens, voilà qui est intéressant*, observa Silverman avec l'objectivité d'un romancier patenté tandis qu'il s'écoutait nasiller. *Après qu'on est mort, on a toujours ces sentiments-là. J'aurais cru...*

« Baby, je ne vais pas y arriver sans toi, tu m'entends ? »

Et il s'étrangla encore plus. *Oh que si !* répondit Silverman tout bas. *Un grand garçon costaud comme toi. Mais c'est sympa de dire ça. Cela dit, j'aurais bien aimé te voir.*

Forcément, il comprenait que c'était impossible. Là où il était, de l'autre côté du Fleuve de la Mort, même la Lumière est Obscurité. C'est ainsi que Bunyan le décrivait. Et il avait probablement raison. Silverman ne voyait rien. Enfin, c'était préférable, se dit-il. Parce que, d'après ses souvenirs, c'était l'endroit où se trouvaient les Lutins et où les Esprits du Mal se cachaient – juste au-delà du château du Doute, non loin de la Plaine de la Facilité. Il n'était pas pressé d'avoir affaire aux Lutins. C'était remarquable de voir avec quelle précision la géographie du livre lui revenait. Il y avait par ici un endroit appelé la Prairie du

Chemin écarté. Mais on n'était pas censé s'y égarer. Il fallait rester sur la route droite et étroite. Malgré l'obscurité, il se dit que ce ne serait pas si mal, à condition de pouvoir au moins emporter la voix de Marty avec lui. Réflexion faite, maintenant qu'il était à Bunyanland, il fallait qu'il trouve un nom pour Marty. Grand-Cœur, peut-être. Ou Ami délectable ? Tiens, ça lui plaisait. Et que disait Ami délectable à présent ?

« Je prie pour toi toutes les prières qu'il me reste, baby. Je prie le Dieu de ma mère de m'entendre. Fais-moi un signe. »

Mais Silverman était préoccupé par autre chose. Il essayait de se souvenir du chemin qui conduisait au Monde à Venir. Il ne voulait pas se tromper de route. Comment cela se passait ? D'abord, il y avait le Portail de Perles et de Pierres précieuses. Va par là. Puis la Vallée de l'Ombre. C'est là que tu quittes ta Dépouille mortelle. À moins qu'il ne l'ait déjà fait. Il ne s'en souvenait pas. Il chercha un peu partout pour trouver des sensations. Jambes, bras, épaules... non, il ne ressentait rien. Il était sans doute un vrai fantôme prêt à faire son entrée dans la Cité céleste.

« Tu m'entends, Danny ? Tu m'entends, baby ? »

Minute ! Tout cela était totalement absurde. La Cité céleste, c'était pour les chrétiens. Interdite aux juifs et aux pédés. En fait, la Cité céleste n'était même pas pour tous les chrétiens. Seulement pour les purs et durs, même s'il ignorait comment on opérait le tri. Prenez les Frères évangéliques là-bas, à North Fork. Sans doute que celui qui était « dans le Christ » ne partagerait le ciel pour rien au monde avec quelqu'un qui était « du Christ » ou « par le Christ » ou « pour le Christ ». S'il avait appris une chose, c'est que ces prépositions faisaient toute la différence. Le « prépositionnisme », c'était ça, la foi des chrétiens. Plus vraisemblablement, la Cité céleste était divisée en quartiers sélectifs, un pour chaque Église, chacune prétendant être la seule en ville. Aucune chance qu'ils laissent des juifs homosexuels humanistes franchir le portail. L'Enfer, voilà où s'achevait la quête du gay. L'Enfer, en passant par la route de la Politique charnelle. N'avait-il pas raison, professeur Oxenstern ? Eh bien, Silverman s'en balançait. Il en avait ras le bol de fréquenter des chrétiens. Qui avait envie de vivre dans leur Cité céleste, en fin de compte ? Il n'y avait sans doute pas une seule bonne librairie ni un seul restaurant correct dans le secteur. Et il était sûr que ça leur plaisait comme ça. Dans son esprit, il voyait à présent une forme tourbillonnante : deux manèges tournant en sens inverse. Sur l'un, il reconnaissait tous les gens qu'il avait rencontrés à Faith College, et sur l'autre, il voyait les personnages de Bunyan. Ils se croisaient à une allure vertigineuse, si vite que ça lui donnait le tournis. Mais quelle curieuse idée. Imaginez deux histoires qui se chevauchent, l'une racontée en allant vers l'avant, chapitre un, deux, trois, l'autre en allant à reculons, chapitre trente, vingt-neuf, vingt-huit. Il devait y réfléchir. Et trouver un bon agent. Y avait-il des agents en Enfer ? Évidemment qu'il y en avait. Où seraient-ils, sinon ?

« Je ne te quitte pas, baby, dit encore la voix de Marty. Je vais rester ici. Dis-moi juste un mot, fais un petit signe. »

Je regrette, mon pote. Impossible de faire un petit signe sans Dépouille mortelle. Tu sais, les doigts, les orteils, les paupières. Enfin, décida Silverman, ça ne le dérangeait pas d'aller en Enfer, pas vraiment, du moment que Marty viendrait l'y retrouver tôt ou tard. Et le reste de la bande de l'Annex. Là-dessus, les larmes se mirent à couler. Mais alors il songea : *La Quête du Gay. En fait, ce n'est pas mal, comme titre. Une sorte de contrepoint à Bunyan.* Pas mal. Jaspers serait Intolérant, et le révérend Apfel serait le Géant Tue-Bien et Mrs. Bloore, Madame Rancœur. Eh là, minute. Il fallait qu'il le mette sur le papier.

« Quelqu'un a un stylo ? » demanda Silverman tout haut, mais certes, pas très distinctement. En fait, cela ressemblait plutôt à *Ka-la-ka-gna-gna-bi-go-go.* « Je veux prendre des notes, ajouta-t-il. *Ja-va-va-grrr-brr-eh-toc.* »

Silence de tous côtés. Et puis un cri étouffé. Sa main, qui se tendait pour prendre le stylo, se trouva brusquement emprisonnée dans celle de quelqu'un d'autre qui la serra en tremblant. « Oh, baby, baby, baby », bégayait la voix de Marty d'un endroit tout près au-dessus de lui. Une sorte de voile s'écarta, un bandage qui s'accrocha un moment à ses tempes puis se dissipa. Le Monde à Venir était inondé de lumière. Si c'était ça, l'Enfer, ça avait l'air rudement hygiénique.

* * *

S'il avait dû se contenter de ses propres souvenirs en lambeaux, Silverman n'aurait jamais su comment s'était terminé son séjour à North Fork. La dernière image qu'il conservait était celle d'une populace en délire lancée à ses trousses, bien résolue à le lyncher pour la plus grande gloire de Dieu. Jusqu'à ce que Marty lui demande s'il savait qu'à part l'équipe des Fantômes des neiges, ses poursuivants sur le lac gelé comprenaient plusieurs agents de la force publique, locale et nationale, qui l'avait rejoint *in extremis* pour le repêcher au fond de Beaver Lake et faire pénétrer le souffle de vie dans ses bronches.

Mais d'où étaient venus tous ces gens qui étaient arrivés juste à temps ?

« On y viendra, promit Marty. Pour le moment, estimons-nous heureux. On t'a sauvé la vie, baby. »

C'était vrai, et Silverman voulait simplement savourer ce fait assez remarquable. Cependant, quel que fût le fond de la question, il n'oublierait jamais ce qu'on éprouve quand on court pour échapper à la mort. Car c'était cette conviction qui l'avait conduit dans le blizzard. C'était l'instantané que sa mémoire littéraire conserverait à jamais, une terreur aveugle et déchaînée qui l'unissait à des milliers de pourchassés, à chaque fugitif et chaque réfugié qui avaient fui devant une mort certaine. S'il prenait le temps d'y réfléchir honnêtement, cela donnait une logique imparable à ses aventures à North Fork, une sorte d'arc existentiel qui s'incurvait, allant de l'ignorance à l'expérience. Il s'était mis en difficulté à Faith College en essayant de susciter chez un public méprisant un minimum de sympathie pour sa tante Naomi. Personne dans le public ne pouvait deviner à quel point il se sentait indigne de se faire l'écho de la souffrance de sa tante, qui n'avait rien de commun avec la vie choyée qui était la sienne. Et pourtant, avant la fin de son séjour, il avait appris ce que c'était de fuir devant une meute de persécuteurs. Rien d'autre au monde n'aurait pu faire de son neveu la chair de sa chair.

Ainsi, l'endroit propre, bien éclairé où il se trouvait n'était pas le Monde à Venir. C'était le service de soins intensifs du Minneapolis Metropolitan Hospital. Et cela n'était pas l'éternité, mais la suite de la saga de soixante-treize heures et trente-sept minutes de Daniel Silverman depuis qu'on l'avait retiré du Fleuve de la Mort. « Et trente-deux heures et quinze minutes après que tu as cessé d'être bleu », précisa Marty en lorgnant l'horloge murale.

À présent, la pièce était remplie de personnel en blanc. Des infirmières qui lui plantaient des aiguilles dans les veines, des docteurs qui lui projetaient des lampes dans les yeux, écoutaient sa poitrine, le pinçaient ici et là. « Vous sentez ça ? Vous sentez ça ? » répétaient-ils sans arrêt. Tantôt il le sentait et tantôt il ne sentait rien, surtout à partir de la taille. Quand les médecins eurent fini, une interne entra avec une petite tasse en carton. « Ça va vous aider à vous reposer, dit-elle en proposant de lui mettre deux comprimés dans la bouche.

– Be repojer ? fit-il, la langue encore incapable de ciseler le bord tranché des mots. Pourquoi j'ai bejoin de me repojer ? Chuis rechté dans le coma choichante-chix jeures. »

Un des docteurs leva les yeux pour venir à la rescousse de l'interne, mais Silverman détourna la tête pour chercher Marty du regard. Il le vit s'attarder près de la porte. « Lui ! Marty ! Dis-moi. Je veux javoir, l'implora-t-il.

– Okay », consentit le docteur avec un sourire résigné. Il fit signe à Marty : « Mais soyez bref. »

Marty s'avança au chevet du lit et baissa les yeux sur Silverman. Mais il n'était pas seul. Il y avait quelqu'un avec lui, un homme grand, mince, la barbe bien taillée, des lunettes et le crâne dégarni.

– Mon chou, c'est Jerry, dit Marty. Tu te souviens de Jerry ?

– Jerry Simon, dit ce dernier. Salut. On s'est parlé au téléphone, vous vous rappelez ?

– L'essentiel de ce que tu veux savoir, expliqua Marty, Jerry te le dira mieux que moi. Je suis arrivé il y a seulement sept heures... – il vérifia de nouveau l'horloge murale – et quarante-cinq minutes. Le premier avion à se poser dans l'enfer des neiges de Minneapolis depuis quatre jours.

– Jerry ? » répéta Silverman d'une voix vibrante en le dévorant du regard. Ses yeux se remplirent de larmes comme s'il retrouvait un frère après une longue séparation. Pourquoi autant d'émotion ? Il était trop dans les vapes pour chercher à comprendre. Il savait seulement qu'il aimait cet homme dont la voix lui avait paru être une bouée de sauvetage à un moment donné. Mais que venait faire ici ce brave Jerry Simon ?

Jerry se pencha afin de lui dire ce qu'il avait à dire près de l'oreille. « Quand je vous ai perdu, au téléphone, ce premier jour, je me suis vraiment inquiété. Parce que, à la façon dont vous m'avez décrit votre situation, j'étais sûr que vous aviez de sérieux problèmes. Je veux dire que révéler son homosexualité devant une foule de péquenots pareils, ce n'était pas très malin. Bref, j'ai tout fait pour joindre Marty, mais c'était impossible. Alors je me suis tourné vers la police. Seulement, tant que je ne pouvais leur raconter que l'histoire d'un conférencier mal accueilli, ils avaient d'autres chats à fouetter en pleine tempête, nom de Dieu. Forcément, je n'ai pas osé leur dire que vous étiez, vous savez quoi. » Sa voix ne fut plus qu'un murmure. « La chasse aux pédés ne figure pas vraiment en haut de la liste des délits prioritaires de la classe moyenne américaine. Vraiment, je ne savais pas trop quoi faire. Alors, j'ai réussi à joindre Marty. C'était jeudi soir.

– Et ce que je lui ai dit, c'est d'arrêter de déconner et d'inventer un truc superurgent pour le 911. En ce qui me concerne, j'étais sûr qu'ils t'avaient déjà réduit en bouillie.

– Alors, Marty et moi, on a sorti le grand jeu et on a monté une histoire comme quoi j'avais reçu un appel d'une famille à North Fork qui était retenue prisonnière à Faith College par des terroristes religieux. “Ça a un rapport avec la liberté de l'avortement.” C'est ce que j'ai dit à la police de l'autoroute. Et aussi aux informations de la télévision locale. J'ai dit qu'il y avait des gosses parmi eux et qu'il y avait déjà un tué. Vous savez, c'est finalement très rigolo de monter un bateau pareil. Et, croyez-moi, j'ai mis le paquet. Malgré tout, je ne pense pas qu'ils auraient bougé si le temps ne s'était pas éclairci le lendemain matin.

– Et devine quoi ? ajouta Marty. Tu sais comment ils ont réussi à venir si vite ? Ils ont une patrouille héliportée. Ils sont descendus en piqué le lendemain matin dès qu'il y a eu une embellie.

– Bien sûr, ils n'ont pas trouvé de prisonniers, poursuivit Jerry, ce qui les a vraiment mis en pétard. Mais ils sont arrivés juste au moment où vous commenciez à traverser le lac avec toute l'école à vos trousses. Là, c'était du sérieux. Et puis, heureusement, vous êtes tombé à travers la glace.

– Heureu-jement ? demanda Silverman, plus avec les yeux qu'avec sa voix éraillée.

– Eh bien, après l'histoire que je leur avais balancée, j'aurais été dans la merde s'ils n'avaient pas trouvé un quelconque forfait à se mettre sous la dent. J'imagine qu'ils ont cru que vous étiez un des prisonniers qui s'était fait la malle. Les reportages signalent que quelqu'un s'est mis à tirer en criant quelque chose à propos de frapper l'Antéchrist. Et puis certains étudiants ont voulu empêcher les gendarmes de fouiller le campus. Oh, ça a fait un sacré grabuge. Les flics ont arrêté tout un tas de gens, deux professeurs, et la femme qui dirige l'école. Ils sont passés aux informations pour dire à tout le monde que leur campus avait été envahi par les forces de la conspiration sodomo-sioniste, plus ou moins. »

Silverman, qui était aux anges, voulut éclater de rire, mais cela lui fit trop mal. « Qui m'a sauvvv... ?

– Qui vous a sauvé ? compléta Jerry. Eh bien, ce n'est pas encore très clair pour le moment. Un des flics vous a repêché. Ils disent qu'il a dû s'y reprendre à deux ou trois fois pour vous trouver, mais je n'ai pas entendu de nom. Tout ce qu'on sait, c'est qu'on vous a évacué par hélico en urgence. Malgré tout, vous étiez plus mort que vif quand je suis arrivé. »

Bourré de calmants jusqu'aux yeux et à la limite de ses forces, Silverman avait perdu et repris conscience à plusieurs reprises au cours du récit de Jerry. En outre, il y avait quelque chose qui lui pesait à l'esprit, quelque chose qu'il voulait griffonner. Où se trouvait son stylo ? Il tâtonna autour du lit. Pas de stylo. « Chouwé awa un chilo... ? » marmonna-t-il, mais personne ne comprit. Bon, il ne lui restait qu'à faire de son mieux pour se rappeler les mots jusqu'au lendemain.

Alors, Gay Bon-Cœur sortit de son affreux cauchemar...

Oui, cela pourrait marcher s'il trouvait le ton qu'il fallait, ni ringard ni satirique, mais une sorte de pastiche respectueux, un peu comme Joyce l'avait fait avec *L'Odyssée*. Certes, pas aussi ambitieux – en fait, il n'avait jamais vraiment lu *Ulysse* en entier (qui l'avait fait ?) mais quelque chose dans le genre. Ou peut-être plus proche de ces légendes yiddish qu'Isaac Bashevis Singer avait réussi à sauver d'une façon si divertissante.

Alors Gay Bon-Cœur sortit de son affreux cauchemar pour voir le visage de son cher ami délectable penché sur lui. Ce doit être une hallucination, se dit Gay, car n'avait-il pas traversé le Fleuve de la Mort ? Mais sans le laisser douter un instant de plus de son salut, des lèvres dont la chaleur aimante ne pouvait être une illusion se pressèrent contre les siennes. Ainsi apprit-il, comme tant de pèlerins avant lui, qu'il y avait un chemin pour le Paradis même depuis les portes de l'Enfer.

Il cligna des yeux et vit Marty, penché sur lui. Pour quoi faire, un avion ? Pour quoi faire, la Californie ? Même dans le service des soins intensifs d'un hôpital de Minneapolis, il était chez lui. Regagnant à reculons la porte de la chambre de Silverman, Jerry Simon se trouva à côté de l'infirmière des urgences qui attendait de pouvoir préparer son patient pour la nuit. En voyant Marty planter un long baiser d'une douceur poignante sur les lèvres de Silverman, elle plissa le front plus d'étonnement que par désapprobation. Elle se tourna vers Jerry pour lui lancer un regard interrogateur.

« Tout va bien, expliqua celui-ci avec un clin d'œil. Ils sont de San Francisco. »

Épilogue

« Brillant », le *New York Times*

Silverman punaisa l'article sur le mur au-dessus de son bureau. Un jour, il ferait encadrer la mince colonne de papier. Mais, pour le moment, il se contentait simplement de rester assis à la contempler comme un homme qui a escaladé une dune de sable et découvre une oasis après quarante jours dans le désert. Ah, l'excellent *New York Times*. Existait-il une autre publication dans le monde possédant un aussi bon goût et un jugement aussi sûr ? Plus qu'un journal, c'était un phare culturel qui poussait ses lecteurs vers des critères intellectuels toujours plus élevés. Particulièrement son supplément littéraire d'une qualité inégalée. Tenez, relisons encore une fois ce morceau d'anthologie.

> Daniel Silverman a bâti sa carrière en autostoppeur de la littérature. Freud, Flaubert, Hugo, Melville et Zola font partie de ceux qui l'ont pris à bord pour faire un bout de route. Son point fort est de s'insinuer dans le livre de quelqu'un d'autre en transformant ingénieusement le récit d'un point de vue contrasté, une technique relativement novatrice qui court le risque de perdre son tranchant après le deuxième chapitre. C'est un mécanisme qui lui a servi assez bien pour ses premières œuvres, surtout pour son premier roman remarquable, *Anna en analyse*, écrit du point de vue d'Anna O., le cas célèbre qui a fourni

à Freud sa première étude sur l'hystérie. *Moi, Emma*, sa version de *Madame Bovary* à partir du point de vue de l'héroïne, était également bien ficelé, quoiqu'un peu trop sentimental là où on aurait attendu plus d'esprit.

Ses tentatives ultérieures pour recycler les classiques donnaient l'impression de parodier l'intention de l'auteur. *L'Œil des profondeurs* (raconté du point de vue de la baleine) ou *Le Parlement des monstres* (*Notre-Dame de Paris* présenté à travers l'œil omniscient de la gargouille au sommet de Notre-Dame) vacillent à la limite du ridicule. De tous les véhicules que Mr. Silverman aurait pu choisir pour faire un bout de route, aucun n'aurait paru moins prometteur que *Le Voyage du Pèlerin*. Mais dans *La Quête du Gay*, il a réussi ce que peu d'auteurs auraient osé : un pastiche plein de mordant qui dépoussière le vieux classique puritain pour en faire un plaidoyer tout à fait actuel en faveur de la tolérance, de la compassion et de la *joie de vivre*.

En tant que propagandiste autoproclamé des plaisirs de la Foire aux Vanités, Mr. Silverman renverse ingénieusement la situation aux dépens des moralistes en lançant un appel en faveur des pécheurs de tout poil. Ceux qui croient que l'allégorie est devenue une relique culturelle trouveront une charmante surprise en réserve. Il se pourrait bien que Mr. Silverman ait à lui seul renouvelé le genre. Riche de multiples strates et parfois brillant, *La Quête du Gay* pourrait marquer un tournant dans le judaïsme humaniste de même que...

Et là, Silverman interrompit sa lecture. Comme la plupart des romanciers, il lisait jusqu'à la phrase vendeuse, puis s'arrêtait tant qu'il était dans le peloton de tête. « Brillant – Le *New York Times* », ça ferait l'affaire. Ça ferait même rudement bien l'affaire. Qui était ce journaliste perspicace qui semblait avoir lu tous ses livres ? Natalie Kleindienst, maître-assistant en littérature américaine à Brandeis, auteur de *Saul Bellow et le fardeau de l'humanisme juif*. Une jeune universitaire en mesure de vous citer pour étayer son argumentation dans sa thèse de doctorat. La critique idéale.

L'exploration que Silverman avait faite bien malgré lui du fond de Beaver Lake lui avait coûté la dernière phalange de son petit orteil. Ce qui lui avait valu six mois de kinésithérapie. Mais si les lecteurs étaient suffisamment crédules pour croire que tous les livres sur les tables des libraires parvenaient à figurer sur la liste du *New York Times,* pour prix de ses souffrances, Daniel Silverman était de nouveau en piste pour devenir un best-seller numéro un. Ce qui se confirma. Deux dimanches plus tard, *La Quête du Gay* était numéro sept sur la liste, où il resta pendant les quatre semaines suivantes. Le livre ne grimpa jamais à six. Et ne tomba pas progressivement à huit, neuf, dix. Telle une particule quantique, il occupa simplement la place qui lui était dévolue dans le paysage littéraire, puis disparut. Mais un mois sur la liste, c'était assez pour attirer des appels des agents – y compris Tommy Sutton, dont le message resta sans réponse – et conclure un accord correct pour une édition de poche.

À leur retour de Minneapolis, Silverman et Marty avaient trouvé leur répondeur téléphonique surchargé de messages, plus qu'il ne pouvait en contenir. Quatre provenaient d'Alex, Jack et Tilly, désireux d'envoyer leurs meilleurs vœux pour son rétablissement. Chaque appel se terminait avec l'espoir de le revoir un jour, mais comme ils ne laissaient aucun numéro, Silverman attendit qu'ils se manifestent. Quand ils n'en firent rien, il supposa qu'ils s'étaient égaillés dans la nature. Le seul coup de téléphone qu'il reçut du Minnesota provenait de Jerry Simon, qui avait désormais un droit de visite permanent à leur domicile. Jerry se présenta quelques mois plus tard, passa une semaine à rôder dans le quartier du Castro en tant qu'émissaire de frère Jérôme sur la côte Ouest (l'Église du Nouveau Testicule croyait au sacerdoce de tous les croyants) et décida de se délocaliser. À la suite du départ de Silverman, les flics et la compagnie du téléphone lui avaient causé trop d'ennuis. Le temps passant, son rapport sur les terroristes religieux avait paru de plus en plus douteux. Un de ses supérieurs avait parlé de « mauvaise plaisanterie ». « Le moment est venu de me tirer, avait décidé Jerry. J'en ai ras la casquette de me geler les miches au cœur de l'Amérique.

– Tu sais, quand tu es parti à North Fork, avait fait remarquer Marty à Silverman un matin, tu avais peut-être l'intention de faire un simple aller-retour. Mais ton petit voyage aux frais de la princesse semble avoir changé plus de vies que tu ne le crois.

– Comme par exemple ?

– Eh bien, Jerry...

– Allons donc ! Jerry était prêt à virer sa cuti.

– Ouais, mais il avait besoin de quelqu'un pour sauter le pas, non ? Tu as des responsabilités, mon pote. Des responsabilités. »

Silverman était sûr que Marty exagérait jusqu'au jour où – c'était une semaine après que *La Quête du Gay* avait figuré dans la liste du *New York Times* – trois réfugiés de plus se présentèrent à la porte : deux garçons et une fille. Les garçons étaient Alex et Jack. Ils débarquèrent dans le déguisement approprié à leur nouvelle vie : tee-shirts moulants et jeans encore plus moulants, cheveux en brosse et barbiche soignée, et une paire de boucles d'oreilles en or qu'ils s'étaient partagée. Ils avaient clairement intégré le stéréotype, mais (Silverman en douta dès qu'il les vit) seraient-ils capables de le dépasser un jour ?

Quant à la femme qui les accompagnait... Silverman s'attendait à voir Tilly, mais ce n'était pas elle.

Avant qu'il n'exprime sa surprise, les garçons le couvrirent de baisers et de paroles d'affection. Il était tellement sidéré qu'il s'effondra dans le premier fauteuil venu. « Marty ! cria-t-il. Viens voir qui est là ! »

Silverman n'eut pas besoin de leur poser de questions. Ils racontèrent leur histoire en détail. Dès que Silverman avait été renvoyé chez lui, les garçons avaient abandonné Faith College avant que la milice des mœurs de l'école ne leur mette la main dessus. La famille de Jack, sachant qu'elle était dépassée, consentit à reconnaître son orientation sexuelle, avec une réelle angoisse néanmoins. En revanche, les parents d'Alex se montrèrent rigoureusement impitoyables. Ils avaient menacé de le renvoyer à Faith pour sa reconstruction psychologique. Il les avait menacés à son tour : il s'enfuirait pour vivre avec Jack. Et c'était ce qui était arrivé. Les deux garçons avaient passé deux mois à voyager en campant une bonne partie de l'été. Finalement, la famille d'Alex avait cédé et accepté son retour, mais avec des règles de conduite strictes pendant qu'il était sous leur toit. Dans leurs foyers respectifs, des foyers très croyants, Alex et Jack réussirent à supporter six mois de relations tendues tout en suivant un semblant d'études supérieures dans une petite université voisine. Mais dès qu'ils repérèrent une critique sur *La Quête du Gay*, ils prirent la clé des champs et s'enfuirent... tout droit chez Silverman. Ils avaient trouvé un peu d'argent chez eux, mais juste assez pour descendre dans un hôtel borgne. Mis devant le fait accompli, Silverman laissa les garçons occuper la chambre du fond de l'appartement en attendant qu'ils trouvent une solution. Entre-temps ce fut plus amusant que Silverman ne l'aurait cru de leur faire visiter la ville. Ils vinrent, ils virent, et ils furent conquis par tout ce qu'ils découvrirent dans Shangri-la-sur-Baie. Malgré lui, Silverman s'amusa beaucoup à partager leur naïveté et leurs grandes espérances.

Mais pas Marty. Dès le premier jour, celui-ci ne cacha pas son inquiétude. « Danny, lui avoua-t-il alors que les garçons n'étaient avec eux que depuis une semaine. Au cas où tu te demanderais pourquoi je mets un verrou sur la porte de la salle de bains... Ce matin, Jack est entré sans prévenir pendant que je prenais ma douche, et pas vraiment par hasard. Et, une fois entré dans la pièce, par pur souci de protection de l'environnement, il m'a demandé si nous pouvions partager l'eau. Je te préviens, ce garçon est un tombeur. S'il continue de me draguer comme ça, les verrous et les chaînes n'y feront rien. La tentation sera trop forte. »

Silverman essaya d'en rire. « Résiste, repens-toi et abstiens-toi, mon frère », lui conseilla-t-il. Mais il se rendit compte que Marty avait raison. Quatre types entassés à l'étroit avec une seule salle de bains... Cependant il n'avait pas à s'inquiéter. Peut-être par égard pour Silverman, Jack ne tarda pas à se tourner vers de nouveaux horizons. Avant qu'une autre semaine se fût écoulée, il avait quitté la maison et Alex éprouvait son premier chagrin d'amour. Silverman et Marty lui apportèrent toute la consolation d'une longue expérience, mais le temps et le Prozac se révélèrent plus efficaces. En fin de compte, la présence d'Alex posait beaucoup moins de problèmes. Marty accepta de lui louer une chambre en attendant mieux. De temps à autre, Silverman tombait sur Jack, qui ne tarda pas à devenir une étoile de la scène gay locale – ou plutôt une étoile filante. Des trouvailles comme Jack surgissent régulièrement au Castro, trois ou quatre par an, habituellement des acteurs ou des athlètes. Ils traversent en coup de vent la communauté en faisant la tournée des clubs et se brûlent les ailes. Ils ne sont pas nombreux à survivre à la gloire. Rester *safe* sous une telle pression n'est guère facile.

Alex et Jack étaient arrivés sur le seuil de Silverman avec une femme, une des dernières personnes que Silverman se serait attendu à revoir. C'était Syl, qui était également partie. Elle avait avec elle la petite Jessica, assez grande maintenant pour faire ses premiers pas. Bien que Syl eût toujours le même visage rieur, son histoire était triste. Elle concernait Swenson.

Silverman n'avait pas revu Swenson depuis la nuit où il avait traversé le blizzard pour se précipiter par la fenêtre dans les appartements du Fondateur de Faith College. Il espérait raisonner les chasseurs de têtes. Silverman s'était toujours demandé comment s'était passée la rencontre, mais Swenson ne lui avait jamais écrit pour l'en informer. Ce fut Syl qui le lui apprit.

« J'imagine qu'affronter toute l'école ce soir-là, c'était trop pour lui. Il connaissait plusieurs des professeurs depuis l'enfance. La seule façon pour lui de leur demander pardon était de révéler son homosexualité et de leur dire la vérité. Alors il a fait son *coming out*, là, devant l'assistance au complet. Et une fois les mots prononcés, il a été pétri de honte. Le temps qu'ils en aient fini avec lui, il était si mortifié qu'il a accepté de se plier à tout le processus : la honte, l'exorcisme, la cure de dégoût. C'était tellement cruel. Je veux dire, ils lui ont fait avouer tout ce qu'on faisait, de même que ce qu'on ne faisait pas. Coucher avec un pédéraste. Je ne savais plus où me mettre.

« Ils devaient s'imaginer, le professeur Jaspers, Oxenstern et tous les autres, qu'ils allaient me renvoyer Richard brillant comme un sou neuf, enfin un vrai homme. Eh bien, ça ne s'est pas passé comme ça. Je ne peux pas dire que ça ait jamais été la passion entre Richard et moi, mais je l'aimais beaucoup, avec ou sans relations sexuelles. Il était sincère quand il disait qu'il voulait ouvrir l'Église. Ça lui donnait dans la vie un but que nous pouvions partager. Maintenant qu'on l'avait redressé, ce n'était plus celui que j'avais connu. Il était devenu bégueule et borné. Le plus dingue, c'est qu'on n'avait pas plus de rapports qu'avant. Moins, en fait. À la place, on passait des nuits entières à prier. Et puis il s'est mis à revendiquer la soumission de la femme.

« Alex, Jack et Tilly étaient les seules personnes auxquelles je pouvais me confier. J'ai dû verser un océan de larmes sur leurs épaules. Finalement, quand les garçons ont dit qu'ils partaient, je leur ai demandé de me laisser venir avec eux. Je ne sais pas ce que je vais devenir, vraiment pas.

J'ai été mise au ban de toute ma famille. Je ne peux pas retourner en arrière. »

Elle regarda Silverman avec un pauvre sourire qui la lui rendit encore plus chère.

Silverman et Marty réussirent à la loger chez Sally Weeks. Mais quant à trouver d'autres idées, ils faisaient chou blanc. Syl n'avait pas poursuivi d'études, elle n'avait aucun projet de carrière. Son avenir paraissait assez bouché. Silverman était disposé à se mettre sur la paille pour l'aider, mais ce n'était pas ce qu'elle voulait. Elle voulait mener sa propre vie, avoir une chance d'être maîtresse de son destin. Et puis, un après-midi, la solution vint d'elle-même. Sally frappa à la porte avec un gros compotier couvert dans les mains. « Je vais vous annoncer un miracle, messieurs », déclara-t-elle en imitant un bruit de fanfare. Elle découvrit le plat et étala deux ou trois douzaines de cookies aux pépites de chocolat sur un plateau. « Prenez. Mangez », leur ordonna-t-elle. Ils prirent, ils mangèrent. Et le souvenir sensoriel remonta dans le métabolisme de Silverman. Les meilleurs petits gâteaux de l'univers. Marty en dégusta un, puis un autre, et un autre, sidéré. « Eh bien, s'il était dit que je devais remanger un jour des graisses saturées, je suis heureux que ce soit les graisses saturées les plus raffinées. »

Sally demanda : « Y a-t-il une raison quelconque pour que les Meilleures Madeleines de Maurice ne puissent pas distribuer les Meilleurs Cookies au chocolat de Syl, du Minnesota ? À moins que Maurice n'ait peur de la concurrence, bien sûr. »

Mais Maurice n'en avait pas peur. Il savait reconnaître ce qui était bon quand il le voyait – ou quand il y goûtait. Et pas davantage eut-il peur d'ajouter les Meilleurs Biscuits et Muffins de Syl, du Minnesota, à sa ligne de produits... avec la boisson à la salsepareille faite maison. « Syl, reconnut Marty de bon gré, tu es la mine d'or des familles. » En un an, l'équipe que formaient Marty et Syl, ayant sur les bras plus de commandes qu'ils ne pouvaient en honorer, décidèrent de quitter leurs cuisines surencombrées pour louer une pâtisserie totalement équipée, avec le personnel *ad hoc.* On pouvait parfois entendre Marty se plaindre qu'il passait plus de temps avec les matières grasses qu'avec Shakespeare, mais personne ne croyait que ça l'embêtait vraiment.

Silverman avait consacré beaucoup de temps à se sentir coupable pour la façon dont il avait abandonné Swenson cette dernière nuit terrifiante. Maintenant que Swenson avait été « retourné », comme on dit dans les romans d'espionnage, il éprouvait plus de colère que de honte. Il considérait Swenson comme une défaite pour la cause. Encore un gay reconstruit mis au compte de l'opposition. Il voyait très bien le professeur Jaspers chanter des actions de grâces pour marquer un point contre les pédérastes. Mais cette perte n'allait pas tarder à être compensée avec l'aide de Tilly Schurz.

Après avoir quitté North Fork, Jack, Alex et Syl avaient perdu la trace de Tilly. Ils l'avaient appelée pour l'informer de leur départ. « Je vous retrouverai à San Francisco », avait-elle déclaré. Mais, des mois plus tard, elle ne s'était toujours pas manifestée. Les coups de fil chez elle ne leur valaient que des menaces fulminées par ses parents qui prétendaient ne pas savoir où se trouvait leur fille réprouvée. « Il y a quelque chose qui cloche, conclut Alex. Si on n'a pas de ses nouvelles d'ici quelques semaines, je rentre pour aller à sa recherche. »

Mais ce ne fut pas la peine. Tilly trouva elle-même le chemin jusqu'à la filière d'évasion. Et elle vint avec une amie. Le jour où Silverman alla ouvrir la porte, il reconnut Tilly sans problème. Mais qui était donc avec elle ? Il dut y aller au radar à travers le maquillage, rouge à lèvres, eyeliner et blush, pour retrouver les traits de Gloria Dawes. Elle se trouvait à présent dans son living, celle qui le foudroyait du regard pendant qu'il s'efforçait d'éponger son sang qui gouttait sur le sol de Gunderson Hall lors de leur dernière rencontre. Supersapée, talons hauts, minijupe et coiffée d'un couvre-chef incroyable, Gloria était le portrait exact de ce que Bunyan avait en tête quand il avait imaginé Madame Dévergondée la Tentatrice. Le tout outré, bien sûr. Les talons étaient trop hauts, la jupe trop courte, le maquillage trop criard. Mais Silverman pouvait le comprendre. Gloria avait sauté par-dessus la barrière, goûté au fruit défendu et décidé de s'en gaver. Car elle et Tilly étaient ensemble.

« À l'université, j'avais entendu des gays raconter leur histoire, expliqua Gloria au cours du dîner. J'étais fascinée, mais je ne voulais pas les croire. Je ne voulais pas reconnaître qu'on pût être né comme ça. Je n'imaginais sûrement pas que je cachais en moi ce genre de sentiments. C'est vrai, je n'avais pas de petit ami. En fait, je devenais distante et les garçons se sont mis à m'appeler la Reine des neiges. Mais je me disais que c'était pour protéger ma virginité en attendant que le bon partenaire chrétien se présente. Et si l'homme *ad hoc* ne se présentait pas, eh bien, c'était parce que j'avais des exigences très élevées. Si j'avais parfois des rêves honteux à propos d'autres femmes, c'était la tentation. Une raison supplémentaire pour fuir ce campus laïc et trouver refuge dans le giron de ma famille où Satan ne pouvait me faire aucun mal.

« Puis, le soir où nous avons décidé de vous exorciser, ça a dépassé les bornes. Il y avait des gens qui bredouillaient toutes sortes de charabias autour de moi. Et ce que je les ai entendus dire m'a glacé le sang. J'ai entendu un des Fantômes des neiges dire qu'on devrait vous traîner sur le lac et vous noyer. Ils juraient que vous étiez un terroriste homo qui mettait du VIH dans l'eau et empoisonnait notre nourriture. À leurs yeux, vous n'étiez plus un être humain. Vous n'étiez plus qu'un virus ambulant.

« Le lendemain de votre départ, ils s'en sont pris à Richard. Et nous avons tous dû participer, le corps enseignant en entier. C'est la chose la plus répugnante que j'aie jamais vue. Mais, dans mon cas, ça a produit l'effet inverse. Richard a commencé à confesser son homoérotisme et, pendant que j'écoutais, je me suis reconnue : les rêves, les fantasmes, les films et les revues pornographiques qu'il voulait regarder. C'était ma vie secrète racontée d'un point de vue masculin. C'est alors que la lumière s'est faite. Je n'arrivais pas à accabler de honte Richard, même s'il le demandait. J'ai pris la fuite dès le lendemain. Je n'ai même pas laissé de message. J'ai fui sans savoir où j'allais. J'ai sauté dans un car pour Minneapolis, suis descendue dans un hôtel et j'ai essayé d'entrer en contact avec Tilly. J'avais tellement honte de ce que je lui avais fait. C'était moi qui les avais dénoncés, Alex, Jack et elle. J'avais dit que je vous avais vus vous confier des secrets dans la bibliothèque, et que je savais que vous étiez tous des sodomites. J'en étais plus ou moins sûre déjà concernant Tilly. Je m'en étais rendu compte : elle était *moi*. Je la pourchassais parce que je voulais me confirmer mes propres craintes. Je n'aurais jamais cru qu'elle me pardonnerait. »

Tilly prit la relève. « Te pardonner ? Seigneur, j'avais tellement le béguin pour toi que j'en devenais cinglée. Je ne sais pas si c'était la maladie de la vache folle ou les phéromones, mais je savais que la femme sur le campus qui me persécutait le plus était aussi celle qui me ressemblait le plus. J'avais des fantasmes torrides en même temps que je te maudissais de tout mon cœur. Bref, quand Gloria a fini par découvrir où je me cachais – chez ma tante Sue à Bemidji –, et qu'elle a appelé pour savoir si on pouvait se voir, c'était comme un rêve qui devenait réalité. Quand j'ai raccroché, je tremblais. En partie, c'était juste l'excitation de l'aventure, le fait de fuguer toutes les deux. Mais c'était davantage, comme un langage secret qu'on s'était parlé depuis qu'on s'était rencontrées. Quand on s'est retrouvées au petit bar de son hôtel, on n'a pas dit un mot. Elle m'a juste pris la main et a éclaté en sanglots. On n'a même pas commandé de café. On est allées droit dans sa chambre.

– Tu sais, dit Gloria, je ne me souviens pas qu'on ait parlé. Qu'est-ce qu'on a dit en premier ? »

Tilly se le rappelait. « À peu près quatre heures plus tard, j'ai dit : "Je n'ai pas apporté de brosse à dents." Et on est parties d'un fou rire. »

Silverman était curieux de savoir comment le père de Gloria avait pris la nouvelle de son revirement. « Ma foi, quand il a recouvré ses esprits, son premier souci a été de garder ça strictement à l'intérieur de la famille. Il était prêt à payer pour ça, alors – j'ai vraiment honte de le dire – je lui ai fait cracher une bonne petite rançon. Il a accepté de financer ma thèse et le reste des études de Tilly, à condition que je reste hors de sa vue pour les prochaines années. Quant à savoir où nous irions, ça a été l'objet d'une négociation de taille. Je suis sûre qu'il aurait aimé qu'on parte pour la Terre de Feu, mais nous n'aurions pas pu trouver là-bas de programme de troisième cycle intéressant. Il a fini par proposer Perth. Nous avons transigé sur l'université de Hawaï, où j'utiliserai le nom de jeune fille de ma mère – un petit arrangement provisoire. Je suis sûre que je pourrais sérieusement ébranler l'avenir politique de mon père si je faisais savoir que le sénateur Jake Dawes a payé le mariage gay de sa fille. Quelqu'un dans les médias finira par l'apprendre, mais c'est son problème, pas le mien. Si ça lui fait du tort, c'est le prix à payer quand on veut être une autorité morale connue et reconnue. »

Silverman a régulièrement des nouvelles de Gloria et Tilly depuis qu'elles ont installé leur ménage à Hawaï. Tilly pense actuellement qu'elle veut devenir photographe, son troisième choix de carrière à ce jour. Gloria a un but précis en vue. Elle veut devenir psychothérapeute en se spécialisant dans le cadre du lesbianisme.

* * *

Un soir, à l'époque des dernières corrections sur *La Quête du Gay*, Silverman tomba sur un livre dans un réduit au premier étage du Midnight Bookshop, sa librairie de quartier préférée. Le prix – 45 *cents* – donnait à penser qu'il y avait des années que le volume regardait tomber la poussière. Il s'intitulait *: Les Points forts du Talmud : Cinq mille ans de sagesse et de spiritualité juives.* Il n'y avait pas de date, mais le livre, jauni et taché de rouille, avait sûrement plus de cinquante ans. L'éditeur, Kaddush Press de Brooklyn, avait probablement disparu. Aussitôt, Silverman se souvint des vains efforts de Papi Zvi pour faire de lui un bon juif avec une lettre hébraïque à la fois. Il s'était servi du Talmud pour jouer au jeu de l'alphabet. Silverman n'avait jamais dépassé le *teth*, mais voici qu'il avait l'occasion d'apprendre quelque chose sur le livre que son grand-père avait tant chéri. Et à un prix raisonnable. Il acheta l'ouvrage, puis le laissa au chevet de son lit pendant des semaines avant de s'y intéresser. Un soir, enfin, comme il feuilletait ses pages cassantes, il tomba sur cette histoire.

> Au temps du prophète Ezra, après que les enfants d'Israël furent revenus de leur cruelle captivité à Babylone, les anciens décidèrent de reconstruire le temple. Et quand le temple fut prêt à être consacré, ils se jurèrent de chasser l'Esprit du Mal une fois pour toutes, de sorte que le peuple du Seigneur puisse vivre sans la tentation. À peine tous les hommes les plus sages et les plus saints d'Israël furent-ils rassemblés pour la cérémonie qui placerait les commandements du Seigneur au-delà de toute violation, une grande forme bestiale formant un nuage de fumée et de soufre s'éleva du sol du temple. Aucune personne présente ne pouvait manquer de reconnaître que le Mal en soi dans toute sa monstruosité se tenait devant l'assemblée des fidèles. Dans la bataille qui s'ensuivit, il n'était nullement assuré que les anciens de son peuple et les prêtres l'emporteraient. Mais à la fin, l'Esprit du Mal commença à faiblir et il devint possible de

contenir l'être redoutable dans un vaste réceptacle en métal qui avait été préparé pour son emprisonnement éternel. De cette façon, le Mal fut retiré du monde et grande fut la célébration qui suivit.

Mais quand ils sortirent dans le monde le premier jour après avoir définitivement triomphé du Mal, ils s'aperçurent que les feuilles et les fruits avaient disparu des arbres et que les oiseaux avaient cessé leurs chants. Et plus tard, au printemps de cette année-là, ils virent avec horreur que les récoltes avaient cessé de pousser et que les fleurs ne s'épanouissaient pas. Les vaches, les brebis et les poules cessèrent de procréer, et il en fut de même sous leurs propres toits, hommes et femmes se trouvèrent si déplaisants que le lit conjugal devint froid et que, dans cette année-là, pas un enfant ne fut engendré.

« Nous avons mal agi, proclama enfin le grand prêtre. Vite, délivrons l'Esprit du Mal de sa prison. » Ce qu'ils firent en toute hâte. Aussitôt, le monstre s'enfuit dans les bois les plus proches, rageant et blasphémant. Au même instant, les oiseaux s'éveillèrent et se mirent à chanter, les arbres déployèrent leur frondaison, les moissons furent hautes dans les champs, et hommes et femmes sentirent l'amour s'épanouir entre eux.

Alors, le grand prêtre se leva et parla. « Ainsi nous avons appris l'enseignement du prophète Isaïe : "Hors de moi, il n'y a rien... Je suis l'Éternel, moi et nul autre ; je forme la lumière et je crée les ténèbres. Je fais la paix et je crée le Mal : moi l'Éternel, je fais tout cela." »

Silverman se demanda si Papi Zvi avait beaucoup médité sur l'enseignement d'Isaïe. Les saints intolérants de North Fork, jamais sans doute. D'ailleurs, combien de gens pouvaient comprendre le sens d'un Dieu qui englobe toute la scène ? Silverman était là, les yeux sur North Fork, et il voyait le mal, le mal, le mal. Et là-bas, à North Fork, Mrs. Bloore et toute sa clique intégriste avaient les yeux braqués sur San Francisco, ne voyant que le mal, le mal, le mal. Mais si Dieu était tous les yeux regardant dans toutes les directions ? Et si, partout où Il regarde, Il voyait s'exprimer une partie de Lui-même. Cela ne reviendrait-il pas à dire que la Foire aux Vanités est l'esprit de Dieu ?

Il y avait probablement une formulation théologique plus subtile pour exprimer cela – mais en ce lieu, en cet instant précis, c'était l'idée de Silverman. Non, il ne savait pas du tout comment cela expliquait l'existence d'un Axel Hask ou d'un Adolf Hitler. Mais après tout, il n'était pas théologien.

Dieu merci !

TABLE

Collection NÉO
Dirigée par Hélène Oswald

Cette collection se propose de poursuivre le travail d'édition réalisé par Pierre Jean et Hélène Oswald au sein des Éditions NéO de 1978 à 1991 avec les collections « Le Miroir obscur » et « Fantastique/Science-fiction/Aventure », continué aux Éditions Les Belles Lettres, de 1997 à 2003, avec leurs collections « Le Cabinet noir/Poche » et « Le Grand Cabinet noir ».

Comme ses devancières, la collection NéO publiera des écrivains œuvrant dans tous les « mauvais genres » : roman noir, thriller, horreur, fantastique, science-fiction, avec une prédilection pour le genre « inclassable » et les auteurs hors normes.

Collection NÉO

Parus

Graham Masterton, *Le Complot Sweetman*
(Traduit par François Truchaud)

Un tueur en série sème la panique dans l'agglomération de Los Angeles en tuant au hasard dans leur voiture des personnes ordinaires, n'ayant apparemment aucun lien entre elles. Mais s'agit-il vraiment de hasard et d'un psychopathe ? Quel est le rôle exact dans cette affaire du sénateur Carl X. Chapman, prêt à tout pour devenir président des États-Unis ?

Un thriller percutant, original et inventif, qui traite de l'ambition, des compromissions et des élections présidentielles aux États-Unis, avec une hypothèse qui fait froid dans le dos : et si le prochain président était élu par des moyens illégaux et criminels ?

Michel de Pracontal, *La Femme sans nombril*

Londres 2222. Une mégapole peuplée de robots, dirigée par des artefacts, un gigantesque centre commercial bombardé de messages publicitaires. Venus d'une autre planète, quatre visiteurs cherchent une espèce introuvable : l'humanité. Pourquoi a-t-elle disparu d'une Terre qui ne porte aucun signe de destruction globale ? Angela Darwin, Carl Turing, Albert Vienne et Max Well mènent l'enquête, entraînant le lecteur de surprise en surprise.

Traqués par les redoutables *Men in Black*, Angela et ses compagnons se lancent sur les traces d'une mystérieuse *femme sans nombril* croisée près de Trafalgar Square. Au terme d'une haletante course-poursuite, ils découvriront l'incroyable vérité – ou comment les États-Unis de l'après-guerre ont donné naissance à un monde sans chair. Mais cette catastrophe douce est-elle irréversible ? Le suspense dure jusqu'à la dernière ligne.

Un roman époustouflant, subtilement teinté d'érotisme, qui tient le lecteur en haleine de la première page à la stupéfiante révélation finale.

À paraître

Noirs Scalpels
anthologie présentée par Martin Winckler

Les médecins sont le plus souvent perçus comme des soignants, des guérisseurs, des magiciens bienveillants. Mais il arrive qu'ils soient associés au crime... Parce que certains sont des êtres humains aussi troubles que ceux qu'ils soignent, et aussi parce que les médecins disposent, par leur savoir, d'outils puissants et d'un pouvoir convoité : celui de réparer, de transplanter un organe, de changer un visage ou de... tuer. D'un autre côté, la médecine aide souvent la police ou la justice à confondre un criminel.

Les nouvelles de cette anthologie, d'une grande variété d'inspiration et d'écriture, qu'elles soient policières, fantastiques, historiques ou humoristiques, traitent de cette réalité ambivalente. Elles ont été écrites spécialement pour le recueil par des écrivains très divers, certains sont médecins, d'autres des spécialistes du domaine policier, fantastique ou de science-fiction, certains sont connus, mais deux d'entre eux publient leur premier texte de fiction. Entre autres : Christian Lehmann, Frédéric H. Fajardie, Ayerdhal, Pierre Bordage, François Rivière, Jérôme Leroy, Nicolas d'Estienne d'Orves, Chantal Pelletier, Olivier Delcroix, Michel de Pracontal, Daniel Walther, René Reouven, Chantal Montellier, Joëlle Wintrebert et... Martin Winckler.

Avec en fin de volume un *Dictionnaire des auteurs.*

DANS LA COLLECTION « AILLEURS » AU CHERCHE MIDI

DANS LE DOMAINE INDIEN

INDERJIT BADHWAR
La Chambre des parfums
traduit de l'anglais (Inde)
par Gilles Morris-Dumoulin

INDERJIT HARZA
Max le maudit
traduit de l'anglais (Inde)
par Marc Amfreville

RAJ RAO
Boyfriend
traduit de l'anglais (Inde)
par Gilles Morris-Dumoulin

DANS LE DOMAINE ANGLO-SAXON

ANTHONY BURGESS
Le Docteur est malade
traduit de l'anglais
par Jean-Luc Piningre

Mister Raj
traduit de l'anglais
par Jean-Luc Piningre

JIM FERGUS
Mille femmes blanches
traduit de l'anglais (États-Unis)
par Jean-Luc Piningre
Prix du Premier Roman étranger

La Fille sauvage
traduit de l'anglais (États-Unis)
par Jean-Luc Piningre

TIBOR FISCHER
Ne lisez pas ce livre si vous êtes stupide
traduit de l'anglais (États-Unis)
par Marc Amfreville

Voyage au bout de ma chambre
traduit de l'anglais
par Marc Amfreville

DONALD HARSTAD
Onze jours
traduit de l'anglais (États-Unis)
par Serge Halff

DAVID HEWSON
Une saison pour les morts
traduit de l'anglais
par Diniz Galhos

GUY DE LA VALDÈNE
Le Beau Revoir
traduit de l'anglais (États-Unis)
par Marie-Christine Loiseau

THOMAS MCGUANE
Intempéries
traduit de l'anglais (États-Unis)
par Nicolas Richard

HAROLD NEBENZAL
Berlin Café
traduit de l'anglais (États-Unis)
par Gilles Morris-Dumoulin

KATHERINE NEVILLE
Le Huit
traduit de l'anglais (États-Unis)
par Évelyne Jouve

Le Cercle magique
traduit de l'anglais (États-Unis)
par Gilles Morris-Dumoulin

Un risque calculé
traduit de l'anglais (États-Unis)
par Gilles Morris-Dumoulin

TOM ROBBINS
Féroces infirmes
retour des pays chauds
traduit de l'anglais (États-Unis)
par Jean-Luc Piningre

THEODORE ROSZAK
La Conspiration des ténèbres
traduit de l'anglais (États-Unis)
par Édith Ochs

TOMI UNGERER
Acadie
traduit de l'anglais par Édith Ochs

ROBERT JAMES WALLER
Une saison au Texas
traduit de l'anglais (États-Unis)
par Gilles Morris-Dumoulin

PETER WATSON
Un paysage de mensonges
traduit de l'anglais (États-Unis)
par Gilles Morris-Dumoulin

DANS LE DOMAINE RUSSE

NIKOLAÏ CHADRINE
Le Temps des troubles
traduit du russe
par Bernard Kreise

NIKOLAÏ KONONOV
Funérailles d'une sauterelle
traduit du russe
par Hélène Henry

DANS LE DOMAINE ESPAGNOL

ANTONIO BENÍTEZ ROJO
Femme en costume de bataille
traduit de l'espagnol (Cuba)
par Anne Proenza

DANS LA COLLECTION « LOT 49 »

NICHOLSON BAKER
Contrecoup
traduit de l'américain par Claro

BRIAN EVENSON
Contagion
traduit de l'américain par Claro

MARK LEYNER
Mégalomachine
traduit de l'américain par Claro

RICHARD POWERS
Trois fermiers s'en vont au bal
traduit de l'anglais (États-Unis)
par Jean-Yves Pellegrin

Composition et mise en pages par Azarba
Imprimé en France par Normandie Roto Impression s.a.s.
Dépôt légal : avril 2005
N° d'édition : 333 – N° d'impression : 05-0911
ISBN : 2-74910-333-9